MINA HEPSEN

Unsterblich wie die Liebe

Buch

Der russische Prinz Mikhail Belanow ist bei den Londoner Vampiren beliebt wie keiner. Er ist der Bruder der ersten Auserwählten, die für die Zukunft der Unsterblichen eine große Bedeutung hat. Ihre Kinder werden befreit sein von der Qual, Blut trinken zu müssen, um sich zu ernähren. Doch es gibt auch andersdenkende Vampire, die diese Entwicklung verabscheuen und alles tun würden, um die Auserwählten auszurotten. Damit diese den »Wahren Vampiren«, wie die Andersdenkenden sich nennen, nicht schutzlos ausgeliefert sind, soll Mikhail die Kinder der Auserwählten in Sicherheit bringen. Doch schon auf dem Weg zum Kontinent wird er von Vampiren angegriffen und kann erst in letzter Sekunde entkommen. Hätte er nicht diese ungewöhnliche Frau getroffen, die ihn gewarnt hat, wäre er jetzt sicher tot. Aber Nell kann nicht nur hellsehen, sondern sie ist auch mutig und warmherzig. Sie entschließt sich, Mikhail zu helfen, und so kommen die beiden sich immer näher. Doch die Gefahr ist nicht gebannt, und nicht nur ihre Liebe steht auf dem Spiel, sondern auch ihr Leben und das ihrer Freunde und Familien ...

Autorin

Mina Hepsen ist das Pseudonym einer jungen Autorin. Geboren 1983 in Istanbul, verbrachte sie ihre ersten zehn Lebensjahre in Deutschland. Dann kehrte sie mit ihren Eltern zurück in die Türkei, studierte später Politikwissenschaften und Philosophie in Boston, zog nach Miami, dann nach Edinburgh, wo sie eine Reihe von Kinderbüchern schrieb und einen Abschluss in »Creative Writing« machte. Zurzeit lebt sie in Edinburgh, Schottland.

Von Mina Hepsen außerdem bei Goldmann lieferbar:

Unsterblich wie die Nacht. Roman (46917)
Unsterblich wie ein Kuss. Roman (47209)

Mina Hepsen
Unsterblich wie die Liebe

Roman

Aus dem Amerikanischen
von Gertrud Wittich

GOLDMANN

FSC
Mix
Produktgruppe aus vorbildlich
bewirtschafteten Wäldern und
anderen kontrollierten Herkünften

Zert.-Nr. SGS-COC-001940
www.fsc.org
© 1996 Forest Stewardship Council

Verlagsgruppe Random House FSC-DEU-0100
Das FSC-zertifizierte Papier *München Super* für dieses Buch
liefert Arctic Paper Mochenwangen GmbH.

1. Auflage
Deutsche Erstveröffentlichung September 2010
Copyright © der Originalausgabe 2009 by Hande Zapsu
Copyright © der deutschsprachigen Ausgabe 2010
by Wilhelm Goldmann Verlag, München,
in der Verlagsgruppe Random House GmbH
Originaltitel: After the Storm
Umschlaggestaltung: UNO Werbeagentur, München
Umschlagfoto: Image Source/getty images
Redaktion: Waltraud Horbas
NG · Herstellung: Str.
Satz: IBV Satz- und Datentechnik GmbH, Berlin
Druck und Einband: GGP Media GmbH, Pößneck
Printed in Germany
ISBN: 978-3-442-47323-6

www.goldmann-verlag.de

Der Vampir wandelt ungesehen, getrieben
  von Blutgier.
Er wandelt, ohne Spuren zu hinterlassen:
So muss es sein.
Eines Tages wird er aus der Dunkelheit
  hervortreten,
vom Durste befreit.
Die Auserwählten werden ihn ins Licht
  führen.

Gesetzbuch der Vampire, Prophezeiung 1:12

Wir Vampire fragen uns zu Recht, warum wir überhaupt existieren – und finden doch keine Antwort. Dennoch erlaube ich mir, darüber nachzudenken, was ein Schöpfer wohl im Sinn gehabt haben mag, als er unsere Spezies erschuf. Die Leidgeprüften. Die Verfluchten. Es ist nicht unser Verlangen nach Blut, das ich beklage. Jedes Wesen auf dieser Erde ist auf irgendetwas angewiesen, um überleben zu können.
Nein, was ich beklage, ist die Zeit.

Ein Vampir muss fünfhundert Jahre alt werden, bevor er Kinder zeugen oder gebären kann. Aber durchschnittlich nur dreihundert Jahre, bis er jeden Lebenswillen verliert und den Freitod sucht. Darum verrate mir, oh Schöpfer meines Volkes, waren wir ein Versehen? Das müssen wir wohl sein, denn Du scheinst unser Aussterben beschlossen zu haben.
Außer natürlich – die Auserwählten existieren.

Patrick James Bruce, *Gedanken eines einsamen Mannes*, verfasst 1740 in Paris

𝔓rolog

Das darfst du nicht! Sie sind unsere Rettung, ohne sie werden wir aussterben!«

Der Vampir wich kriechend zurück, schürfte sich dabei die Knie auf den rauen Steinfliesen der Gewölbekammer auf. Die Wunden bluteten, heilten aber sogleich, nur um wieder aufzugehen, sobald er weiterkroch.

»Ach ja?«, höhnte der Wissenschaftler und trat mit wallender schwarzer Robe bedrohlich einen Schritt näher. »Wo sind dann deine kostbaren ›Auserwählten‹? Warum kommen sie nicht, um dich zu retten?«

Der Vampir war inzwischen bis an die Wand zurückgewichen und hob beschwörend die Hände.

»Warum tust du das? Du weißt, dass nur wenige von uns das zeugungsfähige Alter erreichen. Unsere Zahl schrumpft mit jedem Jahrhundert. Wir sind ein aussterbendes Volk! Ohne die Auserwählten sind wir verloren!«

»Genug!«

Beide Männer drehten sich zu der Stimme um und sahen Ramil aus dem Halbdunkel hervortreten. »Ich hätte bessere Manieren von dir erwartet, Wissenschaftler. Hat man dir nicht beigebracht, dass mit dem Essen nicht gespielt wird?«

Ehe einer der beiden Männer reagieren konnte, hatte

Ramil den am Boden kauernden Vampir am Kragen gepackt und auf einen langen Holztisch geworfen. Er beugte sich über ihn und flüsterte: »Du irrst dich, mein Freund. Die Halbblüter, die du ›die Auserwählten‹ nennst, sind nichts als Missgeburten. Sie werden sterben, auch wenn du dich weigerst, sie zu töten. Aber keine Sorge, mittlerweile habe ich auch für dich eine passende Verwendung gefunden.«

Mit glitzernden Augen packte Ramil den Kopf des Vampirs und schlug ihn brutal auf den Tisch. Als er sah, wie sein Opfer die Augen verdrehte, blickte er zu dem Wissenschaftler hinüber und lächelte. »Nimm es.«

Der Wissenschaftler mit dem kahlen Schädel nickte und trat flink an den Tisch. Ohne auf das Ächzen des wieder erwachenden Vampirs zu achten, trieb er seine Hand in dessen Brust und riss ihm das noch schlagende warme Herz heraus.

Ramil hatte dieses Experiment befohlen, also würde er es durchführen. Aber es würde fehlschlagen, das wusste er jetzt schon. Mit dem warmen Herzen in den blutüberströmten Händen nickte er dem Wachtposten zu. Dieser verschwand, um die Gefangene zu holen.

»Du bist ja so schweigsam, Wissenschaftler.« Ramil hatte sich stirnrunzelnd wieder zum Fenster zurückgezogen. »Sag bloß, du machst dir Sorgen?«

»Bei allem Respekt, Anführer, ich glaube nicht, dass das Mädchen durch das Verspeisen dieses Herzens in einen Vampir verwandelt wird.«

Ramils Augen blitzten gefährlich auf, aber der Wissenschaftler wusste, dass er sich jetzt nicht einschüchtern lassen durfte. Seine Worte mochten den Anführer der Wahren Vampire erzürnen, aber das war nichts gegen das, was passieren würde, wenn das Experiment fehlschlug. Und es würde fehlschlagen.

»Ich weiß nicht, wer dich auf diese Idee gebracht hat, Anführer, aber ich bin der Überzeugung, dass allein eine Bluttransfusion einen Menschen umwandeln kann. Erlaube mir, dir die Vorrichtung zu zeigen, die ich erfunden habe ...«

»Zuerst werden wir es so versuchen«, schnitt Ramil ihm das Wort ab.

Der Mond schien durchs Fenster und ließ die Fangzähne des Anführers aufblitzen. Er schloss die Augen, und seine Gesichtszüge entspannten sich, während ein verträumter Ausdruck über seine Miene glitt.

»Wir werden die Auserwählten vernichten, aber in der Zwischenzeit wirst du einen Weg finden, Menschen in Vampire zu verwandeln. Es genügt nicht, eine Vermischung unserer Spezies mit den Menschen zu verhindern! Wir Vampire sind dazu bestimmt, die Welt zu beherrschen, aber das wird uns erst gelingen, wenn wir es schaffen, uns in ganz anderem Umfang zu vermehren!«

Der Wissenschaftler nickte. Vampire waren Menschen in jeder Hinsicht überlegen – und dennoch lebten sie im Verborgenen, aus Angst, von der unterlegenen Spezies entdeckt zu werden. Und wieso? Weil diese Spezies Millionen zählte und sie selbst nur ein paar Tausend waren.

»Nein, nein, ich will nicht!«, schrie das Mädchen, das in diesem Moment von einem Vampir-Wachtposten in den Raum gezerrt wurde.

»Und da ist auch schon unser charmanter Gast«, spottete Ramil. Seine Augen färbten sich rot. »Wissenschaftler?«

»Ja, mein Führer?«

»Sorge dafür, dass sie es isst.«

Ein grausames Lächeln umspielte die schmalen Lippen des Glatzkopfs. Er drückte das Herz in seiner Hand sanft zusammen. Das würde er dem schluchzenden Mädchen in den Rachen stopfen. Und wenn sich daraufhin keine Wandlung vollzog, würde Ramil ihm befehlen, sie zu beseitigen.

Er leckte sich gierig die Lippen. Ja, er würde sie beseitigen. Aber nicht, bevor er sich nicht an ihrem Blut satt getrunken hatte.

1. Kapitel

Sommer 1873, London

Was war das?«

Lady Violet Bruce, Tochter des Oberhauptes des Südclans, blinzelte in die Dunkelheit ihres Schlafgemachs.

»Violet?«

Lord Patrick Bruce richtete sich besorgt auf und nahm seine Frau schützend in die Arme. Das tat er oft, seit sie so knapp dem Tode entronnen war.

»Da war etwas, ein Geräusch.«

Patrick war schlagartig hellwach. Aufmerksam lauschte er in die Dunkelheit, doch im Haus war es still. Lediglich das Ticken der alten Standuhr drang zu ihm herauf sowie ein gelegentliches Knarren der alten Holzdielen.

Violet atmete tief ein. Ihr Geruchssinn war schärfer als der eines jeden Vampirs, selbst wenn dieser zu den Ältesten gehörte, so wie Patrick. Und er täuschte sie auch diesmal nicht.

»Es sind zwei! Draußen im Gang!«

Patrick handelte ohne zu zögern, wie ein Blitz schoss er aus dem Zimmer. Sekunden später hatte er die beiden Männer zu Boden gerungen. Violet rannte um sie herum zum Kinderzimmer.

Das Baby weinte, als hätte es die Gefahr gespürt. Seine Mutter hob es aus seinem Bettchen. »Sch, sch«, beruhigte sie ihre kleine Tochter, »ist ja schon gut, meine kleine Catherine, alles ist gut.«

Violet wiegte das Kind in ihren Armen, den Blick starr auf die Tür geheftet. Draußen ertönte ein lautes Krachen, gefolgt von einem unterdrückten Schmerzensschrei.

Das ist nicht Patrick, sagte sie sich. *Patrick ist stark, er wird nicht zulassen, dass uns etwas passiert.*

»Tod den Auserwählten!« Die Tür flog auf, und ein Vampir sprang mit gezücktem Dolch ins Zimmer.

Violet sah sein verzerrtes Gesicht, las ihren Tod in seinen Augen und kehrte ihm den Rücken zu, um ihr Kind zu schützen. Voller Angst wartete sie auf den Messerstich. Sie fürchtete nicht um sich selbst, sondern um ihre kleine Tochter. Sollte sie sterben, wäre ihre kleine Catherine dem Mann schutzlos ausgeliefert.

Aber der Angriff blieb aus. Es gab einen dumpfen Schlag, dann schlangen sich Patricks Arme von hinten um sie und das Kind.

»Es ist vorbei, sie sind tot. Sie werden euch nichts mehr tun.«

»Das waren Vampire«, stammelte sie. Aber natürlich wusste Patrick das bereits; schließlich hatte er gegen sie gekämpft.

»Ja«, bestätigte er grimmig.

»Sie wollten Catherine und mich töten.«

Patricks Augen wurden schmal. »Sie haben bekommen, was ihnen zusteht. Und jetzt zieh dich rasch an, wir fahren zu deiner Cousine.«

Violet rang erschrocken nach Luft, als sie begriff.

»Sie waren hinter uns her, weil wir die Auserwählten sind. Angelica und ihr Sohn! Patrick, vielleicht ist ihnen etwas zugestoßen!«

»Beruhige dich, Liebes, und zieh dich an. Wir werden der Sache gleich auf den Grund gehen.«

»Aber Angelica und Klein-Mitja!«

»Alexander wird sie schon beschützen«, beruhigte Patrick seine Frau. Er gab zuerst ihr, dann seiner kleinen Tochter einen zärtlichen Kuss auf die Stirn.

Violet nickte zögernd. Alexander und Patrick waren nicht umsonst die Oberhäupter ihrer Clans. Alexander würde mit möglichen Angreifern ebenso leicht fertig werden wie Patrick.

»Sie bezeichnen sich als Wahre Vampire«, erklärte Alexander Kourakin, Oberhaupt des östlichen Clans der Vampire, während er unruhig vor den drei grimmig dreinblickenden Gestalten auf und ab schritt. »Wir wissen nicht, wie viele sich diesen Verrätern angeschlossen haben, aber wir wissen, dass sie es sich zum Ziel gesetzt haben, alle Auserwählten zu töten, um eine weitere Vermischung von Mensch und Vampir zu verhindern.«

Prinz Mikhails Wangenmuskel zuckte. Was sein Schwager hier schilderte, war nichts weniger, als eine Verschwörung zur Ausrottung seiner Familie. Die Mistkerle wollten seine Schwester töten, seine Cousine und deren Kinder!

»Ich werde sie finden«, schwor er.

Alexander warf ihm einen durchdringenden Blick zu. »Keine Sorge, die Verräter werden ihrer gerechte Strafe nicht entgehen, Mikhail, aber du wirst dich, fürchte ich, aus diesem Kampf heraushalten müssen.«

Angelica hatte ihrem Mann offensichtlich verraten, dass ihr Bruder einen Herzfehler hatte. Aber davon würde sich Mikhail jetzt nicht abhalten lassen!

»Nein, ich werde mich nicht raushalten, Alexander. Es ist auch meine Familie. Ich würde ohne Zögern mein Leben für sie opfern.«

Sein Blick wanderte über die Gesichter seiner Freunde. Alexander, Patrick und Ismail schauten ihn alle mit dem gleichen mitfühlenden Bedauern an.

»Mikhail, du kannst uns nicht bei der Jagd nach ihnen helfen, du bist nur ein Mensch. Vampiren bist du physisch hoffnungslos unterlegen«, erklärte Ismail, Oberhaupt des Südclans und Vater seiner Cousine, ruhig. »Für dich wird sich eine andere Aufgabe finden.«

Mikhail wusste, dass der Mann recht hatte, aber es gefiel ihm ganz und gar nicht.

»Die Kinder und Mütter müssen bewacht werden«, erklärte Patrick in der eingetretenen Stille.

»Ja«, stimmte Ismail zu, »aber mir wäre es lieber, wir könnten sie für eine Weile wegschicken. Irgendwohin, wo sie in Sicherheit sind.«

»Wenn wir Angelica und Violet wegschicken, spielen wir diesen Bastarden nur in die Hände«, sagte Patrick grimmig. »Man könnte uns für feige halten. Wir dürfen nicht zulassen, dass der Eindruck entsteht, wir hätten Angst vor ihnen. Außerdem müssen die auserwählten Mütter in nächster Zeit an einigen wichtigen Zeremonien teilnehmen; ihr Fehlen würde das falsche Signal geben. Besonders, wenn die Ereignisse des heutigen Abends durchsickern.«

Mikhail wusste, dass Patrick recht hatte, und auch die anderen schienen der gleichen Meinung zu sein. Wenn die Oberhäupter der Vampirclans ihre Gattinnen verstecken müssten, würde das den »Wahren Vampiren« oder wie immer sie sich nennen mochten, nur zugutekommen. Verdammt!

»Aber die Kinder könnte man doch zumindest fortschicken«, überlegte Ismail.

Mikhail musste an die beiden hilflosen Kleinen denken und wie knapp diese unschuldigen Wesen heute dem Tode entronnen waren. Er würde es sich nie verzeihen, wenn ihnen etwas zustieße.

»Ich werde sie in Sicherheit bringen.«

Mikhail erhob sich und trat vor den kalten Kamin.

»Niemand wird merken, dass die Kinder nicht mehr in London sind. Und falls doch, lässt sich sicher leicht eine Ausrede finden. Ich werde mit ihnen auf den Kontinent reisen, bis die Gefahr vorüber ist.«

Ismail nickte, und die beiden Väter tauschten grimmige Blicke, schienen die Notwendigkeit dieses Plans aber ebenso einzusehen.

»Kiril wird dich begleiten, Mikhail. Du wirst ein zweites Paar Hände brauchen, da es ja zwei Kinder sind.«

Alexander blickte Mikhail fragend an. Angelica vertraute Kiril, Alexanders rechter Hand. Das allein war Grund genug für Mikhail, ihm ebenfalls zu vertrauen. Er nickte.

»Sie werden uns Schwierigkeiten machen«, erklärte Patrick grimmig.

Alle wussten, dass er nicht von den Kindern sprach. Es waren die Mütter, die sich gegen diese Entscheidung sträuben würden.

Mikhail trat unbehaglich von einem Fuß auf den anderen. Er hatte soeben die Verantwortung für das Wohlergehen von zwei kleinen Kindern übernommen. Aber ihm blieb keine Wahl. Die Vampire mussten bleiben und kämpfen. Und sie hatten recht: Mit seiner menschlichen Kraft war er Vampiren nicht gewachsen, egal ob es nun »wahre« waren oder nicht.

»Also gut.«

Patrick erhob sich aus seinem Sessel.

»Ismail, könntest du die Fahrkarten besorgen? Für das erste Schiff, das morgen früh den Kanal überquert. Ich muss gehen und es meiner Frau beibringen.«

Alexander folgte ihm zur Tür.

»Und ich meiner. Mikhail, komm doch nach dem Packen noch mal rüber, wenn möglich. Ich bin sicher, deine Schwester und deine Cousine werden noch ein Wort mit dir wechseln wollen.«

Mikhail nickte bedrückt. Er befürchtete sehr, dass es deutlich mehr als nur ein Wort werden würde.

2. Kapitel

Wieso müssen Sie ausgerechnet in meiner Kabine schlafen? Sie sind *arm*! Sie sollten bei den anderen schmutzigen Armen im Unterdeck schlafen!«

Nell schloss kurz die Augen und wandte sich dann zu ihrem Schützling um. Sie hatte es längst aufgegeben, Tabitha zur Ordnung zu rufen. Jeder Versuch in dieser Richtung wurde sogleich von ihren Eltern, Lord und Lady Chadwick, zunichtegemacht. Nell hatte noch nie größere Snobs und arrogantere Menschen kennen gelernt.

»Ich bin deine Gouvernante, Tabitha, und du bist eine junge Dame. Eine sehr junge Dame, die noch Aufsicht braucht.«

Tabithas rundes Gesicht verzog sich zu einer verächtlichen Grimasse. Dass sie noch so jung war, hörte das Mädchen gar nicht gerne.

»Ja, ich bin jung und schön. Und eines Tages, schon bald, werde ich einen reichen Mann heiraten! Warum haben Sie eigentlich nie geheiratet, Nell? Na, jetzt sind Sie natürlich so oder so zu alt dafür.«

Nell verwünschte den Tag, an dem sie die Stelle hier angetreten hatte. Aber die Alternative wäre gewesen, weiterhin in ihrem Heimatdorf zu bleiben. Und das war nicht in Frage gekommen, unter gar keinen Umständen.

Außerdem übertrieb Tabitha. Nell war erst zwanzig, also noch in einem durchaus heiratsfähigen Alter. Aber sie würde sowieso nie heiraten, selbst wenn sie gewollt hätte. Dennoch, die Gemeinheit dieser Göre zerrte an ihren Nerven.

»Tabitha.« Nell holte tief Luft und bat Buddha und wer auch immer sonst gut in solchen Dingen war um Gelassenheit. »Du wirst mich Miss Witherspoon nennen, und sei es nur, weil junge Damen, die keine Manieren haben, überaus schlechte Heiratsaussichten haben.«

Das schien Eindruck zu machen, wie Nell befriedigt feststellte. »Und jetzt hol bitte dein Geschichtsbuch, damit wir mit dem Unterricht beginnen können.«

Tabitha ging schnaubend zu ihrem Bett und nahm ihr Textbuch zur Hand. »Ich weiß, warum Sie nie geheiratet haben, *Miss* Witherspoon. Weil Sie zu viel gelesen haben. Männer mögen keine gebildeten Frauen, das weiß doch jeder.«

In solchen Augenblicken tat die Kleine Nell beinahe leid. Die Dreizehnjährige war ein typisches Produkt ihrer Zeit. Sie, ebenso wie alle anderen jungen Mädchen, tat alles, um jeglichen Anschein von Intelligenz zu verbergen, nur um die lächerlichen Männer, die sich um ihre Hand bemühen könnten, nicht zu verschrecken. Sie hatte keine Ahnung, dass diese Männer alle Mätressen hatten, Frauen, die in der Regel ausgesprochen gewandt waren. Was verriet das über die wahren Bedürfnisse von Männern? Zu Hause eine dumme Frau, die einem den ersehnten Erben schenkte und daneben eine kluge Mätresse zur geistigen und körperlichen Anregung. Ha!

Nells Eltern hatten ihrem Kind von klein auf die Augen für die Realität geöffnet. Ihr Vater, ein Schullehrer, hatte ihr Physik, Mathematik und Philosophie beigebracht. Aber vor allem ihre Mutter, Sky Witherspoon, hatte sie gelehrt, die Menschen so zu sehen, wie sie waren: engstirnig und voreingenommen. Man hatte ihre Mutter am Ende für verrückt erklärt, und der Vikar hatte sie als »Verdammte« aus der Kirche ausgeschlossen. Zwei Wochen später war sie an einem Fieber gestorben.

»Komm, Tabitha, gehen wir rauf an die frische Luft, da unterrichtet es sich besser. Na, was sagst du?«

Ein Lächeln wollte sich auf Tabithas Pausbacken breitmachen, doch sie unterdrückte es sofort.

»Wenn's denn sein muss«, brummte sie mürrisch und reckte ihr arrogantes Näschen in die Höhe.

Nell führte ihre Schutzbefohlene seufzend aus der Kabine und hinauf aufs Deck. Es könnte noch schlimmer sein, tröstete sie sich dabei. Sie könnte noch in dem Dorf sein, das am Tod ihrer Eltern schuld war. Sie könnte dem Arzt über den Weg laufen, der sich geweigert hatte, der »Verdammten« medizinische Hilfe zu leisten, dem Vikar, der der »Verdammten« ein christliches Begräbnis verwehrt hatte. Und den Dorfbewohnern, die danebengestanden und nichts getan hatten.

Sie könnte immer noch unter jenen Menschen leben müssen, die jede ihrer Bewegungen verfolgt und nur darauf gewartet hatten, dass sie ähnliche Anzeichen von Irrsinn zeigte, wie ihre arme Mutter.

Während ihr Vater vor Kummer langsam zugrunde ging. Aber dort war sie nicht mehr. Sie hatte den Mädchennamen ihrer Mutter genutzt, um Einlass in die besseren Kreise von Bath zu erlangen. Sie hatte sich diese Stelle als Gouvernante verschafft. Und jetzt befand sie sich auf einem Schiff in Richtung Kontinent, weit, weit weg von ihrem verhassten Heimatdorf.

»Miss Witherspoon!« Tabitha klopfte ungehalten mit ihrer Schuhspitze auf das Holzdeck. »Die Stühle sind ja alle besetzt!«

Nell ließ den Blick stirnrunzelnd über das gute Dutzend Passagiere schweifen, das auf den zwanglos verstreuten Stühlen saß. Dann holte sie tief Luft und konzentrierte sich auf eine Dame mit einem ausladenden Straußenfederhut.

»Komm, Tabitha«, forderte sie das Mädchen auf und zog es auf die junge Frau zu, der sich in diesem Moment von rechts ein junger Mann näherte.

»Woher wussten Sie, dass sie aufstehen würde?«, fragte Tabitha unwirsch, während sie sich in den Stuhl plumpsen ließ, den die Dame mit dem Straußenfederhut soeben frei gemacht hatte.

»Reines Glück«, erwiderte Nell mit einem abweisenden Lächeln.

Sie wusste selbst am besten, wie gefährlich es war, die Leute merken zu lassen, dass sie anders war. Man würde ihr Irrsinn vorwerfen und sie *verdammen*.

»Also, wo waren wir stehen geblieben? Ach ja, das osmanische Heer stand schon beinahe vor den Toren von Konstantinopel.«

Begeistert erzählte sie von dem raffinierten Plan des damaligen osmanischen Sultans, Mehmet, der seine Schiffe über Land hatte transportieren lassen und so überraschend die Hauptstadt des byzantinischen Reichs eroberte. Geschichte war schon immer ihr Lieblingsfach gewesen. Sehnsüchtig dachte sie daran zurück, wie ihr der Vater bei den Mahlzeiten oft von dieser oder jener Schlacht erzählt hatte.

»Das ist *so* langweilig! Wieso muss ich solches Zeug überhaupt wissen?«, beschwerte sich Tabitha. Ihre Unterlippe begann zu zittern. Heulen auf Kommando, das war das Neueste, was ihr ihre Mutter zurzeit beibrachte, wie Nell sehr wohl wusste. Sie wollte das Mädchen schon angewidert zurechtweisen, da wurde ihre Aufmerksamkeit von fröhlichem Babyglucksen abgelenkt. Ihr Blick schweifte übers Deck. An der Reling stand ein Mann, der auf jedem Arm ein Kleinkind hatte.

Nell stockte der Atem.

Der Mann war einfach umwerfend. Groß, helle Haut, rabenschwarze Haare. Und soweit sie das aus dieser Entfernung beurteilen konnte, besaßen seine Augen die Farbe des blauen Himmels. Aber das Faszinierendste an diesem Fremden waren sein frohes Lachen und die beiden tiefen Grübchen in seinen Wangen, während sein Blick zärtlich auf seinen beiden Kindern ruhte.

»Was für ein Glück seine Frau hat«, murmelte Nell. Hingerissen beobachtete sie, wie er die Kleinen auf seinen Armen schaukelte und dabei komische Geräusche machte, die die Kleinen noch mehr zum Lachen reizten.

»Welche Frau?«, wollte Tabitha wissen und riss Nell damit aus ihrer Versunkenheit. Nur widerstrebend löste sie ihren Blick von dem glücklichen Trio. *Wenigstens hat ihre*

Unterlippe aufgehört zu zittern, dachte sie, während sie ihre Schülerin ansah.

»Keine. Also, was hast du dir bisher gemerkt?«

Tabitha schenkte ihr einen vernichtenden Blick. »Nichts. Ich habe gar nicht zugehört. Man sollte sich nie mit Niedrigstehenderen abgeben, sagt Mutter!«

Selbst Florence Nightingale hätte bei diesem Balg die Geduld verloren!

»Aber deine Mutter hat mich angestellt, um dich zu unterrichten, also noch mal von vorne.«

Tabitha sank in ihrem Stuhl zusammen und starrte Nell aufsässig an, während diese begann, die Geschichte noch einmal von vorne zu erzählen. Dabei wanderte ihr Blick unwillkürlich zu dem Mann mit den zwei kleinen Kindern zurück. Ein anderer Mann hatte sich ihm angeschlossen, ebenso attraktiv, aber blond. Der ernste Gesichtsausdruck des Blonden stand in eigenartigem Kontrast zum fröhlichen Grinsen ihres Fremden.

Ihr Fremder? Woher war das auf einmal gekommen?

Der Blonde nahm dem anderen das kleine Mädchen ab, und beide Männer drehten sich zur Reling hin und schauten zur entschwindenden Küste Englands zurück. Nells Blick hing an der Schulter »ihres« Fremden, auf dem nun das Köpfchen des Jungen ruhte, der älter zu sein schien als das Mädchen. Seine Augen waren direkt auf sie gerichtet, während er mit seinen kleinen Fäustchen an den schwarzen Locken seines Vaters zog.

Nell verspürte plötzlich das Bedürfnis, mehr über die Frau zu erfahren, die das Glück hatte, die Mutter seiner Kinder zu sein. Wer war sie? Wie sah sie aus? Es war vollkommen unüblich, dass sich ein Vater – noch dazu ein so offensichtlich wohlhabender Vater – so lange selbst um seine Kinder kümmerte – oder sich überhaupt kümmerte. Wo war seine Frau? Das Kindermädchen?

Ohne zu merken, dass sie zu sprechen aufgehört hatte, konzentrierte sich Nell auf den mysteriösen Mann. Sie holte tief Luft. Eine Sekunde verging. Dann sprang Nell jäh auf, stieß dabei ihren Stuhl um und rannte, eine Warnung auf den Lippen, auf den mysteriösen Fremden zu.

3. Kapitel

Er konnte den Salzgehalt der Luft beinahe schmecken. Mikhail ließ seinen Blick übers Wasser schweifen. Mitja wand sich in seinen Armen. Er tätschelte dem kleinen Sohn seiner Schwester den Rücken, wiegte ihn hin und her. Wie konnte jemand diesem Kind etwas antun wollen? Mikhail begriff es einfach nicht.

Etwas mehr als zwei Jahre waren vergangen, seit er eine Wahrheit entdeckt hatte, die seine Welt auf den Kopf stellte: Vampire existierten tatsächlich.

Und nicht nur das, sie lebten mitten unter den Menschen. Nur indem sie Lügen über sich und ihre Spezies erfanden, schafften sie es, sich vor den Augen der Welt zu verbergen: *Vampire vertragen keinen Knoblauch, Weihwasser verbrennt ihre Haut, sie fürchten das Kruzifix …*

Und natürlich die größte Lüge von allen: Vampire ertragen kein Sonnenlicht.

Außerdem richteten sich die Vampire nach strikten Gesetzen, die sie sich selbst auferlegt hatten, um überleben zu können. Das wichtigste lautete, dass das Trinken von Menschenblut verboten war. Sie glaubten, dass ihre Anonymität – und Unversehrtheit – auch in Zukunft nur dann gewährleistet war, wenn sie die Menschen in Ruhe ließen und Gerüchte von blutsaugenden Kreaturen der Nacht verbreiteten, die sich in Fledermäuse oder Wölfe verwandeln konnten.

Und es schien zu funktionieren.

Er, Mikhail, hatte die ersten zwanzig Jahre seines Lebens in vollkommener Ahnungslosigkeit verbracht, so wie der Rest der Menschheit auch. Bis zu jener Nacht, in der er herausfinden musste, dass seine Schwester ein Halb-Vampir war.

Sein Blick fiel auf das kleine Mädchen in Kirils Armen. Catherine, oder Katja, wie er sie nannte, war erst sieben Monate alt, aber schon jetzt eine richtige Schönheit mit den blassgrünen Augen ihrer Mutter und dem gewinnenden Lächeln ihres Vaters.

Es war fast unmöglich zu glauben, dass dieses kleine Mädchen, ebenso wie seine Mutter, Mitja und Angelica, eine »Auserwählte« war: ein Halb-Vampir. Und nun hatte eine Gruppe von Vampiren, die sich die »Wahren Vampire« nannte, beschlossen, sie alle auszulöschen.

»Ob ihnen kalt ist?«, überlegte Kiril neben ihm unsicher. Mikhail rang noch immer mit dem kleinen Mitja, der auf seinen Armen herumhopste, als wolle er runterspringen. Mit fünfzehn Monaten war Mitja seinem Vater wie aus dem Gesicht geschnitten – bis auf die Mandelaugen, die er von Angelica geerbt hatte.

Mikhail fühlte Mitjas Stirn. Sie war warm, aber was hieß das schon? Vielleicht war ihm ja trotzdem kalt.

»Ich weiß nicht«, gestand er frustriert. Er hatte doch keine Ahnung von Babys! »Vielleicht sollten wir wieder reingehen, nur zur Sicherheit?«

Kiril, der genauso wenig Erfahrung mit Kindern hatte,

nickte. Beide Männer hatten ein Kindermädchen mitnehmen wollen, aber die Clanoberhäupter hatten aus Sicherheitsgründen davon abgeraten. Das Kindermädchen sollte erst eingestellt werden, wenn sie ihr Ziel in Süditalien erreicht hatten. Auf diese Weise bräuchten sie sich wenigstens nicht um eine weitere Person zu sorgen. Oder sie verdächtigen ... Dies waren unsichere Zeiten, in denen man nicht wusste, wem man vertrauen konnte und wem nicht.

Mikhail nahm Mitja fester in die Arme und wollte sich gerade umdrehen, um das Deck zu verlassen, als eine laute Frauenstimme an sein Ohr drang.

»Schnell, schnell, Sie müssen von hier verschwinden!«

Angespannt fuhr er herum und musterte die Frau, die auf sie zugestürzt kam. Eine Waffe schien sie nicht zu besitzen, jedenfalls keine, die zu sehen war. Kiril reichte ihm Katja und trat einen Schritt vor, um die offensichtlich hysterische Frau abzufangen. Sie versuchte sich von Kiril loszureißen. Ihre honigbraunen Augen richteten sich flehend auf Mikhail.

»Sie werden gleich da sein! Sie dürfen keine Zeit verlieren!«

Mikhail schaute sich um, aber abgesehen von einem halben Dutzend Passagieren, die entspannt übers Deck schlenderten, konnte er nichts entdecken. Einige warfen ihnen bereits neugierige Blicke zu. *Na großartig*, dachte er. Sie erregten Aufmerksamkeit, und das war das Letzte, was sie im Moment gebrauchen konnten.

»Es ist keiner von *uns* an Bord, das weiß ich ganz genau«, sagte Kiril und bemühte sich, die aufgebrachte Frau festzuhalten. *Also keine Vampire*, dachte Mikhail. Er fand es beinahe schade, dass eine so schöne Frau so offensichtlich den Verstand verloren hatte.

»Bei Achilles' Riesenfüßen, ich bin nicht verrückt!«, rief sie, als hätte sie seine Gedanken gelesen. »Wenn Sie nicht gleich von hier verschwinden, werden die Kinder sterben!«

Mikhails Miene verhärtete sich. Er gab Katja an Kiril zurück und packte mit seiner freien Hand die Frau. Sie war ganz offensichtlich verrückt, aber er wollte kein Risiko eingehen. Es konnte kein Zufall sein, dass, nur einen Tag nachdem die Kinder so knapp einem Mordanschlag entgangen waren, nun eine Verrückte auftauchte, um sie vor einem Angriff auf die Kinder zu warnen. An derartige Zufälle glaubte Mikhail nicht.

»Wohin?«, fragte er rasch und packte die Frau fester. Sie zuckte zusammen, wehrte sich aber nicht und zog ihn rasch vom Vorderdeck fort, zum Heck des Schiffes.

»Es sind sechs, soviel ich weiß. Sie haben Dolche, vielleicht auch Pistolen. Sie wollen die Kinder umbringen und Sie auch!«

Mikhail ließ die Frau los und nahm nun auch das zweite Kind. »Kiril, geh zurück und schau nach, ob da jemand ist«, befahl er.

Kiril nickte, nicht ganz überzeugt.

»Warten Sie«, sagte die Frau zu dem Vampir, der Anstalten machte zu gehen. »Derjenige, der wie der Anführer aussieht, hat Stiefel mit einer roten Paspelierung. Der Griff seines Dolchs ragt daraus hervor, er ist nicht zu übersehen. Alle anderen sind dunkel gekleidet. Eine Frau ist auch darunter.«

Kiril verschwand.

Mikhail fühlte sich zunehmend unbehaglicher. Die Genauigkeit, mit der sie ihre Angreifer beschrieb, ließ die drohende Gefahr fast real erscheinen. Auch hatte er das Gefühl, dass sie es ehrlich meinte. Wie auch immer, er durfte nichts riskieren.

Rasch trat er an die Reling und blieb neben einem festgezurrten Rettungsboot stehen. Die Frau schien von Minute zu Minute nervöser zu werden.

»Hier, halten Sie sie kurz«, befahl er und übergab ihr die Kinder. »Wenn Sie ihnen etwas antun, werden Sie das mit dem Leben bezahlen.«

Ein panischer Ausdruck huschte über ihre Züge, aber sie sagte nichts. Rasch knüpfte Mikhail die Seile los, mit denen die Jolle festgemacht war.

»Was tun Sie da?«, fragte die Frau mit zitternder Stimme. Mikhail machte Anstalten, das Boot ins Wasser zu lassen.

»Für einen Fluchtweg sorgen, falls wir einen brauchen«, antwortete er knapp.

»Mikhail!«

Kiril kam angerannt und packte zwei der Seile. »Die Frau hatte recht. Wie bekommen wir die Kinder ins Boot?«

Mikhails Handflächen brannten. Er überlegte kurz, während er die Seile weiter hielt. Das Boot hing jetzt nur noch wenige Meter über dem Wasser. Er hob den Kopf und sah die Frau an.

»Los, klettern Sie ins Boot.«

Die Frau wich angstvoll einen Schritt zurück, doch Mikhail starrte sie weiter durchdringend an. Sie musste ihm jetzt einfach gehorchen, sie hatten keine Zeit zu verlieren. Und keine andere Wahl, als sie mitzunehmen, wer auch immer sie sein mochte. Sie hatte sie vor der drohenden Gefahr gewarnt, um der Kinder willen. Die Kinder schienen also ein gutes Druckmittel zu sein, und er scheute sich nicht, es einzusetzen. »Wollen Sie, dass sie sterben?«

»Ach, bei Thors Streitaxt!«

Verblüfft über diesen bizarren Ausbruch sah Mikhail, wie sie kurz die Augen schloss und sich dann in Bewegung setzte.

»Wie soll ich ins Boot klettern, wenn ich die Kinder auf dem Arm habe?!«

Mikhail nickte Kiril zu, der daraufhin die Seile ergriff, und nahm ihr die Kinder ab.

»Schnell, steigen Sie ein. Ich werde Ihnen die Kinder herunterreichen.«

Sie kletterte über die Reling, wobei ihre schlanken Waden unter ihren Röcken zum Vorschein kamen. Mikhail versuchte, nicht allzu auffällig hinzustarren. Dafür war jetzt weiß Gott keine Zeit!

»Aber wie soll er das Boot ganz allein halten, wenn ich es auch noch mit meinem Gewicht belaste?«

Sie schaute zu Kiril hinauf. Eine vernünftige Frage – zumindest für jemanden, der nicht wusste, dass Kiril ein Vampir war und übermenschliche Kräfte besaß.

»Jetzt steig schon ein, Frau!«

Sie sprang ins Boot und streckte die Arme hoch. Mikhail reichte ihr zuerst Katja, dann Mitja hinunter. Dann trat auch er wieder an die Seile. Zusammen mit Kiril ließ er das Boot so sanft wie möglich hinab. Übermenschliche Kräfte oder nicht, allein hätte Kiril das Boot nicht im Gleichgewicht halten können.

Gerade als die Jolle in den Wellen aufkam, ertönte vom Vorderdeck her ein Ruf.

Das Boot schlug klatschend im Wasser auf und wurde vom Schiff mitgezogen. Mikhail beugte sich über die Reling und rief der Frau zu: »Nehmen Sie die Ruder, und rudern Sie ein Stück vom Schiff weg, wir machen die Leinen los!« Die Jolle tanzte auf der vom Schiff aufgewühlten Gischt. Zufrieden sah Mikhail, wie die Frau die Kinder im Bauch des Boots ablegte und nach den Rudern griff.

»Mikhail!«, rief Kiril drängend. Ihre unerwünschten Gäste waren fast da.

»Lass die Seile los!«, rief er und folgte auch sogleich seinem eigenen Befehl. In diesem Moment tauchte der erste Angreifer auf. Der Bastard stach mit dem Dolch auf ihn ein! Mikhail wich in letzter Sekunde aus, und das Messer schoss knapp an seiner Schulter vorbei. Dann gelang es ihm, dem Schurken den Dolch aus der Hand zu schlagen. Kiril neben ihm kämpfte mit zwei Männern auf einmal. Einer davon stieß gerade einen Schmerzensschrei aus. Mikhail duckte sich, schlug zu und wandte sich dann dem nächsten Angreifer zu.

Wütend stürzte er sich auf ihn. Diese Halunken, sie wollten die Kinder ermorden! Mikhail rollte mit seinem Gegner übers Deck. Dabei gelang es ihm, dem Mann einen Kinnhaken zu versetzen. Ihm wurde klar, dass er stärker war als diese Männer. Das waren keine Vampire! Und das jahrelange Sparring im Gentlemen's Club schien sich nun auszuzahlen. Mikhail kämpfte wie entfesselt.

Wenige Augenblicke später hatte er seinen Gegner bewusstlos geschlagen. Er blickte auf und sah, dass fünf weitere auf sie zustürzten. Ein Blick auf Kiril überzeugte ihn davon, dass dieser noch nicht einmal schwer atmete und nur auf den nächsten Kampf zu warten schien. Der Vampir würde mit Leichtigkeit mit ihren Gegnern fertig werden; er selbst musste sich jetzt um die Frau und die Kinder kümmern.

»Kiril, komm nach, sobald du kannst!«, rief Mikhail ihm zu, dann machte er einen Hechtsprung ins Meer.

4. Kapitel

Jetzt sitzt du aber ganz schön in der Tinte, dachte Nell und zog eine Grimasse. Sie saß in einem wild schaukelnden Boot mitten im Ärmelkanal mit zwei Babys, auf die sie aufpassen sollte! Und was noch schlimmer war, das Boot schien auf die englische Küste zuzutreiben, genau dorthin also, wohin sie am wenigsten wollte.

Unmöglich! Das war schlimmer, als ... als ... die fauligen Zähne von Katharina der Großen ... oder Napoleons Fußpilz ... oder der Schleim an den Stiefeln von Iwan dem Schrecklichen ... Nell zählte das Ekligste auf, was ihr in den Sinn kam. Da begann eins der Babys zu weinen, und Nell bekam sofort Gewissensbisse. Sie pflasterte ein Lächeln auf ihr Gesicht und begann besänftigend auf die Kleine einzureden. Mit Sicherheit hatte sie Nells Anspannung gespürt.

»Schon gut, Schätzchen, dein Vater wird bald wieder da sein. Dein Bruder weint ja auch nicht, siehst du? Wenn du mir nicht glauben willst, dann glaub wenigstens ihm.«

Aber das Engelsgesichtchen verzerrte sich nur noch mehr, und die Kleine begann wie am Spieß zu schreien. Und ihr Bruder machte Anstalten, sich ihr anzuschließen! Nell versuchte, nicht in Panik zu geraten, aber das war nicht leicht. Was sollte sie jetzt bloß machen? Sie nahm die Babys fester in die Arme und blickte sich um auf der Suche nach etwas, das sich als Spielzeug verwenden ließe. Nichts! Nur die beiden Ruder, die sie sicherheitshalber ins Boot gezogen hatte, damit sie nicht wegtrieben. Was für ein blödes Boot! Es hatte nicht mal Spielzeug an Bord. »Nutzloser Holzhaufen«, brummelte sie böse. Sie blickte erneut ihre beiden kleinen Schützlinge an. »Schon gut! Ist ja schon gut. Wie wär's wenn ich euch eine Geschichte erzähle? Na, wäre das was?« Nicht dass sie eine Antwort erwartete, dafür schienen sie noch zu klein zu sein. Wann fingen Babys eigentlich zu sprechen an? Nell hatte keine Ahnung.

Sie erhob sich wackelig und ging vorsichtig nach vorne zum Bug, wo es eine kleine, dreieckige Sitzbank gab. Dort legte sie die Kinder ab, setzte sich dazu und beugte sich schützend über sie, damit sie nicht ins Wasser rollen konnten.

Überrascht darüber, dass sie abgelegt worden waren, hörten die Kleinen zu weinen auf und schauten sie blinzelnd an. Nell grinste und vergaß einen Augenblick lang die Tatsache, wie knapp sie diesen mörderischen Schurken entkommen war und dass sie nun in einem kleinen Boot schutzlos im Ärmelkanal dümpelte. Sie war einfach nur froh, dass die Kleinen zu schreien aufgehört hatten.

»Na also! Das ist doch schon viel besser, nicht wahr? Kein Grund zum Weinen. Das ist ein Abenteuer! Wenn ihr mal groß seid, könnt ihr es euren Kindern erzählen!«

Nell strahlte noch mehr. Die Kur wirkte auch bei ihr. Es war tatsächlich besser, dies alles als romantisches Abenteuer zu betrachten – obwohl sie ja bestimmt nie heiraten und es daher auch nie ihren Kindern würde erzählen können. Nein, sie konnte und wollte ihren Fluch nicht an ihre Nachkommen weitergeben.

Ein Glucksen zog ihre Aufmerksamkeit wieder auf die Kinder. Überrascht blickte sie in die süßen Gesichter. Noch ein Gurgeln, gefolgt von vier wedelnden Ärmchen! Lachten sie? Sie lachten ja!

Entzückt beugte sich Nell tiefer über die Kinder und beide griffen automatisch nach den Locken, die sich aus ihrem Haarknoten gelöst hatten. Beide gurgelten lauter, und Nell wurde auf einmal ganz warm ums Herz, trotz des kalten Windes.

»So ist's besser!«, lachte sie. »Kein Grund zur Sorge, stimmt's? Das nützt sowieso nichts. Nein, ganz bestimmt nicht!«

Auf einmal begann das Boot wild zu schaukeln, und Nell wäre fast auf die Kinder gefallen. Was war denn jetzt schon wieder? Grimmig fuhr Nell herum. Zu ihrem Schrecken sah sie einen Arm, der sich über den Bootsrand gehängt hatte, und eine nasse Gestalt, die sich hineinzuhieven versuchte. Nell handelte, ohne weiter nachzudenken. Sie legte die Kinder in den Bauch des Boots, damit sie nicht ins Wasser fallen konnten, packte ein Ruder und hob es drohend in die Höhe.

»Wenn Sie nicht der Vater dieser Kinder sind, dann hauen Sie besser gleich wieder ab, oder ich werde Ihnen den Schädel einschlagen!«

Der triefende Mann zog sich wortlos ins Boot, und Nell holte mit dem Ruder aus. *Er wird den Kindern nichts an-*

tun!, schwor sie sich, kniff die Augen zu und schwang das Ruder.

»Verdammt noch mal, Frau! Bist du wahnsinnig?« Zwei große Hände hatten das Ruder gerade noch gepackt, bevor es sein Ziel treffen konnte: den Schädel des Eindringlings. Nell zerrte mit einem zornigen Knurren am Ruder. In diesem Moment strich sich die triefende Gestalt das Haar aus dem Gesicht.

Nell atmete auf. »Ach, Sie sind's.«

Er wischte sich wütend das Gesicht ab. »Haben Sie das auch schon gemerkt? Wie scharfsinnig«, sagte er sarkastisch.

Nell stemmte die Hände in die Hüften. »Nun, Sir, ich hatte Sie gewarnt. Sie hätten mir antworten können!« Ihr die Schuld zuzuschieben! Dabei hatte sie bloß die Kinder verteidigen wollen. *Die Kinder!* Sie fuhr herum und nahm die Kleinen auf die Arme.

»Verzeihung! Tatsächlich war ich noch damit beschäftigt, wieder zu Atem zu kommen, nachdem ich diese lange Distanz geschwommen bin!«, sagte er hinter ihr.

Sie drehte sich wieder zu ihm um. »Woher sollte ich das denn wissen? Wäre es Ihnen lieber gewesen, ich hätte wie ein dummes Schaf dagesessen und gewartet, bis wer weiß wer ins Boot klettert und meine armen Schätzchen ermordet?« Ha! Der würde ihr kein schlechtes Gewissen einreden, egal was er sagte. Sie wusste, dass sie richtig gehandelt hatte.

Er kniff die Augen zusammen, während er sie musterte, und Nell konnte nicht anders, sie musste ihn einfach bewundern. So wie vorhin, als er mit seinen Kindern an der Reling stand. Obwohl er jetzt natürlich tropfnass war.

»Das sind nicht *Ihre* ›armen Schätzchen‹, Madam«, sagte er stirnrunzelnd und streckte die Arme nach den Kindern aus.

»Mag sein«, stimmte ihm Nell überrascht zu. Hatte sie wirklich »meine« gesagt? Sie musste mehr unter Schock stehen, als sie gedacht hatte. »Aber ich werde sie erst mal trotzdem behalten, denn Vater oder nicht, Sie würden sie im Moment nur fürchterlich nass machen. Sie könnten eine Lungenentzündung bekommen!«

»Mikhail. Mikhail Belanow«, seufzte der Mann, ließ die Arme sinken und nahm auf der Heckbank Platz. »Und ich bin nicht ihr Vater. Ich bin ihr Onkel.«

»Ach.«

Keine besonders intelligente Antwort, aber mehr fiel ihr nicht dazu ein. Hm. Er war also nicht ihr Vater, sondern ihr Onkel. Nun, das änderte nichts, oder? Sie setzte sich erneut auf die Bugplanke, ein Baby auf jedem Arm, und holte erst einmal tief Luft. Was jetzt? Sie musste irgendwie nach Rotterdam kommen und hoffen, dass Tabitha und ihre Eltern noch dort wären. *Und bereit, mich wieder in ihre Dienste aufzunehmen*, dachte sie grimmig.

»Nun, Mr. Belanow, so unterhaltsam das alles auch gewesen sein mag, jetzt wo die Kinder in Sicherheit sind, muss ich zusehen, dass ich so rasch wie möglich nach Rotterdam komme. Meine Arbeitgeber werden nicht gerade begeistert darüber sein, dass ich ihre Tochter ohne ein Wort auf dem Deck habe stehen lassen.« Erst jetzt merkte

Nell, dass Mikhail Belanow ihr überhaupt nicht zuhörte. Er blickte prüfend aufs Meer hinaus.

Wonach hielt er Ausschau? Eine leise Furcht wollte sich erneut in ihr regen. Ob sie verfolgt wurden? Ihr Blick fiel auf die Kinder, sie verengte die Augen und konzentrierte sich. Ihr Atem stockte, doch dann entspannte sie sich wieder. Es war bloß der andere Mann, der, der ihnen bei ihrer Flucht geholfen hatte.

»Er wird bald da sein«, sagte sie ohne zu überlegen.

Mikhail sah sie durchdringend an. Er hatte sie also doch gehört. Verflixt und zugenäht!

»Ihr Freund«, sagte sie rasch, um ihn von ihrem Fehler abzulenken. »Ich sah soeben seinen Kopf. Er schwimmt auf uns zu. Er ist es doch, hoffe ich?« Sie versuchte nervös zu klingen und hoffte inständig, dass der Mann mittlerweile tatsächlich in Sichtweite war. Ihr Blick huschte übers Wasser. Ja, dort hinten war ein Kopf aufgetaucht. Gott sei Dank! Triumphierend wandte sie sich dem schweigenden Mikhail zu.

»Sehen Sie ihn? Dort hinten! Hier, nehmen Sie trotzdem zur Sicherheit das Ruder.«

Er starrte sie noch immer so seltsam an, nahm jedoch das angebotene Ruder.

Als der Schwimmende nur mehr wenige Meter vom Boot entfernt war, hielt er inne. »Ich bin's, Kiril«, rief er.

»Na, das ist mal ein Mann mit Verstand«, bemerkte Nell lobend, doch dann sah sie Mikhails düsteren Gesichtsausdruck, und ihr wurde bewusst, dass sie ihn soeben indirekt als dumm bezeichnet hatte. Sie wollte sich schon entschuldigen, doch da begann eins der Babys zu weinen.

»Starren Sie mich nicht an, als ob Sie mir den Hals umdrehen wollten!«, schalt sie ihn. »Die Kinder spüren die Anspannung, die Sie verbreiten!«

Mikhail wandte sich von der nervtötenden Frau ab und half Kiril ins Boot.

»Ist dir jemand gefolgt?«, fragte er sogleich. Wenn man ihnen auf den Fersen war, mussten sie so schnell wie möglich weiter.

»Nein, dafür habe ich gesorgt«, antwortete Kiril und musterte prüfend die Frau mit den Kindern.

»Es geht ihnen gut«, erklärte Mikhail überflüssigerweise. Es war offensichtlich, wie wohl sich die Kinder am üppigen Busen der schönen, wenn auch enervierenden Fremden fühlten ... Wie hieß sie überhaupt?

»Wie ist Ihr Name?«, fragte er barsch. Er hätte höflicher sein können, das wusste er, aber er war wie zerschlagen vom Kampf und dem anschließenden langen Schwimmen. Diese mörderischen Halunken! Fast wäre es ihnen gelungen, die Kinder zu töten!

Die Frau warf ihm einen Blick zu, dann wandte sie wortlos wieder ihr Gesicht ab. *Was zum Teufel ...?*

»Jetzt hören Sie mal ...«

»Ich muss mich für meinen Freund entschuldigen, Miss. Sie können sich sicher vorstellen, dass die Ereignisse des Tages seine Nerven und seine Manieren strapaziert haben. Aber ich kann Ihnen versichern, wie dankbar wir beide für Ihre rechtzeitige Warnung sind und dass Sie uns geholfen haben, die Kinder zu retten. Sie sind eine wahre Heldin.« Kiril lächelte gewinnend.

Mikhail kam plötzlich der Gedanke, dass er vielleicht ein wenig unhöflich gewesen war. Sie hatte schließlich tatsächlich die Kinder gerettet.

»Ach nein, Mr. Kiril, ich bin keine Heldin. Jedenfalls ist es sonst nicht meine Art, mich in gefährliche Situationen zu begeben. Ich habe einfach nicht nachgedacht … Es ging alles so schnell. Ach ja, meine Name ist St … ich meine Nell. Sie können mich Nell nennen.«

Nell lächelte Kiril zu. Aber Mikhail war noch immer nicht überzeugt. Warum hatte sie so gezögert, bevor sie ihren Namen nannte? Warum hatte sie gestottert? Zuvor war sie ja auch so mutig gewesen, hätte ihm beinahe mit einem Ruder den Schädel eingeschlagen! Woher die plötzliche Unsicherheit?

»Nun, Nell, wir danken Ihnen«, sagte Kiril und warf Mikhail einen auffordernden Blick zu, doch dieser schwieg. Irgendetwas stimmte nicht mit dieser Nell.

»Wie kamen Sie überhaupt dazu, uns zu helfen?« Er starrte sie durchdringend an, achtete aufmerksam auf jedes Anzeichen dafür, dass sie log. Und da war es wieder, dieses Zögern. Er war sicher, dass sie gleich die Unwahrheit sagen würde!

»Bei Torquemadas Mundgeruch, Mr. Belanow, Ihre Haltung lässt zu wünschen übrig. Ich habe gerade mein Leben und meinen guten Ruf riskiert, um Ihnen und den Kindern zu helfen, wahrscheinlich auch noch meine Stellung! Es ist also an mir, hier die Fragen zu stellen, wenn Sie nichts dagegen haben! Wer waren diese Männer, warum wollten sie diese armen, unschuldigen Kinder töten, und wie um alles in der Welt geht es jetzt weiter?«

Mikhail starrte sie fassungslos an. Niemand redete so mit ihm, weder Männer und ganz besonders keine Frauen! Die Frauen, die er kannte, lagen ihm sämtlich zu Füßen, klimperten andauernd mit den Wimpern und warfen ihm provokative Blicke zu. Wer war diese Nell, und woher kam sie?

»Wer ist Torquemada?«, erkundigte sich Kiril auf Russisch bei ihm. Er hatte inzwischen auf der Ruderbank Platz genommen und nach den Rudern gegriffen.

»Der erste Großinquisitor von Spanien. Oberhaupt der heiligen Inquisition. Verantwortlich für den Tod von Tausenden«, erklärte Mikhail zerstreut. Nell wartete noch immer auf eine Antwort, wenn er ihren Gesichtsausdruck korrekt interpretierte.

Er beschloss, sie nicht weiter zu beachten, und trat beiseite, um Kiril zum Rudern Platz zu machen. »Die Strömung ist günstig. Ich übernehme die zweite Schicht. Wir müssten die englische Küste eigentlich in zwei, drei Stunden erreichen.« Der Vampir nickte zustimmend.

»Unmöglicher Dickschädel.«

Mikhail wandte sich der brummelnden Nell mit einem sarkastischen Lächeln zu. »Keine Sorge, Miss Nell, wir bringen Sie wohlbehalten nach England zurück.«

»Aber ich will nicht nach England zurück! Ich habe Ihnen doch gesagt, dass ich nach Rotterdam muss!«

5. Kapitel

Der Himmel ist blau, dachte Mikhail, während er sich in die Ruder legte, *die Sonne scheint, und es liegt ein würziger Salzgeruch in der Luft.*

Ein Schauder überlief ihn, und er biss die Zähne zusammen. Er fror in seinen nassen Sachen. *Dabei ist es gar nicht so kalt, sagte er sich. Für diese Jahreszeit ist es sogar ausgesprochen mild. Den Kindern geht's gut. Sie weinen nicht. Na! Könnte also schlimmer sein.* Mikhail fasste Mut und legte sich ins Zeug. Das Boot schoss über die Wellen.

»Lächeln Sie etwa?« Nell starrte ihn derart fassungslos an, dass er unwillkürlich lachen musste. Kiril hatte ihn davon überzeugt, dass von der Frau keine Gefahr drohte. Und nach den letzten zwei Stunden im Boot musste er ihm beipflichten.

»Er lacht«, sagte sie zu Kiril. Der zuckte nur mit den Schultern.

»Aber wieso?« Diese Überlegung war an Mikhail gerichtet.

Um die Wahrheit zu sagen lachte Mikhail aufgrund seiner Krankheit. Oder besser gesagt, indirekt aufgrund seiner Krankheit. Vor zehn Jahren war ein Herzfehler bei ihm festgestellt worden, für den die Ärzte jedoch keine Ursache hatten finden können. Und auch kein Heilmittel. Den einzigen Rat, den sie ihm gaben, war, sich nicht zu sehr aufzuregen, da dies zum Tode führen konnte. Seitdem war Mikhail sozusagen zum Zwangsoptimisten geworden. In seinem prekären Zustand konnte er es sich nicht leisten, sich zu sehr über das Leben aufzuregen. Also lachte er. Nicht dass *Miss* Nell das zu wissen brauchte.

Mikhail hielt inne, zog die Ruder aus dem Wasser und ließ Kiril wieder ran, der diese Aufgabe nur zu gerne übernahm. Genau genommen hätte er sie die ganze Strecke bis nach England rudern können, aber Mikhail hatte eine Schicht übernommen, weil ihm körperliche Tätigkeiten gewöhnlich dabei halfen, seinen Kopf frei zu bekommen.

»Und warum nicht?«, fragte er, während er neben Nell Platz nahm. Kiril begann wieder zu rudern. Es war jetzt nicht mehr weit, vielleicht noch eine Stunde, und die Strömung war noch immer günstig. Ein Grund mehr, sich zu freuen.

»Muss ich wirklich die offensichtlichsten Dinge erklären?«, sagte sie in so trockenem Ton, dass Mikhail schon wieder lachen musste. Er schaute die Frau an seiner Seite an und beschloss, dass es besser war, über ihre seltsame Art zu lachen, als sich über sie aufzuregen.

»Die Gefahr ist vorüber, und ich lache nun mal gerne«, sagte er schlicht. Sein Blick fiel auf die schlafenden Kinder in Nells Armen. *Sie sieht gut aus mit den Kindern*, schoss es ihm durch den Kopf. Wo war dieser ungebetene Gedanke auf einmal hergekommen? Sein Lächeln erlosch.

»Ja, die Gefahr ist vorbei, und nichts könnte mich glücklicher machen, aber was geschieht jetzt? Sie haben mich vorhin ignoriert, als ich sagte, ich müsse unbedingt nach Rotterdam, aber es bleibt eine Tatsache. Ich muss meine Arbeitgeber finden, bevor sie beschließen, dass sie mich nicht weiter beschäftigen.«

Mikhail machte sich keine Sorgen um Nells Situation. Die Frau hatte ihnen das Leben gerettet, und er hatte längst beschlossen, sie auf seinen Landsitz nach Shelton Hall zu bringen. Dort würden sich die Haushälterin und das übrige Personal um sie kümmern, bis alles vorüber war. Und danach würde er schon dafür sorgen, dass sie für den Rest ihres Lebens nicht mehr arbeiten musste. Aber jetzt war nicht der richtige Zeitpunkt, ihr all das zu erklären. Zuerst galt es, die Kinder in Sicherheit zu bringen.

»Hast du nachgedacht?«, fragte er Kiril auf Russisch. Nell schnaubte, doch Mikhail beachtete sie nicht.

»Ja. Ich werde nach London zurückkehren und die Oberhäupter warnen müssen. Mit menschlichen Vampirjägern rechnen sie nicht. Das könnte gefährlich werden«, antwortete Kiril, ebenfalls auf Russisch.

»Du hast recht. Ich muss einen sicheren Ort finden, wo ich mich mit den Kindern verstecken kann, bis du nachkommst. London wäre zu gefährlich für sie.«

Kiril ruderte stirnrunzelnd weiter. »Das wird nicht leicht werden, allein mit zwei Babys.«

Mikhails Blick fiel auf die Frau mit den Kindern auf den Armen.

»Sie scheint eine Anstellung zu brauchen«, bemerkte Kiril und sprach damit genau das aus, was auch Mikhail dachte. »Sie hat uns gewarnt, und ohne sie wäre einer von uns, wenn nicht alle, gestorben«, fuhr Kiril fort, als spürte er, wie unangenehm es Mikhail war, die Frau um Hilfe zu bitten.

Aber seinem Freund war natürlich nicht klar, warum Mikhail überhaupt zögerte, die Frau um Hilfe zu bitten. Er zweifelte nicht etwa an ihrer Vertrauenswürdigkeit. Nein, er fürchtete vielmehr, dass sie sich als eine zu starke Ablenkung für ihn selbst erweisen könnte.

Der Wind frischte auf, fegte eisig über die Bootsinsassen hinweg. Anzeichen eines aufziehenden Sturms: Es wurde Zeit, dass sie die Küste erreichten. Die Männer wechselten einen Blick, und Kiril begann, schneller zu rudern.

Eine Stunde später wurde der Frieden auf der Jolle durch lautes Kindergeschrei gestört. Sie hatten die Brandung erreicht, und ihr Gefährt begann gefährlich zu schaukeln. Immer wieder spritzte Gischt über die Bootsinsassen, und Wasser schwappte herein. Mikhails Sachen waren jetzt zwar relativ trocken, wegen des Salzwassers aber ganz steif und kratzig. Er achtete nicht weiter darauf und nahm Nell Mitja ab, die Mühe hatte, beide Kinder zugleich festzuhalten.

»Nicht mehr lange«, brüllte er ihr im brausenden Wind zu. Nell nickte und umklammerte Katja fester. Mikhails Blick hing an den langen hellbraunen Locken, die sich aus ihrem Haarknoten gelöst hatten und ihr nun ins Gesicht peitschten. Auf einmal verspürte er das Bedürfnis, die zerzauste junge Frau zu trösten. Wenn sie ihnen nicht geholfen hätte, befände sie sich jetzt mit Sicherheit in einer weit bequemeren Lage.

»Machen Sie sich keine Sorgen wegen Rotterdam. Ich werde mich um Sie kümmern.«

Ich werde mich um Sie kümmern. Das hatte noch niemand zu ihr gesagt, überlegte Nell, während sie ihre ganze Kraft aufbot, um das Kind festzuhalten, ohne es zu erdrücken oder das Gleichgewicht zu verlieren. Nie hatte ihr jemand angeboten, sich um sie zu kümmern. Natürlich hatten sich ihre Eltern um sie gekümmert, so lange sie konnten. Aber direkt gesagt hatten sie es nie. Nicht dass *er* es ernst meinte. Mr. Mikhail konnte kaum meinen, was er sagte, aber sie fühlte sich trotzdem … komisch.

Ihr Herz klopfte wie verrückt, und ihr war flau im Magen. Sicher wegen des Seegangs und nicht wegen ein paar hingeworfener Worte. Und ganz bestimmt nicht, weil sie ihn *mochte*.

Er hatte die Manieren eines Ochsen. Und er war ein unerträglich arroganter Kerl! So arrogant, wie … wie … Otto von Bismarck! Ja, genau! Er war wie Otto von Bismarck: arrogant, befehlshaberisch und grob. Und intelligent, vielleicht … Immerhin beherrschte er eine Fremdsprache. Woher konnte er überhaupt Russisch? Und es war ganz sicher Russisch. Ihre Mutter hatte ihr ein paar Wörter dieser Sprache beigebracht. ›*Da*‹ hieß ja. Und dann konnte sie noch diesen lächerlich langen Satz, den sie auf Geheiß ihrer Mutter unbedingt hatte auswendig lernen müssen, obwohl sie keine blasse Ahnung hatte, was er bedeutete:

Благодаря волшебству Ученого теперь твое сердце сильное и чистое. Я благославляю тебя, Принц, на долгую и счастливую жизнь с моей Бурей. А теперь можешь пойти и предложить ей руку и сердце, ты ждал этого слишком долго.

Aber musste man gleich wer weiß wie intelligent sein, bloß weil man eine Fremdsprache beherrschte? Das Boot bockte und hüpfte auf den tanzenden Wellen. Gischt spritzte herein, und sie wandte sich ab, um das Kind in ihren Armen zu schützen. Die Kleinen hatten schon vor einer Viertelstunde zu schreien aufgehört, sie waren vollkommen erschöpft. Die Küste war jetzt ganz nahe, aber dennoch hatte sie große Angst, sie könnten doch noch kentern, vor allem, wenn wie jetzt eine besonders große Welle von der Seite kam.

Da konzentrierte sie sich lieber wieder auf Mikhail. Das lenkte sie wenigstens von der Gefahr ab.

Ja, er war hinreißend, das ließ sich nicht bestreiten. Aber deshalb musste er noch lange keine Geistesgröße sein.

»Beherrschen Sie noch mehr Sprachen?« Sie musste beinahe brüllen, aber Mikhail verstand. Er zog überrascht die Brauen hoch und musterte sie wieder mit diesem seltsam durchdringenden Blick. So komisch war ihre Frage doch gar nicht, oder?

»Und?«, drängte sie ihn.

Sein Mundwinkel zuckte, und dann breitete sich zu Nells Überraschung erneut ein Lächeln auf seinem Gesicht aus.

Eigenartig. Auf einmal fühlte sie sich sicher und geborgen.

»Französisch und Deutsch.«

Ihr Glücksgefühl verpuffte. Englisch, Russisch, Französisch und Deutsch. Nun gut, er war also tatsächlich ziemlich intelligent. Aber wieso störte sie das? *Weil du dich sonst nicht in ihn verlieben könntest*, flüsterte eine innere Stimme.

»Was ist?«, fragte Mikhail verständnislos.

Verflixt! Warum konnte sie auch nie ihre Gesichtszüge unter Kontrolle halten!

»Nichts. Wie schön«, antwortete sie lahm.

Es war so kalt. Ihre Finger waren schon ganz taub. Zitternd flüchtete sich Nell wieder in ihre Gedanken. Sie selbst sprach nur Englisch und ein bisschen Französisch. Aber war er deshalb gleich klüger als sie? Ha! Sie wollte verdammt sein, wenn es so wäre. Nein, sie würde sich nichts von ihm gefallen lassen, auch wenn er sie in vier Sprachen herumkommandieren konnte!

»Nell!«

Nell hob den Kopf. Mikhail und Kiril standen vor ihr und schauten sie besorgt an.

»Wir sind da, Nell. Kommen Sie, wir suchen Ihnen gleich was Warmes.«

Sie hatten Land erreicht! Wie hatte sie das nicht merken können? Aber ihr war ganz schwindelig. Mit steifen Beinen erhob sie sich, konnte kaum stehen. Ihre Zehen waren die reinsten Eisblöcke. Ihre Schuhe waren klitschnass vom Wasser, das ins Boot geschwappt war. Sie hatte Angst gehabt, dass sie dort draußen alle ertrinken würden.

Aber jetzt waren sie in Sicherheit. In Sicherheit.

Kiril half ihr aus dem Boot und nahm ihr dann Katja ab. Nell hatte das Gefühl, die Finger nie wieder bewegen zu können. Sie fühlte sich wie zerschlagen. Aber sie war es nicht gewöhnt zu jammern, also blieb sie auch jetzt still und folgte den Männern ins Landesinnere. Als sie schließlich ein Haus erreichten, konnte sie vor Erschöpfung kaum noch die Augen offen halten. Mikhail klopfte an und sagte etwas. Dann wurde sie von einer älteren Frau ins Haus geführt.

»Sie sind ja pitschnass, Liebes«, sagte die Frau besorgt und führte sie sogleich in ein Schlafzimmer. »Kommen Sie, Sie müssen die nassen Sachen ausziehen.«

Willenlos ließ sich Nell von der netten Frau aus ihrem nassen Kleid helfen und schlüpfte dann in das schlichte Baumwollnachthemd, das man ihr anbot. Sofort fühlte sie sich ein wenig besser, und ihr Kopf wurde klarer. Da fielen ihr die Babys ein.

»Wo sind sie?«, fragte sie panisch.

»Na, na, keine Sorge, Schätzchen. Ihren Kleinen geht es gut. Meine Tochter Nora kümmert sich gut um sie.«

Nora? Wer zum Teufel war Nora?

»Ich möchte sie gerne sehen.«

Die Frau nickte. »Selbstverständlich, aber der blonde Freund Ihres Mannes steht noch draußen, und so können Sie nicht in die Stube gehen.«

Ihr Mann! Was ging hier vor sich?

6. Kapitel

Mikhail machte sich Sorgen. Nora hatte ihm zwar versichert, dass den Kindern nichts fehlte, aber ob das auch stimmte? Sie konnten sich da draußen eine Lungenentzündung geholt haben oder etwas noch Schlimmeres!

»Vielleicht sollten wir erst mal ein paar Tage hierbleiben«, sagte er zu Kiril, der ihm gegenüber vor dem Kamin saß. Hier waren immerhin zwei Frauen, die sich gut mit Kindern auszukennen schienen.

»Sie werden die Küste absuchen, Mikhail«, entgegnete Kiril. Das Kaminfeuer flackerte und beleuchtete die kantigen Züge des Vampirs sowie dessen zerrissenen Gehrock. Die Attentäter hatten ihn an mehreren Stellen mit ihren Dolchen erwischt. »Ich habe keine Wahl, ich muss nach London«, fuhr Kiril fort. Ein Scheit fiel funkensprühend um. »Ich muss die Clanführer warnen.«

Mikhail nickte. Er konnte das alles nicht begreifen. Warum hatten sich die Wahren Vampire mit Menschen zusammengetan, wo es doch ihr Ziel war, diese zu vernichten? Aber der Angriff auf dem Schiff war ein unwiderlegbarer Beweis. Die Männer waren mit Dolchen auf sie losgegangen. Und sie hatten auf Hals und Herz gezielt. Die einzig sichere Methode, einen Vampir zu töten, war, ihm den Kopf abzuschlagen oder ihm einen Stich ins Herz zu versetzen. Die Körperzellen eines Vampirs besaßen eine unglaublich gute Regenerationsfähigkeit, nur die Herzzellen bildeten eine Ausnahme. Und ein abgeschlagener Kopf bedeutete den sofortigen Tod.

Er selbst war natürlich kein Vampir. Ihn konnte man viel leichter töten.

»Wo sollen wir uns wieder treffen?«, überlegte Mikhail nach minutenlangem Schweigen. Er konnte und durfte Kiril nicht begleiten. Die Kinder durften nicht einmal in die Nähe von London kommen.

Kiril runzelte die Stirn. »Wir wissen nicht, wie stark diese Bande ist. Einmal haben sie uns bereits überrascht. Ich glaube, es wäre nicht gut, wenn ich wüsste, wo du hingehst.«

Die Bedeutung seiner Worte war klar. Sollte Kiril von den Vampiren gefangen werden, würden sie in seine Gedanken eindringen und herausfinden, wo sich Mikhail und die Kinder versteckten. *Verdammt.*

»Such in einem Monat meinen Familiensitz auf. Man wird dir dort Auskunft geben. Solltest du nicht allein sein, wird niemand an dich herantreten.«

Kiril nickte. Mikhail konnte sehen, dass er darauf brannte sofort aufzubrechen. Er konnte das verstehen. Mit menschlichen Verbündeten hatte niemand gerechnet. Das Einzige, was Mikhail davon abhielt, in Panik zu geraten, war das Gefühl, dass er es hätte spüren müssen, wenn seiner Schwester oder seiner Cousine etwas zugestoßen wäre.

»Wirst du zurechtkommen?« Kiril erhob sich, den Blick bereits zur Tür gerichtet. Mikhail hatte keine Ahnung, wie er allein für zwei kleine Kinder sorgen sollte, aber er nickte.

»Wir kommen schon klar. Wir sehen uns in einem Monat, mein Freund.«

Ein Beutel voller Münzen landete vor ihm auf dem Tisch. »Das werde ich in London nicht brauchen. Bis später.« Und damit ging er.

Mikhail steckte das Geld ein und starrte nachdenklich ins Feuer. Was jetzt? Hier durften sie nicht lange bleiben. Aber wohin dann? Patricks Landsitz in den Highlands kam nicht in Frage, ebenso wenig sein eigenes Haus unweit Londons. Sie könnten noch einmal versuchen, das Land zu verlassen, nach Paris oder Moskau reisen, wo seine Familie ebenfalls Häuser besaß ... Aber der Gedanke an zwei schreiende Babys war nicht gerade ermutigend.

Lieber würde er sich mit mörderischen Schurken herumschlagen, als mit zwei Kleinkindern quer durch ganz Europa zu reisen! Außerdem musste er sich in einem Monat wieder mit Kiril treffen ...

Nein, sie mussten wohl oder übel hier in England bleiben. Aber wohin? Wohin?

»Okay, Mister, wo sind die Kinder, und was denken Sie sich eigentlich dabei, mich als Ihre Frau auszugeben?!«

Nells zornige Stimme riss ihn aus seinen Gedanken. Er wollte schon eine gereizte Entgegnung machen, als sein Blick auf sie fiel. Sie schien sich in ein Bettlaken eingewickelt zu haben, und ihre Haare hingen ihr lose und zerzaust über den Rücken. Sosehr ihm die Frau auch auf die Nerven ging, sie war nicht für ihre derzeitige Lage verantwortlich. Und sie wirkte vollkommen erschöpft.

»Kommen Sie, setzen Sie sich ans Feuer, Nell. Sie sehen aus, als ob Sie frieren.«

Nell zögerte überrascht, dann nickte sie und setzte sich in den Sessel, den Kiril soeben frei gemacht hatte.

»Wo sind die Kinder?«, fragte sie noch einmal, diesmal leiser und weniger aggressiv. Mikhail kam der Gedanke, dass sie vielleicht unter Schock stehen könnte.

»Den Kindern fehlt nichts. Nora kümmert sich um sie. Wie geht es Ihnen? Fühlen Sie sich ein wenig besser?«

»Nora? Ja, das habe ich gehört, aber wer ist sie? Ich meine, ist es nicht ein bisschen leichtsinnig von Ihnen, einer wildfremden Frau die Kinder zu überlassen, nachdem wir gerade erst einem Mordanschlag entgangen sind? Unseren Job verloren haben? Fast erfroren sind und …«

Mikhail beugte sich vor und ergriff ihre hektisch herumfuchtelnden Hände. Die waren kalt wie Eis, wie er besorgt feststellte. *Aber ihre Haut ist unglaublich zart*, dachte er zerstreut.

»Nell, es ist alles in Ordnung. Uns geht's gut. Den Kindern geht's gut. Ich hätte mich schon früher bei Ihnen bedanken sollen. Ich bedanke mich jetzt. Und weil Sie so mutig waren und uns so selbstlos geholfen haben, verspreche ich Ihnen, dass ich für Sie sorgen werde.« Er wartete, bis sie ihn ansah, dann schenkte er ihr sein Speziallächeln. Das hatte bis jetzt noch bei keiner Frau versagt.

Bis jetzt.

Sie riss ihre Hände los und runzelte zornig die Brauen. »Beim Barte des da Vinci! Falls Sie damit andeuten wollen, dass ich Ihre Mätresse werden soll, dann schreie ich!«

Da Vincis Bart? Hatte da Vinci überhaupt einen Bart gehabt? Mikhail wusste nicht, ob er sich ärgern oder lachen sollte. Obwohl ihm in Verbindung mit ihr natürlich schon das eine oder andere Mal der Gedanke ans Bett gekommen war – aber Mätresse? Nein, er hatte lediglich vorgehabt, sie nach Shelton Hall zu schicken, bis alles vorüber war, und dann würde er ihr irgendwo eine Wohnung kaufen.

Mikhail entschied sich für einen Seufzer. »Würden Sie mir bitte erklären, wie Sie auf so einen Gedanken kommen, Nell?«

Sie schaute ihn wortlos an. Mit hochgezogener Braue. Unverschämtes Ding!

»Sie meinen, abgesehen von dem Blick, den Sie mir gerade zugeworfen haben? Wollen Sie mir sagen, er wäre nicht dazu gedacht gewesen, mich in Ihr Bett zu locken?«

Mikhail war verblüfft über ihre Frechheit, doch dann sah er an ihrem entsetzten Gesichtsausdruck, dass sie es diesmal geschafft hatte, sogar sich selbst zu schockieren. Da musste er plötzlich lachen.

»Bei den Zehen des Herrn Jesu, so wollte ich das wirklich nicht sagen! Aber was soll ich denn denken, verflixt noch mal, wenn Sie allen erzählen, ich wäre Ihre Frau und die Kleinen unsere Kinder?«

Mikhail konnte nicht mehr aufhören zu lachen, und es fühlte sich wundervoll an. Aus Nells Verlegenheit wurde Gereiztheit, ein Gesichtsausdruck, der ihm mittlerweile fast schon vertraut war.

»Wenn Sie so weitermachen, wecken Sie noch Ihre Nichte und Ihren Neffen mit dem Radau!« Mikhail beruhigte sich. Er hatte seinen Lacher gehabt, jetzt musste er wieder ernst werden und ihr erklären, was er gemeint hatte. Aber natürlich unterbrach sie ihn sofort.

»Nell ...«

»Hören Sie, ich kann für mich selbst sorgen. Überlegen Sie sich lieber, wie Sie die Kinder in Sicherheit bringen.«

Mikhail schaute sie an. Sie schien sich ehrlich Sorgen um die Kinder zu machen, so viel war offensichtlich. Da hatte er plötzlich eine blendende Idee.

Nells Verlegenheit schwand, als sie den nachdenklichen, beinahe berechnenden Ausdruck sah, der nun in Mikhails Gesicht trat. Dann hatte sie sich also geirrt, als sie glaubte, er wolle sie zu seiner Mätresse machen. Wie peinlich. Na ja, aber in ihrer derzeitigen Situation war der eine oder andere Fehler wohl verzeihlich. Doch seine jetzige Miene machte ihr sogar noch mehr Sorgen als die vorherige, die sie missverstanden hatte.

»Was ist?«, fragte sie schließlich gereizt. Er schaute sie an, wie ... wie eine von diesen Laborratten, mit denen man in Amerika herumexperimentierte.

»Nell ...«, begann er. Und dann hörte er einfach auf zu sprechen und ließ sie weiter im Unklaren. Der Kerl war wirklich unerträglich!

»Ach, im Namen aller Götter des Olymps, jetzt reden Sie schon!«

»Werden Sie meine Frau.«

Sie erstarrte. Ein Gefühlssturm brach über sie herein. Einen Moment lang wusste sie nicht, was sie sagen sollte. »Was?«, krächzte sie schließlich. Sie musste sich verhört haben. Das *konnte* er einfach nicht gesagt haben. Wahrscheinlich hörte sie jetzt schon Stimmen aus der Unterwelt.

»Ich meinte natürlich, Sie sollen so tun, als ob.«

Also doch keine Stimmen aus der Unterwelt. Der Mann hatte einfach den Verstand verloren. Kirre, das war er. Vollkommen kirre. Sie sollte *so tun*, als ob sie seine Frau wäre? Hin- und hergerissen zwischen Empörung und Mitleid wegen seines offensichtlichen Irrsinns entschied sie sich für Empörung.

»Natürlich ist hier gar nichts! Höchstens vielleicht, dass Sie den Verstand verloren haben! Was ›natürlich‹ schon länger der Fall sein könnte, ich kenne Sie ja erst seit ein paar Stunden.«

Er hob beschwichtigend die Hände. »Verzeihen Sie, ich habe mich wohl falsch ausgedrückt.«

»Ha!« Jetzt entschuldigte er sich plötzlich? Nachdem er sie ausgelacht hatte, weil sie glaubte, er wolle sie zur Mätresse? Oder weil er glaubte, sie würde *so tun*, als wäre sie seine Frau? Der arrogante Mistkerl! Was fiel ihm ein, sich so über sie lustig zu machen. Wenn sie nicht sowieso schon gewusst hätte, wie die Menschen waren, wäre sie nun wirklich tief verletzt gewesen!

»Nell, bitte, so beruhigen Sie sich doch … Lassen Sie mich erklären«, sagte er frustriert.

Gut! Er hatte kein Recht, mit seinen zweifelhaften Vorschlägen ihren Puls hochschnellen zu lassen! Seine Frau! Unmöglich!

»Ja?«, sagte sie zuckersüß.

»Jetzt kommen Sie mal schnell wieder runter von Ihrem

hohen Ross, Miss Nell. Ich habe mich einfach falsch ausgedrückt, das ist noch lange kein Verbrechen.«

Sie starrte ihn verblüfft an. So hatte schon lange niemand mehr mit ihr geredet. Genau genommen hätte nur ihr Vater das getan. Andere waren unhöflich, ja grob zu ihr gewesen, aber sie hatte sich dadurch nie ... zurechtgewiesen gefühlt, so wie jetzt. Na gut, dann waren ihre Reaktionen also ein wenig übertrieben gewesen, das konnte vorkommen. Sie holte tief Luft. Einmal. Noch einmal. Er hatte recht, sie musste ruhig bleiben. Außerdem war sie sowieso viel zu müde, um sich groß aufzuregen.

»Also gut, ich höre«, sagte sie, nun deutlich ruhiger.

Mikhail nickte und lehnte sich zurück. »Ihnen wird aufgefallen sein, dass ein paar sehr unangenehme Menschen hinter uns her sind ...«

Sie wollte schon eine sarkastische Bemerkung machen, verkniff sie sich aber, nicht zuletzt wegen seines strengen Blicks.

»Um genau zu sein, sie sind hinter den Kindern her.«

Nell runzelte die Stirn, der Sarkasmus war ihr vergangen.

»Kiril ist nach London aufgebrochen, um ... meine Verwandten zu warnen. Wir werden uns in einem Monat wieder treffen und dann noch einmal versuchen, mit den Kindern auf den Kontinent zu fliehen, sollten diese Schurken bis dahin noch nicht gefasst sein. Aber in der Zwischenzeit brauche ich unbedingt ein sicheres Versteck für die Kinder.«

Nell biss sich nervös auf die Unterlippe, eine schlechte Angewohnheit aus ihrer Kindheit, die auch jetzt noch durchbrach, wenn sie beunruhigt war.

»Haben Sie denn nicht irgendwo ein Haus, eine Sommerresidenz, so wie die meisten Gentlemen?«

»Natürlich, aber diese Männer, die hinter uns her sind, werden alle unsere Häuser im Auge behalten. Und auch die anderen Orte, an denen meine Familie und ich uns häufig aufhalten. Nein, ich muss irgendwohin, wo sie uns unmöglich vermuten würden.«

Er hatte sie während dieser Rede nicht aus den Augen gelassen, und auch jetzt ruhte sein Blick auf ihr, als ob er etwas von ihr erwarten würde …

Nervös stammelte Nell: »Ich … Ich weiß nicht, was Sie meinen.«

Mikhail zögerte. »Wo kommen Sie her, Nell?«

Nell blinzelte, dann schnappte sie nach Luft.

»O nein! Nein, nein und noch mal nein! Ich würde Ihnen ja gerne helfen, ich glaube, das habe ich bewiesen, aber das hier kommt überhaupt nicht in Frage! Ich kehre auf keinen Fall in mein Heimatdorf zurück! Da müssen Sie schon allein hingehen. Ja, das können Sie, die werden Sie dort mögen mit Ihrem Geld und allem. Aber nicht ich, nein danke!« Der Gedanke, wieder an diesen grässlichen Ort zurückkehren zu müssen, brachte sie vollkommen aus der Fassung. Mehr noch als der Angriff der messerschwingenden Mörder.

»Nell, die Sache ist ganz einfach. Wir reisen in Ihr Dorf und erzählen jedermann, dass wir verheiratet sind. Auf diese Weise wird sich keiner darüber wundern, dass wir zusammenleben. Was die Kinder betrifft, bleiben wir so nahe an der Wahrheit wie möglich. Sie sind die Kinder meiner kürzlich verstorbenen Schwester, und wir haben sie adoptiert. Das ist einfach perfekt. Wir verstecken uns einen Monat lang, und danach, das verspreche ich Ihnen hoch und heilig, kaufe ich Ihnen irgendwo eine Wohnung, Sie können es sich aussuchen. Und ich werde dafür sorgen, dass Sie nie wieder arbeiten müssen.«

Ihr war der Unterkiefer heruntergefallen. Das musste er wohl, denn sie hatte das Gefühl, dass er ihre Knie berührte.

»Nein.« Sie sagte es so ruhig wie möglich.

»Es wäre doch nur für vier Wochen. Was sind schon vier Wochen im Vergleich zum Rest Ihres Lebens, Nell?«

Sie biss sich auf die Lippe. Nie wieder die Gouvernante für ein rotzfreches Balg spielen müssen. Aber dafür zurück ins Dorf?

»Nein. Aber gehen Sie ruhig, das Cottage meiner Familie gehört immer noch mir. Dort können Sie bleiben. Es ist nicht groß, aber es wird für Ihre Bedürfnisse reichen.«

Mikhail erhob sich und fuhr sich mit allen zehn Fingern durch die Haare. »Das wird nicht funktionieren. Es würde zu viele Fragen geben. Wie soll ich beweisen, dass ich das Recht habe, in dem Haus zu wohnen? Und wenn sie die Behörden einschalten, landet das Ganze in der Lokalzeitung, und dann habe ich im Nu unsere Verfolger wieder auf dem Hals! Nein.«

Ihre Unterlippe tat mittlerweile schon weh, weil sie ständig darauf herumbiss. »Das tut mir sehr leid, aber meine Antwort lautet nein.«

»Also gut.« Mikhail sah sie ruhig an. »Und was haben Sie jetzt vor?«

Sie erbleichte. »Was meinen Sie damit?«

»*Ich* werde die Kinder nehmen und in ein paar Stunden von hier aufbrechen. Was werden Sie tun?«

Nell verengte die Augen, schürzte die Lippen. »Mir fällt schon was ein.«

»Na sicher. Wollen Sie über den Kanal reisen und versuchen, Ihre Arbeitgeber zu finden?«

Nell wusste, dass ihre Arbeitgeber sich wahrscheinlich nicht einmal die Mühe gemacht hatten, ihr Verschwinden dem Kapitän zu melden, geschweige denn, in Rotterdam auf sie zu warten. »Wahrscheinlich.«

»Das dachte ich mir schon. Es sind ja auch nur ein paar Stunden bis zum nächsten Hafen. Zu Pferd natürlich. Ich nehme an, Sie haben genug Geld, um sich ein Pferd zu mieten?«

Er wusste sehr wohl, dass sie keinen Penny hatte, der Hadessohn!

»Sie sehen nur aus wie ein Gentleman, aber Sie sind keiner«, stieß sie zwischen zusammengebissenen Zähnen hervor.

Er wagte es auch noch zu grinsen!

»Jetzt kommen Sie, Nell. So schlimm wird es schon nicht. Wie gesagt, Sie haben mein Wort, dass Sie sich danach nie wieder um Ihren Lebensunterhalt sorgen müssen. Sie können sich, wenn Sie wollen, auf Ihre entzückende Kehrseite setzen und von allen Seiten bedienen lassen.« Sein Lächeln erlosch, und er trat einen Schritt vor, bis er direkt über ihr stand. »Aber Sie müssen mir helfen, Nell. Ich brauche Sie. Die Kinder brauchen Sie. Bitte.«

Nell war noch nicht ganz über die »entzückende Kehrseite« hinweggekommen, da behauptete er plötzlich, dass er sie *brauchte*. Er brauchte sie? Er und die Kinder? Wann war sie je von irgendjemandem gebraucht worden?

Irgendein Teufelchen lachte sich jetzt gerade gewaltig ins Fäustchen, da war Nell sich sicher.

»Ach, bei den Zaubersprüchen des Merlin!«, stöhnte Nell entnervt, und Mikhail lächelte. Es war das Lächeln eines Siegers.

7. Kapitel

Nell?« Mikhail versuchte, die Schlafende sanft zu wecken. Er tat es nur ungern, aber ihm blieb keine Wahl. Sie sah müde aus, stellte er fest, als er sich über sie beugte. Sie hatte sich in die Laken gekuschelt, die sie zuvor angehabt hatte. Ihr kastanienbraunes Haar bildete einen wunderschönen Kontrast zu dem weißen Bettzeug.

Er schuldete ihr jetzt schon so viel und würde ihr noch viel mehr schulden, bevor das alles vorbei war. Mikhail hatte gesehen, mit welcher Panik sie auf seinen Vorschlag reagierte. Er hatte sie dennoch weiter unter Druck gesetzt. Ganz konnte er sich eines Gefühls der Neugier nicht erwehren. Was war so schlimm an diesem Dorf, dass sie sich so heftig weigerte, dorthin zurückzukehren? Sie, eine Frau, der so schnell nichts Angst machte?

»Nell?«, sagte er noch einmal, diesmal lauter. »Aufwachen, wir müssen los.« Erst gut zwei Stunden waren vergangen, seit sie dieses Haus betreten hatten, aber mehr Zeit durften sie nicht verlieren. Die Jäger würden die ganze Küste absuchen, sobald sie mit der nächsten Fähre aus Rotterdam wieder zurückgekehrt waren. Dann wollte Mikhail schon längst weit, weit fort sein.

Die Frau regte sich nicht. Sie schlief wie ein Stein! Mikhail begann sie seufzend zu schütteln.

Nichts. Kein Pieps.

»Das soll wohl ein Scherz sein«, brummte er und schüttelte sie heftiger. Nells Kopf flog hin und her, aber ihre Lider zuckten nicht einmal. Besorgt trat Mikhail einen Schritt zurück. Ob sie sich verletzt hatte? Eine Kopfverletzung vielleicht? Aber ihm war nichts aufgefallen.

»Nell, Sie spielen mir doch nichts vor, oder?«

Das einzige Geräusch waren Nells tiefe Atemzüge. Und dann begann sie zu sprechen ... Mikhail beugte sich dicht über sie.

»Du irrst dich ...«

»Nell?« Verwirrt lauschte Mikhail weiter.

»Dieser Kater ist ganz bestimmt größer als der andere ...«

Kater? Was für ein Kater? »Nell, wovon reden Sie?« Mikhail war nun vollkommen verwirrt, ein Zustand, den diese Frau oft bei ihm hervorzurufen schien. Sprach sie wirklich im Schlaf?

»Wo ist er hin? Rasch, Thomas, du musst ihn fangen!«

Thomas? Wer zum Teufel war Thomas? Jetzt reichte es ihm. Verärgert schritt Mikhail zum Waschtisch, griff nach dem vollen Wasserkrug und goss ihn Nell kurzerhand über den Kopf.

»Wa ...!« Nell fuhr prustend und spuckend hoch.

»Guten Morgen. Wer ist Thomas?« Mikhail stand mit verschränkten Armen am Fußende des Betts.

Nell funkelte ihn zornig an. »Musste das sein?«

Er zuckte die Achseln. »Ich habe versucht, Sie zu wecken, aber Sie reagierten nicht. Aber den Namen ›Thomas‹ zu sagen, schien Ihnen keine Mühe zu machen. Wer ist Thomas? Falls Sie einen Mann haben, dann sagen Sie es lieber gleich, denn es würde unseren Plan erheblich komplizieren.«

Erst jetzt, wo er es aussprach, merkte er, wie sehr ihm der Gedanke, Nell könnte verheiratet sein, gegen den Strich ging. Es würde ihren schönen Plan durcheinanderbringen. Aber das allein war es nicht.

Sie blinzelte ihn an wie ein Kalb. Wasser rann ihr über die Stirn und tropfte ihr von der Nasenspitze. »Ich bin nicht verheiratet«, antwortete sie langsam.

»Na gut.« Ein wenig versöhnt – obwohl er beim besten Willen nicht wusste, warum – sagte er: »Ich hätte Ihnen gewiss kein Wasser über den Kopf gegossen, aber wir haben es eilig, und ich konnte Sie einfach nicht wach bekommen.«

Mikhail hatte allmählich das unangenehme Gefühl, überreagiert zu haben. Und das passte ihm gar nicht. Denn selbst wenn sie bereits einen Mann gehabt hätte, dann hätten sie ihren Plan einfach den Gegebenheiten anpassen können. Er hatte ein schlechtes Gewissen.

Nell blinzelte noch ein paarmal. Er hatte den Eindruck, dass sie immer noch nicht so richtig wach war.

»Mein Vater war genauso. Ein richtiger Morgenmuffel.«

Dass es noch mitten in der Nacht war, erwähnte Mikhail nicht.

»Tamburin«, sagte sie, wickelte sich ins Bettlaken und schwang die Beine aus dem Bett.

Mikhail wusste nicht, ob er über ihre wirre Art lachen oder weinen sollte, während er zusah, wie sie mit den Laken und ihrer offensichtlichen Verwirrung kämpfte. Was meinte sie jetzt schon wieder?

Ins Laken gewickelt schlurfte sie ums Bett herum und blieb vor ihm stehen.

»Tamburin?«, wiederholte er.

»Ja. Meine Mutter hatte eins. Das hat mich schneller geweckt als alles andere.« Sie warf einen vielsagenden Blick auf den Wasserkrug.

Er hätte sie zu gerne gefragt, was »alles andere« bedeutete, hatte aber das Gefühl, dass das mehr Fragen als Antworten aufgeworfen hätte. Und dafür hatten sie keine Zeit.

»Na gut. Also, dann werde ich jetzt Nora zu Ihnen reinschicken. Sie hat sich freundlicherweise bereit erklärt, Ihnen eins ihrer Kleider zu überlassen.«

»Ach ja? Einfach so?«, fragte Nell spitz. Sie wirkte jetzt hellwach und musterte ihn herausfordernd. Mikhail lachte.

»Ja, einfach so.«

Sie brauchte ja nicht zu wissen, dass er die Familie großzügig für ihre Hilfe entlohnt und Nora ein wenig extra für das Kleid gegeben hatte.

»Wie gesagt, ich werde Nora zu Ihnen reinschicken. Dann können Sie sich umziehen. Wir dürfen uns den Eselskarren ausleihen und damit zum nächsten Gasthof fahren, der eine halbe Stunde von hier entfernt ist. Dort finden wir dann jemanden, der uns nach Bath bringen wird, hat man mir versichert. Und wie's von dort weitergeht, müssen Sie mir sagen.«

Nell nickte widerwillig.

»Alles wird gut, Nell. Wenn die Geschichte hier vorbei

ist, werde ich alles in meiner Macht Stehende tun, um Ihnen das Leben Ihrer Träume zu bieten.«

Das Leben meiner Träume. Wie das wohl aussieht?, überlegte Nell, während sie Katjas Köpfchen in ihre Armbeuge bettete. Früher hatte sie sich vor allem Dinge gewünscht: ein kleines Häuschen, genug Geld, um Mann und Kindern ab und zu etwas Gutes zu backen. Aber das waren alte Wünsche. Mit ihrem sechzehnten Lebensjahr hatte sich alles geändert. Jetzt wünschte sie sich keinen Mann mehr, keine Kinder. Nicht bei der Zukunft, die sie erwartete.

Der Tag würde kommen, an dem ihre Visionen so stark wurden, dass sie den Verstand verlor und irrsinnig wurde, so wie ihre Mutter ... Und alle, die sie liebten, würden den bitteren Preis dafür bezahlen müssen.

Nein, es war besser, sie blieb allein.

In diesem Moment ging der Kutschenschlag auf, und Mikhail stieg lächelnd ein, Mitja auf den Armen.

»Der Wirt hat versprochen, den Eselskarren zurückbringen zu lassen. Wir können also unbesorgt weiterreisen.«

Nell versuchte, sein Lächeln zu erwidern, doch es gelang ihr nicht. Mikhail hatte versprochen, ihr das Leben ihrer Träume zu bieten, aber er brachte sie in ihr Dorf zurück. Und nie mehr dorthin zurückkehren zu müssen war so ziemlich ihr einziger Wunsch gewesen.

Mikhail ließ sich auf die gegenüberliegende Sitzbank sinken, und die Kutsche setzte sich in Bewegung.

»Unglaublich, wie fest sie schlafen«, bemerkte er einen Moment später, den Blick zuerst auf das eine, dann auf das andere Kind gerichtet. Nell musste ihm zustimmen. Die beiden hatten nicht nur die Fahrt zum Gasthof verschlafen, sondern schienen selbst jetzt noch nicht aufwachen zu wollen.

»Obwohl, wem sage ich das. Sie scheinen ja nicht mal dann aufzuwachen, wenn Sie Ihr Lager neben einem Schlachtfeld aufgeschlagen haben.«

Nell hätte eigentlich beleidigt sein sollen, aber Mikhails Lächeln machte ihr das fast unmöglich. Nun gut, er konnte ein Sparring haben, wenn es sein musste! Tatsächlich hatte sie selbst gute Lust dazu, das lenkte sie zumindest von der bevorstehenden Rückkehr ins Dorf ab.

»Schlachtfelder, hm? Wer hätte das gedacht! Und ich habe Sie für einen Gentleman gehalten, der eher an eine Umgebung voller Mingvasen und antiker Gobelins gewöhnt ist.«

Er hob eine Braue. »Mingvasen und Gobelins? Ich dachte immer, dass Leute, die Verallgemeinerungen über das faule Leben der Oberschicht von sich geben, sich eher auf Silberlöffel und Partys konzentrieren.«

Nell wusste selbst, dass sie Verallgemeinerungen von sich gab. Immerhin kannte sie das Leben der Oberschicht aus erster Hand. Und wusste, wie unglücklich manche dieser Aristokraten in Wahrheit waren.

»Meine Cousine Elisabeth macht sich kein bisschen was aus ihren Silberlöffeln, aber wenn man ihren Mingvasen zu nahe kommt, wird sie wild.«

»Aha, verstehe. Oder besser gesagt, nein, das verstehe ich nicht.«

Mikhail betrachtete sie stirnrunzelnd, und Nell wusste,

was er dachte: ihre Kleidung, ihre Stellung als Gouvernante und das Cottage, das sie zuvor beschrieben hatte, all das machte den Eindruck, sie würde kein Geld besitzen. Was weiß Gott stimmte. Aber die Armen besaßen gewöhnlich keine reichen Cousinen. Trotzdem hatte Nell im Moment keine Lust, ihm mehr von Elisabeth zu erzählen. Obwohl, wenn sie einen Monat im Dorf verbrachten, würde das Thema früher oder später wieder zur Sprache kommen. Aber nicht jetzt. Um drohenden Fragen aus dem Weg zu gehen, verfiel sie auf das, was ihr Vater immer als »Ablenkungsmanöver« bezeichnet hatte: Sie wechselte zu einem anderen, ebenfalls interessanten Thema.

»Ich dachte, wenn unser Plan klappen soll, dann sollten wir einander vielleicht ein bisschen besser kennen lernen.«

»Ich habe nichts dagegen«, sagte Mikhail. »Was möchten Sie über mich wissen?«

Wo anfangen? Am meisten interessierte sie natürlich, warum diese Verrückten hinter den Kindern her waren, aber sie bezweifelte, dass er diese Frage beantworten würde. Also verfiel sie auf das Nächstbeste, was ihr in den Sinn kam.

»Mikhail«, sagte sie nachdenklich, »ein russischer Name, nicht wahr? Aber Sie klingen nicht wie ein Russe.«

»Sie haben recht, es ist ein russischer Name. Mein Vater war Russe, meine Mutter Engländerin. Aber ich wurde hier in diesem Land geboren. In London.«

Nell war nicht entgangen, dass er in der Vergangenheitsform von seinen Eltern sprach. »Ihre Eltern ...«

»Sind tot«, sagte er beinahe abweisend. »Woher wussten Sie, dass er russisch ist? Mein Name?«

Sie zuckte die Achseln. »Mikhail Feodorowitsch war der Gründer der königlichen Dynastie der Romanows und von 1613 bis 1645 Zar von Russland. Er wurde von der Ständeversammlung zum absoluten Herrscher ernannt, wie hieß die noch mal ...«

»Der *Semski Sobor*«, antwortete Mikhail überrascht. »Sie kennen sich gut in Geschichte aus; ich bin beeindruckt.«

Nell wurde rot vor Verlegenheit. Lob war sie nicht gewohnt; Beleidigungen und Herabsetzungen, das schon eher. Und es war schon das zweite Mal, dass er ihr ein Kompliment machte – wenn man *entzückende Kehrseite* dazuzählen konnte ... Bei *diesem* Gedanken wurde sie gleich noch röter.

»Geschichte war schon immer mein Lieblingsfach. Und mein Vater war Lehrer.« Sie zögerte, beschloss dann jedoch, ebenso offen zu sein wie er. »Meine Eltern leben auch nicht mehr.«

Er schwieg einen Moment, und sie fühlte seinen Blick voll Mitgefühl auf sich ruhen. Dann räusperte er sich und sagte: »Was möchten Sie sonst noch wissen?«

»Leben Sie in London?«

»Ja.«

»Und Sie haben eine Schwester?«

»Ja. Eine. Sie heißt Angelica. Sie ist zwei Jahre älter als ich. Mitja ist ihr Sohn.«

»Und Katja?«, fragte Nell verwirrt. Hatte er nicht behauptet, der Onkel der beiden zu sein? Was hatte das zu bedeuten?

Mikhail massierte seufzend seinen Nasenrücken. »Ich

weiß, das macht alles noch komplizierter, aber Katja ist die Tochter meiner Cousine Violet. Eigentlich heißt sie Catherine, aber ich nenne sie Katja.« Er lächelte verlegen, konnte ein aufsteigendes Gefühl von Gereiztheit jedoch nicht unterdrücken.

»Kompliziert ist untertrieben, Mikhail.« Nell zögerte, ihre nächste Frage zu stellen. Aber es musste sein. Obwohl sie wusste, dass sie wahrscheinlich keine Auskunft bekommen würde, sagte sie: »Ich sollte vielleicht nicht fragen, aber warum sind Attentäter hinter den Kindern Ihrer Schwester und Ihrer Cousine her?«

»Nell, das darf ich Ihnen leider nicht sagen.« Er wirkte aufrichtig zerknirscht, aber sie wurde trotzdem zornig.

»Ach ja? Ich darf also mein Leben für Sie und die Kinder riskieren, ich darf Sie einen Monat lang verstecken, aber ich darf nicht erfahren, warum. Na wunderbar.«

Mikhail schwieg einen Moment, wandte den Blick ab und schaute aus dem Kutschfenster in die Dunkelheit hinaus. »Manche Dinge sind einfach nicht fair, aber so ist es nun mal.«

»Aha.« Mehr gab es dazu nicht zu sagen, aber Nell war wütend. Sie hätte jetzt gerne etwas richtig Gemeines gesagt, aber alles, was ihr einfiel, war: »Nun, Sie können jedenfalls nicht als Mikhail, der reiche und mysteriöse Fremde im Dorf herumlaufen, so viel ist sicher.«

Mikhail hob eine Braue. »Nein?«

»Nein. Dort gibt es keine Leute, die nicht arbeiten müssen.«

»Sie glauben also, dass ich nichts tue?«

Um ehrlich zu sein, sie hatte keine Ahnung, aber im Moment war ihr das egal; schließlich war sie sauer auf ihn. Sie zuckte mit den Schultern.

»Nun gut.« Er schüttelte den Kopf und schenkte ihr sein typisches charmantes Lächeln. Sie hatte noch nie einen Mann kennen gelernt, der so oft lächelte.

»Aber Sie haben recht, ich brauche eine neue Identität. Also, wer soll ich sein, Nell?«

Ein Schurke? Ein Räuber? Ein Dieb? Oder noch besser: ein Dummkopf! Nell wollte etwas vorschlagen, das ihn verletzte, aber ihr fiel nichts ein, und sie gab es rasch wieder auf. Frust und Wut, das nützte ohnehin nichts. Er würde ihr deswegen auch nicht mehr verraten. Und sie zerbrach sich damit umsonst den Kopf.

»Zunächst mal sollten Sie vielleicht lieber einen englischen Namen annehmen. Man wird sowieso kaum glauben, dass ich verheiratet bin, geschweige denn mit einem Russen. Oder Halbrussen. Die werden sich einen Ast lachen.«

»Warum sollte man nicht glauben, dass Sie verheiratet sind?«, fragte Mikhail erstaunt. Nell beschloss, ihm nichts von George zu erzählen. *Er* erzählte ihr ja auch nichts! Außerdem würde er früh genug davon erfahren. Dem Dorfklatsch entkam keiner. Erneut zuckte sie nur mit den Schultern.

»Ich würde mich Michael nennen, wenn ich Sie wäre. Das ist ja ohnehin Ihr Name, daran gewöhnen Sie sich schnell.«

Er runzelte die Stirn, um ihr zu verstehen zu geben, wie genau er merkte, dass sie seiner Frage ausgewichen war.

»Also gut. Keine schlechte Idee, auf diese Weise falle ich

weniger auf«, sagte er schließlich. »Aber das wäre nur der Name. Was soll ich sonst über mich sagen?«

Nell überlegte. »Um ehrlich zu sein, gibt es in unserer Gegend nicht viele Aristokraten. Sie würden weniger auffallen, wenn Sie irgendeinen Beruf hätten und nicht einfach als reicher Lebemann im Dorf auftauchten, der dem Nichtstun frönt, aber trotzdem in meiner bescheidenen Hütte wohnen will.«

Er hob die Braue. »Sie haben wirklich einen Hang zum Sarkasmus, nicht?«

Nell überlegte und kam zu dem Schluss, dass er vermutlich recht hatte.

»Sie könnten sich als Schullehrer ausgeben. Mein Vater war Lehrer ... außerdem würde das erklären, warum Sie so gebildet sind – das merkt man nämlich schon an Ihrer Ausdrucksweise. Es würde Ihre gepflegte Sprache und Ihren umfangreichen Wortschatz erklären. Außerdem gibt es nur eine Schule im Dorf, es besteht also keine Gefahr, dass Sie wirklich arbeiten müssten.« Nell hatte sich mittlerweile richtig für ihre Idee erwärmt. »Außerdem könnten wir das als Vorwand nehmen, nach einem Monat schon wieder abzureisen! Wunderbar! Es passt alles.« Nell schaute Mikhail stolz an, doch dieser musterte sie nur mit einem eigenartigen Ausdruck in den Augen.

Als sich die Stille ausdehnte, stammelte sie: »Also ... ja, ich glaube, das würde passen. Jetzt müssen wir uns nur noch überlegen, wie und wo wir uns kennen gelernt haben.«

»Es war Liebe auf den ersten Blick«, sagte Mikhail langsam. »Sie waren Gouvernante bei einer Familie, die in London zu Besuch war. Wir sind uns an Ihrem freien Tag begegnet, Sie saßen auf einer Bank im Park und lasen.«

»*Was ihr wollt*«, sagte Nell eifrig und konnte sich eines eigenartigen Gefühls im Magen nicht ganz erwehren. Warum schaute er sie so an?

»Shakespeare«, stimmte er zu. »Sie lasen Shakespeare, und ich konnte mich nicht an Ihnen satt sehen. Ihr dichtes, kastanienbraunes Haar, die Honigaugen, ich war wie verzaubert. Und ehe ich mich versah, habe ich Ihnen einen Heiratsantrag gemacht.«

In der Kutsche war es auf einmal viel zu heiß. Nell hatte das Gefühl zu fallen. In seinen Augen zu versinken, in seiner sinnlichen, träumerischen Stimme, in der Welt, die er schilderte ... Dann gab es einen Ruck, und sie fiel tatsächlich und landete beinahe in seinen Armen.

Mikhail half ihr, sich wieder aufzusetzen.

»Danke. Es geht schon.« Nell wich zurück und legte sich die kleine Katja zurecht.

»Vielleicht sollten Sie mir jetzt ein wenig von sich erzählen«, schlug Mikhail vor, selbst ein wenig verlegen.

»Da gibt's nicht viel zu erzählen. Mein Vater war Schullehrer, meine Mutter liebte ihren Garten und hat wundervolles Gemüse gezogen, und dann gibt es noch Morag, die schon meine Mutter aufgezogen hat und die bei uns lebte. Sie ist stumm. Jedenfalls sagt sie nie ein Wort.«

Die Erinnerung an Morag war schmerzhaft. Sie hatte die alte Frau geliebt, ihr vertraut, aber Morag hatte nichts unternommen, als ihre Mutter krank wurde, hatte nicht mal versucht zu helfen. Danach hatte Nell jedes Vertrauen in sie verloren.

Sie holte tief Luft, hoffte, dass man ihr ihre Gefühle nicht allzu deutlich ansah.

»Dann sind meine Eltern gestorben und ich erlaubte Morag, weiter im Haus wohnen zu bleiben. Ich selbst bin fortgegangen. Ich weiß nicht, ob sie jetzt noch dort wohnt oder ob sie wieder in die schottischen Highlands zurückgekehrt ist, wo sie herkommt ... wie gesagt, sie ist stumm.«

»Verstehe. Und muss ich sonst noch etwas wissen, bevor wir das Dorf erreichen?«, fragte Mikhail skeptisch. Er schien ihr ihre Geschichte nicht ganz abzukaufen und Nell konnte es ihm nicht verübeln.

»Nein, ich glaube nicht«, antwortete sie, »aber falls ich was vergessen haben sollte – die Dorfbewohner werden es Ihnen sicher verraten.«

Ja, es würde nicht lange dauern, bis sie ihm all die hässlichen Geschichten über sie erzählen würden. Sollten sie doch. Sollte er es ruhig von anderen erfahren. Sollte er glauben, was er wollte. Ihr war's egal.

8. Kapitel

Mikhail spürte Nells Anspannung, als er ihr aus der Kutsche half. Kein Wunder: Sie waren gerade erst im Dorf eingetroffen, und schon kamen von überall her die Leute angeströmt.

»Wollen Sie wirklich nicht lieber zuerst zu Ihrem Haus fahren?«, erkundigte er sich leise, aber Nell schüttelte entschlossen den Kopf.

»Wenn wir es nicht gleich hier und jetzt hinter uns bringen, werden sie uns die Tür einrennen. Ich meine, mir ... Ach, Sie wissen schon, was ich meine.«

Mikhail wusste es und hätte sie deswegen aufgezogen, wenn sie nicht so nervös gewesen wäre. Er war froh, dass sie die Kinder auf dem Arm hatte, denn die Kleinen lenkten sie mit ihrem fröhlichen Gebrabbel ein wenig ab. Mikhail warf einen Blick auf den Laden, vor dem sie angehalten hatten, dann schaute er sich um.

Die Morgensonne schien auf ein recht kleines Dorf. Es gab eine Gastwirtschaft, eine Metzgerei, eine Bank und eine Kirche. Und am anderen Ende des Dorfplatzes ein Gebäude, das die Schule sein musste. Das war alles. Kein Postamt, keine Bäckerei, geschweige denn einen Gentleman's Club oder eine Spielhalle. Nicht dass er für solche Amüsements Zeit gehabt hätte, aber gewiss konnten nicht mehr als ein paar hundert Menschen hier leben.

Die Dorfbewohner kamen nun von allen Seiten auf sie zu, zeigten auf sie und tuschelten zu zweit oder in Gruppen miteinander. Das erinnerte ihn an einen Ball, zu dem er Angelica einst begleitet hatte. Sie sollte dort den Mitgliedern des nördlichen Clans vorgestellt werden.

»Also gut, dann gehen wir jetzt eben Mehl und Zucker kaufen.« Mikhail lächelte in die Runde der Umstehenden.

»Mehl und Zucker?«, fragte Nell verwirrt. Warum war sie bloß so nervös? So hatte er sie noch nie erlebt, nicht einmal auf dem Boot, als diese Mörder hinter ihnen her waren. Er musste sie ablenken. Bevor er es sich anders überlegen konnte, beugte er sich vor und gab ihr einen Kuss auf den Mund.

Nell riss entsetzt die Augen auf und rang nach Worten. Mikhail musste ein Lachen unterdrücken; sie war einfach hinreißend, wenn sie so aus der Fassung geriet.

»Lächeln, Nell!«, ermahnte er sie. »Wir sind immerhin verheiratet, schon vergessen?« Er schlang den Arm um ihre Taille und führte sie auf den Laden zu. Dabei kam ihm der Gedanke, wie viel Spaß es ihm machen würde, Nells Ehemann zu spielen. Es gefiel ihm nicht, wenn sie so nervös war, aber sie ein wenig aus der Fassung zu bringen, das genoss er in vollen Zügen. Und was das Küssen betraf ... Nun, jetzt war nicht der rechte Zeitpunkt, daran zu denken. Sie hatten schließlich Publikum.

»Ja, Sie haben recht, es tut mir leid. Es ist nur ein bisschen schwerer, als ich dachte ...«, sagte sie leise, wirkte aber immerhin nicht mehr ganz so erstarrt wie zuvor. Sie versuchte zu lächeln.

»Keine Sorge, Nell, vertrauen Sie mir, ich bringe das schon in Ordnung«, versicherte er ihr.

Warum nur empfand er einen solch starken Drang, diese Frau zu beschützen?

Sie schaute ihn über die Köpfe von Katja und Mitja hinweg an – und diesmal lag ein echtes Lächeln auf ihren Lippen. Gemeinsam schritten sie auf den Laden zu.

Ein melodisches Klingeln ertönte, als sie die Tür öffneten. Der Ladeninhaber eilte rasch vom Schaufenster weg und hastete hinter seine Theke zurück. Mikhail musste sich erneut ein Lächeln verkneifen.

»Guten Morgen, Adam«, sagte Nell, als sie die Theke erreicht hatten. Das klang ein wenig steif, wie Mikhail fand, aber er konnte sich ja irren.

»Storm! Ach du meine Güte! Bist du's wirklich?« Der Ladeninhaber strahlte und machte Anstalten, hinter seiner Theke hervorzueilen, um Nell zu begrüßen, doch etwas in ihrem Gesichtsausdruck ließ ihn innehalten und zurückweichen. Mikhail hatte ihr Gesicht nicht gesehen, er war zu sehr mit der Frage beschäftigt gewesen, warum der Mann Nell *Storm* nannte. Ein alter Spitzname?

»Ja, ich bin es.« Nun war Mikhail sicher: Nells Stimme klang definitiv kalt und abweisend. Kein Wunder, dass das Strahlen auf Adams runzligem Gesicht erlosch. »Mein Mann und ich brauchen Mehl und Zucker, bitte.«

Der alte Mann sah aus, als würde er jeden Moment einen Herzinfarkt bekommen. Mikhail beschloss, sich jetzt besser einzumischen.

»Hallo, ich bin Michael, der Ehemann.« Er bot dem geschockten Ladeninhaber seine Hand.

»Hallo, Michael«, antwortete Adam und schüttelte erfreut seine Hand, »es ist mir eine Ehre, Storms Ehemann kennen zu lernen. Wir hätten ja nie gedacht, dass es dazu kommen würde, vor allem nachdem ...«

»Adam, wenn wir bitte den Zucker haben könnten«, schnitt Nell ihm das Wort ab. Mikhail runzelte die Stirn. Er hatte den alten Mann fragen wollen, warum keiner damit gerechnet hatte, dass Nell heiraten würde, aber nun starrte Adam die Babys an, und wieder hatte Mikhail das Gefühl, dass er umzukippen drohte.

»Sind das deine Kinder?«, stieß der Alte ehrfürchtig hervor.

Nell schaukelte die Kinder auf ihren Armen. Die kleinen Fäustchen hatten bereits begonnen, ihr das Haar aus dem Dutt zu ziehen. »Sie sind die Kinder von Michaels verstorbener Schwester. Wir haben sie adoptiert.«

»Ach, das tut mir aber leid«, sagte Adam, ehrlich betroffen. Mikhail fand, dass er eigentlich ein netter Kerl war, obwohl Nell ihn offenbar nicht leiden konnte.

Als Nell daraufhin nichts erwiderte, breitete sich eine unbehagliche Stille aus. Adam warf einen raschen Blick zum Schaufenster, an dem sich bereits eine Traube Neugieriger die Nasen platt drückte.

»Äh, ja, also Mehl und Zucker, sagtest du? Ich hätte auch etwas Milch da für die Kleinen.« Adam verschwand im Hinterzimmer, wo er herumzukramen begann. Kurz darauf tauchte er mit dem Benötigten auf. Alles wurde verpackt und bezahlt.

»Ich danke Ihnen, Adam«, sagte Mikhail freundlich, »auf bald. Wir werden uns jetzt sicher öfter sehen.« Sie wandten sich zum Gehen.

»Soll das heißen, ihr bleibt hier?«, rief Adam.

»Ja«, antwortete Mikhail.

»Das ist ja großartig!«, freute sich der Alte. »Im Dorf ist es einfach nicht mehr dasselbe, seit uns unsere Storm verlassen hat.«

Nell blieb stumm, was Mikhails Verdacht, sie habe ihm eine Menge zu beichten, nur verstärkte.

»Auf bald«, wiederholte er und führte Nell auf die Straße hinaus. Unter den Blicken der Neugierigen führte er sie zu ihrer Mietkutsche zurück. Ein paar Leuten lächelte er dabei zu.

Sobald sich die Kutsche wieder in Bewegung gesetzt hatte, stieß er einen erleichterten Seufzer aus.

»Würden Sie mir *bitte* erklären, was das zu bedeuten hatte?«, fragte er mit gespielter Ruhe.

Es gefiel ihm gar nicht, derart unvorbereitet zu sein, kein bisschen, vor allem nicht in seiner Situation. Immerhin waren sie auf der Flucht vor Mördern und Halsabschneidern. Die Kutsche rollte die Straße zu Nells Cottage entlang. Nell, die ihm gegenübersaß, nickte grimmig mit bleichem Gesicht und harten Augen.

Nell konnte den Zorn, den er in Hitzewellen verströmte, beinahe körperlich spüren. Und sie konnte es ihm nicht verübeln. Ihn im Dunkeln zu lassen, war vielleicht doch nicht die klügste Entscheidung gewesen, musste sie sich eingestehen.

Aber, verdammt noch mal, *er* hatte schließlich darauf bestanden, dass sie ihm half. Und sie half ihm ja! Erzürnt rückte sie die Kleine auf ihrem Schoß zurecht.

»Ich warte.«

Nell schloss kurz die Augen und versuchte, vernünftig zu sein. Sie war wütend auf das Dorf, nicht auf Mikhail. Sie musste ein bisschen verständnisvoller sein. Der Mann machte sich wahrscheinlich Sorgen. Immerhin hatte er ihr sein und das Leben der Kinder anvertraut. Und dieses Vertrauen hatte sie nun erschüttert.

Nell hatte auf einmal ein schlechtes Gewissen, und das machte sie noch zorniger. Gott, sie hasste es, die Dinge aus der Sicht anderer zu betrachten!

»Storm ist mein richtiger Name«, gestand sie widerwillig. Sie wollte sich diesem Mann nicht öffnen, wollte nicht erleben müssen, wie auch er sie verurteilte. Nun, er würde früh genug alles erfahren, aber das war kein Grund, schon jetzt ihre Seele vor ihm zu entblößen.

»Storm?«, wiederholte er skeptisch, aber ein wenig versöhnlicher.

»Ja. Ich weiß, es ist ein ungewöhnlicher Name, aber meine Mutter hieß Sky und ihre Schwester Star ... Sie verstehen?«

Bevor er etwas sagen konnte, fuhr sie fort: »Aber mir wäre es lieber, Sie würden mich weiterhin Nell nennen.«

Mikhail überlegte. Dann nickte er.

»Ihre restlichen Geheimnisse können Sie vorläufig für sich behalten. Jetzt geht es vor allem darum, dass die Kinder ordentlich versorgt sind.«

Wie auf Kommando hielt in diesem Moment die Kutsche an.

»Ist es das, Chef?«, rief der Kutscher und beugte sich zu ihnen hinunter. Mikhail deutete fragend aus dem Fenster, und Nell hielt den Atem an.

»Ist das Ihr Cottage?«

Es sah genauso aus, wie es ihr ganzes Leben lang ausgesehen hatte: ein zweistöckiges graues Steincottage mit einem dicken braunen Reetdach, auf das sie als Kind unzählige Male geklettert war.

Die Sonne spiegelte sich in den Fenstern und lenkte Nells Aufmerksamkeit auf die himmelblauen Vorhänge. Die Möbel drinnen waren alle entweder himmelblau oder weiß – die Lieblingsfarben ihrer Mutter. Ob es immer noch nach den Rosen duftete, die ihre Mutter so leidenschaftlich gezüchtet hatte? Und im Arbeitszimmer ihres Vaters nach alten Büchern?

Nell wurde auf einmal von einer unbändigen Sehnsucht gepackt. Sie drückte dem verblüfften Mikhail kurzerhand Katja in die Arme und sprang aus der Kutsche. Dann öffnete sie das Gartentürchen und eilte auf das Haus zu. Aber als sie die Tür erreichte, blieb sie abrupt stehen und zögerte.

Wenn nun alles anders war?

Oder noch schlimmer: Wenn alles genauso war, wie immer?

Ihre Nerven waren zum Zerreißen gespannt, aber bevor Nell eine Entscheidung treffen konnte, ging plötzlich die Tür auf, und vor ihr stand eine vertraute alte Gestalt.

»Morag.« Nells Stimme brach. Hier stand das einzige

Wesen, das ihre Eltern genauso geliebt hatte wie sie. Die Einzige, die ihren Schmerz verstehen konnte.

Plötzlich merkte Nell, dass sie Morag längst verziehen hatte. Die alte Frau hätte niemals zugesehen und ihre Mutter sterben lassen, wenn sie etwas dagegen hätte tun können. Dafür hatte sie sie viel zu sehr geliebt. Das erkannte Nell jetzt. Sie war damals so zornig, so durcheinander gewesen ... Nur deshalb hatte sie der alten Frau nicht verzeihen können.

»Es tut mir leid«, sagte Nell leise. Die weisen blauen Augen in dem vertrauten runzligen Gesicht mit den dichten weißen Haaren blickten sie liebevoll an. Dann öffnete Morag ihre Hand, und Nell sah, dass darin Rosenblüten lagen, Blüten von ihrer Lieblingsrose. Die alte Schottin hatte also gewusst, dass sie kam. Wie sie so viele Dinge wusste. Es war ein Friedensangebot.

»Danke.«

Nell nahm die Blütenblätter und steckte sie in die kleine Tasche ihres geliehenen Kleids.

»Nell?«

Mikhail war hinter ihr aufgetaucht. Ihn und die Kinder hatte sie ganz vergessen!

»Ach, Michael«, sagte sie und nahm ihm Katja ab. »Darf ich dir Morag vorstellen?«

Mikhail schenkte der alten Schottin ein aufrichtiges Lächeln. Sein Blick wanderte über ihre abgetragenen Kleider.

»Es freut mich, Ihre Bekanntschaft zu machen.«

Nell biss sich auf die Lippe und beobachtete, wie Morag zunächst Mikhail musterte und dann die Kinder. Dann kehrte ihr Blick zu Nell zurück. Ihr Gesicht war, wie immer, ausdruckslos, doch dann streckte sie ihre Arme nach Katja aus.

Mikhails Blick huschte unschlüssig zwischen Morag und Nell hin und her.

»Keine Sorge«, sagte Nell und reichte Katja an die alte Frau weiter. »Morag kennt sich gut mit Kindern aus. Sie hat mich und vor mir schon meine Mutter aufgezogen.«

Als Mikhail jedoch noch immer zögerte, ihr auch Mitja auszuhändigen, nahm Nell ihm den Jungen ab und überreichte ihn Morag. Die Augen der alten Frau blitzten erfreut auf. Dann nickte sie, wandte sich ab und verschwand mit ihren Schutzbefohlenen im Haus.

9. Kapitel

Ich habe deine Nachricht erhalten, Clanführer, und bin hergekommen, so schnell ich konnte.«

Alexander erhob sich langsam von seinem Schreibtisch. Er musterte den jungen Vampir mit unbewegter Miene. »Deine Eile war unnötig, Peter. Ich wollte dir lediglich eine Einladung überreichen.«

Peters Augen schienen einen Moment lang glasig zu werden, und er schüttelte den Kopf, als wolle er seine Gedanken klären. »Eine Einladung, Clanführer?«

»Ja.« Alexander schob einen Umschlag über den Tisch. »Lord Bruce hat mich gebeten, ihm bei der Verteilung einiger Einladungen behilflich zu sein. Es geht um eine Dinnerparty, die seine charmante Gattin veranstalten möchte. Ein intimes Dinner, nur ein paar ausgewählte Gäste.«

Verblüfft nahm Peter die Einladung an sich. »Ich fühle mich sehr geehrt, Clanführer.«

Alexanders Lächeln reichte nicht bis zu seinen Augen. »Es ist eine Einladung für zwei. Du darfst eine Begleitung deiner Wahl mitbringen. Aber wie gesagt, es ist ein intimes Dinner, und Lord Bruce möchte niemanden beleidigen. Ich bitte daher um Diskretion.«

»Selbstverständlich«, antwortete Peter. »Dürfte ich mich vielleicht nach dem Anlass erkundigen?«

»Die Feiern zu Ehren der Auserwählten waren großartig, aber es waren alle sehr umfangreiche, aufwändige Veranstaltungen. Aus diesem Grunde haben meine Frau und Lady Bruce beschlossen, ein etwas intimeres Dinner zu veranstalten, um einige der Clanmitglieder besser kennen zu lernen.«

»Es ist mir eine große Ehre!«, erklärte Peter. Als er merkte, dass Alexander nichts mehr hinzuzufügen hatte, beeilte er sich zu sagen: »Dann darf ich mich jetzt verabschieden?«

Alexander nickte. »Denk dran, es bleibt unter uns. Nur deine Begleitung darf natürlich davon erfahren.« Alexander nahm wieder hinter seinem Schreibtisch Platz. Doch kaum hatte der junge Vampir die Tür hinter sich zugezogen, stand er auf und öffnete eine Tür, die zu einem Nachbarzimmer führte.

»Musstest du sie so nahe heranbringen?«, fragte er verärgert. Patrick, der nun mit Angelica am Arm das Studierzimmer betrat, blieb ungerührt.

»Sie bestand darauf. Außerdem spielt es keine Rolle. Selbst wenn Peter ihren Geruch aufgefangen haben sollte – was ist natürlicher, als dass die eigene Gattin im Nebenzimmer sitzt? Und stickt, oder etwas Ähnliches?«

Angelica hob die Braue. »Sticken? Ich? Du leidest unter Geistesverwirrung, Patrick.«

Alexander nahm mit einem schweren Seufzer hinter seinem Schreibtisch Platz. »Könnten wir zum Thema kommen? Hat er etwas mit ihnen zu tun, Angelica?«

Angelica war die stärkste Gedankenleserin, die der nördliche Clan besaß, wenn nicht sogar alle vier Clans. Daher war sie dazu auserwählt worden, die Vampire, die zu diesem »speziellen« Treffen mit Alexander eingeladen worden waren, zu durchleuchten.

»Nein, nichts. Er hat noch nie von den Wahren Vampiren gehört und hegt keinerlei Ressentiments den Auserwählten gegenüber.«

Angelica war frustriert. Nicht dass sie sich wünschte, Peter würde Mordpläne gegen ihre Familie schmieden, aber irgendjemand tat es nun mal. Und es wäre eine Erleichterung gewesen zu wissen, wer hinter den Anschlägen steckte.

»Es gefällt mir gar nicht, dass du das tust«, erklärte Alexander zum x-ten Mal, seit sie auf diesen Plan verfallen waren.

Angelica ging zu ihrem Mann hinüber und nahm sein Gesicht in ihre Hände. »Ich weiß, aber ich muss es tun; und du weißt das auch«, sagte sie sanft und schaute ihm dabei tief in die Augen.

Alexander nickte widerwillig. Er wusste, dass seine Frau die Einzige war, die die Gedanken von Vampiren lesen konnte, ohne dass diese es merkten. Wenn er oder Patrick – ebenfalls äußerst begabte Gedankenleser – einen solchen Versuch unternommen hätten, hätten die Betreffenden starke Kopfschmerzen bekommen, und die ganze Sache wäre sofort aufgeflogen.

»Ich wünschte nur, wir hätten etwas herausgefunden.«

»Mach dir keine Sorgen, Angelica«, sagte Patrick, der vor einem der hohen Terrassenfenster stand, »das war die letzte Einladung. Glaub mir, die Wahren Vampire werden sich darum reißen, sobald sie Wind von dieser Dinnerparty bekommen.«

»Aber wieso sollten sie zu diesem Dinner kommen wollen? Du und Alexander und viele loyale Clansmänner werden ebenfalls dabei sein. Ein Anschlag wäre reiner Selbstmord.«

»Ich sagte ja auch nicht, dass sie einen Anschlag planen werden, Angelica. Nein, aber sie werden teilnehmen wollen, und sei es auch nur, um den Feind besser kennen zu lernen.«

»Aber wenn es uns gelingt, einen von ihnen zu enttarnen, wird das denn genügen?«, fragte Angelica in einem für sie ungewöhnlich mutlosen Ton.

Alexander schlang den Arm um seine Frau. »Bald ist alles vorbei, Liebling. Und Mikhail wird die Kinder zu uns zurückbringen. Bald, Angelica.«

In diesem Moment kam Violet ins Zimmer gestürzt. Zitternd eilte sie auf ihren Mann Patrick zu. »Es ist Kiril, er ist auf dem Weg hierher! Ich kann ihn riechen, er wird gleich da sein.«

Die Köpfe der beiden Männer fuhren zu den Terrassentüren herum, die auf den weitläufigen Vorgarten und das hohe Eingangstor wiesen.

Diesmal schaute Violet Angelica an. »Mikhail ist nicht bei ihm. Und unsere Kinder auch nicht«, stieß sie verzweifelt hervor.

10. Kapitel

Mikhail wurde durch fröhliches Kinderlachen geweckt. Er schlug die Augen auf, und sein Blick fiel auf das von der Morgensonne erhellte Zimmer. Ein hübsches Zimmer, wenn auch ziemlich klein. Sein Zimmer, für die Dauer ihres Aufenthalts. Es wäre noch hübscher gewesen, wenn er ein wenig mehr Platz gehabt hätte. Oder zumindest ein Bett zum Schlafen.

Er warf einen gereizten Blick auf das Sofa, auf dem er eine unbequeme Nacht verbracht hatte, erhob sich und streckte seine verkrampften Muskeln. Er hatte in seinen wilden Studentenjahren zwar schon an schlimmeren Orten übernachtet, aber nie für so lange Zeit. Ob er sich vielleicht auf dem Fußboden ein Lager zurechtmachen könnte? Der kleine Schreibtisch in der Ecke konnte doch sicher woanders untergebracht werden, damit er mehr Platz hatte?

Abermals drang Kinderlachen an sein Ohr und erinnerte ihn daran, was ihn geweckt hatte. Er griff nach seinen abgelegten Kleidern und begann sich anzuziehen. Dabei fiel sein Blick auf das Bücherregal, das eine ganze Wand des kleinen Zimmerchens einnahm. Er würde die Büchersammlung des verblichenen Mr. Witherspoon, Schullehrer, später genauer in Augenschein nehmen.

Er trat in den schmalen Gang hinaus und ging die paar Schritte zum Wohnzimmer, dessen Tür offen stand. Der Anblick, der sich ihm bot, ließ ihn innehalten. Nell saß in einem schlichten weißen Baumwollnachthemd im Schneidersitz auf dem Boden vor dem Kamin, in dem ein warmes Feuer brannte. Ihr dichtes braunes Haar hing offen über Rücken und Schultern. Auf ihrem Schoß saß Mitja. Katja lag vor ihnen auf dem Teppich und strampelte mit Armen und Beinchen.

Nell unterhielt die Kleinen mit großen Gesten und komischen Grimassen.

Es dauerte einen Moment, bis Mikhail klar wurde, dass sie ihnen die Geschichte von Heinrich VIII. erzählte.

»Anne konnte flehen so viel sie wollte, sie stieß auf taube Ohren beim König. Es war zu spät für sie. Er befahl, sie fortzubringen und ihr den Kopf abzuschlagen!«

Nell brach theatralisch zusammen, sehr zum Vergnügen der Kleinen. Mitja hüpfte begeistert auf ihrem Schoß auf und ab und Katja, die nie hinter ihrem Cousin zurückstand, krähte und fuchtelte mit den Ärmchen.

»Erzählst du ihnen wirklich gerade die Geschichte von Heinrich VIII. und seinen zahlreichen Frauen? Ich bin nicht sicher, ob das eine gute Kindergeschichte ist«, sagte Mikhail belustigt. Er unterbrach sie nur ungern. Eigentlich tat er es nur, weil er nicht länger ausgeschlossen sein wollte.

Nell setzte sich erschrocken auf und starrte ihn mit weit aufgerissenen Augen an. »Sie sind schon wach?«

Mikhail hob eine Braue. »Gut beobachtet.«

Er trat ein, ging zu ihnen und setzte sich neben Katja

auf den Teppich, die ihm auch sogleich eifrig die Ärmchen entgegenstreckte.

»Meine Güte, das ist mir aber peinlich«, stotterte Nell. »Warten Sie, ich ziehe mich rasch an.«

»Nein, bitte bleib. Und du solltest mich duzen. Immerhin sind wir Mann und Frau.« Er lächelte gewinnend.

Sie runzelte die Stirn. »Also gut, aber …«

»Bleib. Wir müssen unbedingt etwas besprechen.«

»Kann das nicht warten, bis …«

»Nein.« Mikhail wusste, wie lächerlich das war, aber er wollte nicht, dass Nell sich schon ankleidete. Sie sah so reizend, so … natürlich aus. Ihre Schönheit war vollkommen ungekünstelt. So etwas kannte er nicht. Die Frauen, mit denen er in London gelegentlich die Nacht verbrachte, hatten immer entweder irgendwelche Schmuckstücke an oder trugen aufreizende, teure Negligés und ruhten auf spitzenverbrämten Seidenkissen.

Aber Nell in ihrem einfachen Nachthemd und den herrlichen, langen, kastanienbraunen Haaren, die Wangen rosa vor Verlegenheit, war einfach nur wunderschön in ihrer Natürlichkeit.

»Also, worum geht es?« Sie hielt Mitja an sich gedrückt, wie einen Schutzschild. Mikhails Lippen zuckten. Er konnte es ihr nicht übel nehmen: Seine Gedanken waren nicht gerade unschuldig.

»Wie's der Zufall will, geht es um Kleidung. Wir brauchen beide etwas zum Anziehen und die Kinder ebenso. Aber dieses Dorf ist ziemlich klein …« Was er sagte, war ganz richtig – obwohl ihm die Idee gerade erst spontan in den Sinn gekommen war.

Nell biss sich auf die Lippe, wie sie es immer tat, wenn sie über etwas nachgrübelte. Sein Blick wanderte über ihren Mund, und er fragte sich unwillkürlich, was sie wohl täte, wenn er sie jetzt küssen würde.

»Nach Bath können wir wohl nicht ...«, überlegte sie laut.

»Nein«, musste Mikhail ihr zustimmen. Für einen Moment hatte er ganz vergessen, dass sie auf der Flucht waren und sich verstecken mussten. Nell hatte ihn wieder daran erinnert. Er durfte sich nicht zu sehr von ihr ablenken lassen, nahm er sich vor, er musste wachsam bleiben. Um der Kinder willen.

»Wir könnten Adam bitten, uns Kleidung zu bestellen. Das dürfte kein Problem sein, er bekommt regelmäßig Lieferungen aller Art. Sicher kann er ein Kleid für mich, Hemd und Hose für Sie – ich meine für dich – und Kleidung für die Kinder bestellen. Solange wir im Voraus bezahlen.« Sie schaute ihn fragend an.

»Geld ist kein Problem«, versicherte Mikhail sofort. »Ja, ich glaube, das ist vorläufig das Beste, was wir tun können. Ich hoffe nur, dass es nicht allzu lange dauert, bis die Sachen da sind.«

Eine friedliche Stille senkte sich über den Raum. Mikhail streckte die Hand aus und schob ihr eine Locke hinters Ohr.

»Habe ich schon danke gesagt?«, fragte er leise.

Nell blinzelte ihn verwirrt an. »Wofür?«

»Dass du uns das Leben gerettet hast.« Er konnte einfach nicht die Hände von ihr lassen. Sanft wanderten seine Finger über ihre Wange. »Dass du für die Kleinen da bist.«

»Ach.«

Mikhail vergrub die Hände in Nells dichtem Haar, und sie schloss unwillkürlich die Augen. »Gern geschehen«, flüsterte sie. Ohne es zu wollen, hatte sie sich vorgebeugt. Mikhail sah keinen Grund, ihr zu widerstehen. Auch er beugte sich vor und wollte sie gerade küssen, da schlug mit einem lauten Knall die Haustür zu.

Nell sprang erschrocken auf, Mikhail folgte in etwas langsamerem Tempo. Morag stand im Türrahmen und funkelte Mikhail mit schmalen Augen an.

»Morag, da bist du ja«, stieß Nell atemlos hervor und eilte mit schamrotem Gesicht auf die alte Frau zu. »Könntest du kurz auf ihn aufpassen? Ich gehe mich schnell anziehen.« Sie drückte ihr Mitja in die Arme und verschwand nach oben.

Die alte Frau hatte sich nicht gerührt. Ihr Blick war immer noch unverwandt auf Mikhail gerichtet. Die Bedeutung war klar.

»Ich hab's nicht böse gemeint«, sagte dieser verlegen.

Die weisen blauen Augen verengten sich noch mehr.

»Keine Sorge, ich will ihr nichts antun. Das wäre eine schäbige Art, ihre Hilfsbereitschaft zu vergelten.« Er seufzte. »Du hast mein Wort.«

Die alte Schottin nickte knapp. Dann machte sie auf dem Absatz kehrt und folgte Nell die Treppe hinauf.

Mikhail fragte sich, ob es wohl leichter gewesen wäre, wenn Nell der Alten nicht verraten hätte, dass sie nicht wirklich miteinander verheiratet waren. Aber Nell hatte darauf bestanden, es ihr zu sagen. Sie meinte, die Tatsache, dass sie in getrennten Zimmern schliefen, hätte sowieso sofort ihren Verdacht erregt. Logisch, fand Mikhail. Aber er hätte gar nichts dagegen gehabt, im selben Zimmer wie Nell zu schlafen. Oder gar im selben Bett. Ein Opfer, das er nur zu gerne gebracht hätte. Verdammt! Wäre er doch bloß früher auf diesen Gedanken gekommen!

»Hallo, ist jemand zu Hause?«

Mikhail fuhr zusammen. Mit wenigen Schritten war er an der Haustür und riss sie auf. Vor ihm stand eine rundliche Frau mit graumelierten, dunkelblonden Haaren und roten Apfelbäckchen. Mikhail atmete auf. Sie schien keine Bedrohung darzustellen.

»Wie kann ich Ihnen behilflich sein?«, erkundigte er sich lächelnd.

»Also ... ich«, stammelte die Frau und musste sich mit der Hand Luft zufächeln. Ihre Miene war so komisch, dass Mikhail an sich halten musste, um nicht laut zu lachen. »Ich ... ja. Also, ich bin Sarah, Adams Frau.«

»Aha«, erklärte Mikhail. »Adam ist ein Glückspilz.«

Sarah errötete und kicherte wie ein Backfisch. »Umwerfend und charmant obendrein! Nein, unsere Storm ist ein Glückspilz!«

Nells richtiger Name erinnerte Mikhail daran, wie viele Geheimnisse seine »Frau« noch für sich behalten hatte.

»Wollten Sie mit ... Storm sprechen?«

Sarah schien erst jetzt wieder einzufallen, weshalb sie hergekommen war. Sie nickte energisch. »Ja, ja ... Obwohl, dürfte ich Sie vielleicht was fragen, Mr. Michael?«

Mikhail entging nicht, dass Sarah bereits seinen Namen

kannte. Nun, selbst in London sprach sich Klatsch schnell herum, und in diesem winzigen Dorf ...

»Selbstverständlich. Und bitte, nennen Sie mich Michael.«

Sarah strahlte. Für einen Mann, der es gewohnt war, dass die Leute vor ihm katzbuckelten und ihn mit »Euer Gnaden« anredeten, war es eine überraschend angenehme Erfahrung, mit seinen Mitmenschen auf gleicher Augenhöhe zu verkehren.

»Ja, also, Michael, ich wollte nur sagen, dass das ganze Dorf kopfsteht! Wer hätte gedacht, dass unsere Storm noch mal heiraten würde, vor allem nach dieser Sache mit George ...« Stirnrunzelnd hielt sie inne.

Wer zum Teufel war George?

»Aber das ist lange her ... Was sagten Sie gleich, was machen Sie beruflich?« Sarahs Augen funkelten vor Neugier.

Er hatte nichts gesagt, beschloss aber mitzuspielen. Im Austausch für Informationen über *George*.

»Ich bin Schullehrer. Lebt George noch immer hier?« Er fragte es so gleichgültig wie möglich. Er konnte sich nicht vorstellen, dass Nell diesen George irgendwo anders kennen gelernt hatte. Immerhin hatte sie lange in diesem Dorf gelebt. Auch durfte er sich nicht anmerken lassen, dass er noch nie etwas von diesem George gehört hatte.

»Ja, schon, aber er ist jetzt mit der Metzgerstochter verheiratet, Sie brauchen sich also keine Sorgen zu machen«, beeilte sich Sarah zu versichern.

Sollte er sich denn wegen George Sorgen machen? War er Nells Verflossener? Er hatte auf einmal das dringende

Bedürfnis, mit ihr zu reden und mehr über diese Sache herauszubekommen.

»Mrs. Sarah, wenn Sie einen Moment hier warten würden? Ich gehe rasch und hole N... Storm, ja?« Mikhail schenkte ihr ein gekünsteltes Lächeln.

Liebte sie ihn noch? Nicht dass ihn das etwas anging. Nein, es ging ihn nichts an ... Oder doch, es ging ihn sehr wohl etwas an! Er war schließlich ihr Mann. Jedenfalls ihr gespielter Mann. In den Augen der Dorfbewohner war er ihr Mann. Und er wollte verdammt sein, wenn er es sich gefallen ließe, dass sie einem anderen hinterhertrauerte!

»Ja, gerne. Aber bitte, nennen Sie mich doch Sarah.« Sarah klimperte kokett mit den Wimpern. Mikhail nickte knapp und ging.

»Du hast Besuch.«

Mikhail verharrte im Türrahmen von Nells Schlafzimmer. Diese war soeben damit beschäftigt, Katja in eine saubere Windel zu wickeln. Sie drehte sich nicht sogleich um, nahm sich einen Augenblick Zeit, bevor sie ihrem falschen Ehemann gegenübertrat. Ja, genau das war er – ein falscher Ehemann. Darüber hinaus war er betörend attraktiv, intelligent, tapfer und ganz vernarrt in seine Nichte und seinen Neffen. Und sie war drauf und dran, sich Hals über Kopf in ihn zu verlieben.

Lachhaft, einfach lachhaft, dass sie sich so zu diesem unglaublich attraktiven Mann, der nur so tat, als ob er ihr Ehemann wäre, hingezogen fühlte. Seit der Sache mit George hatte sie sich für keinen Mann mehr interessiert. Und jetzt, wo sie wusste, dass sie nie heiraten, sich nie verlieben durfte, lief ihr dieser Mann über den Weg, ein Mann, der aufgrund seiner gesellschaftlichen Stellung ohnehin unerreichbar für sie war. Und ausgerechnet für diesen Mann musste sie die Ehefrau spielen. Wie grausam das Schicksal doch war.

Sie vergewisserte sich, dass die Kinder weit genug von der Bettkante entfernt lagen, um nicht herunterzufallen, dann erst drehte sie sich zu ihm um. Und nein, sie wollte nicht daran denken, wie wundervoll sich seine Berührung angefühlt hatte, vorhin, als er ihr Gesicht gestreichelt hatte.

»Besuch?«

»Ja.«

Nell sah erst jetzt, wie zornig Mikhail war. Sie erkannte es an seinen angespannten Kiefermuskeln, den zu Fäusten geballten Händen.

Ohne zu überlegen lief sie zu ihm und streckte die Hand nach ihm aus. »Was ist? Ist etwas passiert?«

Er ignorierte ihre Hand. »Nichts. Adams Frau, Sarah, steht unten. Sie hat mir von *George* erzählt.«

Nell erstarrte und ließ ihre Hand sinken. Der Klatsch machte also bereits die Runde, was? Obwohl sie nicht erwartet hätte, dass die Sprache zuerst auf George kommen würde. Nicht, wo es ein weit ergiebigeres Klatschthema gab, als eine missglückte Liebesaffäre: eine Mutter, die irrsinnig geworden war.

»Wie nett«, sagte sie schließlich ein wenig lahm.

»*Nett?!*«, fauchte Mikhail empört und trat unwillkürlich einen Schritt näher. »Was soll das schon wieder heißen?«

Jetzt wurde auch sie allmählich zornig. Sie stemmte die

Hände in die Hüften. »Was denn? Sarah hat dir eine erbärmliche Geschichte aus meiner Vergangenheit erzählt. Was kann ich dafür?«

Er blickte sie verwirrt an. Dann kniff er die Augen zusammen. »Liebst du ihn noch?«

Ihn noch lieben? Nell konnte nicht anders, plötzlich musste sie lachen. Als sie Mikhails Gesicht sah, lachte sie nur noch mehr.

»Nell?«, sagte er, so verstört, dass Nell das Lachen verging. Sie seufzte.

»Tut mir leid«, sagte sie, »aber wenn Sarah dir diesen Eindruck vermittelt hat, ist sie eine schlechtere Klatschtante, als ich gedacht hätte!«

»Nun, sie hat nicht viel gesagt ...«, gestand Mikhail langsam.

Nell wandte ihm den Rücken zu, nahm Katja hoch und setzte sich neben Mitja aufs Bett. Jetzt, wo sie darüber gelacht hatte, fühlte sie sich seltsamerweise besser. Nun gut, dann würde sie ihm eben jetzt schon die Geschichte erzählen.

»Ich nehme an, du willst mehr über George erfahren?«

Mikhail nickte. »Es gefällt mir nicht, der einzige Trottel zu sein, der nicht darüber Bescheid weiß. Also ja, wenn's dir nichts ausmacht.«

Nell bekam Gewissensbisse. Immerhin war George nur die Spitze des Eisbergs. Aber ihre ganze restliche Lebensgeschichte? Nein, die würde er schon von anderer Seite erfahren müssen. Sie brachte es nicht über sich, ihm zu erzählen, was dieses Dorf ihr und ihren Eltern angetan hatte. Sonst hätte sie es keine Sekunde länger hier ausgehalten.

»Es ist wirklich keine sehr interessante Geschichte«, begann sie. »Ich kannte George von klein auf. Er ist ein paar Jahre älter als ich. Na ja, ich war in meiner Jugend ein richtiger Wildfang. Ich geriet andauernd in Schwierigkeiten, kletterte auf Bäume, spielte meinen Mitmenschen Streiche.« Nell seufzte. Eine unschuldige Zeit, wenn sie so daran zurückdachte.

»George arbeitete auf der größten Farm in dieser Gegend. Sein Vater ist der Pächter, weißt du. Eines Tages, ich war zwölf, hatte ich es mir in den Kopf gesetzt, eine von den Kühen zu reiten.«

Mikhail grinste, und das ermutigte sie.

»Es ging nicht gut aus, wie du dir denken kannst. Die Kuh hat mich abgeworfen. George fand mich im Morgengrauen. Ich hatte Prellungen und einen schlimm verstauchten Fuß. Er hat sich um mich gekümmert und nie irgendwas verraten ...« Sie zuckte gleichgültig mit den Schultern. Dabei war das einer der schlimmsten Tage ihres Lebens gewesen. »Er wurde mein Held. Und das blieb er auch, jahrelang. Wir waren unzertrennlich. Und an meinem achtzehnten Geburtstag hat er mich gefragt, ob ich ihn heiraten will.

Ich war überglücklich. Aber zwei Wochen vor der Hochzeit wurde meine Mutter auf einmal krank. George war in dieser Zeit ganz seltsam, irgendwie distanziert. Er kam kein einziges Mal zu Besuch. Und später, ja, da sagte er mir, er hätte seine Meinung geändert. Er wolle mich nicht mehr heiraten. Und das ist das Ende vom Lied.«

Nell schaukelte Katja sanft auf ihrem Schoß und versuchte, nicht an die letzten Worte zu denken, die sie und

George gewechselt hatten. Vergebens. *Du kannst ihnen doch nicht glauben«*, hatte sie gebrüllt, aber George war unerbittlich gewesen. *Deine Mutter ist verdammt. Und du ebenso, Storm Witherspoon. Komm mir nie wieder unter die Augen.*

Überrascht blinzelnd stellte Nell fest, dass Mikhail sich über sie beugte. Mit unergründlicher Miene streckte er die Arme aus. »Gib sie mir, Nell. Du solltest besser nach unten gehen und dich um deinen Besuch kümmern.«

Wortlos reichte sie ihm Katja und erhob sich. Erst als sie bereits an der Tür war, sagte er: »Nell?«

Sie antwortete nicht.

»Ich begreife nicht, wie der Mann dich gehen lassen konnte. George muss ein absoluter Dummkopf sein.«

Nein, dachte Nell traurig, *George ist klüger, als ihm selbst bewusst ist.*

11. Kapitel

Es wird schon nicht so schlimm werden«, beruhigte Mikhail Nell, während sie die Dorfstraße entlanggingen. Ein seltsames Gefühl, zum ersten Mal seit Tagen ohne die Kinder unterwegs zu sein. Aber Nell hatte sie nicht aus ihrem Mittagsschläfchen wecken wollen. Morag würde schon gut auf sie aufpassen, meinte sie. Und obwohl Mikhail erst seit wenigen Tagen im Cottage lebte, hatte er das Gefühl, der Alten vertrauen zu können.

»Es ist einfach so ein Pech«, klagte Nell, während sie mit gesenktem Blick an der Metzgerei vorbeiging. Mikhail vermutete, dass sie den neugierigen Blicken auswich, die sie heute besonders zahlreich verfolgten. Hinter jedem Fenster drückten sich die Leute die Nasen platt. Er kam sich vor wie im Zoo. Oder wie in einer Zirkusarena.

Dabei musste er an seine Cousine Violet denken, die in einem Zirkus aufgetreten war, bevor sie ihren Mann, Patrick, kennen gelernt hatte. Violet würde verstehen, wie er sich im Moment fühlte, würde vielleicht sogar über sein Unbehagen lachen. Nicht dass es ihn störte, im Zentrum der Aufmerksamkeit zu stehen. Er war schon immer ein sehr geselliger – fast zu geselliger – Mensch gewesen, nicht nur weil dies in seiner Natur lag, sondern auch um die Menschenscheu seiner Schwester Angelica wettzumachen. Wie oft hatte er seine Freunde und Bekannten zu sich eingeladen, nur damit sie ein paar Männer kennen lernte! Aber sein Plan war gewöhnlich nach hinten losgegangen, denn Angelica hatte sich dann prompt in der Bibliothek ihres Vaters verkrochen. Auf jeden Fall war Mikhail es gewöhnt, im Mittelpunkt zu stehen, doch die Situation hier war anders, denn er konnte sich des nagenden Gefühls nicht erwehren, dass alle in etwas eingeweiht waren, wovon er keine Ahnung hatte.

Er warf einen Blick auf die neben ihm gehende Nell. Sie verbarg etwas vor ihm, dessen war er sich sicher. Die alte Geschichte mit George war nur Teil eines größeren Ganzen. Ein Mann und ein Junge gingen an ihnen vorbei und erinnerten Mikhail wieder an das Thema, über das sie gerade gesprochen hatten.

»Jetzt mach dir keine Vorwürfe, Nell. Wie hättest du ahnen können, dass der Schullehrer vor einer Woche weggezogen ist?«

»Ja, aber das mit dem Schullehrer war doch bloß eine Ausrede! Und jetzt sollst du tatsächlich unterrichten!« Nell machte ein ganz zerknirschtes Gesicht, wie so oft, seit der neue Vikar an ihre Tür geklopft und Mikhail gefragt hatte, ob er die Stelle des Dorfschullehrers übernehmen wolle.

Ihre Tür ... Seltsamer Gedanke. Es war Nells Tür, Nells Cottage.

»Ich bin sicher, das Unterrichten wird eine nette Erfahrung werden.«

Nell schaute ihn skeptisch an, als sie wortlos weitergingen. Mikhail fing den bewundernden Blick einer hübschen

Rothaarigen auf, die vom Schaufenster des Kaufladens zu ihm herüberschaute. Er lächelte ihr zu.

»Hast wohl ein Auge auf sie geworfen?«, fragte Nell grimmig, während Mikhail ihr die Ladentür aufhielt. Der Frau entging aber auch gar nichts! Beide traten ein, und Sarah kam sofort hinter der Ladentheke hervor.

»Storm! Michael! Wie schön, euch schon so bald wieder zu sehen. Was können wir für euch tun?«, strahlte Sarah. Als sie die erstaunten Blicke ihrer anderen Kunden auffing, trat ein triumphierender Ausdruck auf ihr Gesicht.

»Wir möchten etwas bestellen«, verkündete Nell kühl, und erneut fragte Mikhail sich, was sie nur gegen die Leute hier hatte.

»Selbstverständlich«, nickte Sarah. Aber dann wandte sie sich an die übrige Kundschaft. »Einen Moment, diese guten Leute hier hatten noch nicht das Vergnügen, deinen Mann kennen zu lernen, Storm.« Die energische Ladeninhaberin schubste Mikhail kurzerhand auf die vier Frauen zu, die ihnen erwartungsvoll entgegensahen.

»Alle mal herhören, das ist Michael, Storms Mann. Er wird unser neuer Dorfschullehrer! Ach, schauen Sie nicht so überrascht, Michael, Neuigkeiten sprechen sich hier schnell rum«, sagte Sarah lachend. »Michael, das ist Meg. Sie arbeitet im Pub gegenüber.«

Die Rothaarige, die er zuvor aus dem Schaufenster hatte starren sehen, klimperte scheu mit den Wimpern. Mikhail musste ein Grinsen unterdrücken, als er Nell hinter sich leise schnauben hörte.

Sarah stellte ihm nun auch die Übrigen vor. »Storm, du hast Mary, die Frau des Vikars, wahrscheinlich noch nicht kennen gelernt? Und das ist Tabitha, ihre Tochter.«

Mikhail lächelte dem Mädchen mit den hübschen Zöpfen zu, und Nell äußerte einen höflichen Gruß.

»Und dann natürlich unsere Grace«, fuhr Sarah fort und überhörte geflissentlich, wie Nell scharf Luft holte. Mikhail warf einen besorgten Blick auf sie. Sie war leichenblass geworden. Wer war diese Grace? Neugierig schaute er die Frau an, die soeben hinter der Gruppe der anderen Kundinnen hervortrat.

»Grace Williamson, von der Hampton Main Farm«, stellte Sarah sie vor. Mikhail lächelte zögernd, nicht sicher, ob er die Farm kennen sollte oder nicht. Aber Grace schaute ihn gar nicht an, ihr Blick hing beinahe sehnsüchtig an Nell. Da fiel ihm wieder ein, was ihm der Milchmann heute früh erzählt hatte. Diese Frau wäre beinahe Nells Schwiegermutter geworden. War Nell deshalb so blass?

»Hallo, Storm«, sagte Grace zögernd. Sie war eine dünne, zarte Frau und Mikhail empfand unwillkürlich Mitleid mit ihr. Es war offensichtlich, dass sie von starken Schuldgefühlen gepeinigt wurde. Hier stand eine arme Seele vor ihm, die verzweifelt auf Vergebung hoffte.

»Hallo«, entgegnete Nell steif, dann wandte sie sich ab und ging in den hinteren Teil des Ladens, wo Adam stand und alles beobachtete. Wie auf Kommando kam Bewegung in die versammelten Damen, und man machte Anstalten zu gehen. Nur die Rothaarige, Meg, blieb noch einen Moment und trat enger an Mikhail heran.

»Wir haben nicht oft einen so schönen Mann in unserer Mitte«, gurrte sie, »Storm scheint Glück zu haben, oder?«

Mikhail begriff sofort, was sie damit sagen wollte. Hatte Nell auch Glück genug, einen *treuen* Ehemann ergattert zu haben? Unter anderen Umständen hätte Mikhail ihr Angebot vielleicht angenommen. Es war schon eine Weile her, seit er zuletzt bei einer Frau gelegen hatte, und Meg war ausgesprochen hübsch: eine üppige, kurvenreiche Figur und volle, sinnliche Lippen. Aber er war aus einem ganz bestimmten Grund in dieses Dorf gekommen. Er war hier, um die Kinder vor Schaden zu bewahren, um dafür zu sorgen, dass ihnen in den vier Wochen, die sie hier zu bleiben planten, nichts passierte. Im Übrigen reizte ihn Meg gar nicht sonderlich, wie er sich plötzlich eingestand.

Seine Aufmerksamkeit wurde durch eine Bewegung abgelenkt. Nell beugte sich über den Tresen und teilte Adam ihre Wünsche mit. Ja, das war die Frau, die ihn reizte. Sehr sogar.

»Aha, so ist das also«, sagte Meg bedauernd. »Weiß gar nicht, wieso ich überhaupt gefragt habe. Alle Männer sind hinter Nell her. Ich weiß nicht, wie sie das macht. Ich wünschte, sie könnte es mir sagen.«

Mikhail runzelte die Stirn. Alle Männer? Wer denn noch? Das mit George war schon mehr als genug, fand er.

Meg berührte lachend seinen Arm. »Na, na, kein Grund zur Eifersucht. Storm wollte keinen von ihnen. Außer George, natürlich.«

»Natürlich«, knurrte Mikhail ergrimmt.

Meg lachte erneut und winkte ihm zum Abschied kokett zu. »Wir sehen uns, Michael. Und sagen Sie mir Bescheid, falls Sie Ihre Meinung ändern sollten.«

Als sie den Laden endlich verlassen hatten, atmete Nell erleichtert auf. Mikhail schien die dauernde Aufmerksamkeit nicht viel auszumachen, aber sie selbst war mit ihrer Geduld am Ende.

»Na, war das nicht ein Glück, das mit der Kleidung?«, lächelte Mikhail und hielt das in Packpapier gewickelte Paket hoch, das er trug. »Und war es nicht nett von Mary, uns die Babykleidung zu leihen, die sie aufgehoben hat?«

Das Herrenhemd und die Hose entsprachen zwar bei weitem nicht der Qualität, die er sonst gewöhnt war, aber für einen Dorfschullehrer würde es reichen, dachte Nell. Was Mary Smith betraf, so schien sie tatsächlich ganz nett zu sein. Kein Vergleich jedenfalls mit dem alten Vikar und seiner Frau, dachte sie grimmig.

»Ja, es hat wunderbar geklappt. Und Adam sagte, er könnte mir in ein, zwei Tagen ein neues Kleid besorgen. Bis dahin kann ich das hier tragen.«

Mikhail blieb stehen und schaute sich auf dem Dorfplatz um. Nell fragte sich, was er wohl von dem Ort hielt, in dem sie aufgewachsen war. Im Sonnenschein wirkte New Hampton geradezu idyllisch. Die Hauptstraße war eine kurze Straße, die von der Schule am einen Ende zur Kirche am anderen führte, und dazwischen befanden sich die Metzgerei, die Gastwirtschaft, die Bank, der Einkaufsladen und ein paar Wohnhäuser. Dahinter wand sich die Straße zwischen einzelnen Farmen und Cottages hindurch und verschwand zwischen reizvollen Hügeln.

Die größte dieser Farmen war die Williamsons Farm. Dort kannte sie jeden Stein, jeden Baum, jeden Strauch. George hatte ihr jeden Zentimeter seines Landes gezeigt.

Als hätten ihre Gedanken ihn heraufbeschworen, trat er in genau diesem Moment aus einem der Häuser an der Dorfstraße an seiner Seite ein blondes Mädchen, das ihr irgendwie bekannt vorkam.

»Ich möchte jetzt nach Hause«, sagte Nell sofort, den Blick wie hypnotisiert auf das Pärchen geheftet, das sie noch nicht bemerkt hatte.

Mikhail folgte ihrem Blick, rührte sich aber nicht. »George?«

Nell konnte bloß nicken, denn ihre Kehle war wie zugeschnürt. Das war der Mann, den sie einst geliebt hatte. Er sah in ihren Augen immer noch wundervoll aus, groß, breitschultrig, mit dunklen Haaren, die in der Sonne glänzten. Sie konnte sein Gesicht nicht sehen, aber seine Züge waren unauslöschlich in ihr Gedächtnis eingebrannt: große, warme braune Augen unter dichten Wimpern, eine gerade, starke Nase, ein kräftiges Kinn … Wie gern sie immer das Grübchen in seinem Kinn berührt und ihn deswegen geneckt hatte! Er hatte sich wegen dieses Grübchens geschämt, denn er fand, dass es sein Kinn schwach aussehen ließ. Sie war da anderer Meinung. Sie hatte überhaupt nichts Schwaches an ihm finden können, im Gegenteil. Sie wusste ganz genau, wie stark er war, dass er keine Arbeit scheute, wenn sie auch noch so schwer war. Wie oft hatte sie ihm bei der Ernte oder einer anderen Farmarbeit zugesehen!

Aber das alles war vorbei. Der Mann ihrer Träume war an dem Tag gestorben, an dem er sie und ihre Mutter verdammt hatte.

»Sie haben uns gesehen«, sagte Mikhail. »Ganz ruhig.

Ich bin bei dir.« Er nahm sie bei der Hand. Sie war eiskalt. Seine Berührung tröstete sie ein wenig, konnte aber nicht verhindern, dass ihr ein scharfer Stich ins Herz fuhr, als Georges Blick auf sie fiel. Sie presste die Lippen zusammen. Das Herz klopfte ihr bis zum Hals.

»Storm! Mein Gott, du bist es tatsächlich!«, rief seine Begleiterin aus.

Lizzie. Jetzt hatte Nell sie erkannt. Die Metzgerstochter. Ein paar Jahre jünger als sie und entsetzlich eitel. Was kein Wunder war: Die wohlhabenden Metzgersleute hatten ihr einziges Kind nach Strich und Faden verwöhnt. Lizzie kam über die Straße auf sie zugelaufen, George folgte ein wenig langsamer. Mit einem fröhlichen Lachen blieb sie vor ihnen stehen.

»Ich kann's nicht fassen! Ich habe natürlich gehört, dass du wieder da sein sollst, konnte es aber einfach nicht glauben. Immerhin bist du ohne ein Wort verschwunden, ich hätte nie geglaubt, dass du je wiederkommst!«

Nell konnte ihrer Logik zwar nicht folgen, hatte aber keine Lust nachzufragen. »Ja, ich bin wieder da«, antwortete sie schlicht.

Lizzies Blick fiel bewundernd auf Mikhail. »Willst du uns denn nicht vorstellen?«

In diesem Moment tauchte auch George neben Lizzie auf und raubte Nell die kaum wiedergefundene Sprache. Er schaute sie mit einem rätselhaften Ausdruck an. Es war das erste Mal, dass sie sich wiedersahen, seit er ihre Verlobung gelöst hatte. Nell verharrte regungslos, und ihre Hände schwitzten, während sie sich bemühte, ruhig zu bleiben, nicht zu schreien, ihn nicht mit den Fäusten zu bearbeiten. Ihn nicht als den Bastard zu beschimpfen, der er war. Was sie jedoch am allermeisten wollte, war zu begreifen, *wie*. Wie hatte sie ihn all die Jahre so falsch einschätzen können? Wie hatte sie nicht sehen können, was für ein Mistkerl er in Wahrheit war?

Mikhail räusperte sich. »Ich bin Michael, Nells Ehemann.« Seine Stimme war voller Charme, um die Anspannung ein wenig zu lockern. Und es funktionierte, zumindest bei Lizzie.

»Hallo, Michael«, strahlte sie. »Ja, und das ist George, *mein* Mann.«

George war verheiratet? Das war zu viel. Sie drückte verzweifelt Mikhails Hand, hoffte inständig, dass er begriff. Sie musste weg, weg von hier, bevor sie etwas Peinliches tun würde, wie beispielsweise in Tränen auszubrechen …

»Lizzie, George, es war mir ein Vergnügen, aber jetzt müssen wir weiter. Meine Frau und ich müssen uns um unsere Kinder kümmern«, erklärte er mit seinem typischen charmanten Lächeln.

Georges Gesicht umwölkte sich drohend, und es sah aus, als wolle er etwas sagen, aber Lizzie kam ihm zuvor. »Ach ja, natürlich, die Kinder! Das habe ich schon gehört. Lasst euch bitte nicht aufhalten!«

Erleichtert machte Nell einen Schritt, wurde jedoch unversehens von Lizzie am Arm festgehalten. Der Griff des Mädchens war ungewöhnlich stark, dabei blieb ihre Miene aber unverändert freundlich. »Das hätte ich beinahe vergessen, Storm. Ich bin für die Organisation des Mittsommertanzes verantwortlich, der nächste Woche stattfindet. Jeder bringt etwas mit, und ich hatte gehofft, dass du vielleicht deine berühmten *Crumpets* backen könntest. Das wäre großartig. Alle haben deine Backkünste vermisst, sie reden immer wieder davon, wie toll deine Kuchen schmecken.«

Mikhail warf Nell einen neugierigen Blick zu, den diese jedoch nicht beachtete. Sie entzog Lizzie ihren Arm und sagte: »Gut, ich werde Crumpets mitbringen.«

»Wunderbar!« Lizzie klatschte begeistert in die Hände. Fest an Mikhails Hand geklammert ging Nell weiter.

»Ach ja, mach doch ein paar mit Zitrone«, rief Lizzie ihnen hinterher, »das ist Georges Lieblingssorte!«

Nell erwiderte nichts. Sie wusste ganz genau, was Georges Lieblingssorte war, und die würde sie gewiss nicht machen. Nie wieder.

12. Kapitel

Mitja, hör sofort auf damit!«, rief Nell lachend und versuchte, ihre Haare aus der kleinen Faust des Jungen zu befreien.

»Er scheint eine Vorliebe für deine Haare zu haben«, bemerkte Mikhail lächelnd von seinem Platz an dem kleinen Frühstückstisch. Die Sonne fiel strahlend zum Fenster herein und schien auf die Papiere, die er in seinem Schlafzimmer gefunden und auf denen er einen vorläufigen Stundenplan entworfen hatte.

»Ja, Haare mag er wirklich«, brummte Nell, setzte sich den Kleinen auf die Hüfte und warf einen raschen Blick zu Morag, die am Herd stand und einen Topf Suppe umrührte, während sie gleichzeitig Katja auf den Armen schaukelte. Bei ihr sah das so einfach aus, dachte Nell seufzend. Erfüllt von einer seltsamen Vorfreude, überflog Mikhail noch einmal die Namen auf dem Blatt.

Dann drehte er es um und schaute Nell an, die Mitja nun auf ihrem Schoß reiten ließ, was diesem offensichtlich Riesenspaß machte.

»Also gut, gehen wir die Namen noch einmal durch. Unterbrich mich, wenn ich was Falsches sage.«

Nell nickte, ohne ihre Augen von Mitja abzuwenden.

»Richard und Henry Granger. Einer sieben, der andere

acht. Beides die Söhne des Bankiers David Granger und seiner Frau Jessica. Tabitha und Timothy Smith, Kinder des Vikars und seiner Frau, die ich gestern im Kaufladen kennen gelernt habe ...«

»Hör auf, Mikhail! Du kannst die Liste in- und auswendig!«, lachte Nell, stand auf und ging zu ihm hinüber. Grinsend drückte sie ihm Mitja in die Arme. »Wenn du deinen flinken Verstand unbedingt beschäftigen willst, dann pass doch mal kurz auf deinen Neffen auf, ja?«

Mikhail schaute seinen Neffen seufzend an. »Du wirst bald lernen, dass Frauen einem bloß Schwierigkeiten machen. Besonders wenn sie an deine Eitelkeit appellieren, weil sie etwas von dir wollen.« Mitja blickte seinen Onkel ernst an, viel zu ernst für einen Jungen von fünfzehn Monaten. Dann deutete er auf Nell, die Morag soeben die schlafende Katja abnahm, und sagte mit klarer Stimme: »Nell!«

Nell erstarrte, und auch Mikhail sah aus wie vom Donner gerührt. Abermals deutete Mitja auf Nell und sagte: »Nell!«

»Er fragt nach dir«, sagte Mikhail verblüfft. Es war nicht zu fassen: Mitja hatte gesprochen! Ein kleines Wunder! Er war soeben Zeuge eines kleinen Wunders geworden!

»Er hat meinen Namen gesagt«, sagte Nell in ebenso ehrfürchtigem Ton wie Mikhail. Morag gackerte, und Mikhail schaute erschrocken zu ihr hinüber. Fing die Alte jetzt etwa auch zu reden an? Aber es war nur ein Lachen. Immerhin mehr, als er je von ihr gehört hatte.

»Wunder über Wunder!«, lachte er. Ihm war so froh, so leicht zumute. Er hätte tanzen können. Einem Impuls folgend sprang er auf, nahm Nell und Katja in die Arme und tanzte mit ihr und Mitja einen Ringelreigen.

Nell quiekte vor Lachen, die Babys ebenso. In diesem Moment spürte Mikhail, dass er vollkommen glücklich war. Noch nie hatte er solch wunderbare Laute gehört. Ja, er war glücklich. Glücklich mit den Kindern und mit Nell, deren Augen strahlten, während er sie herumwirbelte.

»Mikhail, stopp!«, rief sie schließlich atemlos und lachend aus. Nie hatte er eine schönere, eine begehrenswertere Frau als sie gesehen, so, wie sie jetzt, in diesem Moment war. Sein Blick blieb wie von selbst an ihren lachenden Lippen haften. Was war es nur, das ihn so zu dieser Frau hinzog?

»Mikhail?«, sagte sie leise, unsicher. Er schaute ihr in die Augen. Ja, sie begehrte ihn auch, aber sie fürchtete sich vor ihren Gefühlen.

»Wie lange glaubst du, dass ich mich noch von dir fernhalten kann?«, gab er zur Antwort. Er hatte nicht vorgehabt, die Karten so einfach auf den Tisch zu legen, aber mittlerweile musste sie wissen, dass es unvermeidlich war. Noch bevor dieser Monat vorüber war, würde er Nell in seinen Armen halten, dessen war er sicher.

Sie machte sich von ihm los, nahm ihm auch Mitja wieder ab. »Du solltest jetzt besser gehen, sonst kommst du noch zu spät. Und das sollte ausgerechnet am ersten Schultag nicht passieren. Du willst schließlich nicht den Respekt der Kinder verlieren.«

Sie war seiner Frage ausgewichen, aber sie hatte recht. Er sammelte seine Papiere zusammen, nahm auch den Atlas zur Hand, den er in einem der unteren Regale in seinem Zimmer gefunden hatte und machte sich auf den Weg zur Tür.

»Ich wünsche dir einen schönen Tag!«, rief Nell ihm noch hinterher.

»Aber wo ist denn Frankreich, Mr. Belton?«

Mikhail lächelte das Mädchen mit dem entzückenden Lispeln nachsichtig an. Die elfjährige Georgina Williams war im Begriff, sich zu einer seiner Lieblingsschülerinnen zu entwickeln. Sie konnte ja nichts dafür, dass er ihrem großen Bruder am liebsten den Hals umgedreht hätte. Georgina war intelligent und aufmerksam und scheute sich nicht, Fragen zu stellen.

Mikhail deutete auf die Tafel in seinem Rücken, auf die er die Umrisse des europäischen Kontinents aufgezeichnet hatte, und sagte: »Nun, wer kann Frankreich einzeichnen?«

Sogleich schossen zwei Paar Hände hoch. Mikhail entschied sich für die dreizehnjährige Tabitha Smith, die stolz zur Tafel schritt, die Kreide zur Hand nahm und dort, wo eigentlich Spanien lag, ein Kreuz für Frankreich machte.

»Ein sehr guter Versuch, Tabitha, du bist ganz nahe dran, aber das Kreuz gehört mehr in diese Richtung«, erklärte Mikhail und zeichnete geschickt die spanisch-französische Grenze ein. Dann schrieb er *Frankreich* dorthin, wo es hingehörte.

»Und was ist das dann für ein Land, Mr. Belton?« Henry Granger hatte eine pummelige Hand in die Höhe gestreckt und zeigte auf Tabithas x.

Mikhail warf einen kurzen Blick auf seine Taschenuhr, dann sagte er: »Nun, wer weiß es?«

Unglaublich, wie die Zeit verflogen war. Ein wenig Rechnen, ein wenig Schönschreiben, etwas Geschichte und ein bisschen Erdkunde und schon war es fünfzehn Uhr! Zeit, nach Hause zu gehen, dachte er lächelnd.

Als Henry und sein Bruder nun begannen, die unmöglichsten Ländernamen zu rufen, musste Mikhail zusammen mit den anderen Kindern lachen.

»Nein, Richard, das ist nicht das Blumenkohlland. Obwohl, da kommt mir eine Idee, was ich euch als Hausaufgabe aufgeben werde!«

Die Klasse stöhnte, aber Mikhail ließ sich nicht beirren. Er konnte sehen, wie gespannt ihn seine Schüler ansahen.

»Heute sollt ihr eure Schiefertafeln mit nach Hause nehmen. Aber statt dass ihr euren Namen schreiben übt, möchte ich, dass jeder von euch den Namen eines Fantasielandes aufschreibt.« Als er lauter verblüffte Gesichter sah, deutete er auf Richard.

»Richard hier könnte zum Beispiel ›Blumenkohlland‹ schreiben. Aber das ist noch nicht alles. Ich möchte, dass ihr außerdem drei spezielle Eigenschaften dazuschreibt, die euer Land haben soll.«

Timothy, Tabithas kleiner Bruder, hob die Hand. »Was meinen Sie damit, Mr. Belton?«

Mikhail überlegte kurz und grinste. »Na, zum Beispiel könnte das Nationalgericht im Blumenkohlland Blumenkohlkuchen sein!«

»Igitt!«, rief die Klasse im Chor.

»Also gut, Kinder, der Unterricht ist für heute beendet!«, verkündete Mikhail, und sogleich begannen alle hektisch ihre Schulsachen zusammenzupacken. Auch Mikhail sammelte seine Papiere zusammen. Ein Kind nach dem anderen lief mit einem lauten »Auf Wiedersehen, Herr Lehrer!« aus dem Raum.

Als er aufblickte, war die Klasse leer. Nur Georgina stand unschlüssig im Unterrichtsraum, die Schiefertafel wie einen Schutzschild an ihre Brust gedrückt.

»Ist noch was, Georgina?«

»Äh, nein«, flüsterte sie verlegen und biss sich auf die Lippe. Als Mikhail das sah, musste er an Nell denken. Da Georgina sich weiterhin nicht rührte, ging Mikhail zur Tür, öffnete sie weit und sagte: »Möchtest du mich ein Stück begleiten? Vielleicht fällt dir ja unterwegs noch eine Frage ein, die du mir stellen willst.«

Georgina nickte begeistert und hüpfte vor ihm durch die Tür. Dann schaute sie sich um, um sich davon zu überzeugen, dass er ihr folgte. Als sie draußen unter den anderen Leuten standen, schien Georgina ein wenig mutiger zu werden.

»Sind Sie wirklich mit Storm verheiratet, Mr. Belton?«, fragte sie schüchtern.

Mit dieser Frage hatte Mikhail am allerwenigsten gerechnet. Es gefiel ihm ganz und gar nicht, ein Kind anlügen zu müssen, aber ihm blieb keine Wahl.

»Ja, Georgina, wieso fragst du?«

»Na ja ... Es ist nur ... Storm redet nicht mehr mit meinem Bruder. Eigentlich redet sie mit keinem mehr. Das sagt zumindest meine Mutter. Und, na ja, George sagt, dass sie vielleicht auch nicht mehr mit mir reden wird, obwohl ich nicht weiß, was ich ihr getan haben soll, Mr. Belton. Und sie fehlt mir, verstehen Sie? Sie ist die Einzige, die mit mir auf Bäume geklettert ist. Und die anderen lachen mich aus, wenn ich rede, aber Storm hat nie …« Georgina hielt abrupt inne, als sei ihr die Luft ausgegangen. Sie schaute ernst zu ihm auf. »Mit *Ihnen* redet sie doch, oder, Mr. Belton?«

Mikhail nickte. Die Kleine wirkte so verloren, er wünschte, er könnte etwas zu ihr sagen, das sie ein wenig aufmunterte.

»Könnten Sie ihr ausrichten, dass es mir leidtut? Dass ich sie nicht böse machen wollte. Würden Sie das tun?«

Er konnte sich nicht vorstellen, was eine Elfjährige getan haben könnte, um sich Nells Zorn zuzuziehen. »Natürlich, Georgina, ich werde es ihr sagen. Aber ich kann mir nicht vorstellen, dass sie böse auf dich ist, ganz ehrlich.«

Georgina machte eine skeptische Miene, doch dann strahlte sie ihn an und hüpfte in Richtung Hampton Main Farm davon.

13. Kapitel

»Sie sind sehr gut ausgebildet«, flüsterte Violet ihrem Mann zu, während sie mit ihm am Rand des Musikzimmers entlangschritt. Ihre Dinnergäste waren soeben dabei, sich Plätze zu suchen. Angelica legte einige Notenblätter auf ihren Flügel. Sie und Violet würden ihren Gästen gleich etwas vorspielen, aber zuerst musste sie Patrick von ihrer Entdeckung berichten.

»Angelica konnte keinen einzigen verdächtigen Gedanken aufschnappen, aber ich kann es riechen.«

»Was riechen?«, fragte Patrick und blickte, ohne sich etwas anmerken zu lassen, lächelnd in die Runde seiner Gäste.

»Menschenblut«, erwiderte Violet erregt und nickte Angelica zu, die sie soeben mit einem Wink aufforderte, ihre Geige zur Hand zu nehmen, die etwas abseits auf einem Stuhl lag.

»Die Frau, die Peter mitgebracht hat, riecht danach. Ich glaube, sie heißt Delphine.«

Patrick ließ sich nichts anmerken, doch sie konnte seine Anspannung fühlen, während er sich nach der betreffenden Frau umsah. Sie saß neben Peter auf einem Diwan, der direkt vor dem Konzertflügel stand.

»Und Peter?«

»Nichts«, antwortete Violet. »Er weiß wahrscheinlich gar nichts. Angelica hat den ganzen Abend seine Gedanken überprüft. Er ist ganz vernarrt in diese Französin.«

Patrick drückte die Hand seiner Frau. »Geh und spiele, Liebes. Ich kümmere mich um den Rest.«

Violet ging.

Alexander. Patrick projizierte seine Worte direkt in den Geist seines Freundes – auch wenn er es hasste, in die Gedanken anderer einzudringen.

Alexander, der am anderen Ende des Raums mit seiner Frau, Ismail und zwei Mitgliedern des östlichen Clans zusammenstand, blickte überrascht auf.

Du hast Informationen? Alexanders telepathische Frage ertönte klar und deutlich in Patricks Kopf, während dieser sich unauffällig der Französin näherte.

Wir haben unsere Spionin. Sie sitzt neben Peter. Ich möchte nicht, dass sie Violet oder Angelica zu nahe kommt.

Du musst warten, bis die Party zu Ende ist, Patrick. Dann werden wir ihr folgen und sehen, wohin sie uns führt.

Unmut und Zorn flammten in Patrick auf. So lange wollte er nicht warten. Er wollte nicht, dass sich dieses Weib im selben Zimmer aufhielt wie seine Angehörigen. Wir können ihre Gedanken lesen. Wir brauchen ihr nicht zu folgen. Wir sollten sie sofort hier rausschaffen!

Alexander warf Patrick einen warnenden Blick zu. Wir werden mehr von ihr erfahren, wenn wir wissen, wonach wir fragen müssen, Anführer.

Anführer. Patrick wusste, dass Alexander ihn absichtlich mit seinem Titel anredete, um ihn an seine Verantwortung als Clanführer zu erinnern. Er durfte sich nicht von seinen Gefühlen leiten lassen, er musste rational denken. Ja, Alexander hatte recht, aber er hasste es, zusehen zu müssen, wie ein Mitglied der Wahren Vampire die Gastfreundschaft seines eigenen Hauses missbrauchte! Nun, selbst wenn ihm vorläufig die Hände gebunden waren, er würde die Frau jedenfalls nicht aus den Augen lassen. Patrick setzte sich auf einen leeren Platz direkt hinter Delphine und lächelte seiner Sitznachbarin zu.

Alexander meldete sich noch einmal zu Wort: Sie würde es merken, wenn wir ihr sofort folgen, und möglicherweise einen anderen Weg einschlagen als den geplanten, um uns zu täuschen. Deshalb werde ich Kiril bitten, ihr zu folgen. Er steht bereits draußen vor dem Tor. Mit ihm wird sie nicht rechnen.

Patrick nickte zustimmend. Dann begannen Angelica und Violet zu spielen, und Stille senkte sich über den Raum.

Highlander?, meldete sich nun auch Ismail zu Wort. Seine telepathische Stimme klang klar, aber schwächer als die von Alexander. Der Russe war, abgesehen von Angelica, der stärkste Telepath unter ihnen.

Die Frau, die vor mir sitzt, ist eine Spionin, antwortete Patrick. Er versuchte, sich auf die wunderbare Musik zu konzentrieren, um sich davon abzuhalten, die Hände auszustrecken und dem verräterischen Weib den Hals umzudrehen. Sie wollte seine Frau und sein Kind töten!

Patrick hörte Ismail hinter seinem Rücken auftauchen.

Unser Plan?
Kiril wird ihr folgen. Und wir folgen Kiril.

In dem Anwesen unweit des Green Parks war es dunkel, nur im zweiten Stock brannte ein schwaches Licht. Alexander und Patrick traten die Tür ein und stürmten nach oben. Nun rochen auch sie es: Menschenblut. Kiril und Ismail warteten draußen, um eventuelle Flüchtlinge abzufangen.

Der Blutgeruch wurde immer stärker. Alexander tastete nach dem Dolch in seiner Jackentasche. Er wusste, dass ein Kampf unvermeidlich war. Menschenblut machte Vampire wild und aggressiv. Es würde keine Zeit für Fragen geben.

»Wir müssen einen von ihnen am Leben lassen«, erinnerte Alexander Patrick noch einmal. Dann riss er die Tür auf und stürmte ins Zimmer. Der Anblick, der sich ihm bot, ließ selbst ihn, einen Veteranen unzähliger Schlachten, nicht kalt. Sechs Vampire, einschließlich jener, die sich Delphine nannte, beugten sich über zwei blonde Mädchen und saugten ihnen das Blut aus. Sie hatten ihre Fänge willkürlich in die Körper der Mädchen geschlagen, Arme, Beine, wo sie sie gerade erreichen konnten.

Alexander war sofort klar, dass die Mädchen nicht mehr zu retten waren. Sie waren bereits tot. Allein dafür mussten diese Schurken büßen, wenn schon für nichts anderes.

»Clanführer!«, rief Delphine warnend. Sie, die als letzte zu dem Gelage gestoßen war, schien noch am klarsten denken zu können, aber ihr Ruf löste eine Kettenreaktion aus. Fünf Paar rotglühender Augen richteten sich auf ihn und Patrick. Die Französin dagegen wich zurück zum Fenster.

»Ihr habt unsere Gesetze gebrochen«, verkündete Patrick eisig, »dafür werdet ihr bezahlen.«

Der Vampir, der ihnen am nächsten stand, handelte als Erster. Er packte einen Kerzenleuchter, der auf einem langen Tisch stand, und ging damit auf Patrick los. Alexander trat vor, um sich dem nächsten zu stellen. Der junge Vampir ging mit gebleckten Fängen auf ihn los.

Hunderte von Jahren Schlachterfahrung machten es ihm leicht, dem Angriff auszuweichen und seinem Gegner mit einer blitzschnellen Bewegung die Kehle durchzuschneiden. Auch Patrick stand wieder neben ihm, in der Hand einen bluttriefenden Kerzenleuchter. Sein Gegner war ebenfalls tot.

Glas klirrte, und eine Scheibe ging zu Bruch. Alexander und Patrick konnten gerade noch sehen, wie Delphine aus dem Fenster sprang. Zwei der verbleibenden Vampire stürzten sich auf sie, der letzte sprang Delphine hinterher.

Alexander holte mit der Faust aus und zerschmetterte seinem Gegner den Kiefer. Der Bastard schnellte hoch und zielte mit dem Fuß auf seinen Hals. Alexander duckte sich und packte den Mann im Nacken, schleuderte ihn quer durchs Zimmer. Man hörte das Geräusch brechender Knochen, aber sein Gegner hatte Menschenblut getrunken und war wie besessen. Sofort sprang er wieder auf die Beine. Alexander warf einen raschen Blick zu Patrick. Dessen Gegner lag bereits tot zu seinen Füßen.

»Verdammt, lassen wir den hier am Leben«, zischte Patrick.

Gemeinsam trieben sie den Vampir in die Enge. Dieser stieß trotz seines gebrochenen Kiefers ein wildes Fauchen aus. Ohne Vorwarnung packte er einen Stuhl, brach ein Stuhlbein ab und holte damit aus.

In diesem Moment ertönte draußen ein Schrei, der Patrick eine Sekunde lang ablenkte. Das Stuhlbein war nurmehr Millimeter von seiner Brust entfernt, als Alexander ihrem Angreifer den Halswirbel brach.

14. Kapitel

Nell pflückte ein abgestorbenes Blatt von einem Rosenbusch und stach sich dabei an einem Dorn. Es war spät im Jahr zum Beschneiden der Rosenbüsche, aber Nell hatte sich dennoch entschlossen, etwas zu tun, um die schwächeren Pflanzen zu retten. Sie mochten ja heuer nicht mehr austreiben, dafür würden sie nächstes Jahr wieder blühen – nicht dass sie dann noch hier wäre, um es zu erleben.

»Bei Kleopatras Zinken, jetzt bloß nicht sentimental werden!«, schalt sie sich und zerrte an einem Unkraut, das unter einem Rosenbusch wucherte. Dann lehnte sie sich zurück, um ihr Werk zu begutachten. Dabei fiel ihr auf, wie viele Knospen der Busch trug, verborgen im Inneren. Die Knospen waren noch von einem grünen Kokon umschlossen, doch schon blitzte etwas Rosarotes hervor; es würde nicht mehr lange dauern, bis sie aufblühten. Nell beschloss spontan, Rosenöl zu machen, so wie früher ihre Mutter. Dann würde es im ganzen Haus nach Rosen duften.

Auf einmal drang Katjas energisches Geschrei aus dem Wohnzimmer in den Garten. Die süße Kleine war also aufgewacht, dachte Nell schmunzelnd. Sie warf einen Blick zum rasch dunkler werdenden Himmel. Es sah aus, als würde ein Gewitter aufziehen. Rasch sammelte sie ihre Gartenutensilien zusammen. Es würde bald zu regnen anfangen, und sicher würde es wieder kühler werden in der Nacht. Besser, wenn sie jetzt gleich ein paar Decken heraussuchte, damit es den Kindern nicht kalt wurde.

Die Gartenschere in der Hand, warf sie einen sehnsüchtigen Blick zu dem schmalen, ungepflasterten Pfad, der zum Dorfplatz führte. Immer noch kein Anzeichen von Mikhail.

Wo blieb er bloß? Aber sie wusste, dass er seinen Neffen und seine Nichte nie im Stich lassen würde. Sie hatte lange genug draußen auf ihn gewartet: Es wurde Zeit reinzugehen.

»Was für ein dummes Frauenzimmer du doch bist«, schalt sie sich selbst, »schnippelst stundenlang an ein paar Rosenbüschen herum, bloß um hier draußen auf einen Mann zu warten, der sich ohnehin bald wieder aus dem Staub machen wird ...«

»Nell?«

Nell fiel vor Schreck die Gartenschere aus der Hand. Sie wirbelte herum und sah Mikhail durchs Gatter hereinkommen.

»Hallo«, stammelte sie und bückte sich, um ihr heruntergefallenes Werkzeug aufzuheben. Dabei überlegte sie fieberhaft, was sie sagen sollte. Warum machte er sie so nervös? Ja, warum wohl? Weil er sie vor dem Kaufladen geküsst und in der Küche ein Tänzchen mit ihr aufgeführt hatte! Weil er sie ansah, als ... als würde er sie begehren. Einfach lächerlich! Sie schnaubte.

Aber was hatte er gestern zu ihr gesagt? *Wie lange glaubst du, dass ich mich noch von dir fernhalten kann?*

»Nell?«

Nell richtete sich erschrocken auf und hätte beinahe erneut die Gartenschere fallengelassen. Er stand so dicht vor ihr!

»Meine Güte, du bist heute aber schreckhaft«, sagte er lächelnd.

»Ja … Nein … Kann sein. Ich …Du hast mich erschreckt, das ist alles.« Hochrot vor Verlegenheit wandte sie sich von ihm ab und ging aufs Haus zu. »Ich hatte niemanden erwartet«, fügte sie hinzu.

Er folgte ihr, als sie durch den Garten schritt.

»Schade, denn ich habe dich vermisst.«

Ihr Herz machte einen Satz. »Unsinn!«, stammelte sie. Stirnrunzelnd betrat sie das Wohnzimmer. Im Kamin brannte ein Feuer, aber von den Kindern war nichts zu sehen. Morag hatte sie wahrscheinlich mit nach oben genommen. »Du hast mich doch erst heute früh gesehen.«

Mikhail legte seine Papiere und Bücher auf einem kleinen Tischchen am Fenster ab und trat dann auf sie zu. »Ja, seltsam, nicht? Aber es stimmt. Ich stelle fest, dass ich nicht gerne ohne dich bin.«

Nell versuchte ganz ruhig zu atmen, aber das war schwer, wenn man mit einem so glühendem Blick angeschaut wurde. Blinzelnd rang sie sich ein Lächeln ab.

»Hattest du einen schönen Tag?«

Bei dieser Frage ließ die Hitze in seinen Augen zwar ein wenig nach, aber er trat noch einen Schritt näher und schlang unversehens seinen Arm um ihre Taille. Nell fiel auf, wie groß er war. Ihr Kopf reichte ihm nur bis zur Schulter. Warum war ihr das vorher nie aufgefallen?

»Es war wunderbar, ich bin selbst überrascht«, sagte er im Plauderton. Bei den Augen der Medusa! Er wollte also in dieser Stellung mit ihr schwatzen? Nell versuchte sich zu entspannen. Mikhail war so ziemlich der ungewöhnlichste Mann, der ihr je untergekommen war.

»Nach dem Unterricht hatte ich allerdings noch eine kleine Unterhaltung, die dich interessieren könnte.«

»Ach ja?« Ihre Neugier half ihr, ein wenig besser mit seiner betörenden Nähe fertig zu werden.

»Ja. Wie es scheint, ist Georgina Williamson der Ansicht, du wärest böse auf sie. Sie erzählte mir, dass du nicht mehr mit ihr redest, und bat mich, dir auszurichten, dass es ihr leidtut. Du bist doch nicht wirklich böse auf das Mädchen, oder?«

Georgina. Nell schloss kurz die Augen. Sie hatte das Mädchen einfach im Stich gelassen. Und jetzt glaubte sie, sie wäre böse auf sie ... Aber nach der Sache mit George hatte sie einfach nicht mehr klar denken können. Und zur Farm konnte sie jetzt natürlich auch nicht mehr gehen, um Georgina zu besuchen.

»Ich bin ein schrecklicher Mensch«, stöhnte sie.

Sie versuchte sich von Mikhail loszumachen, doch der hielt sie nur umso fester. »Nein, bist du nicht. Ist doch nur natürlich, dass du die Williamsons gemieden hast, nach allem, was ...«

»Das ist keine Entschuldigung!«, rief sie aufgebracht. Sie war zornig auf sich selbst. »Ich bin ein elender Feigling. Ich bin genauso feige wie Paris von Troja!«

Mikhail musste grinsen. Jetzt lachte er sogar, der unverschämte Kerl!

»Wie kommst du darauf, dass Paris ein Feigling war? Hat er nicht Achilles getötet?«

Momentan abgelenkt, stürzte Nell sich in die Debatte. »Nein, Paris war ein Feigling. Er ist fortgerannt, als er herausgefordert wurde, und hat seinen Bruder zurückgelassen. Und: Ja, er hat Achilles zwar getötet, aber mit Pfeil und Bogen aus großer Entfernung! Und danach ist er gleich wieder abgehauen – unter dem Vorwand, die Frauen aus Troja herauszuholen!«

»Mag sein, aber *du* bist nicht feige, Nell.« Mikhail hob ihr Kinn, damit sie ihn ansah. »Du hast mir das Leben gerettet und den Kindern auch. So verhält sich kein Feigling.«

»Das war … Das war unbeabsichtigt«, stammelte Nell. »Es ist einfach so passiert. Aber es ändert nichts daran, dass ich das mit Georgina wiedergutmachen muss.«

Sie machte sich von ihm los und begann unruhig auf und ab zu gehen. Wie sollte sie sich am besten bei Georgina entschuldigen? Zur Farm gehen? Nein, dazu war sie nicht bereit, aber …

»Mikhail, würde es dir etwas ausmachen, wenn ich dich morgen zur Schule begleite?«

Er hob die Braue auf seine typische Art, die ihr früher immer so auf die Nerven gegangen war, die sie nun aber einfach normal fand. »Nein, gar nichts, wieso?«

Nell lächelte und lief ohne ein weiteres Wort hinaus in den Garten.

»He, Nell, was hast du vor?«

Die Rosenbüsche inspizierend winkte sie ab. »Geh Katja und Mitja begrüßen, ich habe zu tun.«

»Das Rätsel Frau«, seufzte Mikhail, wandte sich aber gehorsam ab und verschwand nach oben.

Es roch nach Zucker und Rosen. Mikhail folgte dem Duft bis in die Küche, wo Nell über einer Riesenschüssel stand und eine Art Teig rührte. Er konnte sich nicht entsinnen, je eine Frau beim Kochen (oder war's Backen?) gesehen zu haben. In London erschienen die Mahlzeiten immer wundersam auf Silbertabletts, aufgetragen von weißbehandschuhten Lakaien. Auf Shelton Hall war es genauso. Erst jetzt wurde ihm klar, dass er die Küche auf Shelton Hall nie betreten hatte. Hatte er überhaupt je eine Küche betreten? Nun, die Küche in seinem Stadthaus musste er zumindest besichtigt haben, bevor er den Besitz erwarb, oder?

Nein, er konnte sich nicht erinnern, je einer Frau beim Kochen zugesehen zu haben. Abgesehen von Morag natürlich und ihren gewöhnungsbedürftigen Eintöpfen (obwohl Nell ihm versicherte, dass sie äußerst »gesund« waren).

Hier jedoch bot sich ihm ein ganz anderer Anblick: Alles war mit Mehl bestäubt, der Boden, der Tisch, Nells Kleid, ja sogar ihre Haare. Auf der Tischplatte glitzerten winzige Kristalle – Zucker, wie er vermutete. Und waren das Eierschalen, dort in der Ecke? Mikhail musste ein Lachen unterdrücken. Was für ein Chaos! Aber ein sehr gemütliches Chaos, das musste er zugeben.

Mitja saß auf ihrem linken Arm, beugte sich über Nells Schulter und spähte schnuppernd in die Schüssel.

»Was ist das?«

Nell gönnte ihm nur einen kurzen Blick. »Na, Crumpet-Teig natürlich«, antwortete sie, als ob es die selbstverständlichste Sache der Welt wäre.

»Ah! Ich liebe Crumpets!«

Als sie daraufhin nichts sagte, schöpfte Mikhail einen schlimmen Verdacht. Noch einmal spähte er über ihre Schulter und bekam dafür einen mehligen Ellbogen zwischen die Rippen.

»Hör auf, über mir zu kreisen, und setz dich hin!«, befahl sie und wies mit einem Nicken auf die zwei winzigen Stühlchen am Esstisch.

Er wäre lieber weiter über ihr gekreist, doch ein Mehlschauer, der auf ihre Nase herniederfiel, überzeugte ihn davon, dass er besser ein wenig Abstand nehmen sollte. Gehorsam nahm er auf einem der Stühlchen Platz und setzte sich Mitja auf den Schoß.

»Da siehst du mal, Mitja, das ist der Lohn dafür, dass man brav ist. Deine Frau bäckt Crumpets, aber du kriegst nichts davon ab!«

Nell schnaubte, griff sich einen Topflappen und klappte den Ofen auf. Sofort breitete sich ein himmlischer Duft nach frisch gebackenen Crumpets in der Küche aus.

»Deine *gespielte* Frau«, korrigierte sie ihn. »Und die sind für Georgina. Aber ich habe nie behauptet, dass du keins abkriegst.«

Für Georgina? Mikhail schaukelte schmunzelnd Mitja auf seinen Knien. Seine *gespielte* Frau machte also Hefegebäck für das Mädchen, das sie unwissentlich verletzt hatte? War es ein Wunder, dass er sie so unwiderstehlich fand?

»Du hast nie gesagt, was du tun willst, wenn dieser Monat vorüber ist, Nell.«

Nell stellte das Blech voll dampfend heißer Crumpets auf der Anrichte ab. Sie zuckte mit den Schultern. »Keine Ahnung. Um ehrlich zu sein, ich habe noch gar nicht darüber nachgedacht. Solange es nur weit, weit weg von hier ist.«

Da war er wieder, ihr rätselhafter Wunsch, diesen Ort hinter sich zu lassen. Lag es am Tod ihrer Eltern? Hatte sie deshalb eine so starke Abneigung gegen dieses idyllische Dorf? Er überlegte, wie es bei ihm gewesen war, als seine Eltern starben. Sie waren bei einem Kutschenunfall ums Leben gekommen. Von einem Tag auf den anderen hatte er beide verloren. Er hatte an allem gehangen, womit sie in Berührung gekommen waren. Angelica hatte Wochen gebraucht, bis sie es schaffte, ihn dazu zu bewegen, das Kissen abzulegen, das er von ihrem Bett im Elternschlafzimmer weggenommen hatte.

»Warum hasst du das Dorf so, Nell? Ist es wegen des Tods deiner Eltern?«

Er sah, wie sie sich versteifte, aber sie antwortete nicht.

»Weglaufen nützt nichts«, sagte er sanft, »deshalb vergeht der Schmerz nicht.« Er wusste, dass er sich in Sachen einmischte, die ihn eigentlich nichts angingen. Aber er konnte es nicht ertragen, sie leiden zu sehen, und wenn sie jetzt wieder fortrannte, würde das nie aufhören. Nein, das wollte er nicht, um ihretwillen.

Leise sagte Nell schließlich: »Das ist es nicht.«

Nein? Mikhail fiel nur ein einziger anderer Grund ein, warum sie diesem Dorf entfliehen wollte, und der gefiel ihm gar nicht. »Ist es wegen George?« Seine Stimme klang schärfer als beabsichtigt.

»Das ist alles, was ich zu sagen habe«, entgegnete Nell abweisend.

Sie wollte also nichts erklären, was? Nun gut. Nein, gar nicht gut! Sie wohnten immerhin zusammen in diesem Cottage, sie taten, als ob sie verheiratet wären ... Verdiente er nicht ein bisschen mehr Vertrauen? Er setzte Mitja auf den Boden und stand entschlossen auf, um sie zur Rede zu stellen. Doch in diesem Moment drückte ein heftiger Windstoß das Küchenfenster auf.

Seine Papiere flatterten in alle Richtungen davon, was ihn noch zorniger machte. Gereizt schloss er das Fenster.

»Ich war geduldig, Nell. Ich weiß schon lange, dass du mir etwas verschweigst, und ich habe geduldig gewartet, dass du mir anvertraust, was du auf dem Herzen hast. Aber das hast du gar nicht vor, oder?« Seine Stimme war lauter geworden, um das Donnergrollen zu übertönen.

»Das sagst ausgerechnet du!« Nell hatte die Fäuste geballt und funkelte ihn ebenso zornig an wie er sie. Er wollte Streit? Bei Gott, den konnte er haben! »Ich war auch geduldig! Aber du willst mir genauso wenig sagen, wovor *du* davonrennst, Mikhail! Oder glaubst du etwa, dass du mir keine Erklärung schuldest?«

Sein Herz hämmerte, das Atmen fiel ihm zunehmend schwer, aber er beachtete die Symptome nicht. »Ich habe doch schon gesagt, dass es Dinge gibt, die ich dir nicht verraten *kann*!«

Nell warf empört die Hände in die Luft. »Und es gibt Dinge, die ich dir nicht verraten *will*!«

Mikhail wollte schon darauf antworten, aber plötzlich begann sich alles um ihn zu drehen. Mitja hatte zu weinen angefangen. Er rang nach Luft, Nell verschwamm vor seinen Augen, und er sah schwarze Flecken durch sein Gesichtsfeld tanzen. Nell schien Mitja aufzuheben, doch er hatte das Gefühl, dass der Raum schwankte. Nein, er schwankte.

Jetzt geschieht es, dachte er seltsam entrückt. *Ich sterbe.* Er musste an die Kinder denken. Er hätte Nell alles sagen sollen. Jetzt wusste sie nichts und würde die Kinder nicht beschützen können. Verdammt, er durfte sie jetzt nicht im Stich lassen. Aber er bekam keine Luft mehr. Und dann wurde alles schwarz um ihn.

15. Kapitel

Das laute Rasseln eines Tamburins riss Nell aus ihrem unruhigen Schlaf. Sie schlug die verschwollenen Lider auf und blickte zur vertrauten weißen Decke ihres Schlafzimmers empor. Sie brauchte ein paar Sekunden, bis ihr wieder einfiel, dass sie ja in einem alten Sessel im Arbeitszimmer ihres Vaters eingenickt war. Aber wie war sie hier gelandet? O Gott, Mikhail!

»Mikhail!« Sie sprang aus dem Bett und blieb abrupt stehen. Morag stand im Türrahmen, das alte Tamburin ihrer Mutter in der Hand.

»Wo ist Mikhail?« Ohne eine Antwort zu erwarten, rannte Nell an der Alten vorbei nach unten. Dabei rief sie immer wieder Mikhails Namen, schaute ins Studierzimmer, ins Wohnzimmer, in die Küche. Er war nirgends zu finden. Erregt raufte sie sich die Haare. Was war los? Gestern Abend war er bewusstlos zusammengebrochen und hatte sich trotz aller Bemühungen nicht wieder aufwecken lassen. Sie hatte Todesängste um ihn ausgestanden. Und jetzt war er einfach verschwunden?

Das Klirren des Tamburins lenkte ihre Aufmerksamkeit wieder auf Morag, die ihr nach unten gefolgt war. Die Schottin schenkte ihr einen mitfühlenden Blick, dann deutete sie zur Haustür.

Mikhail war fortgegangen?

Die alte Kaminuhr zeigte Viertel vor drei. Nachmittags! Sie hatte den halben Tag verschlafen! Jetzt erst wurde ihr bewusst, dass sie im Nachthemd war. Wie war das zugegangen?

»Er ist doch nicht zur Schule gegangen?«, fragte sie Morag. Die Alte seufzte und wies noch einmal zur Haustür.

Nun, das sollte wohl »ja« bedeuten, vermutete Nell. Rasch wirbelte sie herum und rannte wieder in ihr Schlafzimmer hinauf. Sie zog sich hastig an und fuhr mit einer Bürste durch ihre Haare. Dann packte sie die Crumpets, die sie für Georgina gebacken hatte, in einen Korb und machte sich auf den Weg zur Schule.

Der Weg war kurz, dennoch bereute es Nell beim Näherkommen, dass sie nicht wenigstens einen Blick in den Spiegel geworfen hatte, bevor sie aus dem Haus ging. Sicher sah sie fürchterlich aus. Sie fühlte sich jedenfalls fürchterlich.

Sie nahm den Korb in die linke und strich sich mit der rechten Hand über ihre Haare, vergewisserte sich, dass das Haarband, mit dem sie sie hastig zusammengefasst hatte, richtig saß.

Sie musste nicht lange warten, bevor die ersten Kinder aus der Schule herauskamen. Georgina war die Letzte, dicht gefolgt von Mikhail. Als dieser sie auf dem Schulrasen stehen sah, strahlte er sie an. Er schien wieder vollkommen gesund zu sein, wie sie mit großer Überraschung feststellte. Da sie sich um ihn im Moment offenbar keine Sorgen machen musste, richtete sie ihre Aufmerksamkeit auf Georgina. Nell lächelte unsicher. Sie wusste nicht recht, wie sie auf die Kleine zugehen sollte. Aber sie hätte sich keine Sorgen machen müssen. Sobald Georgina Nell erblickte, rannte sie mit ausgebreiteten Armen auf sie zu. Nell stellte ihren Korb ab und fing sie auf. Das Mädchen roch wie immer nach Heu und Sonnenschein.

»Es tut mir leid, Georgie«, flüsterte sie dem Mädchen zu und benutzte dabei den alten Kosenamen, den sie sich zusammen ausgedacht hatten. »Ich war nie böse auf dich, das hättest du nicht glauben sollen. Aber ich hätte dich mal besuchen müssen.«

Georgina wich ein wenig zurück und schaute mit einem solchen Strahlen zu ihr auf, wie es nur Kinder zustandebringen. »Schon gut. George hat gesagt, dass es seine Schuld ist. Er sagte, du willst mich wahrscheinlich sehen, aber er hat's dir einfach zu schwer gemacht.«

Ein ungewohntes Gefühl, George gegenüber so etwas wie Dankbarkeit zu empfinden, aber sie *war* dankbar für die Umsicht, die er seiner kleinen Schwester gegenüber zeigte.

»Na ja, jetzt können wir uns ja so oft sehen, wie wir wollen«, versicherte Nell Georgina und hob ihren Korb auf. »Ich kann dich von der Schule abholen oder du kommst mich in meinem Cottage besuchen, so oft du magst. Und wenn du kommst, dann werde ich noch mehr von denen hier backen.« Sie hielt Georgina die in ein Tuch gewickelten Crumpets hin.

Diese nahm das Bündel und spähte hinein. Dann jauchzte sie vor Vergnügen. »Crumpets! Und sie duften nach Rosen! Das sind meine allerliebsten!«

»Ich weiß«, sagte Nell und strich dem Mädchen übers Haar. »Aber jetzt solltest du gehen, sonst macht sich deine Mutter noch Sorgen um dich.«

Georgina nickte eifrig und hüpfte davon.

»Würdest du mir auch so leicht verzeihen, wenn ich dir Crumpets backen würde?«, erkundigte sich Mikhail, der unbemerkt an ihrer Seite erschienen war.

Nell wandte sich ihm zu und musterte ihn einen Augenblick lang prüfend. Er wirkte müde und hatte dunkle Ringe unter den Augen, ansonsten schien es ihm aber wieder gut zu gehen.

»Was sollte ich dir denn vergeben?«, erkundigte sie sich.

Er strich ihr zärtlich das Haar aus dem Gesicht. »Dass ich dir Sorgen gemacht habe.«

Seine Berührung machte sie ganz verlegen und sie trat unwillkürlich einen Schritt zurück. »Nur ein bisschen.«

Er schüttelte traurig den Kopf. »Du hast meinetwegen geweint.«

Nell verdrehte die Augen. »Also bin ich eine Heulsuse, na und? Dafür kannst du doch nichts.«

»Nell, du kannst mir nichts vormachen, ich habe dich ganz schön erschreckt. Du siehst aus, als hättest du überhaupt nicht geschlafen, und deine Lider sind ganz geschwollen vom Weinen.«

»Ich hatte mir schon gedacht, dass ich fürchterlich aussehe. Danke, dass du's mir bestätigst.«

Jetzt musste Mikhail grinsen, was viel besser zu ihm passte als die kummervolle Miene. »I wo! Sie sehen zum Anbeißen aus, Miss Witherspoon. Und da du die Crumpets alle verschenkt hast, muss ich mich wohl oder übel an dich halten.«

Als Nell das gefährliche Funkeln in seinen Augen sah, fand sie es klüger, rasch das Thema zu wechseln. »Also gut, ich gebe es zu, ich habe mir Sorgen gemacht. Was war denn los mit dir, Mikhail?«

Er zuckte unbehaglich mit den Achseln. »Ich weiß es selbst nicht so genau. Ich habe diese ... Anfälle zum ersten Mal nach dem Tod meiner Eltern bekommen. Die Ärzte wissen nicht genau, was es ist. Ein schwaches Herz, sagen sie. Ein Heilmittel dagegen gibt es offenbar nicht.«

Nells Magen krampfte sich angstvoll zusammen. »Was soll das heißen, kein Heilmittel? Das kann doch nicht sein! Vielleicht solltest du zu einem anderen Arzt gehen, Mikhail.«

»Ich war bei so vielen Ärzten, dass es mir für den Rest meines Lebens reicht«, widersprach er. »Hör auf, dich zu sorgen, es geht mir wieder gut, ehrlich. Einen Rat haben mir die Ärzte gegeben: Es ist nicht gut, wenn ich mich aufrege. Eine sorglose, glückliche Einstellung wirkt ihrer Meinung nach offenbar lebensverlängernd. Zumindest in meinem Fall.«

Nells Augen wurden ganz groß. Ihr war gerade etwas eingefallen. »Warst du deshalb so fröhlich, als wir im Ärmelkanal trieben? Und fast erfroren wären? Hast du dich deshalb hier so scheinbar mühelos eingewöhnt? Und unterrichtest gern?« *Und scheinst so glücklich mit mir zu sein?*, dachte sie traurig. Mikhail war Optimist – aus reiner Notwendigkeit, wie ihr jetzt klar wurde. Er hatte gelernt, auch aus unangenehmen Situationen das Beste zu machen. Es schien ihm hier gut zu gefallen. Aber stimmte das wirklich? Was empfand er in Wahrheit? Vielleicht verabscheute er ja das einfache Dorfleben, das enge, kleine Cottage, in dem er mit ihr leben musste? Ganz bestimmt! Er war schließlich an ein privilegiertes Leben gewöhnt. Wie hatte sie sich je etwas anderes einbilden können?

»Nun, obwohl wir uns hier verstecken müssen, gefällt es mir sehr gut, Nell. Und das Unterrichten ist etwas ganz Neues für mich – etwas, das mir liegt, glaube ich. Und ich mag meine Schüler, sehr sogar.«

Das musste er ja sagen. Er war ein höflicher Mensch, jemand, der Rücksicht auf die Gefühle anderer nahm.

»Ja, natürlich«, entgegnete sie ein wenig lahm. Sie empfand auf einmal eine tiefe Traurigkeit. Sie musste den Tatsachen ins Auge sehen. Was immer sie sich in Bezug auf ihn und sich eingebildet haben mochte, war bestenfalls lächerlich. Mikhail war ein guter Mann, ein wundervoller Mann, der seine Familie um jeden Preis beschützte. Und sie wiederum würde alles tun, um ihm zu helfen. Aber dann würden sich ihre Wege trennen. Vielleicht sollte sie ja doch auf den Kontinent übersiedeln. Auf diese Weise wäre sie nicht nur weit weg von New Hampton, sondern auch von London. Und von ihm, dem Mann, der in ihr den Wunsch hatte aufkeimen lassen, dass die Dinge anders wären, dass sie anders wäre.

»Ich muss gehen«, stieß sie plötzlich hervor. Mikhail musterte sie stirnrunzelnd. »Wohin?«

Sie überlegte rasch und äußerte das Erste, was ihr in den

Sinn kam. »Ich muss nachsehen, ob mein Kleid schon da ist.«

»Ah ja. Ich komme mit.«

»Nein!« Nell biss sich auf die Lippe. Das war ihr viel zu schnell herausgerutscht. Sicher war er jetzt verletzt. Hastig fügte sie hinzu: »Ich meine, es dauert ja nicht lange. Und Morag passt schon den ganzen Tag allein auf die Kinder auf. Ich bin sicher, sie würde sich über Unterstützung freuen.«

»Wie du willst.« Mikhails Miene war skeptisch. Er wusste ebenso gut wie sie, wie gerne Morag die Kinder hütete. Wenn es nach ihr ginge, bräuchte sie gar keine Unterstützung. Auch die Kinder hatten sich mittlerweile sehr an sie gewöhnt. Bei Morag weinten sie so gut wie nie.

Noch immer völlig verblüfft verließ Nell den Kaufladen. Das mit dem Kleid war nur eine Ausrede gewesen, sie hatte nicht wirklich geglaubt, dass es bereits da wäre. Aber das war es. Und nicht nur das: Adam hatte ihr nicht nur ein, sondern gleich zwei Kleider bestellt. Das grüne Tageskleid war von guter Qualität und besaß hübsche weiße Rüschen an Ärmeln und Kragen. Aber wirklich umwerfend war vor allem das zweite Kleid – tatsächlich war es das schönste Kleid, das Nell je besessen hatte. Es bestand aus teurem goldenen Taft, mit einem gewagten Ausschnitt, engem Mieder und weitem, schwingendem Rock. Wie gesagt, einfach umwerfend.

»Für den Tanz morgen«, hatte Adam gesagt und ihr verschwörerisch zugezwinkert. Dann hatte er sich über die

Theke gebeugt und gemurmelt: »Es ist nur eine schwache Entschuldigung, aber Sarah und ich möchten, dass du weißt, wie leid es uns tut. Deine Eltern waren gute Leute. Wir hätten dem Vikar schon viel früher Paroli bieten sollen.«

Nell blinzelte jäh aufsteigende Tränen fort. Sie hasste Adam und Sarah und alle anderen Dorfbewohner schon so lange, dass diese nette Geste sie vollkommen aus der Bahn warf. Hatten sie sich wirklich mit dem Vikar angelegt? Zum ersten Mal, seit sie ins Dorf heimgekehrt war, fragte sie sich, warum der alte Pfarrer wohl gegangen war. Sie konnten ihn doch nicht tatsächlich aus dem Amt getrieben haben?

»Na, wen haben wir denn da? Wenn das nicht die kleine Storm Witherspoon ist!«

Diese Stimme kannte Nell. Sie blickte auf und sah, dass eine glänzende schwarze Kutsche neben ihr angehalten hatte. Aus dem Fenster beugte sich ein vertrautes Gesicht, das sie mit unverhohlenem Hass musterte.

»Hallo, Elisabeth.«

Elisabeths schönes Gesicht verzerrte sich vor Wut. »Wie kannst du es wagen! Für dich Lady Morton, du Bauerntrampel!«

Nell war verwirrt. Es hatte eine Zeit gegeben, da waren sie und Elisabeth, nur ein Jahr älter als sie, unzertrennlich gewesen. Es hatte keine Rolle gespielt, dass sie arm war und Elisabeth reich. Für Elisabeths Mutter, Star, Skys einzige und über alles geliebte Schwester, war Nell wie eine zweite Tochter gewesen, und sie hatte sie oft auf ihr Anwesen eingeladen, das etwa eine Stunde vom Dorf entfernt lag. Auch Elisabeth hatte sie immer wie eine Schwester behandelt, selbst nachdem Star an Schwindsucht gestorben war.

Aber einige Jahre später, als Elisabeth dreizehn wurde, hatte ihr Vater, Lord Morton, ein zweites Mal geheiratet. Elisabeth hatte nicht nur eine Stiefmutter bekommen, sondern auch einen Stiefbruder, der genauso alt war wie sie. Thomas war der ideale Bruder und auch für Nell ein guter Freund geworden ... Wie viele Sommer und Winter hatten sie hier zu dritt im Dorf gespielt? George hatte sich ihnen oft angeschlossen, wenn er mit der Farmarbeit fertig war.

Doch dann hatten sich die Dinge geändert. Nell konnte nicht sagen, wann genau und warum. Aber Elisabeth war ihr gegenüber zunehmend feindselig geworden. Und seit dem Tag, an dem George ihr seinen Heiratsantrag gemacht hatte, war sie nie wieder zu Besuch gekommen. Und auch Thomas war wenig später zum Universitätsstudium abgereist. Danach hatte Elisabeth kein Wort mehr mit ihr geredet.

»Was ist? Willst du gar nichts sagen?«, fragte Elisabeth bitter.

Nell fiel nichts, aber auch gar nichts ein, was sie zu ihrer Cousine hätte sagen können. Sie hatte schon vor langer Zeit aufgehört, sie verstehen zu wollen. »Was soll ich denn sagen, Lady Morton?«, fragte sie müde.

Elisabeths Augen verengten sich bedrohlich. Nell beschloss, wenigstens höflich zu sein. »Ich hoffe, es geht Ihnen gut?«

Zu ihrem Erstaunen wurde Elisabeths Gesicht rot vor

Wut. Ihre Augen blitzten. »Du hoffst, dass es mir gut geht? Als ob du dich um mein Wohlbefinden scherst! Als ob du dich je darum geschert hättest! Hat es dich gekümmert, wie ich mich fühlte, als George dir einen Heiratsantrag gemacht hat?«

»Was?« Nell war wie vor den Kopf geschlagen. Jetzt begriff sie gar nichts mehr. »Ich weiß nicht, was du …«

»Natürlich nicht!«, stieß Elisabeth grimmig hervor. »Was weißt du schon von unerwiderter Liebe? Dir haben die Männer ja schon immer aus der Hand gefressen, nicht wahr, Storm?«

Nell machte den Mund auf, wollte ihrer Cousine widersprechen, aber Elisabeth ließ sie nicht zu Wort kommen.

»Ich weiß nicht, warum du wieder zurückgekommen bist. Aber eins will ich dir versichern: Ich werde dir das Leben hier zur Hölle machen! Hast du verstanden?« Nach diesen Worten gab sie dem Kutscher einen Wink und fuhr davon.

Die Zweifel, die Nell nach ihrem Besuch im Kaufladen gekommen waren, waren nun wie weggewischt. Sobald dieser Monat vorüber war, dachte sie, während sie sich auf den Heimweg zum Cottage machte, würde sie von hier verschwinden. Und nie wieder zurückkommen.

Sie würde Georgina regelmäßig schreiben, nahm sie sich vor. Und wenn das Mädchen sie wirklich brauchen sollte, würde sie sich eben mit ihr treffen. Vielleicht konnte das Mädchen sie ja an ihrem neuen Wohnort besuchen kommen.

Und wenn der Fluch sie schließlich in den Wahnsinn

trieb, würde sie dafür sorgen, dass man Georgina mitteilte, sie sei friedlich entschlafen.

Vielleicht würde Mikhail ihr ja erlauben, die versprochene Wohnung Georgina zu hinterlassen. Das wäre eine letzte liebevolle Geste, bevor sie starb. Und da sie ohnehin verdammt war, konnte das gewiss nicht schaden.

16. Kapitel

Mikhail warf der Frau, die neben ihm herging, immer wieder verstohlene Blicke zu. Nell sah einfach umwerfend aus, so schön wie noch nie. Das goldene Kleid hob ihre Honigaugen besonders vorteilhaft hervor. Den Zitronenkuchen, den sie für den Mittsommertanz gebacken hatte, hielt sie wie einen Schutzschild in ihren weißbehandschuhten Armen. Er wusste, dass sie sich nicht gerade auf das Fest freute, er aber schon. Er wollte mit ihr tanzen, unter dem Sternenhimmel, wollte ihre süßen Lippen küssen und ihr zuflüstern, dass er so noch nie für eine Frau empfunden hatte.

»Ich denke, es dürfte vier Tage dauern, um von hier nach London zu reisen«, bemerkte er im Plauderton. Sie passierten soeben das Schulgebäude und überquerten nun den Dorfplatz, wo auf dem grünen Dorfanger vor der Kirche der Tanz stattfand. In der Kirche waren sie bisher noch nicht gewesen, und wenn Mikhail ehrlich war, dann wunderte es ihn fast, dass der Vikar und seine Frau noch nicht an ihre Tür geklopft und sie zum Besuch der Messe zu überreden versucht hatten.

»Ach, tatsächlich? Ich wusste ja gar nicht, dass es so weit ist«, entgegnete Nell zerstreut.

Perfekt, dachte Mikhail mit einem leisen Lachen. Ihre

einzige Bedingung für ihren neuen Wohnort war, dass er möglichst weit von ihrem Heimatdorf entfernt liegen musste. Und nun, da sie sich einig waren, dass London in der Tat *sehr* weit entfernt lag, konnte er ja damit anfangen, sie dazu zu überreden, ihn zu begleiten.

Obwohl, noch ging das leider nicht. Jedenfalls nicht, solange diese Sache mit den Attentätern nicht geklärt war. Bis dahin würde er sie, wie geplant, in Shelton Hall unterbringen. Aber sobald sie diese »Wahren Vampire« erwischt hatten, würde er sie nach London bringen lassen und ihr irgendwo in der Nähe seines Stadthauses eine Wohnung suchen. Danach wäre es nur noch eine Frage der Zeit, bis sie er sie zu seiner Mätresse gemacht hätte.

»Ja, es ist ziemlich weit«, beeilte er sich, ihr zuzustimmen. »Und eine so herrliche Stadt, ganz ehrlich! Es gibt dort alles, was das Herz begehrt: die Oper, Theater, Museen, Galerien. Ganz zu schweigen von den Bällen in Covent Garden ...«

Nell lächelte, aber ihm fiel auf, dass ihr Lächeln nicht bis zu ihren Augen reichte. »Wie nett. Ich kann verstehen, dass dir das alles fehlt.«

»Nein! Nein, das stimmt nicht.« Verdammt, er hatte nicht den Eindruck erwecken wollen, dass es ihm hier nicht gefiel. Ganz im Gegenteil!

Das Leben im Dorf war ganz anders als sein Lotterleben in London. Er war es gewöhnt, sich nichts zu versagen. Sein Tag begann gewöhnlich mit einem späten Frühstück, einem ausgiebigen Aufenthalt in seinem Herrenclub, Dinnerpartys, Bällen und Frauen. Jeder Menge Frauen – menschlichen und blutsaugenden (das eine schloss das andere nicht aus). Aber er vermisste das alles gar nicht. Was ihn selbst erstaunte.

Natürlich fehlten ihm seine Schwester, seine Cousine, Alexander, Patrick, Ismail, seine Freunde. Aber sein lockeres Leben vermisste er nicht. Seltsam. Er liebte das Theater – schon immer –, die Oper, Museen, all das, wovon er Nell gerade vorgeschwärmt hatte. Aber nicht weil er gleich wieder dorthin zurück wollte, sondern um ihr einen Umzug schmackhaft zu machen. Nein, das alles fehlte ihm nicht. Er war im Moment wunschlos glücklich.

»Mikhail?« Nell blickte fragend zu ihm auf. Sie hatten den Dorfrasen beinahe erreicht; zahlreiche bunte Lampions, die in den Zweigen der Bäume aufgehängt worden waren, leuchteten ihnen einladend entgegen.

»Sieht hübsch aus, nicht wahr?«, bemerkte er, während er sie auf den Rasen führte und den Blick über die Tanzenden schweifen ließ, die sich auf einer behelfsmäßig zusammengezimmerten Holztribüne drehten. Links davon standen lange Tische mit weißen Tischtüchern, die sich unter den mitgebrachten Speisen bogen. Rechts von der Tanzfläche war eine zweite, kleinere Tribüne errichtet worden, auf der unter bunten Bändern und Lampions die Musiker fröhlich aufspielten.

»Ja«, musste selbst Nell zugeben. Sie sah zwar immer noch ziemlich unbehaglich drein, doch immerhin kräuselte ein leichtes Lächeln ihre Mundwinkel. Vielleicht würde sie sich ja doch noch mit diesem Fest anfreunden.

»Du wirst doch mit mir tanzen, mein Eheweib?«, fragte er in gespieltem Ernst.

Ebenso ernst antwortete sie: »Nun, ich denke, das wird wohl meine Pflicht sein.« Dann schmunzelte sie. »Ich muss den Kuchen rasch zum Büfett bringen.«

»Ich warte hier auf dich«, antwortete Mikhail und blickte ihr sehnsüchtig nach. In diesem Moment begann die Band eine neue Melodie anzustimmen, diesmal etwas Getrageneres. Mikhail ließ seinen Blick über die versammelten Leute schweifen. Erst jetzt bemerkte er eine kleine Gruppe von Männern mit einer Frau, die etwas abseits zusammenstanden. Die Qualität ihrer Kleidung hob sich deutlich von der der Dorfbewohner ab, und auch der herablassende Ausdruck, mit dem sie die Tanzenden beobachteten, sprach Bände.

Was hatten Aristokraten in einem kleinen Dorf wie New Hampton zu suchen?

Mikhail unterdrückte einen Fluch. Die Frau hatte seinen Blick bemerkt, sagte etwas zu ihren Begleitern und kam dann, ihre Röcke raffend, zielstrebig über den Rasen auf ihn zugeschritten. Ob sie ihn erkannt hatte? Das musste ihr Mikhail sofort wieder austreiben, bevor sich seine Anwesenheit hier noch herumsprechen konnte.

»Hallo, Michael, wie schön Sie endlich kennen zu lernen«, sagte sie und bot ihm lächelnd ihre behandschuhte Hand. Mikhail nahm sie und machte eine knappe Verbeugung, wobei ihm ein Stein vom Herzen fiel. Sie kannte ihn offenbar nicht.

»Ich fürchte, wir sind uns noch nicht vorgestellt worden, Miss …?«

»Elisabeth«, antwortete sie mit klimpernden Wimpern. »Lady Elisabeth Morton.«

Er hatte sich also nicht getäuscht, das waren Aristokraten. »Es ist mir ein Vergnügen, Lady Morton.«

»Ach, nur nicht so förmlich!« Sie hakte sich lachend bei ihm unter, drängte sich regelrecht an ihn. »Wir sind schließlich verwandt, nun, da Sie meine liebe Cousine Storm geheiratet haben.«

Mikhail ließ sich von ihr mitziehen – mehr aus Überraschung und weniger aus einem Bedürfnis nach ihrer Gesellschaft heraus.

»Aha«, sagte er lahm und hoffte, sie würde ihm nicht anmerken, dass er ihren Namen gerade zum ersten Mal gehört hatte.

»Warum tanzen Sie nicht mit mir, Michael?«, wisperte sie und schaute ihm dabei mit einem unmissverständlichen Blick tief in die Augen.

Was für eine Frau sprach so eine Einladung an den Mann ihrer Cousine aus? Mikhail verspürte eine spontane Abneigung gegen Elisabeth. Er blieb abrupt stehen; sie hatten das Tanzpodium beinahe erreicht.

»Sie würden doch Storms Gefühle nicht dadurch verletzen, dass Sie ihrer Cousine einen Tanz verweigern?«, gurrte sie, noch bevor Mikhail eine höfliche Ablehnung formulieren konnte. Er kannte ihren Typ nur zu gut: missgünstige, krankhaft eifersüchtige Frauen, die nur allzu leicht eine Szene machten, wenn es mal nicht nach ihrem Kopf ging. Um Nells willen beschloss er, mit ihr zu tanzen. Aber sobald dieser Tanz zu Ende war, würde er ihr klarmachen, dass er nicht für einen Seitensprung zu haben war. Und sollte sie Nell auf irgendeine Weise verletzen, bekäme sie es mit ihm zu tun!

Ein schönes Paar, dachte Nell traurig, während sie Mikhail und Elisabeth beim Tanzen zusah. Sie passten gut zueinander, er und ihre Cousine, in ihrem teuren Kleid, dem kostbaren Schmuck und der modischen Frisur. Obwohl Mikhails Kleidung von weniger guter Qualität war als die ihre, konnte er seine vornehme Herkunft doch nicht verbergen. Die Art, wie er sprach, seine Haltung, seine Bewegungen, seine Selbstsicherheit … Er verdiente eine richtige Lady. Vorzugsweise mit etwas mehr Herzenswärme, als Elisabeth aufzubringen vermochte, aber dennoch eine Lady.

»Storm?«

Nells sehnsüchtiger Ausdruck wich einer starren Maske des Zorns. Sie hatte gehofft, einer weiteren Begegnung mit George aus dem Weg gehen zu können, aber es war wohl unvermeidlich, dass sie sich früher oder später wieder über den Weg liefen. *Bei den Pantoffeln von Attila dem Hunnenkönig!* Sie würde nicht mit ihm reden, kein Wort!

»Du hast jedes Recht, böse auf mich zu sein«, sagte er hinter ihrem Rücken. Nell hatte sich nicht zu ihm umgedreht, hoffte immer noch, ihn nicht anschauen zu müssen. Warum konnte er sie nicht einfach in Ruhe lassen? Was sollte er auch zu ihr, einer *Verdammten*, zu sagen haben?

»Du brauchst nicht mit mir zu reden. Ich verstehe dich. Ich wollte dir nur danken, dass du so nett zu Georgina warst. Sie konnte gar nicht mehr aufhören, von dir zu reden, als sie gestern von der Schule heimkam. Und dann die Crumpets … So glücklich habe ich sie seit langem nicht mehr gesehen.«

Trotz aller Vorsätze, sich durch nichts, was er sagte, erweichen zu lassen, musste sich Nell erneut eingestehen, was für ein guter Bruder er doch war. Aber sie wollte ihm nicht verzeihen. Sie wollte weiter wütend auf ihn sein. Denn wenn ihre Wut verrauchte, musste sie spüren, wie sehr er sie verletzt hatte. Und das ertrug sie nicht. Mit gequälter Miene wandte sie sich zu dem Mann um, den sie einst geliebt hatte, nun aber hasste.

»Was willst du von mir, George?«

Überrascht stellte sie fest, dass er ebenso gequält dreinschaute, wie sie sich fühlte.

»Ich wollte dir sagen ...« Er zögerte, dann trat er einen Schritt näher und ergriff ihre Hand. »Storm, ich ...«

»Wusste ich's doch, dass du Unheil bringen würdest, sobald du unser Dorf betrittst!«, kreischte Lizzie mit lauter Stimme quer über den Rasenplatz. Mit langen, zornigen Schritten kam sie auf sie zugeeilt. Nell riss ihre Hand los und holte tief Luft, als sie sah, wer Lizzie folgte: Elisabeth.

»Willst mir meinen Mann stehlen, was?«, fauchte Lizzie und blieb aufgebracht dicht vor Nell stehen.

»Nein, Lizzie, du irrst dich«, sagte Nell so ruhig wie möglich. Die Band hatte bei Lizzies Geschrei zu spielen aufgehört, und nun wurden sie von allen Seiten stumm begafft. Nell hasste es, im Mittelpunkt der Aufmerksamkeit zu stehen und hoffte, dieses Missverständnis so schnell wie möglich ausräumen zu können.

»Spiel bloß nicht die Unschuldige!«, kreischte Lizzie. »Lady Elisabeth hat gesehen, wie du meinen George angeschaut hast! Merk's dir ein für alle Mal, Storm: George will dich nicht mehr. Er hat mich geheiratet!«

Nell warf einen raschen Blick zu Elisabeth hin, auf deren Gesicht sich eine geradezu gehässige Freude abzeichnete.

Sie schnitt eine Grimasse. Ihre Cousine hatte Lizzie offenbar einen ganz wilden Floh ins Ohr gesetzt – was es ihr umso schwerer machte, dieses lächerliche Missverständnis aus dem Weg zu räumen. Wind kam auf und fegte ein paar trockene Blätter über ihre Schuhe. Nell überlegte, was sie sagen könnte.

»Lizzie, ehrlich, du irrst dich ...«, begann sie erneut, aber Lizzie schnitt ihr das Wort ab, indem sie bedrohlich einen Schritt näher trat.

»George, wenn Sie Ihre Frau nicht im Zaum halten können, dann muss ich es tun«, sagte eine ruhige Stimme in ihrem Rücken. Mikhail! Er schlang den Arm um Nell. Keiner der Anwesenden rührte sich. Lizzies Miene war unsicher geworden.

»Sie schulden meiner Frau eine Entschuldigung.«

Lizzie rang empört nach Luft, aber George, der seine Frau endlich beim Arm gepackt hatte, gab ihr einen warnenden Schubs.

»Ich ... Es tut mir leid«, sagte Lizzie so leise, dass man sie kaum verstehen konnte.

Nell schmiegte sich an Mikhail und nahm seine Hand. Ihr reichte diese Halb-Entschuldigung, und sie wollte nicht, dass Mikhail etwa noch mehr verlangte. Sie ergriff seine Hand. »Können wir jetzt nach Hause gehen?«, sagte sie leise.

Den Blick nun durchdringend auf Elisabeth gerichtet, nickte Mikhail. Die Herumstehenden wichen zurück. Nell seufzte erleichtert auf, als Mikhail sie von dem erstarrten Trio fortführte. Das Ganze wäre vorbei gewesen, wenn Nells Blick nicht zufällig auf den Lampion gefallen wäre, der direkt über George und Lizzie an einem Ast hing und gefährlich schaukelte.

Sie konzentrierte sich auf den Lampion. Die Zeit schien einen Augenblick still zu stehen.

»Nein!«

Ohne zu überlegen lief Nell, ihre Röcke mit einer Hand schürzend, auf die beiden zu und stieß sie mit aller Kraft beiseite. Lizzie stolperte, und Nell schlug mit ihrem Retikül den Lampion vom Ast. Dann trat sie den brennenden Globus hastig aus. Gott sei Dank, die Gefahr war vorüber.

Erst die unheimliche Stille brachte Nell zu Bewusstsein, dass sie mit ihrer gedankenlosen Rettungsaktion – sie hatte gesehen, wie George und Lizzie verbrannten – einen unverzeihlichen Fehler begangen hatte.

Elisabeth war es, die die Totenstille unterbrach. Triumphierend deutete sie auf Nell und rief aus: »Ihr habt es gesehen! Sie ist genauso wahnsinnig wie ihre Mutter! Vikar David hatte recht: Du bist verdammt, Storm Witherspoon! *Verdammt*!«

Keiner regte sich, während Nell voller Verzweiflung die Fäuste ballte. Ohne ein Wort zu sagen, lief sie davon und wurde von der Nacht verschluckt.

17. Kapitel

Das Cottage war bereits in Sicht, als Mikhail Nell endlich einholte.

»Nell! Halt an!« Er versuchte ihre Hand zu packen, aber sie wich ihm aus. Da verlangsamte er seine Schritte und sagte: »So darfst du nicht reingehen. Du würdest die Kinder beunruhigen.«

Sie ging noch ein paar Schritte weiter, dann blieb sie stehen und drehte sich zu ihm um. Mikhail wünschte, er könnte ihr Gesicht sehen, könnte erahnen, was in ihr vorging, aber im schwachen Lichtschein, der aus dem Cottage fiel, konnte er lediglich die Umrisse ihrer Gestalt erkennen.

»Nell, es tut mir leid …«, begann er, aber sie unterbrach ihn.

»Du musst dich nicht entschuldigen, Mikhail. Ich wusste, was mich erwartet, wenn ich es wage, wieder hierher zurückzukommen!« Ihre Stimme überschlug sich fast, dann schwieg sie abrupt. Mikhail wusste nicht, was er sagen sollte. Er begriff nicht, was geschehen war, was Elisabeth mit ihrer letzten Äußerung gemeint hatte. Aber er wollte Nell helfen, wollte sie trösten.

»Du solltest nicht auf deine Cousine hören, sie ist eine hinterlistige, gemeine Person.«

154

»Nein«, widersprach Nell, und ihre Stimme klang plötzlich drängend, fast panisch. »Elisabeth ist vieles, aber in diesem Fall hat sie recht. Ich *bin* verdammt, Mikhail.«

Das konnte sie doch nicht wirklich glauben!

»Unsinn!«, rief er empört und wollte mehr sagen, doch abermals schnitt sie ihm das Wort ab.

»Ist es nicht! Meine Mutter war verdammt. Der frühere Vikar hat es zwei Tage vor ihrem Tod öffentlich verkündet. Er sagte, sie sei im Steinkreis außerhalb des Dorfs gesehen worden. Sie habe im Mondlicht getanzt und vor sich hin gesungen. Er bezichtigte sie der Teufelsanbetung! Sie müsse dem Bösen abschwören, sagte er, oder man würde ihr ein Begräbnis in geweihter Erde verweigern!«

Mikhail konnte kaum glauben, was er da hörte. Er war erbost. Die meisten Menschen glaubten, dass die Seele des Verstorbenen nur dann ihren Weg in den Himmel finden könne, wenn der Tote in geweihter Erde bestattet worden war. Wie konnte der Vikar nur eine solch hässliche Anschuldigung äußern?

»Danach wurden wir von allen gemieden. Es spielte keine Rolle, dass meine Mutter ihr Leben lang eine gottesfürchtige Christin gewesen war. Niemand wagte es, sich dem Urteil des Vikars zu widersetzen. Meine Mutter hat zwanzig Jahre in diesem gottverfluchten Dorf gelebt und kein Einziger hat ihr geholfen!« Nell stieß ein bitteres Lachen aus. »Nicht dass es ihr was ausgemacht hätte. Sie wusste genau, was los war, selbst als das Fieber bereits in ihrem Körper wütete. Sie war nicht böse auf die Leute. Am letzten Tag saß ich an ihrem Bett. Sie hat mich gar nicht mehr richtig wahrgenommen, hat durch mich hindurchgesehen und über vollkommen unmögliche Dinge geredet. Dann ist sie gestorben.«

»Nell.« Er sagte es ganz sanft, trat einen Schritt auf sie zu. Er wollte – ja, was? Aber sie wich zurück, den Arm abwehrend von sich gestreckt.

»Vater und ich haben sie in jener Nacht auf dem Friedhof, neben meiner Tante, beerdigt. Sie war zwar erst wenige Stunden tot, aber wir mussten es tun, bevor uns jemand daran hindern konnte. Es ging schnell, und nachdem wir das Grab zugeschüttet hatten, hielten wir Wache. Wir hatten Harken und Spaten dabei, um uns notfalls verteidigen zu können.« Als sei ein Damm gebrochen, sprudelten die Worte jetzt förmlich aus Nell hervor.

»Eine Woche lang haben wir an ihrem Grab Wache gehalten. Morag hat uns zu essen gebracht. Am achten Tag gingen wir dann nach Hause, aber da war Vater schon nicht mehr er selbst. Er war wie weggetreten, ich konnte nicht mehr zu ihm durchdringen. Sein Gesicht hat nie wieder Farbe bekommen ...«

Mikhail schloss kurz die Augen. Er wusste, was jetzt kam. Wie konnte das Schicksal nur so grausam zu einer solchen Frau sein? Er ballte zornig die Fäuste über die Ungerechtigkeit des Lebens.

»Er ist einen Monat später gestorben, auf den Tag genau einen Monat nach meiner Mutter. Die Dörfler kamen, um ihm die letzte Ehre zu erweisen. Sie wollten ihn an einem schönen Plätzchen auf dem Friedhof, nahe der Mauer, bestatten, aber ich weigerte mich. Dafür war es einfach zu spät, begreifst du das?«

Er begriff es. Auch wenn er sich das Ausmaß ihres Kummers kaum vorstellen konnte, verstand er, dass sie ihren Schmerz in Wut umgewandelt hatte; Wut auf die Menschen, die nicht für ihre Mutter da gewesen waren, für ihren Vater, für sie.

»Morag und ich haben ihn neben Mutter begraben. Und dann bin ich fortgegangen. Ich nahm mir vor, nie wieder zurückzukehren, diese Leute nie wiederzusehen. Verstehst du jetzt, warum ich verdammt bin? Ich habe jeden Menschen verloren, den ich geliebt habe, und jetzt bin ich doch wieder hier, an diesem gottverlassenen Ort!«

Mikhail kannte den Rest. Sie hatte als Gouvernante gearbeitet, als er ihr an Bord der Fähre begegnete. Das kam ihm jetzt wie eine Ewigkeit vor. Und als Dank dafür, dass sie ihm und den Kindern das Leben gerettet hatte, hatte er sie gezwungen, wieder hierher zurückzukehren.

»Es tut mir so leid, Nell«, sagte er.

Er trat an sie heran und nahm ihr Gesicht in beide Hände. Ihre Wangen waren tränennass. Plötzlich konnte er ihren Kummer nicht länger ertragen. »Es wird alles gut, Nell. Dafür werde ich sorgen.«

Dann küsste er sie, weil er wollte, dass sie all das Hässliche vergaß, weil er sie trösten wollte. Ihre Lippen waren kalt, daher zog er sie fester an sich, um sie mit seinem Körper zu wärmen. Langsam, allmählich, reagierte sie, schlang die Arme um seinen Hals und beteiligte sich an dem Kuss. Jeder Gedanke an Kälte war vergessen, Mikhail wurde zunehmend erregter. Jetzt gab er nicht nur, er nahm auch. Beide keuchten, als Nell sich schließlich von ihm zurückzog.

»Warte, Mikhail, es gibt Dinge, die du noch nicht weißt ...«

»Und es gibt Dinge, die du wissen musst, Nell. Wir reden später«, versprach er und begann sie erneut zu küssen. Ja, sie mussten reden, das hatte sich Mikhail fest vorgenommen. Er hatte es an dem Morgen nach seinem Herzanfall beschlossen. Er musste Nell von den Wahren Vampiren erzählen, von seiner Schwester und den Vampirclans. Das musste sie wissen, falls ihm etwas zustieße und sie allein mit den Kindern zurückbliebe. Die Clanoberhäupter würden es verstehen. Aber da es gegen das Gesetz der Vampire verstieß, dass Menschen von ihrer Existenz erfuhren, würde man ihr wohl später das Gedächtnis löschen – über diese Dinge. Doch all das hatte Zeit.

»Mikhail.« Diesmal sprach sie seinen Namen wie einen Seufzer aus. Mikhail erkannte, dass sie ihren Widerstand aufgegeben hatte, und das erhöhte seine Erregung. Doch dann spürte er, wie schlaff sie in seinen Armen lag. Sie musste fürchterlich erschöpft sein. Ja, er begehrte sie, mehr als je eine Frau zuvor, aber die Auseinandersetzung auf dem Dorfanger schien sie ausgelaugt zu haben. Er verzichtete daher auf weitere Küsse und hob sie kurzerhand auf seine Arme.

»Mikhail?«, flüsterte sie unsicher, war aber zu müde, um zu protestieren.

»Ich bringe dich ins Haus, Liebes. Mach ruhig die Augen zu.«

Sie sagte nichts mehr, und als sie im Haus angekommen waren, musste Mikhail lächeln. Es hatte keine zwei Minuten gedauert, dann war sie eingeschlafen. Und jetzt bräuchte es schon ein Tamburin, um sie zu wecken.

Morag erwartete ihn oben, am Kopf der Treppe. Ihr

Blick glitt über die schlafende Nell, dann nickte sie ihm auf ihre seltsame Art zu und machte ihre Schlafzimmertür einen Spalt auf.

Beide Kinder lagen unter einer warmen Decke in ihrem Bett und schienen offensichtlich fest zu schlafen. Mikhail nickte zustimmend. Mit leisen Schritten, um die Kinder nicht zu wecken, trug er Nell in ihr Schlafzimmer. Zu seiner Überraschung folgte ihm Morag jedoch nicht, so wie zwei Nächte zuvor, als er Nell schon einmal in ihr Zimmer hinauftrug, nachdem er sie schlafend in einem Sessel an seinem Bett vorgefunden hatte.

Er legte Nell behutsam auf ihrem Bett ab und trat einen Schritt zurück. Ein Blick nach draußen zeigte ihm, dass Morag sich wieder in ihr Zimmer zurückgezogen und die Tür hinter sich zugemacht hatte. Erwartete sie etwa, dass *er* Nell auszog? Bei diesem Gedanken hatte er plötzlich einen Kloß im Hals.

Mikhail schaute sich um. Zwei Kerzen brannten und warfen lange Schatten in die entferntesten Winkel des Zimmers. Nells Nachthemd lag fein säuberlich gefaltet auf einem Hocker.

»Zieh ihr einfach das Nachthemd an und geh«, murmelte er in sich hinein und machte die Schlafzimmertür zu.

Nell hatte sich keinen Millimeter gerührt, wie er sah, als er nun an ihr Bett trat und auf sie hinabschaute. Wo anfangen? Er konnte keine Knöpfe an ihrem Kleid entdecken. Sicher waren sie alle auf dem Rücken.

»Ich will dir nur rasch dein Nachthemd anziehen, und dann werde ich gehen«, versprach er der Schlafenden nervös. Dann rollte er sie auf den Bauch. Beim Anblick der endlos langen Knopfreihe stöhnte er allerdings leise auf. Er war schon davon ausgegangen, dass es eine Folter werden würde, sie auszuziehen; dass er es nun auch noch so langsam tun musste, war mehr als Folter. Es war die Hölle.

Mit jedem Knopf, den er öffnete, wuchs Mikhails Erregung. Er stellte sich vor, wie seine Hände über die entblößte Haut glitten, wie er unter sie griff und ihre weichen Brüste umfasste, die er zuvor kurz gespürt hatte, als sie sich an ihn lehnte. Nach weiteren vier Knöpfen ging seine Phantasie wieder mit ihm durch. Wie würde sie reagieren, wenn sie jetzt erwachte, während er sie gerade auszog? Er malte sich aus, wie sie ihn mit ihren großen Honigaugen ansah und flüsterte: »Liebe mich, Mikhail!«. Und das würde er. O Gott, das würde er. Seit er sie zum ersten Mal gesehen hatte, verlangte es ihn nach dieser Frau. Und jetzt hatte er das Gefühl, es nicht länger ertragen zu können.

Als auch der letzte Knopf endlich offen war, war Mikhail die Hose unangenehm eng geworden, und er verwünschte sein Pech. »Muss sie ausgerechnet jetzt schlafen«, schimpfte er leise. Dann drehte er sie wieder auf den Rücken und schob ihr das Kleid bis zu den Ellbogen herunter.

Mit weit aufgerissenen Augen starrte Mikhail sie an, während der Stoff des Kleides nach unten glitt und zwei perfekte Brüste enthüllte. Wo war ihr Unterhemd? Besaß sie gar keines? Und warum war ihm das nicht schon aufgefallen, als er die nackte Haut an ihrem Rücken gesehen hatte? O *Gott*.

Mikhail schluckte mühsam und schloss kurz seine Augen, um sich wieder unter Kontrolle zu bekommen. So schlimm war das gar nicht. Er würde ihr jetzt einfach das Kleid ausziehen, das Nachthemd überstreifen und dann gehen; oder genauer gesagt: davonrennen. Unvermittelt öffnete er wieder die Augen, als ihm plötzlich ein anderer Gedanke kam. Wenn sie nun überhaupt keine Unterwäsche trug?

»Unmöglich, ich kann das nicht«, stöhnte er.

Aber er musste! Er konnte sie ja kaum so liegen lassen, halb ausgezogen, mit diesen wunderbaren, entblößten Brüsten. Und auf keinen Fall würde er sie küssen, diese Brüste, die kleinen rosa Warzenhöfe, bis sie sich unter seiner Zunge zu harten Knospen verhärteten …

Angewidert von sich selbst, holte Mikhail tief Luft. Dann packte er ihr Kleid an beiden Seiten und zog es ihr mit einer geschmeidigen Bewegung aus. Nell regte sich nicht, während der goldene Taft über ihren Bauch, ihre Hüften, ihre Beine glitt. Er trat einen Schritt zurück und schaute die weiße Unterhose an, die sie immerhin trug. Er war sich nicht sicher, ob ihm das weiterhalf, oder ob dieses hauchdünne Stück Stoff sein Verlangen nicht sogar noch steigerte.

Immerhin hatte er es jetzt fast überstanden. Gott, sie war so schön. Es kostete ihn all seine Selbstbeherrschung, sich davon abzuhalten, sie zu berühren. Er legte das Kleid über einem Stuhl ab und nahm dann das Nachthemd zur Hand. Vorsichtig näherte er sich der Schlafenden, setzte sich auf die Bettkante und überlegte, wie er es am besten anstellen sollte. Zuerst über den Kopf, entschied er.

Er beugte sich über Nell, um ihr das Nachthemd wie geplant über den Kopf zu streifen, doch dabei strichen die kalten Knöpfe seiner Weste über ihre Brüste, und er sah, wie ihre Brustwarzen hart wurden.

Wie erstarrt, mit trockenem Mund, starrte er die kleinen Knospen an. Und gerade als er dachte, dass es garantiert nicht schlimmer kommen könnte, gab Nell ein leises, lustvolles Stöhnen von sich. Mikhail rührte sich nicht. Er hätte gar nicht gekonnt. Er war nur ein Mensch! Ein Mann aus Fleisch und Blut! Nell regte sich, und ihm stockte der Atem, als sie sich dichter an ihn schmiegte. Sie roch so gut, nach Rosen und Zitronenkuchen.

Langsam hob Mikhail seine Arme und versuchte erneut, ihr das Nachthemd über den Kopf zu streifen. Diesmal schaffte er es, merkte aber gleich, dass es so sehr schwer werden würde, ihre Arme in die Ärmel hineinzubekommen. Also zog er ihr das Nachthemd wieder aus, um es diesmal mit den Armen zuerst zu probieren.

Was auch funktioniert hätte, wenn Nell mitgemacht hätte. Aber jedes Mal, wenn er einen ihrer Arme nahm, entzog sie ihn ihm und kuschelte sich wieder an ihn.

»So wird das nie etwas …«, murmelte er frustriert.

In diesem Moment sagte Nell etwas, und Mikhail fuhr schuldbewusst zusammen. Was hatte sie gesagt? Ihre Augen waren immer noch geschlossen. Hatte sie im Schlaf geredet? Er erinnerte sich, dass er das schon einmal bei ihr erlebt hatte, und entspannte sich wieder etwas.

» … mich doch nicht. Er will mich nicht …«

Mikhail runzelte die Stirn. Wen meinte sie? Doch hoffentlich nicht George?

»Wer will dich nicht, Nell?«, entfuhr es ihm, bevor er sich zurückhalten konnte.

»Mein Russe, mein schöner Russe«, murmelte sie.

Sein Ärger löste sich in Luft auf, und ein Gefühl des Glücks durchströmte ihn. *Ihr* Russe, hatte sie gesagt. Sein Blick wanderte über ihr schönes, entspanntes Gesicht. Wäre es wirklich so schlimm, wenn er ihr einen Kuss raubte? Einen kleinen Kuss, nicht mehr.

Immerhin war er *ihr* Russe.

Überredet von seiner eigenen Logik, beugte Mikhail sich vor und drückte seine Lippen auf die ihren, sanft, ganz sanft, wobei er darauf achtete, sie mit keinem anderen Teil seines Körpers zu berühren, während er sich die eine kleine Freude raubte, die er sich selbst zugestanden hatte.

In Gedanken stellte er sich vor, wie sie seinen Kuss erwiderte, wie sich ihre Arme wie von selbst um seinen Hals schlangen, wie sie sich an ihn drängte, wie sie stöhnte.

»Mikhail.«

Beim Klang seines Namens schlug Mikhail die Augen wieder auf und erkannte mehrere Dinge gleichzeitig: Sie erwiderte seinen Kuss tatsächlich. Ihre Arme *waren* um seinen Hals geschlungen! Sie stöhnte wirklich vor Verlangen, während sie sich in herrlicher Nacktheit unter ihm wand. Und ihre Augen waren jetzt weit offen!

»Nell?« Er zwang sich aufzuhören, ihr ins Gesicht zu sehen. Erst musste er ganz sichergehen.

»Ja?«

»Wenn du willst, dass ich aufhöre, musst du es jetzt sagen.«

Sein Atem ging schwer, mit ganzer Kraft hielt er sich zurück. Er brannte vor Verlangen nach ihr, die Leidenschaft ging so tief, dass er nicht wusste, was er täte, wenn sie jetzt nein sagte.

Aber sie sagte nicht nein.

Die Augen ernst auf sein Gesicht gerichtet, zog sie seine Lippen wieder zu sich herab, öffnete dabei ihren Mund, um seiner Zunge Einlass zu gewähren. Mein Gott, nie hatte eine Frau köstlicher geschmeckt.

Seine Zurückhaltung fallenlassend ließ Mikhail seine Hände über den Körper wandern, nach dem es ihn so verlangt hatte. Sie war so weich, so warm unter seinen Fingern. Er schüttelte seine Jacke ab und ließ Küsse auf ihr Gesicht regnen, ihren Hals, er wanderte immer weiter, immer tiefer, bis er endlich die ersehnte Brustwarze an seinen Lippen fühlte.

Nell wand sich stöhnend, grub ihre Fingernägel in seine Schultern. Mikhail hob den Kopf und hielt einen Finger an ihre Lippen, um ihr zu verstehen zu geben, dass sie leise sein mussten. Nell warf einen Blick zur Tür und nickte. Sie hatte verstanden.

Grinsend machte sich Mikhail nun auch über ihre andere Brustwarze her, küsste sie und saugte an ihr, bis Nell keuchend an seinen Haaren zerrte, damit er aufhörte. Als er aufblickte und ihr gerötetes Gesicht sah, beschloss er, sie zuerst kommen zu lassen, bevor er sein eigenes Vergnügen suchte. Dies im Sinn, zog er eins der Kissen unter ihrem Kopf hervor und drückte es ihr in die Hand. Sie verstand nicht; aber das würde sie bald.

Rasch stand er auf und streifte Hemd und Schuhe ab. Dann trat er ans Fußende des Betts.

»Mikhail?«, fragte Nell besorgt, beinahe ängstlich. Mikhail musste fast lachen, dann griff er mit einer geschmeidigen Bewegung nach ihr und zog ihr die Unterhose aus, schob ihre Beine auseinander und ließ sich dazwischen nieder. Er senkte den Kopf und schaute auf das weiche kleine Dreieck aus hellbraunen Haaren, das ihn förmlich herbeizurufen schien.

»Nein!« Aber Nells panischer Ausruf ging in ein ersticktes Stöhnen über, als Mikhail begann, sie an ihrer empfindlichsten Stelle zu küssen, immer wieder mit der Zunge über ihre zarte Knospe zu fahren, an ihr zu saugen. Nell drückte sich automatisch das Kissen aufs Gesicht und bäumte sich stöhnend unter ihm auf.

Mit geschlossenen Augen konzentrierte sich Mikhail auf seine und ihre Gefühle, auf das, was er mit ihr machte. Als er spürte, dass sie kurz vor dem Höhepunkt stand, richtete er sich auf, knöpfte seine Hose auf und brachte sich in Position. Er wollte es fühlen, wenn sie kam.

Noch immer hielt sie das Kissen fest vors Gesicht gepresst, und er nahm es ihr nun aus den Händen, strich das Haar aus ihrem Gesicht. Er wollte sie ansehen können, wenn er in sie eindrang. Zunächst bewegte er sich nur langsam, vorsichtig begann er sich in sie hineinzuschieben, doch als er spürte, wie sie unter ihm zu zucken begann, war es um seine Selbstbeherrschung geschehen. Ihren Aufschrei mit seinem Mund einfangend, drang er mit einem einzigen Stoß in sie hinein. Dann spürte er, wie er eine Barriere durchstieß, die er nicht erwartet hatte.

»Nell?« Er versuchte zu stoppen, sich zurückzuziehen, aber sie hatte die Beine um ihn geschlungen und drückte ihn fest an sich. Da gab Mikhail jeden Widerstand auf und begann sich in ihr zu bewegen, langsam zuerst, dann immer schneller. Beide fanden zu dem uralten Rhythmus der Liebe, während Nells Finger über seinen Rücken wanderten und sich in seinem Haar vergruben. Als er spürte, wie sie erneut kam, konnte auch Mikhail nicht länger an sich halten und verspritzte seinen Samen in einem so heftigen Höhepunkt, wie er ihn noch nie erlebt hatte.

18. Kapitel

Die Sonne war gerade aufgegangen, als Nell nach unten schlich, um eine Biskuitrolle zu backen. Es gab keinen besonderen Anlass dafür, sie tat es vielmehr, um sich abzulenken – von dem Mann, der friedlich oben in ihrem Bett schlummerte.

Sie stellte zwei Holzschüsseln auf den Tisch, nahm drei Eier zur Hand, schlug sie an der Tischkante auf und trennte Eigelb und Eiweiß in jeweils eine der Schüsseln. Sie musste die Bettwäsche wechseln, überlegte sie, vielleicht sogar neue kaufen. Die Blutflecken gingen sicher nicht so leicht heraus …

»Ach, bei Robin Hoods Beinkleidern!«

Sie spürte, wie ihr die Schamröte ins Gesicht stieg – nicht zum ersten Mal, seit sie die Augen aufgeschlagen hatte. Temperamentvoll begann sie das Eigelb zu schlagen und hörte erst auf, als es schaumig war.

Wie sollte sie ihm nach allem, was letzte Nacht geschehen war, je wieder in die Augen schauen? Ob er es bereute? Bereute sie es? Nell fügte Zucker zum Eigelb hinzu und vermischte das Ganze. Nein, sie bereute nichts, keine einzige Sekunde. Wie könnte sie auch, wo es doch so … herrlich gewesen war? Bei diesem Gedanken hätte sie beinahe die Schüssel fallengelassen. Sie stellte sie beiseite und nahm aus einem Obstkorb eine Zitrone, die sie in zwei Hälften schnitt. Nach Augenmaß drückte sie etwas Zitronensaft in die Eigelb-Zucker-Mischung und verrührte das Ganze erneut.

Sie hatte ihm alles erzählt, und er hatte sie dennoch gewollt. Nun, vielleicht nicht alles. Die Sache mit ihrem Fluch wusste er noch nicht. Aber sie hatte gesagt, dass sie verdammt war! Hatte er es ihr geglaubt? Hätte er sie überhaupt angefasst, wenn das der Fall gewesen wäre? Nell war so in ihre düsteren Gedanken vertieft, dass es einen Moment dauerte, bis sie merkte, dass jemand an der Vordertür klopfte. Sie schaute sich um, doch von Morag war keine Spur zu sehen. Wer konnte so früh schon etwas von ihr wollen? Sie ging, um zu öffnen.

»George?«

Nell strich überrascht ihre Schürze glatt, die sie über ihr neues grünes Kleid gebunden hatte. Jetzt war sie froh, dass sie sich die Zeit genommen hatte, sich anzukleiden, bevor sie hinuntergegangen war.

George wirkte abgehärmt, übermüdet. Dunkle Ringe lagen unter seinen Augen, und er sah aus wie ein Mann, der die ganze Nacht lang getrunken hatte. Als er nun den Mund aufmachte und ihr eine Alkoholfahne entgegenwehte, bestätigte sich ihre Vermutung.

»Entschuldige, ich weiß es ist sehr früh. Aber ich konnte nicht schlafen.« Er warf einen gehetzten Blick über die Schulter, dann schaute er sie wieder an. »Eigentlich habe ich nicht mehr gut geschlafen, seit du fortgegangen bist, Storm.«

George trat verlegen von einem Fuß auf den anderen.

Und Nell machte eine überraschende Entdeckung: Sie war nicht länger böse auf George. Vielleicht lag es daran, weil sie so lange böse auf ihn gewesen war und jetzt einfach keine Kraft mehr dazu hatte. Aber vielleicht lag es auch an der gestrigen Nacht – an Mikhail. Auf jeden Fall empfand sie nun nicht mehr das Bedürfnis, sich wegen der Vergangenheit weinend die Haare zu raufen.

Die Vergangenheit war das, was sie sein sollte: vergangen.

George ergriff ihre Hand. Seine Augen bohrten sich förmlich in die ihren, als wolle er sie anflehen, ihn doch zu verstehen. »Ich habe einen Fehler gemacht, und ich kann ihn nicht mehr rückgängig machen. Aber ich möchte, dass du mich verstehst, Storm.«

»Was verstehen, George?«, fragte sie müde. »Meine Mutter wurde krank, und du hast uns, wie jeder im Dorf, die kalte Schulter gezeigt. Was gibt's da zu verstehen?« Es tat zwar weh, das auszusprechen, aber die Wut, die sie gestern noch dabei empfunden hätte, war weg.

»Ich habe diesen Unsinn von wegen, dass deine Mutter verdammt sei, nie geglaubt, Storm«, versicherte er ihr ernsthaft. »Es war wegen Elisabeth. Sie ist plötzlich bei uns auf der Farm erschienen, als deine Mutter bereits krank war, und hat gedroht, dafür zu sorgen, dass wir alles verlieren. Ihr Vater besitzt dieses Land. Sie drohte, uns zu ruinieren, uns die Farm wegzunehmen, wenn ich meine Verlobung mit dir nicht löse.«

Nell zog entsetzt ihre Hand zurück. Ihr war auf einmal ganz schwindelig. Elisabeth? War das möglich?

»Ich wusste nicht, was ich tun sollte«, fuhr George fort.

Sein Blick hing einen Augenblick an ihrer Hand, dann huschte er zu ihrem Gesicht, dann wandte er die Augen ab. »Sie hat mir keine Zeit gelassen zu überlegen. Ich konnte nicht zulassen, dass sie das Leben meiner Eltern, meiner Schwester ruiniert. Also tat ich, was sie von mir verlangte. Ich wusste, du würdest mir nicht glauben, wenn ich dir sagte, dass ich dich nicht mehr liebe … Keiner hätte das geglaubt. Also habe ich mich für die einzige Lüge entschieden, von der ich wusste, dass du sie glauben würdest.« Er wirkte so traurig, so unendlich traurig.

»Es hat an dem Abend geregnet. Deine Haare hingen dir ins Gesicht, ich konnte deine Augen nicht sehen«, erinnerte sie sich.

»Ich hab kein Wort ernst gemeint, Storm. Es hat mich fast umgebracht, dich so anlügen zu müssen. Dir so wehzutun. Es war alles gelogen. Leider hat Vater erst Wochen später den Mut aufgebracht, zu Elisabeths Vater zu fahren und ihn zur Rede zu stellen. Lord Morton wurde furchtbar wütend auf seine Tochter. Er hat uns versichert, dass niemand die Absicht hätte, uns von unserem Land zu vertreiben. Aber da war es schon zu spät. Du warst bereits fort.«

George hatte getan, was er tun musste, um seine Familie zu retten. Er war auf Elisabeths Lügen hereingefallen …

»Ach George«, stieß sie mit Tränen in den Augen hervor. Sie trauerte um ihre alte Liebe, um das, was gewesen war, was hätte sein können …

Er trat einen Schritt näher und legte eine seiner großen Hände zärtlich an ihre Wange, so wie er es früher immer getan hatte. »Ich habe nie aufgehört, dich zu lieben, Storm.«

Nell wich nicht zurück. Sie schloss die Augen und ließ zu, dass ihre schönen Erinnerungen an ihn den Schmerz der Vergangenheit heilten. Es fiel ihr nicht ein zu protestieren, als sie Georges Lippen auf den ihren spürte. Sie erwiderte den Kuss, wartete dabei auf das Kribbeln, das Mikhails Küsse in ihrem Bauch auslösten. Aber dieses Kribbeln blieb aus. Was dagegen kam, war die Erkenntnis, dass ihre Liebe zu George vorbei war.

Behutsam löste sich Nell von ihm. Nein, es war nicht George, den sie küssen wollte. Es war Mikhail. Mikhail war alles, was sich eine Frau von einem Mann nur erträumen konnte. Er war rücksichtsvoll und ehrenhaft. Er war klug und liebevoll und einfach unglaublich mit den Kindern … Und sie liebte ihn.

Ihre Augen weiteten sich verblüfft. Ja, sie liebte ihren Mann. Aber er war gar nicht ihr Mann, er tat nur so. Gott, das alles war einfach lächerlich. Mikhail war ein vermögender Gentleman, was konnte er von einer wie ihr wollen? Außer einem sicheren Versteck für einen Monat, dachte sie grimmig. Aber er war zu ihr ins Bett gekommen … Das musste doch etwas zu bedeuten haben, oder nicht? Auf einmal kam sie sich schrecklich jung, schrecklich unerfahren vor. Nell schaute den Mann an, der vor ihr stand.

»Ich verstehe, George.«

»Wirklich?« Sein Gesichtsausdruck war so hoffnungsvoll, dass es ihr schier das Herz abschnitt. Es spielte keine Rolle, dass dieser Mann ihr erst vor gut einem Jahr ebendieses Herz gebrochen hatte. Sie konnte ihn einfach nicht leiden sehen.

»Ja, wirklich. Aber das ändert nichts.«

»Doch! Doch, das tut es, ich …«

»Nein«, schnitt sie ihm das Wort ab, »du bist verheiratet, George.«

»Ich lasse mich scheiden«, sagte er wie aus der Pistole geschossen. Nell hatte den Eindruck, dass er diese Möglichkeit bereits in Betracht gezogen hatte. Was Lizzie wohl denken würde, wenn sie wüsste, dass ihr Mann sich ohne Zögern von ihr scheiden ließe, wenn er sie, Nell, dafür wiederhaben könnte?

»Ich bin ebenfalls verheiratet, George«, sagte Nell, um ihn nicht noch mehr zu ermutigen. »Und bevor du es aussprichst: Nein, ich kann mich nicht scheiden lassen.« Ein Geräusch drang vom Treppenabsatz zu ihnen herunter. Rasch sagte Nell: »Ich glaube, mein Mann ist aufgewacht. Du musst gehen, George.«

Er sah aus, als wolle er protestieren, doch dann nickte er. »Ich hatte sowieso nicht zu hoffen gewagt, dass du zu mir zurückkommen würdest, Storm. Ich wollte nur, dass du die Wahrheit erfährst. Du verdienst es, die Wahrheit zu wissen.«

Und mit diesen Worten wandte sich ihre Jugendliebe von ihr ab und schritt über den schmalen, gepflegten Pfad zum Gartentürchen. Die Hände in ihre Schürze verkrallt blickte Nell ihm nach, wie er mit gebeugten Schultern in Richtung Dorf verschwand. Die Zeit schien sich zu verlangsamen, kam zum Stillstand. Die weißen Schäfchenwolken zogen nicht länger über den blauen Himmel, und die Blätter hörten auf, in der warmen Sommerbrise zu flattern.

Mikhail blickte auf Mitja und Katja herab, die in Morags Zimmer auf dem Fußboden saßen und sich um ein Kissen balgten. Da Morag nirgends zu sehen war, blieb er stehen wo er war und versuchte nicht daran zu denken, wie seine Nell sich von diesem Bastard George hatte küssen lassen.

Aber sie war gar nicht *seine* Nell, oder? Mikhail ballte die Fäuste.

Als er heute früh aufgewacht war und den Platz neben sich leer gefunden hatte, war er sehr enttäuscht gewesen. Er hatte Nell versichern wollen, wie wunderbar er sie fand, wie glücklich sie ihn machte und dass er sich auch nach Ablauf dieses Monats nicht von ihr trennen wollte. Aber da sie nicht da gewesen war, hatte er all diese Gedanken für sich behalten müssen. Und so unglaublich es ihm vorkam, diese eine Nacht hatte seine Sehnsucht nach ihr keineswegs stillen können. Er war aufgestanden und hatte sich auf die Suche nach ihr gemacht, in der Hoffnung, sie wieder ins Bett zurücklocken zu können.

Was war er bloß für ein Narr.

Mikhail wünschte, er hätte Georges Geständnisse nie gehört. Er wünschte, er wäre seinem ersten zornigen Impuls gefolgt und hätte dem Kerl den Kragen umgedreht! Schließlich hatte er jedes Recht dazu: In den Augen dieses Mannes war er mit Nell verheiratet! Aber er konnte nicht. Denn das Einzige, was er sich noch mehr wünschte als Nell selbst, war, sie glücklich zu sehen. Und es schien, als ob sie George noch immer liebte.

Wie er ihn hasste.

In diesem Moment riss Katja Mitja das Kissen weg, und

dieser brach prompt in Geschrei aus. Als Katja das sah, begann sie ebenfalls zu weinen, wie immer, wenn ihrem Cousin etwas fehlte.

»Na, na, wer wird denn gleich weinen.« Mikhail ging bei den beiden in die Hocke und gab ihnen das Kissen zurück, doch die Kleinen hatten das Interesse an dem Gegenstand verloren.

Er überlegte gerade, was er tun könnte, um die Kinder zu beruhigen, als er jemanden die Treppe hinaufrennen hörte. Alarmiert nahm er die Kinder auf den Arm und blickte sich in dem Moment zur Tür um, als Nell hereingeschossen kam.

»Wir müssen sofort von hier weg!«

Sie nahm ihm Katja ab und hielt dem Baby den Mund zu, um sein Geschrei zu dämpfen. Mikhail tat es ihr automatisch mit Mitja nach. Er musste an den Vorfall auf dem Schiff denken. Das Einzige, was er sagte, war: »Wohin?«

Nell antwortete nicht, sie rannte einfach die Treppe hinunter und zur Hintertür hinaus. Mikhail war ihr dicht auf den Fersen. Sie durchquerten den Garten und verschwanden unter den Bäumen, die das Grundstück umsäumten. Als sie im Schatten einer riesigen alten Eiche kurz innehielten, um Atem zu schöpfen, hatten die Kinder glücklicherweise zu weinen aufgehört.

Nell schaute keuchend zum Haus zurück. Sie schien sich zu konzentrieren, ihre Augen wurden schmal.

»Sie sind bereits im Haus! Schnell, weiter!«

Mikhail folgte ihr. Immer im Schatten der Bäume rannten sie abseits der Straße auf das Dorf zu.

»Sie kommen, wir müssen uns verstecken!«, stieß Nell fast hysterisch vor Angst hervor. Mikhail nahm ihr Katja ab und schaute sich um. Vor ihnen lag der Dorfanger. Es war zwar noch früh am Morgen, dennoch waren bereits einige Leute unterwegs. Dann sah er das, worauf er gehofft hatte: ein Schild im Kaufladen mit der Aufschrift »geöffnet«.

»Komm, mir nach!«, befahl er und rannte die Straße entlang auf den Kaufladen zu. Er riss die Türe auf und stürmte an der verblüfften Sarah und zwei Kundinnen vorbei auf die Theke zu, Nell dicht hinter sich. Adam starrte ihnen mit großen Augen entgegen.

»Schnell, wir müssen uns verstecken!«, sagte er zu dem Mann und blickte sich nach Nell um, die mit schmalen Augen aus dem Schaufenster starrte. Als Adam zögerte, fuhr Nell aus ihrer Versunkenheit auf und stieß verzweifelt hervor: »Bitte, wir haben keine Zeit zu verlieren.«

Es war Sarah, die zuerst reagierte. Mit ausgebreiteten Armen scheuchte sie die beiden hinter die Theke und durch eine Tür, die auf einen kurzen Korridor führte.

»Seid still«, befahl sie.

Mikhail wollte ihr danken, aber sie machte bereits die Tür hinter sich zu. Die Türglocke schellte, und jemand schien den Laden zu betreten. Mikhail und Nell lauschten mit angehaltenem Atem. Nell hatte Mikhail Katja wieder abgenommen, beide hielten den Kindern abermals vorsichtshalber den Mund zu.

»Guten Morgen«, hörten sie Adam sagen, »was kann ich für Sie tun?«

»Wir suchen nach einem Mann, einer Frau und zwei Kindern«, sagte eine raue Männerstimme in bedrohlichem Ton.

»Ach ja? Nun, wir haben heute Morgen nur diese zwei reizenden Kundinnen im Laden.«

Mikhail stupste Nell mit dem Fuß an und begann lautlos von der Tür zurückzuweichen. Wenn dieser Mann da draußen ein Vampir war, würde er Adams Gedanken lesen und schnell genug herausfinden, wo sie waren. Sie mussten schleunigst weg von hier.

Eine steile Treppe führte ins obere Stockwerk, doch am Ende des Korridors konnte Mikhail im Halbdunkel eine Hintertür erkennen.

»Komm«, flüsterte er Nell zu, aber die schüttelte heftig den Kopf.

»Nein, sie sind zu dritt. Einer bewacht den Hinterausgang. Warte.«

Sie schlüpfte an ihm vorbei, trat an die Hintertür und zog leise den Schlüssel aus dem Schloss. Dann spähte sie kurz durchs Schlüsselloch. Katja an ihre Brust gedrückt, wandte sich Nell wieder zu Mikhail um. Sie begann lautlos zu zählen. Was machte sie da? Und woher wusste sie, dass draußen ein Mann stand? Aber er wartete stumm ab, während sein Blick unruhig zwischen Vorder- und Hintertür hin und her wanderte. Es konnten keine Vampire sein, sonst wären sie längst entdeckt worden. Aber gegen drei kampferprobte Vampirjäger hätten sie ebenfalls keine Chance, vor allem weil er unbewaffnet war. Er schaute sich um, aber auch jetzt fand er nichts, womit er sich, Nell und die Kinder hätte verteidigen können. Verdammt, er fühlte sich so hilflos. Wenn er doch bloß eine Pistole gehabt hätte ...

Nell zählte noch immer stumm vor sich hin. Ihr Mund formte die Zahl sechzehn.

Sie mussten sich verstecken. Er könnte sie vielleicht lange genug aufhalten, um Nell und den Kindern die Chance zu geben, sich oben in der Wohnung zu verstecken. Aber wer würde sie beschützen, wenn sie ihn besiegt hätten?

»Rasch«, flüsterte Nell und riss die Hintertür auf. Hatte sie nicht gesagt, dass dort ein Mann Wache stand? Kampfbereit trat Mikhail hinter ihr auf den Hof hinaus. Aber die Straße hinter dem Laden lag verlassen da; nur ein Pferdekarren kam langsam angefahren. Erleichtert ließ er den Blick über die umliegenden Häuser schweifen. Ob man ihnen dort Unterschlupf gewähren würde? Unwahrscheinlich. Sie mussten weg von hier, so schnell wie möglich. Zurück zum Cottage? Das hatten die Kerle bereits durchsucht, da würde man sie wahrscheinlich nicht vermuten. Aber sein Instinkt sprach vehement dagegen. Nein, sie mussten das Dorf verlassen.

»Komm Nell, wir müssen weiter«, drängte er, packte sie am Arm und versuchte sie nach links fortzuziehen, aber sie blieb stehen. »Nein, warte!« Nell zog ihn in die entgegengesetzte Richtung. »Schau, der Karren!«

Erst jetzt erkannte Mikhail, wer auf diesem Karren saß und das Pferd lenkte: Morag! Ein unmöglicher Zufall, wie er fand, aber darüber nachzudenken, blieb jetzt keine Zeit. Sie rannten auf den Karren zu. Morag zog an den Zügeln und deutete auf die Ladefläche, auf der unter einer hellen Plane einige Heuballen hervorschauten. Ohne Zögern nahm Mikhail Nell die Kleine ab, damit sie auf den Wagen klettern konnte. Dann reichte er ihr beide Kinder und kletterte hinterher.

Sie passten gerade so zwischen die Heuballen. Mikhail zog sorgfältig die Plane über sie alle und machte sie am Karrenrand fest. Dieser hatte sich bereits in Bewegung gesetzt. Mikhail hielt den Atem an. Blieb nur noch zu hoffen, dass sie unbemerkt aus dem Dorf herauskamen.

Als er sich zu Nell umdrehte, die beide Kinder auf dem Schoß hatte, fiel ihm auf, dass sie diese mit derselben Konzentration musterte, die er zuvor schon ein paarmal bei ihr bemerkt hatte. Dann stieß sie einen erleichterten Seufzer aus und ließ ihren Kopf an seine Schulter sinken.

»Wir werden unbemerkt aus dem Dorf herauskommen«, sagte sie müde und zog die Kinder fester an sich.

Woher konnte sie das wissen? Und wieso glaubte er ihr? Zum ersten Mal erlaubte er sich, die Gedanken zu dem soeben Geschehenen zurückschweifen zu lassen. Nell hatte gewusst, dass die Jäger kommen würden, noch bevor sie auftauchten. Hatte sie sie vielleicht die Straße raufkommen sehen? Aber dann hätten sie nicht mehr genug Zeit gehabt, sich in die Büsche zu schlagen. Und woher hatte sie gewusst, wann sie die Durchsuchung des Hauses aufgeben und sich auf den Weg zum Dorfplatz machen würden? Er hatte jedenfalls keine Verfolger bemerkt.

Sosehr er sich auch den Kopf darüber zerbrach, er

kam zu keinem Ergebnis. Dann fiel ihm der Vorfall auf dem Schiff wieder ein. Auch dort hatte Nell sie gewarnt, noch bevor die Attentäter überhaupt an Deck gekommen waren. Nell schien irgendwie zu wissen, was geschehen würde, noch bevor es geschah. Aber das war unmöglich, oder? Andererseits war seine Schwester eine Gedankenleserin, und er lebte seit zwei Jahren in engem Kontakt mit den Mitgliedern eines Vampirclans. Wenn einer wusste, dass Unmögliches möglich war, dann er, Mikhail.

Aber in die Zukunft sehen können?

Es musste eine andere Erklärung dafür geben. Und er würde Nell danach fragen, aber erst, wenn sie sicher hier raus waren. Er lauschte, doch kein Schrei ertönte, kein »Anhalten!«, und der Karren ratterte unbehelligt aus dem Dorf hinaus. Aber erst nachdem eine halbe Stunde vergangen war, fand Mikhail die Gelassenheit, sich über ihre nächsten Schritte Gedanken zu machen.

Sie brauchten ein neues Versteck. Und er hatte kaum Geld dabei. Den Beutel mit den Goldmünzen hatte er in der Eile natürlich im Cottage zurückgelassen.

Plötzlich fiel ihm ein, was schon die ganze Zeit vage an ihm genagt hatte: der eigenartige Vorfall letzte Nacht auf dem Dorffest. Nell hatte George und Lizzie weggestoßen und einen Lampion von einem Ast geschlagen und ausgetreten.

Als hätte sie gewusst, dass er auf George und Lizzie fallen würde ...

»Dieser Lampion hätte George und Lizzie verbrannt, stimmt's?«

Nells Kopf zuckte hoch, und ihre Augen schauten ihn im schummrigen Halbdunkel unter der Plane mit einem rätselhaften, fast ängstlichen Ausdruck an.

»Ja«, flüsterte sie schließlich.

19. Kapitel

Die beiden Vampire saßen tief in Gedanken versunken im Wohnzimmer, auf dem Tisch zwischen sich eine Karaffe mit rot funkelndem Blut. Die große Standuhr in der Eingangshalle zählte tickend die Sekunden.

»Vielleicht sollten wir zu ihm gehen. Vielleicht braucht er Hilfe«, sagte der große Osmane stirnrunzelnd. Sein Gefährte trug eine ähnlich grimmige Miene zur Schau, schüttelte aber den Kopf. Erneut senkte sich Stille über die grübelnden Männer. Beide horchten auf das Geräusch einer sich nähernden Kutsche, doch selbst ihre scharfen Vampirohren konnten nichts vernehmen.

»Vater?«

Große grüne Augen spähten durch einen Türspalt ins Zimmer, und Ismail sprang auf.

»Ah, gut, ihr seid nicht beim Trinken«, sagte Violet, die sich noch immer nicht an den Anblick bluttrinkender Vampire gewöhnt hatte. Sie war, wie sich jetzt zeigte, im Nachthemd.

»Warum bist du noch wach?«, sagte ihr Vater vorwurfsvoll, bot ihr aber fürsorglich seinen Stuhl an.

»Ich konnte nicht schlafen. Seit Catherine weg ist, kann ich nur schlecht schlafen, und jetzt auch noch Patrick … wann wird er wieder da sein?«

Alexander lehnte sich seufzend zurück. »Mach dir keine Sorgen um Patrick. Er ist ein starker Mann.«

Den Blick auf die Karaffe geheftet, strich sie mit den Fingerspitzen über das geschliffene Kristall. »Ein starker Vampir, meinst du ... Alexander, ich will mein Kind wiederhaben.«

In Alexanders Wange zuckte ein Muskel. »Patrick wird die Namen so oder so herausbekommen, und wenn wir alle diese Schurken erwischt haben, werden wir nach Mikhail schicken. Dann bekommen wir beide unsere Kinder wieder zurück. Du hast mein Wort.«

Das klang ermutigend – wären da nicht die Worte »so oder so« gewesen.

Delphine, die Vampirfrau, die Ismail nach ihrer Flucht aus der Bluttrinkerhöhle gefangen genommen hatte, hatte sich bei ihrem Sprung aus dem Fenster schwere Verletzungen zugezogen. Es hatte eine Weile gedauert, bis sie vernehmungsfähig gewesen war, doch sie weigerte sich, etwas über ihre Gruppe zu verraten. Patrick wollte nicht darüber reden, aber Violet wusste, was jetzt geschehen musste: Wenn Delphine nicht freiwillig Auskunft gab, würde Patrick sie als Clanführer dazu zwingen müssen.

Aber ein gewaltsames Eindringen in die Gedanken eines anderen war nichts gegen das, was Violet und ihrem Kind zugestoßen wäre, wenn Delphine und ihre Komplizen Erfolg gehabt hätten. Trotzdem, Violet schreckte vor der Vorstellung zurück. Angelica hatte ihr verraten, dass ein Mensch (auch ein Vampir) schwachsinnig werden konnte, wenn man seinem Verstand zu sehr zusetzte.

Dabei ging es Violet weniger um Delphines Schicksal,

als vielmehr darum, wie sehr es Patrick belasten musste, der strikt gegen das – zumindest unerlaubte – Gedankenlesen war. Selbst wenn dieser Jemand es nicht anders verdient hatte.

Auf einmal stieg ihr der Duft von Heidekraut und schottischer Bergluft in die Nase, und Violet sprang auf.

»Er kommt!«

20. Kapitel

Die Sonne drang zwischen dicken Ästen hindurch auf den Waldboden, und unheimliche Schatten tanzten auf dem schnell dahinratternden Karren. Nell tat der Rücken weh vom langen Aufrechtsitzen auf der Sitzbank, die keine Lehne besaß. Trotzdem war sie froh um die frische Luft hier vorne. Sie war Morag dankbar dafür, dass sie sich nach hinten zu den Kindern gesetzt hatte. Der Karren holperte über Schlaglöcher, und Nell wurde ordentlich durchgeschüttelt. Sie warf einen verstohlenen Blick auf Mikhail, der neben ihr saß und die Zügel lose in der Hand hielt. Wäre da nicht sein grimmig zusammengepresster Mund gewesen, man hätte fast glauben können, er mache eine Spazierfahrt, so locker und entspannt saß er auf dem Kutschbock.

Warum sagte er nichts? Nell rutschte unruhig hin und her. Er hatte kein Wort gesagt, kein Einziges. Nichts mehr, seit er ihr diese ominöse Frage gestellt hatte: »*Dieser Lampion hätte George und Lizzie verbrannt, oder?*«

Und sie hatte *ja* gesagt! Beim Barte des Salomon, warum hatte sie nicht *nein* gesagt? Ein kleines Wörtchen und alles wäre anders gewesen. Aber wahrscheinlich glaubte er ihr sowieso nicht. Oder hielt sie für geistesgestört. Oder er glaubte ihr doch … O Gott, was hatte sie nur getan?

Sie schluckte den Kloß herunter, der ihr im Hals saß, und fragte: »Wohin fahren wir?«

Mikhail schaute sie nicht an, ja schien es nicht der Mühe wert zu befinden, sie auch nur zur Kenntnis zu nehmen. Undankbarer, grober Kerl! Es war doch nicht *ihre* Schuld, dass sie mit diesem Fluch behaftet war! Es war nicht *ihre* Schuld, dass sie hier draußen waren und von wer weiß wem verfolgt wurden! Eigentlich eine *Frechheit*, dass er sie so einfach links liegen ließ! Selbst wenn er möglicherweise ein bisschen unter Schock stand ... Aber *sie* war doch diejenige, die völlig unschuldig in diesen ganzen Schlamassel hineingezogen worden war! *Sie* war diejenige, die – schon zum zweiten Mal! – auf der Flucht war. Auf der Flucht vor irgendwelchen verrückten, messerwetzenden Halunken, die sie ermorden wollten! Ihre einziger Fehler war, dass sie diesem undankbaren Kerl hatte helfen wollen!

Nachdem sie sich so in Rage gedacht hatte, fuhr Nell ihn unversehens an: »Wie kannst du es wagen! Wie kannst du es wagen, mich um Hilfe zu bitten und mich in Lebensgefahr zu bringen, um mich dann einfach so zu ignorieren? Du schuldest mir eine Erklärung!«

Als er sie nun ansah, war der Ausdruck in seinen Augen derart gequält, dass Nell erschrak. Da wandte er den Kopf rasch wieder ab, aber Nell konnte das Zucken seines Wangenmuskels sehen, das ihr verriet, wie viel Selbstbeherrschung er aufbieten musste, um seine Gefühle zu verbergen.

»Verzeih mir, Nell«, sagte er mit einer Stimme, der man es anmerkte, wie wütend er auf sich selbst war. Nells Zorn schwand. »Ich hätte dich nie in diese Sache hineinziehen dürfen, es war egoistisch von mir. Ich habe nur an die Kinder gedacht. Dabei hätte ich wissen müssen, was das für dich bedeutet. Ich war arrogant. Ein arroganter Narr.«

Nell wandte das Gesicht von ihm ab, starrte wie benommen nach vorne. Sie wusste nicht mehr, was sie fühlen sollte. Sie hatte in den letzten paar Stunden einen wahren Gefühlssturm erlebt: Erleichterung, Bedauern, Angst, Panik, Wut und jetzt ... jetzt wusste sie nicht mehr weiter. Am liebsten hätte sie sich abgeschottet, zugemacht, nichts mehr gefühlt, nur eine Zeitlang, um ihren strapazierten Nerven ein wenig Erholung zu gönnen.

»Hör auf damit. Du liebst die Kinder, daran ist nichts Falsches oder Arrogantes ... Tut mir leid, dass ich so ausfallend geworden bin. Ich ... Es war kein leichter Vormittag.«

Mikhail stieß ein seltsam hohles Lachen aus.

»Du hast ein viel zu gutes Herz, Nell. Und leider werde ich deine Gutmütigkeit und Freundlichkeit noch ein wenig mehr ausnützen müssen.«

Was hatte das nun wieder zu bedeuten? Nell runzelte die Stirn. »Was meinst du damit?«

»Die Männer, die hinter uns her sind, werden nicht aufgeben, Nell. Sie wollen die Kinder töten und dabei werden sie jeden beseitigen, der sich ihnen in den Weg stellt.«

Mikhail schaute sie durchdringend an, als wolle er ihr mehr als das, was er gerade gesagt hatte, begreiflich machen.

»Sie sind zum Cottage gekommen. Sie sind in dein Dorf gekommen, in dein Heim eingedrungen ... Sie wissen, wer du bist, Nell. Selbst wenn wir uns trennen würden – sie sind jetzt auch hinter dir her.«

Selbst wenn wir uns trennen würden. Es war ein Schock für Nell festzustellen, dass sie eine Trennung von ihm und den Kindern überhaupt nicht in Betracht gezogen hatte. Er dagegen schon, wie es schien. Aber, wie er soeben erklärt hatte, diese Möglichkeit bestand nun ohnehin nicht mehr. Der Teufel musste ihr wohl einen Streich spielen, denn sie war erleichtert. Erleichtert, dass sie diese verrückten Attentäter nicht loswerden, sich nicht von den Kindern – und von Mikhail! – würde trennen müssen. Wer war hier eigentlich der Verrückte?

»Nell? Begreifst du, was ich damit sagen will?«

Sie ignorierte die Frage. Es störte sie, dass er ihrer ersten Frage auswich. Also stellte sie sie erneut: »Wohin fahren wir?«

Nell schwante nichts Gutes, als sie merkte, wie er sich bei dieser Frage versteifte.

»Nach Shelton Hall, dem Landsitz meiner Familie. Aber zuerst werden wir an der nächsten Poststation den Karren gegen Reitpferde eintauschen.«

Nell wartete darauf, dass er weitersprach, aber er schwieg.

»Also gut, das klingt vernünftig. Wie weit ist es nach Shelton Hall?« Nell wusste selbst nicht, wieso sie sich immer noch so unbehaglich fühlte.

»Etwa zwei Tagesritte.«

Wieder so eine kurze, fast rüde Antwort. Was war los mit ihm?

»Das klingt ganz harmlos. Wieso habe ich dann trotzdem das Gefühl, dass du mir was verschweigst? Machst du dir Sorgen, dass sie uns folgen könnten?«

Mikhail schaute sie grimmig an. »Ich hoffe es sogar.«

»Du hoffst, dass sie uns verfolgen?«

Die Ereignisse dieses Tages schienen ihm mehr zugesetzt zu haben, als sie gedacht hatte, denn sie konnte sich beim besten Willen nicht vorstellen, wieso er so etwas wünschen sollte.

»Euch werden sie nicht finden, Nell. Du und die Kinder, ihr werdet längst fort sein.«

»Längst fort sein ...«, wiederholte sie wie betäubt.

»Wenn wir auf Shelton angekommen sind, werdet ihr, du und Morag, die Kinder nehmen und nach London weiterreisen.«

Nach London? Nell ging plötzlich ein Licht auf.

»Nein!«, rief sie erregt. »Nein, das kommt überhaupt nicht in Frage! Du wirst uns nicht verlassen, du wirst nicht zurückbleiben! Bei den Elefanten des Maharadschas, Mikhail, du hast vor, dich ihnen zu stellen, nicht wahr?«

Der Karren ratterte um eine Kurve, und vor ihnen tauchte eine Postkutschenstation auf.

»Ich muss sie aufhalten, Nell. Wir haben einen kleinen Vorsprung, aber sie werden uns früher oder später einholen. Wahrscheinlich haben sie bereits jemanden in der Gegend um Shelton Hall postiert, der das Anwesen beobachtet. Ich kann nicht riskieren, dass sie uns einen Hinterhalt legen, solange die Kinder noch bei uns sind.«

»Dann vergiss Shelton Hall! Komm sofort mit uns nach London!«

»Genau das werden sie erwarten. Ich kann nicht riskieren, dass sie uns einholen. Ich habe ja nicht einmal ein Messer, um uns zu verteidigen! Ich bin vollkommen unbewaffnet. Nein, wir fahren nach Shelton Hall, Nell. Wir werden ihnen vormachen, dass wir alle dort sind. Das Personal ist äußerst loyal, die meisten stehen schon ein Leben lang im Dienst meiner Familie. Sie werden uns helfen. Du und Morag, ihr verkleidet euch als Dienstmägde und schmuggelt die Kinder aus dem Haus. Das sollte nicht allzu schwer werden: die kleine Katja in einem Einkaufskorb, Mitja unter einem Mantel oder etwas Ähnlichem. Ich habe zwei Tage Zeit, um mir alles genau zu überlegen. Es wird klappen. Es muss.«

Er klang vollkommen überzeugt, und Nell glaubte ihm. Es war kein schlechter Plan, aber begeistert war sie nicht. Er wollte zurückbleiben und sich den mörderischen Attentätern stellen!

Sie hatten die Poststation nun beinahe erreicht. Schon bald würden sie den Eselskarren gegen Pferde eintauschen und nach Shelton Hall weiterreiten. Nell bekam einen Anflug von Panik. »Aber wie willst du mit drei bewaffneten Männern fertig werden?«

»Ich werde nicht allein sein, Nell. Es gibt jede Menge fähiger Männer auf Shelton Hall, die mir beistehen werden.« Mikhail lächelte sie an, aber das konnte ihre Ängste nicht beschwichtigen. Wenn Mikhail sich und seiner Männer so sicher war, warum schickte er sie und die Kinder dann weg?

»Und wohin sollen wir?«

»Ihr fahrt zum Haus meiner Schwester. Ihr Mann wird euch beschützen.«

»Ich verstehe ...« Und das tat sie. Er wollte sein Leben für sie und die Kinder riskieren, um ihnen einen Vorsprung zu verschaffen. Und es gab nichts, das sie sagen konnte, um ihn umzustimmen. Sie versuchte eine andere Taktik. »Und was ist, wenn wir es nicht bis London schaffen? Wenn sie nicht auf den Schwindel hereinfallen? Wäre es nicht sicherer für uns, bei dir zu bleiben?«

Mikhail zog an den Zügeln, brachte den Karren vor der Poststation zum Halten. Dann schaute er sie an.

»Ihr werdet London wohlbehalten erreichen, Nell.«

Er legte seine Hand an ihre Wange und Nell zuckte ein wenig zusammen. Sie spürte, wie ihr die Tränen kamen. Sie legte ihre Hand auf die seine und schloss kurz die Augen.

»Wie kannst du da so sicher sein?«

»Ich bin mir sicher, Nell, weil ich weiß, wie klug und tapfer du bist.« Er legte den Finger unter ihr Kinn und zwang sie, ihn anzusehen. In seinen blauen Augen stand keinerlei Anschuldigung, keinerlei Vorwurf. Mit einem Ausdruck von Dankbarkeit flüsterte er: »Und weil du ein Talent hast, das es dir ermöglicht, Dinge zu sehen, bevor sie geschehen.«

21. Kapitel

Die Kerzen warfen flackernde Schatten über die goldverzierten Möbel und die kostbaren Berberteppiche, mit denen das private Empfangszimmer ausgestattet war. Patrick war schon einmal hier gewesen, hatte sich mit der Gastgeberin die Zeit vertrieben, aber das war lange, bevor er seine Frau kennen gelernt hatte. Vielleicht war das der Grund, warum heftige Schuldgefühle an ihm nagten, als nun sein Blick auf die beiden Knaben fiel, die sich ängstlich hinter einen Diwan kauerten. Beide waren beinahe nackt, trugen lediglich etwas, das wie ein Lendenschurz aussah, und beide trugen eiserne Fußfesseln. Sie konnten nicht älter sein als höchstens sechzehn, Opfer eines krankhaften Appetits.

Angetrieben von seinem Rachedurst, begannen seine Fangzähne zu wachsen, bohrten sich in seine Unterlippe. Es roch nach Angstschweiß, Blut und Sex. Der Angstgeruch kam von den Knaben, die ihm nicht in die Augen schauen konnten. Und die anderen Gerüche kamen aus dem Nachbarzimmer, dem Schlafgemach, wie er wusste.

Dafür würde Rosalyn bezahlen. Sie hatte ihren Eid verraten. Sie hatte diesen Jungen und wer weiß wie vielen anderen Schreckliches angetan. Dafür musste sie bestraft werden. Und er, Patrick, litt darunter. Denn er kannte sie, er war ihr Clanführer ... Er hätte es wissen müssen. Er hätte spüren müssen, dass etwas nicht stimmte.

Eine Bewegung hinter ihm kündigte die Ankunft von Ismail an. Als dieser die kauernden Knaben erblickte, nahmen seine Augen einen dunklen, bedrohlichen Ausdruck an. Er wollte etwas sagen, doch Patrick legte den Finger auf die Lippen und wies auf die Innentür. Ismail fletschte die Zähne, nickte aber und deutete zuerst auf die Jungen, dann auf seinen Kopf. Patrick verstand: Die Knaben mussten fortgebracht werden, und dann sollte jemand das Erlebte aus ihrem Gedächtnis löschen, damit man sie nach Hause schicken konnte.

Mit einem freundlicheren Ausdruck trat Ismail auf die Knaben zu, die Hände in einer Geste des Friedens ausgebreitet. Die Knaben duckten sich erschreckt, und einer von ihnen wimmerte wie ein verletztes Tier. Patrick dagegen schritt lautlos auf die Innentür zu, dorthin, von wo der Blutgeruch kam. Seine Haltung war täuschend locker. An der Türe befanden sich Schnitzereien von Putten, eine Analogie, deren Ironie Patrick keineswegs entging. Lautlos stieß er die Tür auf und ließ den Blick über die vor ihm liegende Szene schweifen.

Die beiden nackten Vampire waren über einen dritten Jungen gebeugt und saugten ihm gierig das Blut aus. Patrick schnupperte. Der Junge war bereits tot, wie er erkannte; das gierig saugende Paar war fast am Ende.

Patrick spannte die Muskeln unter seinem dunklen Mantel an und handelte dann ohne Vorwarnung. Die beiden waren die Letzten auf der Liste derer, die Delphine ihm unter Zwang genannt hatte. Und es bestand keinerlei Zweifel an der Schuld des Pärchens, ebenso wenig wie an der Schuld der anderen.

Solche Monster hatten in seinem Clan nichts zu suchen. Sie hatten auf dieser Welt nichts zu suchen. Die Menschen besaßen ihre Polizei, um ihren Gesetzen Geltung zu verschaffen. Er war der Richter seiner Leute. Es war seine Pflicht, ebenso wie Ismails, Alexanders und Isabelles, die Welt vor diesen Mördern zu beschützen.

Der männliche Vampir, Federico, ein Besucher aus dem südlichen Clan, bemerkte ihn als Erster. Sein Kopf zuckte hoch, sein Mund triefte vor Blut, und seine Augen blickten ihn rotfunkelnd an. Federico fauchte wie ein Tier. Da zuckte auch Rosalyns Kopf hoch. Ihre schwarzen Augen weiteten sich vor Schreck.

Gut, wenigstens eine, die genug Verstand hat, um sich zu fürchten.

»Ihr habt gegen unsere Gesetze verstoßen.«

Federico erlaubte ihm nicht weiterzureden. In seinem Blutrausch stürzte er sich auf Patrick. Aber dieser hatte den Angriff erwartet, trat leichtfüßig beiseite und packte den Vampir beim Kopf. Ein Ruck, und das Genick des Vampirs brach mit einem hässlichen Knirschen.

Das einzige Geräusch im Raum war Rosalyns Keuchen. Patrick trat einen Schritt zurück und zog das Schwert, das er sich an seinen Gürtel geschnallt hatte, Rosalyn immer im Auge behaltend. Dann holte er aus, die Klinge blitzte, und der Kopf seines Gegners rollte blutspritzend über den Fußboden.

Rosalyn tat keinen Mucks, aber ihre Augen huschten mit einem panischen Ausdruck zwischen der Leiche des Jungen und Federicos Kopf hin und her.

Des Schwert gesenkt, dessen bluttriefende Spitze über den cremeweißen Teppich schleifte, trat Patrick auf Rosalyn zu. Rosalyn hob abwehrend die Arme und wich auf dem Bett zurück.

»Wir haben nichts Falsches getan. So sind wir, es liegt in unserer Natur!«, rief sie heiser.

Patrick hörte gar nicht hin. Er hatte jenen Teil seines Gehirns, der Mitleid, Bedauern, Schuldgefühle empfand, abgeschaltet, jenen Teil seines Gehirns, der fühlte. Er war Clanführer. Er war für das Wohlergehen seiner Leute verantwortlich. *Sie* war eine Gefahr für seine Leute. Mehr gab es nicht zu sagen.

»Nicht! Warte! Dafür wurden wir geschaffen! Begreif doch, wir haben keine Wahl, das ist, was wir sind!«, flehte Rosalyn und wich noch weiter zurück. »Was ist mit dem, was zwischen uns war? Hat das denn gar keine Bedeutung für dich?«

Er war nur noch wenige Schritte von ihr entfernt. »Du wusstest vorher, was für Konsequenzen dein Handeln hat. Du hast Unschuldige getötet und den ganzen Stamm in Gefahr gebracht. Deine Hinrichtung kann hier und jetzt oder später vor dem gesamten Clan stattfinden. Du hast die Wahl.«

Rosalyn fletschte die Zähne und fauchte.

»Sie werden kommen! Sie werden dich kriegen, dich und deine hübsche kleine Frau. Du wirst ihnen nicht entkommen!«

Patrick zuckte nicht mit der Wimper. »Deine Freunde sind alle tot, Rosalyn. Entscheide dich.«

»Nein!«, kreischte Rosalyn und ging ihm mit gezückten Krallen an die Kehle. Patrick wich aus, doch ihre scharfen Fingernägel erwischten ihn noch und hinterließen tiefe Kratzer auf seiner Brust. Rein instinktiv warf Patrick sie aufs Bett zurück und trat mit dem Fuß auf ihre Kehle. Rosalyn bäumte sich auf, strampelte, doch als sie merkte, dass es nichts nützte, ließ sie die Arme sinken und blieb still liegen.

Als Patrick sich kurz darauf vom Bett erhob, stand Alexander in der Tür und schaute ihn an. Patricks Hemd war blutbespritzt und zerrissen, aber seine Hände zitterten nicht.

»Es ist vorbei.« Alexander trat um Patrick herum und zog das blutige Schwert aus Rosalyns Herzen. »Ich werde Kiril bitten, die Leichen zu beseitigen.«

Patrick nickte. Er hatte getan, was er tun musste. Die Welt war jetzt wieder ein sichererer Ort.

»Patrick?« Alexander musterte seinen Freund ohne Anklage.

»Ich werde eine Clansversammlung einberufen«, verkündete Patrick. Sein Blick fiel unwillkürlich auf die Leiche des Knaben. »Delphine soll vor aller Augen angeklagt und verurteilt werden. Und alle, die mit den *Wahren Vampiren* sympathisieren, sollen sehen, dass wir unsere Gesetze ernst nehmen und jeden bestrafen, der sie bricht.«

»Wir werden an deiner Seite sein«, versprach Alexander. Dann seufzte er. »Es wird Zeit, nach Mikhail zu schicken.«

Mikhail. Patrick nickte. Er schuldete dem Cousin seiner Frau eine ganze Menge. Hoffentlich gelang es ihnen, Mikhail in Shelton Hall zu kontaktieren. Er wollte seine kleine Catherine so schnell wie möglich wiederhaben. Seit sie fort war, hatte er das Gefühl, als würde ein Teil von ihm fehlen. Aber jetzt war alles gut. Die Gefahr war vorüber.

Die drei machten sich auf den Weg nach Hause.

22. Kapitel

Der Himmel war bereits von einem rosa Hauch überzogen, als Mikhail Nell die Tür des Zimmers im ersten Stock des Gray Goose Inn aufhielt.

»Bist du sicher, dass das eine gute Idee ist?« Beide Kinder auf dem Arm trat Nell ein. Ihre Arme zitterten vor Anstrengung, was Mikhails scharfen Augen nicht entging.

»Du bist erschöpft, Nell. Aber keine Sorge, wir bleiben nicht lange.«

Um die Wahrheit zu sagen, war Mikhail sich keineswegs sicher, ob es eine gute Idee war, hier Rast zu machen. Aber sie hatten einen langen, anstrengenden Ritt durch dichte Wälder hinter sich, und er hatte schon vor ein paar Stunden gesehen, dass Nell den kleinen Mitja kaum noch halten konnte. Er hatte ihr den Jungen abgenommen, aber mit zwei Kindern vor sich im Sattel war das Reiten weder bequem noch sicher. Sie brauchten alle dringend eine Rast.

»Aber wenn sie uns nun einholen?«, sagte Nell besorgt, setzte sich aber gleichzeitig mit einem erschöpften Seufzer aufs Bett und legte die Kinder ab.

»Das werden sie nicht. Und jetzt ruh dich aus, Nell. Ich schicke Morag zu dir und kümmere mich derweil um den Pferdewechsel.«

Natürlich war es möglich, dass man sie einholen könnte,

aber dieses Risiko musste er eingehen. Besser, sie wurden hier überrascht, wo er sich ein Küchenmesser oder irgendeine andere Waffe aus der Küche beschaffen konnte, als mitten im Wald. Aber dass er sich derartige Gedanken machte, brauchte Nell ja nicht zu wissen. Das wichtigste war, dass sie sich jetzt entspannte, sonst würde sie nicht schlafen können. Ein, zwei Stunden, nahm er sich vor. Und dann würden sie bis zum nächsten Sonnenuntergang keine Pause mehr machen.

Das Wechseln der Pferde hatte mehr Zeit in Anspruch genommen, als Mikhail vermutet hätte. Mehr als eine Stunde war bereits vergangen, als er sich schließlich – um seine silberne Taschenuhr erleichtert, die er für die Pferde, das Zimmer, etwas zu essen und ein paar Münzen eingetauscht hatte – mit einer Schale Suppe auf den Weg nach oben zu Nell machte.

Morag folgte ihm langsam. Was für eine ungewöhnliche Frau sie war! Gerade zum rechten Zeitpunkt war sie mit diesem Eselskarren aufgetaucht und hatte sie gerettet. Und anschließend hatte sie sich ohne Zögern auf eins der Pferde geschwungen, die sie auf der Postkutschenstation gemietet hatten. Sie war erstaunlich zäh für ihr Alter.

Mikhail betrat den Raum und sah Nell und die Kinder im Schein einer einzelnen Kerze friedlich auf dem Bett liegen. Er lächelte. Mitja und Katja hatten sich an Nell gekuschelt, aber ihre Augen waren offen, und sie schliefen nicht. Dennoch waren sie ganz still, so still wie selten. Obwohl sie einen Mordshunger haben mussten, hatten sie doch seit Stunden nichts mehr zu essen bekommen.

Mikhail fiel ein, dass er die Köchin um etwas Milch und Gemüsebrei für die Kinder gebeten hatte und trat auf das Bett zu, um seine Nichte und seinen Neffen an sich zu nehmen. Aber Morag war schneller.

»Ich muss sie füttern«, flüsterte er, um Nell nicht zu wecken. Obwohl – hier lag eine Frau vor ihm, die man nur mit einem Tamburin oder einem Krug kaltem Wasser wach bekam. Abermals musste er lächeln. *Unglaublich*.

Morag nahm stumm die Kinder auf die Arme und verschwand. Mikhail zögerte, als er ihre Schritte die Treppe hinunter verschwinden hörte. Sollte er ihr nachgehen? Nein, sie konnte so gut mit den Kleinen umgehen, er konnte das Füttern ihr überlassen. Mikhail stellte die Schale Suppe auf einem kleinen Holztisch in der Ecke ab, trat dann ans Bett und setzte sich.

»Nell.« Er rüttelte sie an der Schulter, und zu seinem Erstaunen schlug sie sogleich die Augen auf. »Na, das ging ja leicht.«

Sie blinzelte. »Ich habe nicht geschlafen, nicht richtig.«

Mikhails Blick richtete sich sehnsüchtig aufs Bett. Wie gerne hätte auch er sich einen Augenblick hingelegt! Aber das durfte er nicht, er musste wachsam bleiben und aufpassen. Er trat ans Fenster und schaute auf die verlassene Landstraße hinunter, die im Zwielicht lag.

»Das musst du mir irgendwann mal erklären, wie du es schaffst zu schlafen ohne zu schlafen, aber jetzt solltest du wirklich versuchen, ein bisschen richtigen Schlaf zu kriegen, Nell.«

Sie setzte sich auf. Mikhail kam sie ein wenig munterer vor als noch vor einer Stunde. Aber es überraschte ihn nicht, dass sie nicht auf ihn hörte. Wann hörte sie schon mal auf ihn ...

»Du musst dich auch ausruhen.«

»Mir geht's gut, keine Sorge.« Er schenkte ihr sein jungenhaftestes Lächeln, das nie versagte, wenn es galt, jemanden charmant abzuweisen. Nell runzelte die Stirn. Wieso fiel ausgerechnet sie nicht auf das herein, was andere nie hinterfragten?

»Du bist müde, Mikhail.« Sie erhob sich und trat zu ihm hin. »Schlaf ein bisschen.«

Ihre Frisur hatte sich aufgelöst, und ihre Haare hingen ihr über Schultern und Rücken. Wie kam es, dass sie in diesem zerzausten, müden, staubigen Zustand so unwiderstehlich aussah? Er musste an ihre gemeinsame Nacht denken, wie sie sich anschließend an ihn gekuschelt, ihren Kopf auf seine Schulter gebettet hatte und eingeschlafen war ... Das war so, so ... Es spielte keine Rolle, wie es war!

Nell liebte George. Hatte ihn immer geliebt. Und wenn das alles hier vorbei war, würde sie zu ihm zurückkehren. Vorausgesetzt, der Kerl hatte den Mut sich von seiner offensichtlich unpassenden Frau scheiden zu lassen.

»Ich kann nicht sehr weit sehen. Zumindest weiß ich nicht, ob ich das kann. Aber ein paar Stunden kann ich uns, denke ich, verschaffen. Ein paar Stunden Rast.«

Mikhail brauchte einen Moment, bis er begriff, was sie damit meinte. Überrascht riss er die Augen auf. Sie erwiderte seinen Blick mit ernster Miene. Er konnte sehen, wie viel es sie gekostet hatte, das zu sagen.

Er hatte so viele Fragen über ihr Talent, er wusste gar nicht, wo er anfangen sollte.

»Kannst du es denn kontrollieren?«

Sie zuckte traurig mit den Schultern. Wieso war sie so traurig? Er verstand das nicht.

»Manchmal passiert es einfach so. Aber normalerweise ... ja, da kann ich *voraussehen*, wann ... wann ich es will.«

Mikhail wünschte, er würde ihr Zögern verstehen, würde verstehen, was sie damit meinte, aber er hatte ja keine Ahnung, wie es war, in die Zukunft sehen zu können.

»Was ... Ich meine, wie funktioniert es?«

Nell schloss seufzend die Augen. »Ich weiß nicht, Mikhail. Ich konzentriere mich, und die Zeit verlangsamt sich, bis sie schließlich stillsteht. Alles ist wie erstarrt, wie festgefroren. Und dann scheint die Zeit vorwärtszurasen; meistens sehr schnell. Stimmen und Geräusche, alles verschwimmt, meist kann ich nicht verstehen, was gesagt wird, aber ich kann sehen, was geschieht. Aber es geht alles so schnell ... Ich weiß nicht, wie ich's anders erklären soll.«

»Das reicht schon, du musst nicht mehr sagen.«

Sie schaute an ihm vorbei, aus dem Fenster, auf die Landstraße. Er sah, wie ihre Augen schmal wurden. Konzentrierte sie sich? Erstarrte jetzt alles, auch er? Ein beunruhigender Gedanke.

»Zwei Männer werden die Herberge verlassen, aber niemand sonst kommt«, erklärte Nell einen Moment später. »Ich weiß nicht, wie weit ich vorausgeschaut habe, es ist schwer für mich, die Zeit einzuschätzen, aber eine Stunde war es mindestens.« Unsicher schaute sie zu ihm auf.

Da kam ihm der Gedanke, dass ihr das Hellsehen vielleicht Schmerzen bereiten könnte. Er nahm ihre Hand. »Es tut doch nicht weh, oder?«

»Was?« Ihr Blick huschte von seinem Gesicht zu seiner Hand, die die ihre umfasst hielt. »Was meinst du?«

Vielleicht versuchte er ja mehr in ihre Miene zu interpretieren, als vorhanden war. Er war erschöpft, und ja, er brauchte dringend Schlaf.

»Es ist nichts. Geh und leg dich wieder hin, ich werde mich auf den Stuhl setzen.«

Nell nickte und trat aufs Bett zu. Ihr Blick fiel auf den kleinen Stuhl in der Ecke. »Dort wirst du kaum schlafen können.«

Er hätte ihr gerne widersprochen, aber sie hatte recht: der kleine wackelige Stuhl schaute nicht im Geringsten einladend aus. »Na gut, dann lege ich mich eben auf den Fußboden.«

»Ach, bei den Hunnen und ihren Rössern! Das Bett ist groß genug für uns beide. Jetzt ist nicht die Zeit für irgendwelche Empfindlichkeiten. Wir sind auf der Flucht vor Mördern!«

Mikhail wusste zwar nicht, was die Hunnen oder ihre Rösser mit dieser Sache zu tun hatten, sah aber ein, dass sie recht hatte. Sie hatten ohnehin kaum Zeit zum Ausruhen. Er würde sich also zu ihr aufs Bett legen und sein Bestes tun, sie nicht zu beachten. So schwer konnte das nicht sein, er war hundemüde und hätte einen ganzen Tag durchschlafen können, wenn er nur gedurft hätte.

Er zog seinen Mantel aus und ließ ihr einen Augenblick Zeit, um sich einzurichten, dann trat er um das Bett herum und ließ sich auf der Bettkante nieder. Die Matratze gab unter seinem Gewicht nach. Er schwang die Füße aufs Bett und legte sich hin, wobei er ihr aus Rücksicht den Rücken zudrehte. Und so lag er dann und schaute blinzelnd ins Halbdunkel. Er konnte ihre Wärme im Rücken spüren, verlockend, betörend. Ihr Haar roch wie immer nach Rosen. Er schloss fest die Augen und hoffte, möglichst schnell einzuschlafen.

Was auch geschah.

Nell fuhr erschrocken aus dem Schlaf auf und schaute sich verwirrt in dem vom Mond beschienenen Zimmer um. Wie lange hatte sie geschlafen? Sie hatte nicht allzu weit in die Zukunft geblickt, womöglich schlichen die Mörder in diesem Moment zu ihrem Zimmer hinauf! Und wo waren die Kinder? *Wo waren die Kinder!*

Panisch sprang sie aus dem Bett und stolperte zum Fenster. Da sie ganz auf die leere Landstraße konzentriert war, dauerte es einen Moment, bis Mikhails Stimme zu ihr durchdrang.

»Nell? Ah, du bist wach! Ich hatte schon Angst, ich müsste dir wieder einen Krug Wasser über den Kopf schütten.«

Nell hätte bei der Erinnerung an diesen Vorfall normalerweise gelächelt, aber jetzt war ihr nicht nach Lächeln zumute. Verwirrt schaute sie sich zu Mikhail um, der soeben das Zimmer betrat. Hatte er nicht gerade noch neben ihr gelegen? Doch, das hatte er! Sie wusste genau, sie hatte den Atem angehalten, um nicht seinen vertrauten Geruch einatmen zu müssen, um nicht zu hoffen, er würde sich umdrehen und sie in die Arme nehmen. Verzweifelt hatte sie sich vorgestellt, überall zu sein, bloß nicht hier, im Bett mit ihm ... Ja, das wusste sie noch ganz genau, also hatte er *bestimmt* neben ihr gelegen!

»Seit wann bist du auf? Konntest du nicht schlafen?« Erst jetzt bemerkte sie, dass er einen Krug Wasser in der Hand hielt. Sie hob missbilligend die Braue. Er hatte also tatsächlich vorgehabt, ihr das Wasser über den Kopf zu schütten, dieser Flegel!

»Doch, aber nicht lange. Unsere Stunde ist fast um. Morag ist unten bei den Kindern. Ich fürchtete zuerst, wir müssten auf die Morgendämmerung warten, aber wir können gleich weiterreiten. Die Wolkendecke ist aufgerissen, der Himmel ist klar, und der Mond scheint hell.«

»Hell genug, um uns einen Vorsprung zu verschaffen, wenn wir gleich weiterreiten?«, vermutete sie.

»Einen Vorsprung? Nein, Nell. Wenn's für uns hell genug zum Reiten ist, ist es auch hell genug für die anderen.«

Natürlich, was sonst. Ihre Verfolger würden kaum so rücksichtsvoll sein, eine Pause einzulegen, so dass sich ihre Opfer eine Nacht Schlaf erlauben konnten.

Erst jetzt spürte Nell, wie ihr die Beinmuskeln vom Reiten wehtaten. Und gleich ging es weiter! Sie schnitt eine Grimasse. Keine verlockende Aussicht.

»Na gut, wenn ich ein wenig von dem Wasser benutzen kann, das du fürsorglicherweise mitgebracht hast, werde ich mich ein wenig frisch machen, dann können wir los«, erklärte sie resolut.

»Du kannst so viel haben wie du willst.« Mikhail grinste. Dann wies er mit einer Kopfbewegung auf das kleine Tischchen. »Ich habe dir zuvor eine Schale Suppe gebracht. Wird jetzt wahrscheinlich kalt sein, aber du solltest sie trotzdem essen, du brauchst die Stärkung.«

Der Nachtwind pfiff ihr kalt ins Gesicht, und Nell war froh darüber. Eigentlich hätte sie jetzt, wo sie wieder auf einem Pferderücken saß und auf der Flucht war, hellwach sein müssen, aber das war nicht der Fall – trotz einer Schale lauwarmer Suppe und einer erfrischenden Katzenwäsche. Sie hatte das Gefühl, irgendwie entrückt zu sein, als wäre sie nicht ganz da. Als säße eine fremde Person auf der braunen Stute und hielte ein Baby in ihren Armen, den Blick auf den vor ihr reitenden Mann gerichtet.

War es das, was mit den Menschen im Krieg geschah? Ihr Vater hatte ihr seine Theorien oft genug auseinandergesetzt. Er meinte, wenn Menschen in eine sehr schwierige, gefährliche oder ausweglose Situation gerieten, würde sich ein Schalter in ihrem Gehirn umlegen und eine Art Verteidigungsmechanismus aktiviert. Das Bewusstsein des Menschen zog sich in sich selbst zurück, und er wurde zum reinen Beobachter in seinem eigenen Körper.

War es das, was jetzt mit ihr geschah?, fragte sich Nell. Sie hoffte nicht. Immerhin befanden sie sich nicht im Krieg. Und sie waren sicher – zumindest vorläufig, für mindestens eine Stunde. Sie hatte nachgesehen.

Und selbst wenn Mikhail seine Nacht mit ihr inzwischen zu bereuen schien, was hatte das schon zu bedeuten? Was machte es, dass er den Vorfall mit keinem Wort mehr erwähnt hatte und auch das Bett in dem Gasthof nicht mit ihr hatte teilen wollen, obwohl er dringend

Schlaf gebraucht hatte? Es war besser so. Er war schließlich ein wohlhabender Gentleman. Und sie? Sie war mit einem Fluch behaftet.

»Nell.« Mitja drehte sich zu ihr um und schaute sie mit seinen großen Kinderaugen an. Nell blinzelte gerührt. Bei Romulus und Remus! Wie konnte sie Trübsal blasen, wo diese beiden kostbaren Kleinen noch in Gefahr waren? Sie war einfach unmöglich, stur, selbstsüchtig, närrisch ...

»Nell?« Diesmal war es Mikhails Stimme, die sie aus ihrer Selbstzerfleischung riss.

»Ja?«

Er lenkte sein Pferd neben das ihre, verlangsamte die Gangart zu einem gemütlichen Traben. »Wie geht es dir?«

Ja, wie ging es ihr? Ihr Blick fiel auf den fröhlich gurgelnden Mitja und dann auf Katja, die friedlich in den Armen ihres Onkels schlief. »Es geht mir gut«, antwortete sie und drehte sich zu Morag um, die mit grimmigem Gesicht tapfer hinter ihnen herritt. »Ist dir aufgefallen, dass nichts sie aus der Ruhe bringt?«

Mikhail folgte ihrem Blick und lächelte. »Ja, so scheint es. Was für eine eigenartige Frau. Ich schulde ihr so viel.«

Da konnte Nell ihm nur von ganzem Herzen beipflichten. Wäre Morag nicht gewesen, sie hätten es nie unbemerkt und unbeschadet aus dem Dorf herausgeschafft.

»Ich habe überlegt, was wir tun, wenn wir Shelton Hall erreichen«, erklärte Mikhail abrupt.

»Willst du immer noch, dass Morag und ich allein mit den Kindern nach London weiterreisen?« Nell fürchtete sich vor der Antwort, hoffte gegen jede Vernunft, dass er seine Meinung geändert hatte. Aber das war leider nicht der Fall.

»Ja, ihr werdet als Mägde verkleidet weiterreisen. Meine Leute werden euch mit der passenden Kleidung und mit Proviant versorgen. Ich werde euch Geld und einen Brief an meine Schwester mitgeben.«

Nell hatte auf einmal einen dicken Kloß im Hals. Mühsam schluckte sie ihn herunter. »Wie weit müssen wir weiterreiten?«

Das Mondlicht fiel auf seine dichten braunen Locken. Mikhail legte sich Katja in seinen Armen zurecht. »Ihr werdet nicht reiten müssen. Die Dienstmägde werden gewöhnlich mit einem Karren zum Markt gefahren. Ich werde zwei von meinen Männern beauftragen, euch ein Stück zum Markt zu kutschieren und dann Richtung London abzuschwenken. Sie werden euch zu einer guten Bekannten von mir bringen, einer Nachbarin. Ich denke, sie leiht euch ihre Kutsche. Ich werde euch auch einen Brief für sie mitgeben. Dann reist ihr auf direktem Weg nach London.«

Nell nickte bedrückt. Er hatte an alles gedacht. Vorausgesetzt, man durchschaute ihre Verkleidung nicht, sollten sie es sicher nach London schaffen … Aber er? Was wurde aus Mikhail?

»Und was ist mit dir?«

Er schenkte ihr ein sorgloses Grinsen, um sie zu beruhigen. Nell war versucht, sich zu ihm hinüberzubeugen und ihn zu küssen, so wie sie es sich schon wünschte, seit sie gestern früh in seinen Armen aufgewacht war.

»Mach dir keine Sorgen, Nell, es wird alles gut gehen. Sobald wir Shelton Hall erreicht haben, sind wir in Sicherheit. Denn was sind schon drei gegen drei Dutzend?«

Er hatte recht. Selbst wenn diese *drei* bis an die Zähne bewaffnet waren.

23. Kapitel

David beobachtete geduldig die Aktivitäten im Haushalt von Shelton Hall. Unter dem Personal war Hektik ausgebrochen, aber das war kein Wunder, denn der *Hausherr* war zurückgekehrt. Er hätte gegrinst, aber seine Handflächen juckten. Und wenn die juckten, war das immer ein Zeichen dafür, dass etwas nicht stimmte.

»Das ist fast zu leicht«, lachte Ralph. David packte den Idioten beim Kragen und zog ihn in den Schatten der alten Eiche zurück. Woher nahm Mr. Livingston bloß all diese Idioten? Er hatte seinem Boss schon oft gesagt, dass er einen Auftrag wie diesen am besten allein erledigte. Die anderen Clowns, die Livingston angeheuert hatte, störten ihn bloß, aber der Herr wollte ja nicht auf ihn hören. *Narr!* Die Welt war voller Narren. Das Einzige, was sie erträglich machte, war ihr Geld. Und Livingston war kein Geizkragen.

Er riss seinen Blick von dem palastähnlichen Anwesen los und musterte seinen Komplizen mit schmalen Augen. »Von wegen leicht!«, zischte er. »Wir sind in der Unterzahl, falls dir das noch nicht aufgefallen ist.«

»Schon, aber das sind doch bloß Dienstmägde und ein paar piekfeine Butler. Die haben doch keine Ahnung vom Kämpfen.«

Davids Nasenflügel bebten irritiert. »In diesem Haus gibt es siebenundvierzig Dienstboten, die dir alle mit dem nächstbesten Gegenstand, der ihnen in die Finger kommt, deine blöde Fresse einschlagen würden! Die Leute hier sind loyal und verschwiegen.«

Und das stimmte. Er hatte in den letzten Wochen mehrmals versucht, einen von ihnen zum Reden zu bringen, aber nicht einmal der einfachste Küchenjunge ließ sich bestechen, wie David sich unwillig, aber mit wachsendem Respekt vor dem Geschwisterpaar, dem die Residenz gehörte, eingestehen musste.

Zu schade, dass er einen von ihnen umlegen musste.

»Behalt das Haus im Auge und deinen Hintern im Schatten«, befahl er und ließ den Mann mit einem Schubs los. Zum Teufel mit ihm! Soeben überquerten zwei Pferdeknechte den Hof und verschwanden in einem der beiden Ställe. Davids Blick huschte über die Fassade des Herrenhauses: zwanzig Fenster und kein Mensch zu sehen. Das war ungewöhnlich. Er vermutete, dass Belanow sein gesamtes Personal zusammengerufen hatte. Verdammt, er wünschte, er wüsste, was er zu ihnen sagte. Dinnermenüs? Sonstigen Wirtschaftskram? Er brauchte unbedingt einen Spion im Haus.

Seine Aufmerksamkeit wurde auf die Seitentür gelenkt, wo soeben zwei Dienstmägde aus der Küche traten, jede mit einem Korb in der Hand. Ihre Gesichtszüge konnte er nicht erkennen, denn sie trugen Kopftücher. Wahrscheinlich gingen sie einkaufen. Zum Markt. Eigentlich viel zu früh dafür. Seltsam. Aber mit der Rückkehr des Herrn geriet natürlich auch die sonstige Routine durcheinander.

»Was glaubst du, was er angestellt hat?«, wollte Ralph wissen.

»Wer?«, fragte David zerstreut und beobachtete, wie in diesem Moment ein Pferdekarren vorfuhr und vor den Dienstmägden anhielt. Zwei Kutscher? Warum zwei? »Wahrscheinlich werden sie besonders viel einkaufen«, murmelte er.

»Hä?«

»Nichts. Also, was willst du?«

Ralph machte eine beleidigte Miene, aber dann wiederholte er: »Hab bloß überlegt, was er wohl angestellt hat, der feine Pinkel, dass wir ihn umnieten sollen.«

Nach Davids Erfahrung musste man gar nichts angestellt haben, um mörderischen Neid zu erregen, man brauchte bloß etwas zu besitzen, das ein anderer haben wollte.

»Was spielt das für eine Rolle?«

Aber Ralph fuhr fort zu spekulieren, ohne sich von der abweisenden Reaktion seines Kumpanen abschrecken zu lassen. »Muss dem Livingston wohl seine Frau weggenommen haben, das muss es sein. Warum hat er uns sonst befohlen, das Weib und die Kinder zu schnappen?« Zufrieden grinsend über seine intelligente Schlussfolgerung, zog Ralph ein gefährlich scharfes Messer aus seiner Hosentasche und begann sich den Dreck unter den Nägeln herauszupulen.

David spuckte verächtlich aus. »Das sind doch keine Livingstons. Unser Mr. Livingston ist doch selbst bloß 'n Mittelsmann. Die haben ihn angeheuert, so wie er uns. Damit wir, wenn sie uns kriegen sollten, den großen Oberboss nicht verpfeifen können, der hinter allem steckt.«

»Ach ja, und woher willst du das wissen?«, höhnte Ralph.

»Mr. Livingston. Er redet so komisch, ist dir das noch nie aufgefallen? Der tut nur so, als wäre er ein feiner Pinkel. Aber wenn er wütend wird, verrät er sich, dann flucht er wie ein Bierkutscher. Der ist nicht anders als wir, hat bloß feinere Sachen an. Aber der hat sich sein Geld erschwindelt, da kannst du Gift drauf nehmen!«

Das Knacken von Ästen ließ David blitzschnell herumfahren und sein Messer zücken. Aber als er sah, wer da kam, steckte er seine Waffe wieder weg. Diese drei hatte er kurz bei Livingston gesehen. Langsam traten sie näher.

»Ist er da?«, fragte einer der drei, ein Glatzköpfiger. Sein herrischer Ton gefiel David gar nicht.

»Ihr seid ihnen also gefolgt, was?« Er schaute den Glatzkopf durchdringend an. Falls der Bastard glaubte, ihn mit seiner Statur einschüchtern zu können, täuschte er sich. Dem hätte er das Messer in den Bauch gerammt, bevor er »Warum?« fragen konnte.

»Wir haben sie fast gehabt, vor zwei Tagen. Aber dann sind sie uns doch entkommen«, gestand ein anderer, mit einem vernarbten Gesicht.

David nickte. Der gefiel ihm schon besser. Ein Mann, der einen Fehler zugeben konnte, konnte auch daraus lernen. »Ja, sie sind da.«

»Also gut, dann los.« Der Glatzkopf machte Anstalten, auf das Haus zuzugehen. Davids Messer saß ihm an der Kehle, bevor er Luft holen konnte.

»Einen Schritt weiter und ich schlitz dir die Kehle auf«, zischte er. Die anderen Halunken standen starr vor

Schreck um ihn herum, aber die Augen des Glatzkopfs funkelten vor Wut. Das freute David. Es war in letzter Zeit recht langweilig gewesen. Er drückte dem Mann die Klinge so fest an den Hals, dass Blut zu sickern begann.

»Wenn ich das richtig verstanden habe, ist euer letzter Anschlag auf Belanow schiefgegangen. Hier hab ich das Sagen, Freundchen. Es wird keine Fehler mehr geben und keinen, der mir meinen Platz streitig macht! Noch ein Mucks von dir und ich stech dich ab. Und dann steche ich Belanow ab und wische die Klinge an deinen Klamotten ab.«

Stille.

»Was sollen wir also tun?« Wieder war es der Narbige, der den meisten Grips zeigte.

David fasste die Bande scharf ins Auge. Als er ihre ängstlichen Gesichter sah, war er zufrieden. Er ließ den glatzköpfigen Riesen los und trat zurück.

»Abwarten. Und wenn sich die richtige Gelegenheit bietet, schlagen wir zu. Nicht vorher.«

Die Abenddämmerung brach bereits rotglühend herein, als Mikhail mit klopfendem Herzen zu den Ställen schritt. Wenn *sie* ihn beobachteten, wie er vermutete, dann würden sie erkennen, dass sich ihnen hier eine einmalige Gelegenheit bot, sich unbemerkt an ihn ranzumachen. Zumindest hoffte er, dass sie das glaubten. Er ließ die Stalltür halb offen stehen und trat ins Halbdunkel.

Mikhail konnte die Männer, die sich hinter den Heuballen versteckten, zwar nicht sehen, aber er spürte ihre Anwesenheit. Gleich würden sie erfahren, ob ihr Plan funktionierte oder nicht. Die Hand auf dem Griff der Pistole, die er unter seinem Hemd versteckte, näherte er sich der ersten Box. Plato, das braune Fohlen, das seine Schwester nach ihrem Lieblingsphilosophen benannt hatte, begrüßte ihn mit einem freudigen Schnauben. Mikhail streichelte die weichen Nüstern des Tiers, wobei er angestrengt zum Eingang hin lauschte.

»Guter Junge«, sagte er laut, damit sie seine Stimme hören konnten. Er wollte, dass die Bastarde möglichst weit in den Stall hineinkamen, damit sie seine Männer im Rücken hatten. »Guter Plato.«

Ein leises Schlurfen wie von Schritten, ein lauter Wutschrei. Mikhail riss seine Pistole hervor und wirbelte herum.

»Keine Bewegung!«

Die Pistole auf den Kopf eines glatzköpfigen Riesen gerichtet, trat Mikhail aus der Box heraus. Der Riese war wie angewurzelt stehen geblieben, die Augen gebannt auf die Pistole gerichtet. Seine drei Kumpane hinter ihm wurden von vier seiner Knechte und dem Wildhüter, die ebenfalls mit Pistolen und Gewehren bewaffnet waren, in Schach gehalten. Mikhail ließ den Riesen, der eine Pistole in der Hand hielt, keine Sekunde aus den Augen. »Waffe fallen lassen, sofort! Oder ich schieße!«

Der bullige Mann zögerte einen Moment, schien die Situation und seine Möglichkeiten abzuwägen, dann ließ er die Waffe fallen. Die Stallknechte traten rasch vor. Ihre Blicke huschten fragend zwischen ihren Gefangenen und ihrem Herrn hin und her.

Mikhail traf eine rasche Entscheidung. Er schlug dem

Giganten den Griff seiner Pistole an die Schläfe, sodass dieser bewusstlos zusammenbrach. »Schlagt sie k.o., damit sie keine Schwierigkeiten machen können. Dann fesselt sie, und verbindet ihnen die Augen. Ich werde gleich wieder da sein.«

»Jawohl, Prinz«, antworteten seine Männer. Es waren gute Männer, die schon lange in den Diensten seiner Familie standen. Er wusste, dass er sich auf sie verlassen konnte. Jetzt, wo die Gefahr vorbei war, musste er überlegen, wie er die Gefangenen am besten zum Sprechen bringen konnte.

Mikhail verließ den Stall, überquerte den Hof und betrat das Anwesen durch den Seiteneingang. Er musste schleunigst einen Brief an Patrick und Alexander schicken. Weder wollte er die Gefangenen allzu lange unter der Obhut seiner zwar willigen, aber nicht zu Soldaten oder Polizisten ausgebildeten Leute hier behalten, noch wollte er sie ohne fachmännische Bewachung abtransportieren lassen. Er würde die Schurken hierbehalten, bis die Vampire eintrafen. Die konnten immerhin Gedanken lesen, was das Verhör sehr erleichtern würde.

Tief in Gedanken versunken betrat Mikhail sein Arbeitszimmer und schritt auf den Schreibtisch zu. Den Mann, der in einem Sessel saß, bemerkte er nicht.

»Ich habe auf Sie gewartet, Belanow.«

Wieso hatte er nicht mit einer solchen Möglichkeit gerechnet? Zur Hölle noch mal!

»Was wollen Sie?«

David begutachtete grinsend seinen Revolver. »Ist doch offensichtlich, oder? Ich will Sie umbringen. Aber zuerst verraten Sie mir, wo die Frau und die Kinder sind!«

Mikhail überlegte blitzschnell. Wenn er starb, würde der Bastard Nell und die Kinder verfolgen. Das durfte er nicht zulassen. Sie waren nicht sicher, solange sie allein unterwegs waren. Erst in London wären sie halbwegs geschützt. Zwar hatten sie fast einen ganzen Tag Vorsprung, aber das genügte nicht.

»Sie sind nicht hier.«

»Ach ja?« Der Schurke schien ihm nicht zu glauben. »Und wie soll das zugegangen sein? Ich habe das Haus nämlich seit Tagen nicht aus den Augen gelassen, Belanow. Sie sind noch hier.«

Mikhail log nur selten, aber wenn er es tat, war er gut darin. Der Trick war, so dicht wie möglich bei der Wahrheit zu bleiben. »Nein, sie sind fort. Sie waren als Dienstmägde verkleidet.«

»Der Pferdekarren!« David sprang erzürnt auf. »Wusste ich's doch! Verdammtes Jucken!«

Mikhail hatte keine Ahnung, was der Mann meinte, und es war ihm auch egal. Sein Blick war auf den Brieföffner gefallen, der auf dem Schreibtisch lag. Langsam und unter dem Vorwand, sich zu fürchten, wich er zum Schreibtisch zurück. »Hören Sie, ich weiß nicht, was Sie wollen, aber wer immer Sie auch bezahlt, ich verdopple das Angebot.«

David grinste zufrieden und trat einen Schritt näher. Es gefiel ihm, dass er seinen Gegner eingeschüchtert hatte. »Sie werden mir jetzt sofort verraten, wo sie sind.«

Die Augen ängstlich auf die Waffe seines Gegners gerichtet, die Hände abwehrend vorgestreckt, wich Mikhail noch einen Schritt zurück. »Verschonen Sie mich, wenn ich es Ihnen verrate?«

David gluckste. »Na klar. Also, wo sind sie?«

Der Brieföffner war nun in Reichweite, sein Gegner aber noch nicht. Mikhail beschloss ihn zu provozieren, um ihn anzulocken. »Und das soll ich glauben? Sie sind ein dreckiger Lügner. Aus mir kriegen Sie nichts raus!«

Sein Plan funktionierte. Zu gut sogar. Mikhail krümmte sich stöhnend unter einem unerwarteten Magenschwinger seines Gegners.

»Und jetzt raus mit der Sprache! WO SIND SIE?«

Mikhail hielt keuchend den Kopf gesenkt, während er verstohlen den Brieföffner lokalisierte. Ihm blieb nur ein einziger Versuch. Wenn der fehlschlug, war sein Leben verwirkt.

Und möglicherweise auch das von Nell und den Kindern.

David packte Mikhail am Hemd, um ihn hochzureißen. Die Hand, in der er die Waffe hielt, hing lose an seiner Seite herab.

»ICH SAGTE ...«

Seine Worte erstickten in einem Gurgeln. Der Brieföffner steckte in seiner Kehle, und Blut sprudelte hervor, während Mikhail seinem Angreifer bereits die Pistole entwand.

24. Kapitel

Nell stand blinzelnd in der großen marmornen Eingangshalle. Ihre Augen brauchten einen Moment, um sich nach der langen Zeit in der abgedunkelten Kutsche an das helle Tageslicht zu gewöhnen, das durch die hohen Fenster hereinströmte. Katja hob ihr kleines Köpfchen von Nells Schulter und versuchte aus der dicken Decke herauszuschauen, in die sie und ihr Cousin gewickelt waren, gab jedoch rasch auf und schlief weiter, ebenso wie Mitja. Nell, die beide Kinder im Arm hielt, trat vorsichtig näher. Bewundernd hing ihr Blick an der hohen Decke mit den wunderschönen farbigen Fresken. Sie hatte geglaubt, Shelton Hall sei unübertrefflich prächtig, doch dieses Haus, das Haus seiner Schwester, stellte es noch in den Schatten.

Ein wohlhabender Gentleman? Von wegen! Mikhail war unverschämt reich und seine Schwester ebenso, wie es schien. Es würde sie nicht überraschen, wenn sich herausstellte, dass er sogar einen Adelstitel besaß. Und dieser Mann spielte ihren Ehemann! Irgendein kleines Teufelchen lachte sich jetzt gerade sein schwarzes Herz aus dem Leib.

»Ist das zu fassen! Nicht daheim! Also so was!«

Nell warf einen Blick auf die Frau, die ihnen seit zwei Tagen nicht mehr von der Seite gewichen war, und seufzte.

Lady Caroline Denver war es, die ihnen ihre Kutsche hatte ausleihen sollen – Mikhails *gute Bekannte*. Und zu ihrer Verteidigung musste man sagen, dass sie dies auch sofort getan hatte, nachdem sie Mikhails Schreiben gelesen hatte – nur dass sie beschloss, sich ihnen anzuschließen, war unerwartet. Seitdem hatte Nell mehrmals gegen das Bedürfnis ankämpfen müssen, sich mitsamt den Kindern aus der fahrenden Kutsche zu werfen.

Bei den chinesischen Meistern der Langmut, diese Frau redete ohne Punkt und Komma! Über ihren Bruder, über ihre Cousinen, ihre Pferde und ihre *Dienstmägde*. Da sie Nell und Morag offenbar für solche hielt, hatte sie nicht aufhören können, sich über das heutige Personal zu beschweren: Wie schwer es doch sei, anständige Dienstmägde zu finden, wie impertinent die meisten seien und wie verdorben in ihrer Moral. Nell bezweifelte, dass der *Lady* klar war, wie beleidigend ihre Äußerungen waren. Oder wie sehr sie ihnen mit ihren Forderungen, die schreienden Babys zum Schweigen zu bringen, zusetzte.

Babys schrien nun mal, das musste doch selbst Aristokraten bekannt sein, oder? Aber Nell hatte den Mund gehalten. Tatsächlich hatte sie nach dem ersten notwendigen Wortwechsel überhaupt nicht mehr den Mund aufgemacht. Es erschien ihr einfacher so …

»Sie sind nicht daheim?«, platzte es jetzt aus Nell heraus, die wie aus einer Trance erwachte. Aber sie mussten zu Hause sein! Die Kinder brauchten Schutz!

»Ach, du hast also doch eine Zunge, wie?«, bemerkte Lady Denver spitz und schüttelte affektiert ihre blonden Locken. Für eine Frau, die seit zwei Tagen unterwegs war, wirkte sie ungewöhnlich würdevoll. *Im Gegensatz zu mir*, dachte Nell. *Ich sehe aus wie etwas, das die Katze reingebracht hat.*

»Sie sind nicht da, sagten Sie?« Nell war außer sich vor Sorge. Die Frau musste sich irren.

»Na, ich verstehe, warum du nicht viel sagst. Du bist nicht besonders intelligent, nicht wahr? Hat dir denn niemand gesagt, dass du mich mit meinem Titel anreden musst? Und warum befreist du die Kinder nicht aus diesem hässlichen Lumpen, in den du sie gewickelt hast?«

Nell musste sich auf die Lippe beißen, damit ihr nichts herausrutschte. Überhaupt hatte sie sich in den letzten zwei Tagen ziemlich oft in die Lippe beißen müssen. Sie hatte nicht die Absicht, *Lady* Denver zu erklären, dass sie dem Personal hier nicht vertraute und die Kinder deshalb eingewickelt hatte, damit keiner bemerkte, dass das Kind der Hausherrin zurückgekehrt war.

»Na, sie sind jedenfalls *nicht* da«, betonte die Lady. »Aber der Butler hat mir versichert, dass sie bald hier sein werden. Man wird mich nach oben führen, damit ich mich ein wenig frisch machen kann. Sieh zu, dass du dich inzwischen nützlich machst!« Mit diesen Worten fuhr sie herum und stakste mit wippenden Locken davon, ließ Nell allein mit den Kindern in der Halle stehen.

Nell konnte die Kinder kaum noch halten. Verzweifelt schaute sie sich um. Wo war Morag? Die Alte war sofort nachdem man sie hereingeführt hatte verschwunden. Und die Tatsache, dass sie ihr, Nell, noch eine rasche Umarmung hatte zukommen lassen, ließ vermuten, dass sie gegangen war. Zurück ins Dorf. Nell war jetzt ganz auf sich allein gestellt.

Plötzlich flog hinter ihr die Tür auf, und Nell zuckte erschrocken zusammen.

»Tut mir leid, Miss, ich wollte Sie nicht erschrecken.«

Ein mit mehreren Päckchen beladener Mann trat ein. Er legte seine Last auf einem Garderobentischchen ab und wandte sich ihr lächelnd zu. Er war ein gutaussehender Mann, groß, schwarze Haare, scharfe Gesichtszüge; ein Page, der Livree nach zu schließen. Nell, die zum ersten Mal seit zwei Tagen wieder mit Respekt behandelt wurde, erwiderte sein Lächeln.

»Das macht nichts. Ist ja nichts passiert.«

Der Mann deutete auf die in die Decke gewickelten Kinder. »Sieht ziemlich schwer aus. Brauchen Sie Hilfe?«

Nell wurde sofort misstrauisch. Ängstlich drückte sie die Kinder an sich und schüttelte den Kopf. Die Mörder konnten doch nicht schon hier sein, oder?

»Danke, nein«, sagte sie.

Am besten, sie suchte sich so schnell wie möglich ein ruhiges Plätzchen, wo sie sich verstecken konnte, bis die Hausherrin wieder da war. Sie nickte dem Mann zu und nahm den Korridor zu ihrer Rechten. Nell kam an mehreren Türen vorbei, bis sie schließlich eine fand, die halb offen stand. Sie überzeugte sich mit einem raschen Blick, dass sie unbeobachtet war, dann huschte sie hinein und machte die Tür zu.

Es war ein großes Zimmer, in dessen Mitte ein herrlicher Konzertflügel stand. Darum herum gab es zahlreiche Sessel und Sofas.

»Ist das nicht hübsch?«, flüsterte Nell den Kindern zu

und strich mit einem Finger über die glänzende Lackoberfläche des Flügels. »Ich frage mich, wer wohl Klavier spielt, deine Mutter oder dein Vater, Mitja?«

Da spürte sie auf einmal, wie müde sie war. Ihr Körper fühlte sich regelrecht zerschlagen an – kein Wunder, nach zwei Tagen auf einem Pferderücken und gleich anschließend zwei Tagen in einer Kutsche. Nell schaute sich nach einem Ruheplätzchen um. Es musste aber versteckt sein, damit sie nicht vom Personal entdeckt wurde ... Da fiel ihr Blick auf einen Stuhl, der halb verborgen hinter einer großen Topfpflanze in einer Ecke stand. Wahrscheinlich für einen Diener, der sich von dieser Position aus unauffällig um die Bedürfnisse von Gästen kümmern konnte.

Müde ging Nell dorthin und ließ sich mit einem Seufzer der Erleichterung nieder. Dann schlug sie die Decke zurück, in die sie die Kinder gewickelt hatte. Beide schliefen mit rosigen Wangen, die kleinen Fäustchen unters Kinn gezogen. Vielleicht waren sie ja jetzt endlich in Sicherheit ... Mit diesem tröstlichen Gedanken schlief Nell ein.

»Diese unmögliche Dienstmagd! Sie sollten sie auf der Stelle entlassen, Prinzessin Kourakin! Gerade war sie noch hier!«

Nell fuhr mit einem Ruck aus dem Schlaf. Lady Denvers Stimme war durchdringender als jedes Tamburin! Ein rascher Blick zum Fenster zeigte ihr, dass bereits die Dämmerung hereingebrochen war – sie musste mindestens zwei Stunden geschlafen haben! Rasch schaute sie nach den Kindern. Beide waren wach. Und wahrscheinlich schrecklich hungrig, die armen Schätzchen!

»Caroline, bitte erklären Sie es mir noch einmal. Was genau hat mein Bruder gesagt?«

»Nun ja, wie gesagt, es ging alles so schnell, der Arme hatte nur Zeit, mir einen Brief zu schicken ...«

Nell war aufgestanden und wollte gerade zur Tür gehen, als die beiden Frauen auch schon hereinkamen. Nell erkannte sofort die Ähnlichkeit der ihr Unbekannten mit Mikhail. Das musste seine Schwester sein.

»Angelica?«, fragte sie zögernd, aber die Frau beachtete sie kaum, ihr Blick hatte sich sofort auf die Kinder gerichtet.

»Mein Gott!«

Angelica rannte auf sie zu, die Arme nach den Kindern ausgestreckt. Nell war fast sicher, dass diese Frau Mikhails Schwester war, aber eben nur fast. Und der kleine Rest Zweifel bewirkte, dass sie sich automatisch abwandte, um die Kinder zu schützen.

»Wie kannst du es wagen, du unverschämte kleine Ratte!« Lady Denver kam mit zornrotem Gesicht auf sie zugeschritten und holte aus. Nell krümmte den Oberkörper schützend über die Kinder, damit die Frau nicht aus Versehen die Kinder traf. Ein lautes Klatschen ertönte, und Nell klingelten die Ohren. Ihre Wange brannte, sie schwankte und hätte beinahe das Gleichgewicht verloren. Diese Gelegenheit ausnützend, riss ihr Lady Denver die Kinder aus den Armen. In diesem Moment stürzten zwei Pagen herein, die durch den Lärm alarmiert worden waren.

»Bringen Sie diese, diese ... Bringen Sie sie weg!«, befahl Lady Denver.

Nell wehrte sich nicht, als die beiden Pagen sie daraufhin bei den Armen packten, sie war sogar froh um die Stütze, da sie beinahe zusammengebrochen wäre.

»Stop!«, befahl nun die Prinzessin, die endlich aus ihrer momentanen Starre erwacht war. »Caroline, geben Sie mir die Kinder.«

Als Lady Denver den zornigen Gesichtsausdruck der Prinzessin sah, gab sie sogleich die Kinder heraus. »Natürlich!«, stammelte sie, »ich habe sie ja nur für Sie gehalten. Aber diese dreckige kleine ...«

»Genug!«

Angelicas Blick richtete sich nun auf Nell. Einen Moment lang musterte sie sie zweifelnd, doch all das war vergessen, sobald sie die Kinder in den Armen hielt. Nell sackte erleichtert zusammen. Nur eine Mutter konnte ihre Kinder auf diese Weise anschauen. Sie musste Mikhails Schwester sein, aber eine *Prinzessin*? Da musste ein Versehen vorliegen ...

Die Prinzessin blickte auf. »Ich bin Mikhails Schwester.«

Nell riss verblüfft die Augen auf. Hatte sie laut gedacht? Aber egal warum die Prinzessin ihre unausgesprochene Frage beantwortet hatte, es war genau das, was sie hören wollte.

»Gott sei Dank!«, stieß sie erleichtert hervor. »Ich wusste nicht, wem ich vertrauen kann, und wir waren auf der Flucht und ...« Sie wollte einen Schritt machen, wurde jedoch von den Pagen festgehalten. Das erinnerte sie daran, dass sie kein willkommener Gast in diesem Hause war.

»Ihr Name?«, fragte Angelica barsch, als ob sie nichts von dem gehört hätte, was Nell gesagt hatte.

»Nell«, antwortete diese verlegen. Sie wusste nicht, wie man eine Prinzessin korrekt anredete, und es war schwer, an Manieren zu denken, wenn man nicht wusste, ob der Mann, den man liebte, in Sicherheit war oder nicht. Und die Kinder. »Ich heiße Nell, Euer Gnaden.«

»Nell«, wiederholte Angelica langsam. »Lasst uns allein«, befahl sie den Pagen.

Die Männer ließen Nell los und verschwanden ohne Zögern.

»Aber Prinzessin Kourakin, Sie können diese unverschämte Person doch nicht so einfach laufen lassen!«, beschwerte sich Lady Denver. Nell wünschte aus ganzem Herzen, sie würde verschwinden, damit sie allein mit Mikhails Schwester reden konnte. Sie musste ihr doch sagen, was Mikhail plante, wo er war. Und dass ihm jemand helfen musste! Vielleicht war er ja verletzt?

»Caroline, wenn Sie uns bitte einen Moment allein lassen würden. Ich muss mit Miss Nell sprechen.«

Lady Denver plusterte sich empört auf, wagte es aber nicht, sich Angelica zu widersetzen, die gesellschaftlich weit über ihr stand. Sobald sich die Tür hinter den voluminösen Röcken der Dame geschlossen hatte, griff Nell in ihre Tasche und holte den Brief hervor, den Mikhail ihr für seine Schwester mitgegeben hatte.

»Ihr Bruder hat mich gebeten, Ihnen dieses Schreiben zu überreichen, er meinte, Ihr Mann könnte die Kinder beschützen.« Sie reichte Angelica den Brief. »Er selbst ist auf Shelton Hall zurückgeblieben. Er hat vor, sich ihnen zu stellen. Er sagte, seine Chancen stehen gut, aber …«, die Worte sprudelten nur so aus Nell hervor.

Die Prinzessin musterte sie verwirrt. »Einen Moment. Bitte fangen Sie ganz von vorne an. Wo ist Mikhail?«

Nell holte tief Luft. »Tut mir leid, ich weiß, dies ist nicht der rechte Zeitpunkt, um in Panik auszubrechen, aber ich, nun, ich habe ein paar schwere Tage hinter mir, und bei Nelsons fehlendem Auge, ich habe versprochen, mich um die Kinder zu kümmern, aber er bestand darauf, uns fortzuschicken …«

»Bitte!« Angelica legte Mitja neben Katja und schüttelte Nell bei den Schultern. »Sie müssen sich beruhigen! Alles ist gut. Die Gefahr ist vorbei, in London sind die Kinder in Sicherheit.«

»In Sicherheit?« Unmöglich. Sie hatten auch geglaubt, in New Hampton in Sicherheit zu sein, aber sie hatten sich geirrt. »Wie können Sie da so sicher sein?«

»Mein Mann und die anderen haben die Namen der Schurken herausgefunden, die hinter den geplanten Anschlägen auf unsere Kinder stecken. Sie wurden alle festgenommen.«

Festgenommen? Auch die, die ihnen vor ein paar Tagen gefolgt waren? »Alle? Auch die in New Hampton?«

»New Hampton? Wann? Wie viele waren das?« Angelica war vollkommen verwirrt.

»Vor vier Tagen. Drei, glaube ich. Aber Mikhail war sicher, dass noch mehr in Shelton Hall auf ihn warten würden. Er hoffte es sogar, denn das war sein Plan.«

»Dieser Narr!«

Erzürnt wandte sich die Prinzessin von Nell ab. Wortlos starrte sie in eine Zimmerecke. Was tat sie?

Kurz darauf drehte sich Angelica wieder zu ihr um.

»Mein Mann ist schon unterwegs. Er wird sofort ein paar Männer nach Shelton Hall schicken.«

Nell versuchte ihre Überraschung zu verbergen. Wann hatte die Prinzessin ihren Mann kontaktiert? Sie verstand das alles nicht. Das wollte sie auch gerade sagen, aber Angelica hatte inzwischen Mikhails Brief geöffnet und las ihn rasch durch.

In diesem Moment stieß Katja ein leises Wimmern aus. Nell beugte sich automatisch über sie und sprach beruhigend auf sie ein. »Psst, Schätzchen, kein Grund zum Weinen.« Die Kleine verzog das Gesicht, aber ihre Unterlippe hörte auf zu zittern, was ein gutes Zeichen war. Wenn jetzt bloß nicht Mitja auch noch anfing …

»Nell.«

Nell blickte auf. Angelica schaute sie mit einem überraschten Ausdruck an, den Nell mit einem fragenden erwiderte.

»Mein Bruder schreibt hier, dass ich mir keine Sorgen um die Sicherheit der Kinder machen muss, solange Sie bei ihnen sind. Er schreibt auch, dass ich Sie bitten soll, das zu erklären, wenn Sie wollen.«

Nell verzog das Gesicht. Wie viele mussten denn noch von ihrem hässlichen Geheimnis erfahren, bis diese schreckliche Sache endlich vorüber war?

25. Kapitel

Lady Violet Bruce saß auf einer blauen Polsterbank. In ihrem grünen Crêpekleid mit den langen weißen Handschuhen, die ihr bis zum Ellbogen reichten, hätte sie niemand für etwas anderes gehalten, als ein angesehenes Mitglied der illustren Londoner Gesellschaft. Nur jene, die sie vor zwei Jahren im Zirkus des alten Graham hatten spielen sehen, wussten es besser: Dies war die frühere »Lady Violine«, die die Zuschauer mit ihrem Geigenspiel verzaubert hatte.

Aber nur die Vampire wussten, wer sie in Wahrheit war. Prinzessin Angelica Kourakins Cousine, Ismail Bilens Tochter und Gattin von Lord Patrick Bruce, dem Oberhaupt des Nordclans, und ihre kleine Tochter Catherine, die friedlich in den Armen ihres Vaters schlief, war ebenso eine *Auserwählte*, wie sie selbst.

»Vertraust du ihr?«, erkundigte sich Violet bei ihrer Cousine. Sie sprach leise, um die Kinder nicht aufzuwecken. Es war spät, doch hatte es keins der beiden Elternpaare übers Herz gebracht, die Kinder schon wieder aus den Augen zu lassen, nachdem sie ihnen einen Monat lang gefehlt hatten. Zuerst waren es die Mütter gewesen, die ihre Kinder kaum loslassen konnten, doch nun waren die Väter an der Reihe. Alexander und Patrick standen beiderseits des Kamins, ihre kostbaren Schützlinge in den Armen.

»Ich weiß nicht. Sie scheint die Kinder aufrichtig zu lieben, und Mikhail vertraut ihr. Aber sie verschweigt uns etwas«, antwortete Angelica nach einigem Überlegen.

»Was denn?« Violet runzelte die Stirn. »Wie kann sie etwas vor uns verbergen? Du hast doch ihre Gedanken gelesen, oder?« Aber Violet wusste sehr gut, dass es möglich war, selbst vor Gedankenlesern etwas zu verbergen – sie hatte es selbst getan, anfangs, als sie ihr schreckliches Geheimnis hüten musste ... Aber hatte diese junge Frau, die ihnen die Kinder zurückgebracht hatte, etwa auch einen Grund, gewisse Gedanken zu verbergen?

Angelica sprang frustriert auf. »Ich habe sie nicht verhört, Violet. Ich weiß, dass sie den Kindern nichts Böses will, und weiter habe ich nicht geforscht. Mikhail schreibt, dass er und die Kinder ihr sein Leben verdanken. Und das soll mein Dank dafür sein? Dass ich in ihre Gedanken eindringe!?«

Violet warf einen raschen, unsicheren Blick zu ihrem Mann. Patrick war der einzige Clanführer, der seine Abneigung gegen das Gedankenlesen offenkundig gemacht hatte. Er war gegen den Missbrauch dieser Gabe, aber das war Angelica ebenfalls, wenn auch aus anderen Gründen. Sie hatte erst gelernt, ihr Talent in den Griff zu bekommen, als sie ihren Mann, Alexander kennen lernte. Davor war sie zwanzig Jahre lang den Gedankenströmen ihrer Mitmenschen wehrlos ausgeliefert gewesen. Kein Wunder, dass sie sich meist auf ihrem Landsitz versteckt und London gemieden hatte.

»Ich kann deine Hemmungen ja verstehen, Angelica, aber in diesem Fall steht die Sicherheit der Kinder auf dem Spiel. Mikhails Sicherheit. Wir schulden dieser Frau sehr viel, aber wir wissen nicht, was sie uns verheimlicht. Vielleicht stellt sich ja heraus, dass wir ihr gar nichts schulden, ja dass sie gefährlich ist.«

»Meine Frau hat recht, Prinzessin«, stimmte auch Patrick zu. Violet nahm die Bemerkung mit Überraschung zur Kenntnis. Sie hatte erwartet, dass er Angelicas Standpunkt vertreten würde. Prüfend schaute sie ihren Mann an und bemerkte den verstörten Ausdruck in seinen hellblauen Augen. Etwas war anders. Etwas war geschehen, das seine Meinung geändert hatte. Seine nächsten Worte bestätigten dies.

»Du weißt, ich bin kein Befürworter des Gedankenlesens, egal um wen es sich handelt. Aber nun muss ich feststellen, dass ich aufgrund dieser Skrupel Blut an den Händen habe. All das hätte wahrscheinlich verhindert werden können, wenn ich nur gelegentlich auf die Gedanken meiner Clansleute geachtet hätte. Dieses Risiko dürfen wir hier nicht eingehen. Es wäre möglich, dass diese Frau deinen Bruder getäuscht hat.«

Violet wusste, dass ihr Mann dabei an die Vampirfrau dachte, die er vor zwei Nächten hatte töten müssen. Patrick hatte sie gekannt und machte sich nun Vorwürfe, dass er sie nicht eher durchschaut, ihre mörderischen Tendenzen nicht »erlauscht« hatte. Natürlich konnte man nicht wissen, ob das wirklich etwas geändert hätte oder nicht. Denn Menschen (oder Vampire), die Mord im Sinn hatten, achteten gewöhnlich sorgfältig darauf, ihre Gedanken zu verbergen – so wie sie selbst damals auch.

»Wie auch immer, dies liegt nicht in deiner Verantwortung, Angelica, es liegt in meiner. Wir werden Miss Nell zu uns rufen, und ich werde sicherstellen, dass sie nicht unsere Feindin ist. Dann werden wir weitersehen.«

Patrick verließ seinen Platz am Kamin, trat zu seiner Frau und übergab ihr das Kind.

Violet holte tief Luft und atmete die Düfte ihrer näheren und ferneren Umgebung ein: Staub auf dem Fensterbrett, die Geruchsreste eines längst eingetrockneten Weinflecks auf dem Teppich, Heidekraut (Patricks Duft), polierte Holzoberflächen, Ölfarbe ... Violet brauchte einen Moment, ehe sie Nells einzigartigen Geruch fand, aber da war er, hier, im Erdgeschoss, im hinteren Teil des Hauses. Sie roch nach Rosen und Sonnenschein und nach etwas Süßem ...

»Sie ist im Musikzimmer.«

Angelica nickte. »Gut, dann wollen wir sie zu uns rufen lassen.«

Nell hatte einen solchen Ruf natürlich erwartet, war aber dennoch überrascht über das, was sie erblickte, als sie den Raum, der wohl das große Empfangszimmer sein musste, betrat. Noch nie hatte sie zwei so schöne Paare gesehen.

Mikhails Schwester, Angelica, hatte sie bereits kennen gelernt, den Mann an ihrer Seite aber nicht. Er hatte etwas Osteuropäisches an sich, sah aus wie der Held aus einem Liebesroman. Groß, scharfgeschnittene Gesichtszüge, stürmische graue Augen. Nein, kein Liebesroman, eher ein Abenteuerroman. Eine Art Odysseus oder Achilles!

Der Mann, der links neben ihm stand, war ebenso atemberaubend, aber auf andere, fast vertraute Weise. Seine Züge besaßen etwas Sanftes, Sensibles, was einen attraktiven Kontrast zu seiner offensichtlichen Charakterstärke bildete. Vielleicht war es ja die Hand, die das Kristallglas an seine Lippen führte, aber seine Finger waren die Finger eines Poeten, eines Künstlers. Wenn Angelicas Mann Achilles war, der Angreifer, dann war dieser hier Hector, der Verteidiger.

Was die vierte Person betraf, so wirkte diese wie ein wildes, scheues Wesen: goldene Haut, blassgrüne Augen und dichtes, rabenschwarzes Haar. Sie sah aus, als würde sie ihr Haar jeden Moment aus seiner sorgfältig frisierten Beschränkung befreien und unter dem Mond tanzen gehen.

Nell holte tief Luft. Wie schön sie waren. Wie kostbare Juwelen aus einer anderen Welt – genau wie Mikhail. Und überhaupt nicht wie sie.

»Nell, möchten Sie sich nicht setzen?« Angelica deutete auf ein Sofa, das zwischen den Sesseln stand, auf denen die beiden Frauen einander gegenübersaßen. Die Männer machten keinerlei Anstalten sich zu setzen, beide hatten sich fast schützend hinter ihren Frauen aufgestellt.

Nell nahm zögernd auf dem Sofa Platz. In ihrer zerknitterten Zofentracht kam sie sich vor wie ein hässliches Entlein. Aber, bei George Washingtons Armee, was spielte es schon für eine Rolle, wie sie aussah?

»Wurde schon jemand zu Mikhail geschickt, Euer Gnaden?«, erkundigte sie sich bei Angelica, der Einzigen im Raum, die sie bereits kannte.

»Ja, keine Sorge.«

Angelicas Mann war es, der ihre Frage beantwortete. Er musterte sie interessiert, als könne er sich keinen rechten Reim auf sie machen. Das war alles so seltsam! Warum schaute man sie so komisch an? Und warum redeten sie so langsam, als ob sie schwer von Begriff wäre?

»Nell, darf ich vorstellen: Dies ist mein Mann, Prinz Alexander Kourakin.« Angelica wies mit einer anmutigen Handbewegung auf ihren Mann. »Und das ist meine Cousine, Lady Violet Bruce und dort ist ihr Mann, Lord Patrick Bruce.«

»Ist mir eine Ehre«, sagte Nell bescheiden und tat ihr Bestes, sich nicht von all den Adelstiteln einschüchtern zu lassen. »Euer Gnaden, wenn ich noch einmal nachfragen dürfte. Wie viele Männer wurden geschickt? Wir wurden von drei Mördern verfolgt, aber Mikhail vermutete, dass noch weitere auf uns lauern könnten ...«

»Keine Sorge, Miss Nell. Ich habe meine vertrauenswürdigsten Männer hingeschickt. Alles hervorragende Schützen mit guter Nahkampferfahrung. Wenn Mikhail Hilfe braucht, bekommt er sie auch.«

Dies hatte Lord Patrick gesagt, und nun wusste Nell, warum er ihr irgendwie vertraut vorkam. Man merkte es ihm zwar kaum noch an, aber ein paar seiner Worte verrieten seine Herkunft als Schotte – der Heimat ihrer Mutter ... Ja, Lord Patrick sprach ähnlich wie ihre geliebte, der Verdammnis anheimgefallene Mutter.

»Miss Nell, wir alle haben Mikhails Brief gelesen. Er

wollte, dass Sie uns etwas mitteilen? Etwas, das den Schutz der Kinder betrifft?« Lady Violet war es, die sich diesmal zu Wort gemeldet hatte. Sie war die Einzige, die Nell entspannt zulächelte. Wenn sie doch bloß nicht Dinge von ihr wissen wollten, die zu verraten sie nicht bereit war!

»Ich … Ich habe Prinzessin Angelica bereits gesagt, dass ich mir nicht sicher bin, was Mikhail damit gemeint haben könnte, Lady Bruce …«

Lord Patrick stellte erregt sein Glas auf dem Kaminsims ab. »Bitte lügen Sie uns nicht an, Miss Nell. Mikhail scheint Ihnen zu vertrauen, und allein aus diesem Grund betrachten wir Sie als Freundin. Aber Freunde belügen einander nicht.«

Also, das stimmte nicht. Nell kannte eine ganze Menge Leute, die sich Freunde nannten und einander dennoch belogen. Aber das waren wohl keine richtigen Freundschaften … Ach, bei den Hauern des wolligen Mammuts! Was spielte das für eine Rolle? Sie wussten, dass sie log!

Auf einmal spürte Nell einen stechenden Schmerz im Nacken, der sich rasch in ihrem ganzen Kopf ausbreitete. Sie zuckte zusammen. Wie lange hatte sie eigentlich schon nicht mehr richtig geschlafen? Sie brauchte dringend Schlaf! Nell massierte sich erschöpft die Schläfen. Sie konnte kaum noch richtig denken. Sie konnte ihnen nicht die Wahrheit sagen, die würden sie ihr nie glauben!

»Patrick, bitte«, sagte Angelica stirnrunzelnd.

Auf einmal hörte der stechende Schmerz wieder auf.

»Miss Nell«, hob Patrick erneut an, »bitte verstehen Sie doch: Es geht hier um die Sicherheit unserer Kinder. Angelica sagte, dass Sie ihnen aufrichtig zugetan sind?«

»Ja, natürlich!«, entgegnete Nell hitzig. »Was sollte ich denn sonst hier tun?«

»Gut.« Lord Patrick lächelte. »Sie sehen also, wir wollen alle dasselbe. Wir wollen die Kinder beschützen. Und deshalb müssen wir unbedingt erfahren, warum Mikhail Sie für so wichtig hält, wenn es um den Schutz der Kinder geht. Miss Nell, Sie haben uns unsere Kinder zurückgebracht. Sie können uns alles sagen, wir werden Ihnen zuhören. Wir werden Sie nicht verurteilen.«

Und ob ihr das werdet!, hätte Nell am liebsten gebrüllt, aber sie schwieg. Sie hatten recht, das Wichtigste war, die Kinder zu beschützen. Und wenn das bedeutete, dass sie diesen Menschen von ihrem Fluch erzählen und riskieren musste, dass man sie rauswarf – oder ins Irrenhaus steckte – nun, dann würde sie eben einen Weg finden, wieder hierher zurückzukehren und das Haus im Auge zu behalten, um sicherzugehen, dass den Kindern nichts zustieß, bis Mikhail ihr sagte, dass die Gefahr vorüber war.

Sie holte tief Luft.

»Ich kann sehen, was passieren wird.«

Die Anwesenden starrten sie verblüfft an.

»Sie meinen, Sie können in die Zukunft sehen?«, fragte Lady Violet schließlich, aber keineswegs in dem sarkastischen Ton, den Nell erwartet hätte.

»Ja, Mylady. Nun ja, nicht die Zukunft allgemein. Ich kann sehen, was in einem bestimmten Raum, an einem bestimmten Ort passieren wird. Und wenn jemand nicht weit von mir entfernt steht, kann ich sehen, was mit ihm oder ihr passieren wird.«

Eigenartig. Es war fast eine Erleichterung, es auszusprechen. Als würde ihr eine Last von den Schultern genommen. Doch dann bemerkte sie die Gesichter der anderen. Sie glaubten ihr nicht! Beim linken Fuß der Queen! Sie hatten doch die Wahrheit hören wollen!

Nells Augen wurden schmal. Die Zeit verlangsamte sich, blieb stehen und beschleunigte sich dann.

»Nell?« Angelica musterte sie besorgt. »Sie sind müde. Es war eine lange Reise.«

Nell schüttelte energisch den Kopf. »Nein, bitte, so hören Sie mir doch zu. Sie wollten die Wahrheit, und ich werde sie Ihnen sagen: Ein Page muss vergessen haben, dieses Fenster dort richtig zu schließen. Bald wird der Wind es aufblasen, und diese Vase hier wird herunterfallen. Sie fällt auf den Teppich und wird nicht zerbrechen, sondern genau dorthin rollen.« Nell zeigte auf eine Stelle hinter einer Gruppe von Stühlen.

Die Anwesenden schwiegen geschockt. Sämtliche Blicke waren auf die von Nell genannte Stelle gerichtet. Die Sekunden vergingen ... nichts geschah.

»Angelica, vielleicht solltest du Miss Nell auf ein Gästezimmer bringen, damit sie sich ein wenig ausruhen kann«, sagte Alexander schließlich.

Aber Nell wollte nicht. Sie hatte sich noch nie geirrt. Ihr Fluch hatte sie noch nie im Stich gelassen. Wie seltsam. Sie hatte doch nicht etwa begonnen, sich auf ihn zu *verlassen*? Auf eine Fähigkeit, die sie eines Tages in den Wahnsinn treiben würde, so wie ihre arme Mutter?

Prinzessin Angelica kam sofort zu ihr und wies mit einer freundlichen Geste zur Türe. »Nell, kommen Sie, ich ...«

»Nein! Bitte, das ist lächerlich! Sie wollten, dass ich's Ihnen sage, *Sie* wollten die Wahrheit hören!«, rief Nell mit lauter, zittriger Stimme.

»Ja, Sie haben recht, Miss Nell, wir haben Sie dazu gezwungen. Es tut uns leid. Wir hätten sehen müssen, wie erschöpft Sie sind«, ergänzte Lord Patrick. Auch er trat nun auf sie zu, um sie dazu zu bewegen, sich von Angelica fortbringen zu lassen.

Aber konnten sie denn nicht sehen? Nein, natürlich konnten sie nicht. Dabei mussten sie doch nur einen Moment warten!

»Ich wusste, dass Sie mir nicht glauben würden. Aber jetzt müssen Sie. Um der Kinder willen müssen Sie!«

Doch etwas war anders, die Atmosphäre war gekippt, die Stimmung hatte sich gegen sie gewandt. Sie konnte es spüren, sie war hier nicht länger willkommen. Man nannte es »Erschöpfung«, war aber nicht länger willens, ihr zuzuhören. Man hielt sie für verrückt! Für verdammt! Genau wie die Dörfler. Und es stimmte ja auch; gleich würde man sie wieder so eigenartig ansehen, und das mit Recht! Aber nicht jetzt. Nicht jetzt, verdammt noch mal. Sie war nicht verrückt. Sie war nicht verrückt!

Nell presste die Augen zusammen und ballte die Fäuste. »ICH BIN NICHT VERRÜCKT!«

Ihrem Ausbruch folgte eine geschockte Stille. Niemand rührte sich, während Nell schwer atmend versuchte, ihre Beherrschung wieder zu gewinnen. Die Augen hielt sie immer noch geschlossen. Sie wollte ihre Gesichter gar nicht sehen, ihre mitleidigen Mienen. Ihre Blicke, die sie auf Schritt und Tritt verfolgten, so wie sie jede Bewegung ihrer Mutter verfolgt hatten. Diese Blicke, diese Mienen waren es, die Sky Witherspoon in den Wahnsinn getrieben hatten. Diese Augen, die ihr immer und überall hin folgten, die alles beobachteten, was sie tat. Diese Augen, die ihre Mutter umgebracht hatten. Die ihren Vater umgebracht hatten. Und sie allein zurückgelassen hatten.

Es schien, als ob eine Ewigkeit vergangen wäre, aber immer noch hatte sich niemand gerührt. Als Nell es nicht länger aushielt, verzog sie das Gesicht.

»Es tut mir leid, ich werde jetzt gehen.«

Sie schlug die Augen auf, aber das, was sie sah, war ganz und gar nicht das, was sie erwartet hatte. Man beachtete sie überhaupt nicht. Sämtliche Blicke hingen an der Vase, die langsam genau dort ausrollte, wo Nell es vorhergesagt hatte.

26. Kapitel

Ich habe zwei von Patricks Männern zur Bewachung abgestellt. Bei ihnen sind die Gefangenen in sicherem Gewahrsam.«

Mikhail nickte und leerte sein Glas Whisky in einem Zug. Er hatte seit einiger Zeit eine Vorliebe für das schottische Nationalgetränk entwickelt, was natürlich auf Patrick zurückzuführen war, der nicht nur Oberhaupt seines Clans, sondern vor allem durch und durch Schotte war – im Gegensatz zu dem Vampir, der nun vor ihm stand und der durch und durch Osmane war.

»Du musst mir alles erzählen. Aber zuerst muss ich wissen, ob Nell und die Kinder sicher bei meiner Schwester eingetroffen sind?« Mikhails Augen wanderten unwillkürlich zu dem funkelnden Brieföffner, der wieder unschuldig und sauber auf seinem Schreibtisch lag. Der Teppich war entfernt, die Dielen geputzt und poliert worden. Und offenbar hatte man auch gleich die Mordwaffe gesäubert. Nein, nicht Mordwaffe. Es war reine Notwehr gewesen.

»Ja, die Kinder sind daheim und in Sicherheit. Aber von jemandem namens Nell war nicht die Rede, nur von einer gewissen Lady Denver«, antwortete Ismail.

»Lady Denver?« Mikhail runzelte die Stirn. Was hatte Caroline in London zu suchen, und wo war Nell?

»Ja«, fuhr Ismail fort, »sie hat die Kinder nach London gebracht. Wir scheinen tief in ihrer Schuld zu stehen. Sie erzählte, wie schwierig die Reise gewesen sei und wie anstrengend, mit zwei schreienden Kindern und zwei unfähigen Zofen.«

Zofen. Caroline musste Nell und Morag meinen. Aber warum seine Nachbarin selbst nach London gereist war, begriff Mikhail nicht. Ebenso wenig, warum sie sich so abfällig über Nell und Morag äußerte. Aber er war erleichtert, dass sie es alle sicher nach London geschafft hatten.

Sein Blick richtete sich abermals wie von selbst auf den Brieföffner, und er trat unbehaglich von einem Fuß auf den anderen. »Würde es dir etwas ausmachen, wenn wir auf die Terrasse gehen? Ich habe dort einen kleinen Imbiss vorbereiten lassen. Ich habe seit Ewigkeiten nichts mehr gegessen.«

»Selbstverständlich.« Ismail nickte und folgte Mikhail nach draußen. Dort war tatsächlich bereits der Tee vorbereitet worden. Beide Männer nahmen Platz.

»Du hast deine Sache sehr gut gemacht, Mikhail. Die Clans stehen tief in deiner Schuld. Du hast die Auserwählten beschützt.«

Mikhail nahm sich ein Gurkensandwich und schob sich das kleine Dreieck in den Mund. Nachdem er gekaut hatte, sagte er: »Das ist meine Familie, und ich fühle mich für sie verantwortlich. Dass sie gleichzeitig ›Auserwählte‹ sind, spielt keine Rolle. Kein Mann braucht Dank dafür, dass er seine Familie beschützt.«

Der Osmane nickte lächelnd. Den angebotenen Imbiss lehnte er höflich ab. Mikhail hatte sich derart an die Gesellschaft von Vampiren gewöhnt, dass er manchmal vergaß, dass sie ja nichts aßen. Nicht dass sie nichts essen *konnten*, sie wollten nur gewöhnlich nicht, da ihnen Blut – Tierblut – alles gab, was sie brauchten.

»Du sagst, dass die Gefahr vorüber sei. Heißt das, ihr habt alle Anhänger der Wahren Vampire entlarvt?«

»Ja. Zumindest jene, von denen wir glauben, dass sie hinter den Anschlägen auf die Auserwählten stecken. Einige von ihnen scheinen auch menschliche Attentäter angeheuert zu haben, aber das sind nur Raufbolde und Schläger, nichts worüber wir uns Sorgen machen müssten. Sie wissen nichts von Vampiren. Man hat ihnen lediglich gesagt, sie würden nur dann bezahlt werden, wenn sie ihren Opfern den Kopf abschlagen oder die Leichen verbrennen.«

Mikhail schnitt eine Grimasse. Diese Schurken auf dem Schiff hatten auch versucht, ihnen an die Kehle zu gehen!

»Kein Stich ins Herz?«

Ismail zuckte mit den Schultern. »Die Wahren Vampire haben den Menschen wohl nicht zugetraut, genau genug zu treffen.«

»Na herrlich«, sagte Mikhail sarkastisch.

»Du solltest so schnell wie möglich nach London zurück reiten. Deine Schwester macht sich große Sorgen um dich.«

Als Mikhail zögerte, fuhr der Osmane fort: »Du hast dich sehr geschickt angestellt, was das Verhör der Halunken betrifft. Ich werde sichergehen, dass sie nichts ausgelassen haben, und dann die Behörden verständigen.«

Mikhail hob fragend die Braue.

»Die *menschlichen* Behörden«, beantwortete Ismail die unausgesprochene Frage. »Diese Männer wissen nichts über uns. Sie müssen von deinen Gerichten verurteilt werden.«

»Und falls es noch andere wie sie gibt?«

»Das sind gedungene Mörder, Mikhail. Sie wurden von Vampiren bezahlt. Also werden sie schnell aufhören, die Kinder zu verfolgen, wenn sie merken, dass die Bezahlung ausbleibt. Und bis dahin werden wir auf der Hut sein, verlass dich darauf. Aber keine Sorge, es sind bloß Menschen.«

Mikhail war erleichtert. Aber nicht, weil Ismail glaubte, dass die Gefahr vorüber sei, sondern weil Nell in London war. Solange sie bei den Kindern war, konnte den Kleinen nichts zustoßen.

»Und jetzt?«

Ismail lehnte sich seufzend zurück. »Patrick will seinen Clan zusammenrufen. In zwei Wochen wird eine Versammlung in einem Waldstück stattfinden.«

Eine Versammlung in einem Wald. So etwas hatte Mikhail bisher erst einmal erlebt: als seine Schwester dem Nordclan vorgestellt worden war. Normalerweise fanden solche Treffen nur zu Begräbniszeremonien statt.

»Für eine Begräbniszeremonie?«, erkundigte sich Mikhail, aber Ismails plötzlich verschlossener Gesichtsausdruck verriet ihm, dass es sich um etwas anderes handelte.

»Viele der Wahren Vampire haben sich nicht freiwillig ergeben.«

Mikhail wusste, was Ismail damit meinte. Jene, die sich

nicht ergeben hatten, waren an Ort und Stelle getötet worden.

»Patrick wird seinen Clansleuten bei diesem Treffen erklären, was geschehen ist. Delphine und zwei andere wurden lebend gefasst. Ihre Bestrafung wird an Ort und Stelle erfolgen, um ein Exempel zu statuieren.«

Eine öffentliche Hinrichtung, dachte Mikhail schaudernd. Seine arme Schwester würde das mit ansehen müssen. Die anwesenden Vampire würden sich mit eigenen Augen davon überzeugen wollen, dass den Auserwählten nichts zugestoßen war. Und danach würde es doch noch eine Begräbniszeremonie werden – eine Bestattung der Hingerichteten.

»Ich werde jetzt besser gehen.« Mikhail schob seinen Stuhl zurück. »Ich will nicht, dass meine Schwester noch glaubt, sie sei mich endgültig los.«

Aber sein Scherz klang lahm, selbst in seinen Ohren. Jetzt, wo er zum ersten Mal ein wenig zur Ruhe kam und guten Grund zu der Annahme hatte, dass die Gefahr vorüber war, begannen ihn die Ereignisse des letzten Monats einzuholen. Auf einmal hatte er das Gefühl, von allen möglichen, widerstreitenden Gefühlen zerrissen zu werden. Mikhail war so lange auf der Hut gewesen, nervös, wachsam, dass er nun, da die Anspannung von ihm abfiel, erst merkte, wie erschöpft, ja ausgelaugt er war. Mikhail war beinahe übel.

Ismail missverstand die zitternden Hände seines Freundes. Mitfühlend sagte er: »Die Prinzessin weiß, dass du noch am Leben bist, Mikhail.« Er deutete auf die feine Narbe an Mikhails linkem Handgelenk. »Blut wirkt bei uns auf viele Weisen. Es hat eine Art, uns miteinander zu verbinden.«

Mikhail berührte die Narbe. Er konnte sich noch lebhaft an jene Nacht erinnern, als seine Schwester beinahe gestorben wäre und er ihr Blut spenden musste. Er hatte es gern getan, würde es jederzeit wieder tun. Er würde, wenn es sein musste, für sie sterben. Oder für die Kinder.

Oder für Nell. Auch für Nell würde er ohne Zögern sein Leben hingeben.

Diesen verräterischen Gedanken verdrängend setzte Mikhail ein müdes Lächeln auf.

»Das ist gut.«

Ismail runzelte die Stirn. »Du nimmst dir doch sonst nichts zu Herzen, Mikhail Belanow. Was ist los mit dir?«

»Was los ist? Ich hab meinen Verstand verloren, Ismail, das ist los.«

»Und an wen hast du deinen *Verstand* verloren, mein Freund?«

Mikhail merkte, dass er zu viel verraten hatte, und stand abrupt auf. Vampire konnten Gedanken lesen, das wusste er ebenso gut, wie er wusste, dass Ismail nicht seine Gedanken gelesen hatte. Dafür war der Osmane viel zu rücksichtsvoll. Aber er war scharfsinnig und einfühlsam. Viel zu einfühlsam.

Mikhail straffte den Rücken und ließ seinen Blick über den Park des Anwesens schweifen. »Es wird bald dunkel. Ich muss aufbrechen.«

Mit einem Nicken verabschiedete er sich von dem Vampir und ging, um sich ein Pferd zu satteln. Auf dem Weg zum Stall kam ihm der Gedanke, dass es ihn eigentlich hätte überraschen sollen, dass durch seine Blutspende ein derartiges Band zwischen ihm und seiner Schwester entstanden war, aber das tat es nicht. Er war mit einer Schwester aufgewachsen, die gar nicht anders konnte, als seine und die Gedanken anderer zu lesen. Er hatte gelernt, einen Vampir als Schwager zu akzeptieren, und nun hatte er sich ausgerechnet in eine Frau verliebt, die hellsehen konnte.

Mikhail Belanow bezweifelte, dass ihn in seinem Leben noch viel überraschen könnte.

27. Kapitel

Unter Nells flinkem Rühren begann die gezuckerte Butter rasch Spitzen zu werfen. Nell hob den Kopf von der Schüssel und ließ den Blick zum wiederholten Male durch den Raum schweifen. Die einzelne Kerze, die sie aus ihrer Schlafkammer mitgebracht hatte, erleuchtete die Küche nur schwach, aber draußen graute bereits der Morgen. Bald würde es hell sein, und sie würde kein Licht mehr benötigen. Eine so saubere Küche hatte sie noch nie gesehen. Oder ein Anwesen, in dem so viele Räume nur zum Zubereiten von Nahrung vorgesehen waren.

Bei ihrer Suche nach den benötigten Zutaten war Nell in einen Raum geraten, in dem es nur Porzellan-, Glas- und Silberwaren gab. Schließlich hatte sie einen Kühlraum gefunden, in dem es unter anderem Eier und Butter gab. In einer anderen Vorratskammer hatte sie dann Mehl und Nüsse gefunden. Und nun stand sie hier in der Spülküche und rührte, was das Zeug hielt.

Hier war es ganz anders als in den Küchen des Hauses in Bath, in dem sie kurzzeitig als Gouvernante und Lehrerin gearbeitet hatte. Dort war die Küche unsauber, die Wände verdreckt, rußig und schmierig gewesen. Kein Vergleich zu diesen Räumen, die für eine passionierte Köchin wie sie das reinste Paradies waren.

Lächelnd stellte sie die Schüssel ab und griff nach der Handvoll Rosenblüten, die sie zuvor aus dem weitläufigen Garten stibitzt hatte. Genüsslich schnuppernd hielt sie sie an die Nase. Wundervoll. Genau wie Rosen riechen sollten. Nell konnte keinen Hauch Verschmutzung entdecken, obwohl sie bei ihrer Ankunft in dieser riesigen, geschäftigen Stadt über die schmutzige Luft und den Gestank entsetzt gewesen war.

Ganz in ihre Tätigkeit versunken, begann Nell all die Sorgen abzustreifen, die einen guten Nachtschlaf verhindert hatten. Langsam kehrten ihre Gedanken zu den Schurken zurück, denen sie gerade noch entkommen waren, zu Adams kleinem Laden, dem engen Gang, in dem sie Zuflucht fanden. Nell fügte gemahlenen Zimt hinzu. Bei dessen Duft musste sie an Mikhail denken und wie er ihr schelmisch grinsend ein Zimthörnchen stibitzt hatte.

Ihre Gedanken wanderten zu der langen Kutschfahrt mit der enervierenden Lady Denver zurück, ihr endloses Geschwätz, während Nell fast der Kopf zu platzen drohte, weil sie alle paar Minuten in die Zukunft zu schauen versuchte, um sicherzugehen, dass sie nicht direkt in eine Falle liefen. Der Duft von Muskatnuss und Vanille dagegen erinnerte sie an den Kuchen, den sie für den Mittsommertanz gebacken hatte. Sie hatte sich auf dem Weg zum Dorfanger bei Mikhail untergehakt, bei Mikhail, dessen Augen sie keine Sekunde lang losgelassen hatten.

Versunken stand sie im ersten Licht des Tages über ihre Schüssel gebeugt und schlug die Rosenessenz unter den Teig.

»Das riecht himmlisch.«

Nell ließ erschrocken den Kochlöffel fallen und wirbelte herum, um sich dem Eindringling zu stellen.

Als sie Lady Violet in einem wunderschönen weißen Negligé vor sich stehen sah, wäre sie beinahe in Lachen ausgebrochen. Eindringling! Der Einzige, der hier ein Eindringling war, war sie selbst!

»Entschuldigen Sie, ich wollte Sie nicht erschrecken.« Und zu Nells größtem Erstaunen bückte sich die Lady, hob den Kochlöffel vom Boden auf und ging damit zu einem der beiden Waschbecken.

»O bitte, Lady Bruce, kümmern Sie sich doch nicht darum, ich wollte sowieso sauber machen!«, flehte Nell erschrocken. Sie stellte ihre Schüssel hin und wollte der Lady den Löffel wegnehmen, doch diese kehrte ihr kurzerhand den Rücken zu und begann das Rührinstrument zu reinigen.

»So ein Unsinn, Nell! Ich darf Sie doch Nell nennen?« Ohne eine Antwort abzuwarten, fuhr sie fort: »Ich habe fast mein ganzes Leben lang selbst sauber gemacht, da wird mich ein Kochlöffel schon nicht umbringen.«

»Ach.«

Etwas Intelligenteres fiel Nell beim besten Willen nicht ein, aber das war schließlich auch kein Wunder. Was hatte eine feine Dame in der Spülküche zu suchen, eine Dame, die obendrein behauptete, ihr Leben lang ihr Geschirr selbst abgewaschen zu haben? Aber das war nicht der wahre Grund für Nells Nervosität. Sie hoffte inständig, dass Lady Violet den gestrigen Vorfall nicht erwähnen würde. Nell war nach der Sache mit der Vase geflohen wie ein Hase. Und war erleichtert gewesen, als sie feststellte, dass man ihr nicht folgte. Verlegen war sie in einem Winkel der Eingangshalle stehen geblieben, bis eine Haushälterin auftauchte und ihr erklärte, die Hausherrin habe sie gebeten, sie auf eins der Gästezimmer zu führen.

Nell war ein Stein vom Herzen gefallen. Mehr als das, sie war überglücklich gewesen. Man wollte sie also nicht aus dem Haus werfen. Zumindest noch nicht. Dennoch hatte sie während der Nacht kein Auge zugetan. Die halbe Zeit hatte sie am Fenster verbracht und nach draußen gestarrt, immer wieder in die Zukunft schauend, um sicherzugehen, dass nicht noch mehr Mörder auftauchten.

»Ich kann mich nicht erinnern, wann mich zum letzten Mal ein so köstlicher Duft geweckt hat«, unterbrach Lady Violet das eingetretene Schweigen.

»Ach?« Junge, Junge, sie war aber heute besonders eloquent!

»Ja, es riecht einfach herrlich. Die Rosen habe ich natürlich sofort gerochen, aber als Sie sie mit diesem braunen Zucker und Zimt und Muskatnuss vermischten ... hmm! Himmlisch. Wo haben Sie so gut backen gelernt?«

Eine Unterhaltung übers Backen hatte Nell nicht erwartet, doch sie antwortete bereitwillig. »Von meiner Mutter.«

»Tatsächlich? Es ist nur, ich habe noch nie erlebt, dass jemand Rosen zum Backen oder Kochen verwendet. Das heißt, einmal schon. Als mein Vater mich *Lokum* kosten ließ, ein türkisches Dessert, das aus Rosenwasser, Pistazien und Haselnüssen hergestellt wird. Einfach göttlich.«

Als Nell merkte, wie unbekümmert sich Lady Violet mit

ihr unterhielt und wie viel Freude sie an süßen Sachen hatte, entspannte sie sich ein wenig. »Das klingt wirklich köstlich.«

»O ja! Aber als ich es damals probierte, wusste ich sofort, dass wir es hier nicht herstellen können«, erklärte Violet sehnsüchtig.

»Wieso denn nicht? Wenn man das Rezept kennt?«

Die Lady schüttelte den Kopf. »Nein, denn wissen Sie, als ich *Lokum* probierte, merkte ich sofort, dass das Geheimnis nicht im Rezept, sondern in den Zutaten lag. Die Milch stammte von einer Kuh, die in einem sonnenbeschienenen Tal mit blühenden Mohnblumen weidete, der Weizen hatte die besondere Würze der türkischen Erde in sich aufgenommen, und die Pistazien schmeckten nach den Wüsten Persiens. Whisky entfaltet doch auch nur dann den richtigen Geschmack, wenn bei seiner Herstellung Wasser aus den schottischen Highlands verwendet wurde. Und genauso verhält es sich mit *Lokum*, es ist untrennbar mit dem türkischen Land verbunden.«

Nell blinzelte verwirrt. »Wollen Sie damit sagen, dass Sie all das herausgerochen haben, als Sie dieses Dessert aßen?«

Violet strich sich lächelnd das lange, rabenschwarze Haar zurück. Dann beugte sie sich vor und schloss die Augen. Fasziniert beobachtete Nell, wie ihre feinen Nasenflügel bebten. Die exotische Frau schlug ihre großen grünen Augen auf und blickte Nell direkt an.

»Sie haben auf dem Weg hierher große Ängste ausgestanden, stimmt's? Und Sie haben seit geraumer Zeit nichts mehr gegessen, Sie Arme. Und dieses Fischbrötchen ... Stammte das von Lady Denver? Ich dachte, ich hätte es gestern Nachmittag an ihr gerochen, kurz bevor sie ging.«

»Woher wissen Sie das? Es stimmt, sie hat kurz nach unserer Abreise ein Fischbrötchen in der Kutsche verzehrt. Aber das war schon vor zwei Tagen! Sie können das unmöglich jetzt noch riechen!« Nell starrte ihr Gegenüber mit großen Augen an.

»Der Geruch haftet Ihrem Kleid an.«

Nell lachte, sie konnte nicht anders. Das war unmöglich! »Sie können den Geruch eines Brötchens an meinem Kleid riechen, das jemand anders vor zwei Tagen in meiner Gegenwart verzehrt hat?«

»Ja«, antwortete Violet ernst. »Ich kann Dinge aus meilenweiter Entfernung riechen, auch lange nachdem die Quelle des Geruchs gekommen und wieder gegangen ist. Und Sie, meine liebe Nell, können in die Zukunft schauen.«

Nell blieb das Lachen im Halse stecken. War es möglich?

»Ich wollte, dass Sie das über mich erfahren, Nell. Ich finde es nur fair, nachdem wir Sie gestern Abend zwangen, uns Ihr Geheimnis preiszugeben. Das kann nicht leicht für Sie gewesen sein.« Violet schnupperte genüsslich. »Wäre es möglich, dass ich ein Stück davon bekomme, wenn es fertig ist?«

Nell war ihr dankbar für den Themenwechsel. Lady Violet war eine höchst ungewöhnliche Frau, so viel stand fest. Und eine verwandte Seele, so seltsam ihr das auch erschien. Ach, bei den Mätressen des französischen Königs, wie hatte es sie bloß in diese Küche verschlagen, wo sie diese mehr als seltsame Unterhaltung mit dieser wunderschönen, exotischen Frau führte?

»Na ... natürlich«, stammelte Nell. Doch dann gab sie sich einen Ruck; schließlich war sie sonst auch nicht so schüchtern. Nell stellte die Frage, die sie am meisten plagte: »Wer sind die Männer, die den Kindern etwas Böses antun wollen?«

Violet verzog das Gesicht. Dann befeuchtete sie Zeigefinger- und Daumenspitze und löschte Nells Kerze. Es war mittlerweile hell geworden, und die Morgensonne schien durch die großen Fenster über der Spüle herein. Auch kündigten zahlreiche Geräusche das Erwachen des Hauspersonals an.

»Ich weiß nicht, wer sie sind, ich weiß nur, dass sie Übles im Sinn hatten. Aber das ist vorbei.«

»Ja, hat man sie denn erwischt? Alle?«

Die Lady nickte langsam. »Ja. Mein Mann hat eine von ihnen zum Reden gebracht, und sie hat die Namen ihrer Mitverschwörer verraten. Sie wurden alle festgenommen. Die, von denen Sie und Mikhail verfolgt wurden, waren offenbar die Letzten.«

»Aber das ist ja großartig!«

»Ja«, lächelte Violet, doch ihre Miene verriet Besorgnis.

»Da ist noch was?«, fragte Nell.

»Nein. Doch. Ach, ich weiß nicht. Patrick hält mich für paranoid, aber irgendwie habe ich das Gefühl, dass es noch nicht vorbei ist. Und ich bin nicht die Einzige; Angelica geht es ebenso.«

Zu Nells Überraschung ergriff die Lady ihre Hände.

»Mikhails Brief war zwar nur vage, aber er hat uns immerhin mitgeteilt, dass Sie ihm bei der Sorge um die Kinder behilflich waren, dass Sie ihnen ein Versteck boten. Nell, ich weiß, Sie haben bereits mehr für unsere Familie getan, als sich je entgelten lässt, dennoch möchten sowohl Angelica als auch ich Sie bitten, noch ein Weilchen bei uns zu bleiben. Es würde uns immens beruhigen, wenn Sie ... nun, wenn Sie ein Auge auf die Kinder haben könnten.«

Nell wusste, was Lady Violet meinte: *ein Auge auf die Zukunft der Kinder.* Aber das störte sie nicht.

»Ich habe die Kinder sehr lieb gewonnen, Lady Violet. Ich bleibe sehr gerne.«

Abermals wurde Nell von der Lady überrascht, diesmal mit einer Umarmung. Nell fühlte sich eigenartig getröstet. Ihre neue Freundin verzog die Nase, als sie sie wieder losließ. »Wir sollten besser Angelica wecken. Lady Denver wird bald über uns hereinbrechen. Ich weiß wirklich nicht, was Mikhail an ihr findet.«

Nell hatte plötzlich das Gefühl, ein eisiger Wind würde über sie hinwegstreichen, und sie schlang die Arme um ihren Oberkörper. »Was meinen Sie damit?«

»Mikhail und Caroline – Lady Denver. Sie waren vor einiger Zeit unzertrennlich. Und wenn es stimmt, was sie behauptet, dann dürfte es bald ernst zwischen ihnen werden.«

»Ach.« Nell war mal wieder die Sprache abhandengekommen, diesmal jedoch aufgrund ihres wild klopfenden Herzens.

»Nicht dass es mich nicht freute, wenn er endlich heira-

ten würde, aber – Caroline? Sie sieht gut aus, natürlich …«
Lady Violet hatte noch mehr zu sagen, aber Nell hörte nicht länger hin. Wie betäubt folgte sie ihr und fragte sich dabei, wann der Schmerz in ihrer Brust wohl wieder aufhören würde.

28. Kapitel

Bei Marco Polo und seiner gesamten Mannschaft!, dachte Nell ergrimmt, *will die Frau denn überhaupt nicht mehr gehen?* Von ihrem Platz in der Zimmerecke aus beobachtete Nell, wie Lady Denver einmal mehr ihr schrilles Lachen ausstieß, ein Lachen, das so gut wie nichts mit Belustigung zu tun hatte, aber alles mit Affektiertheit. Es gab so viele Gründe, diese Frau nicht zu mögen, dachte Nell, während sie beobachtete, wie sie zwischen den anderen hochmodischen Damen saß, die ebenfalls zum Tee ins Kourakin-Anwesen gekommen waren, aber ihre heuchlerische Sorge um die Kinder setzte dem Ganzen die Krone auf. Erneut hatte Lady Denver sich unter dem Vorwand, »die lieben Kinder« zu vermissen, eine Einladung zum Tee erschwindelt. Aber obwohl sie nun schon eine Stunde hier saß, Tee schlürfte und affektiert mit den Wimpern klimperte, hatte sie die »lieben Kleinen« noch keines Blickes gewürdigt – obwohl beide bei ihren Müttern auf dem Schoß saßen.

Du bist doch bloß neidisch, Nell Witherspoon!, meldete sich ihr schlechtes Gewissen zu Wort, aber Nell hörte nicht hin. Vielleicht hatte sie ja wirklich nicht das Recht, die Frau aus dem Haus zu wünschen, besonders, wo sie offenbar bald in die Familie einheiraten würde – zumindest deutete sie das permanent an, aber bei Gott, ihre Gründe,

Caroline Denver zu verabscheuen, gingen weit über ihre Gefühle für Mikhail hinaus.

Vielleicht, vielleicht fühlte sie sich ja ein klein wenig betrogen ... Aber das war nur normal, oder nicht?

Nein. Sie war töricht. Er hatte einen Fehler gemacht ... sie hatten einen Fehler gemacht. Solche Dinge passierten nun mal im Leben, oder? Fest entschlossen, nicht länger auf ihre Gefühle zu hören, richtete sie ihre Aufmerksamkeit wieder auf die Unterhaltung der Damen.

Eine korpulente Dame mit zwei kreisrunden rosa Rougeflecken auf den Wangen sagte gerade: »Ach, Prinzessin Kourakin, ich muss Ihnen einfach sagen, wie wunderschön Ihr Empfangszimmer ist! Sie *müssen* mir den Namen Ihres Innendekorateurs geben, Sie müssen einfach!«

»O ja!«, pflichtete ihr die Dame zu ihrer Linken zu. »Wissen Sie, manche Damen heutzutage übertreiben es etwas. Lady Dule, zum Beispiel. Ihre Möblierung war derart extravagant ... Es hat mich nicht überrascht, von Lady Bloomington zu erfahren, dass Lady Dule nur über eine äußerst kärgliche Apanage verfügt!«

Eine dürre Dame mit dicken Sommersprossen nickte so eifrig, dass Nell schon fürchtete, sie würde sich den Schildkrötenhals verrenken. Das musste Lady Bloomington sein.

»Eine äußerst kärgliche Apanage!«, wiederholte sie wie ein Papagei. »Eine Schande, dass Lady Dule selbst nicht an ihr Empfangszimmer heranreicht! Aber das tun heutzutage ja nur so wenige«, schloss sie seufzend.

Nell konnte nur mühsam ein Schnauben unterdrücken. Wenn sie nicht gewusst hätte, dass all die »Damen« in Begleitung von Lady Denver gekommen waren – die *zufälli-*

gerweise vergessen hatte, dass sie mit den Damen verabredet gewesen war, als sie diese Einladung zum Tee annahm, und sie daher einfach mitgebracht hatte –, sie hätte ihre bisherige gute Meinung über Angelica Kourakin und ihre Cousine revidieren müssen. So, wie die Dinge lagen, konnten jedoch weder die Prinzessin noch Lady Bruce ihre Langeweile ganz verbergen, auch wenn sie höflich nickten.

»Dieser Wolsey ist einfach fantastisch, Prinzessin«, zwitscherte Lady Denver und deutete auf den Stuhl, in dem sie saß.

»Danke«, antwortete Angelica höflich.

»Genau so einen hab ich neulich bei Christie's gesehen, und Sie werden mir nicht glauben, wer darauf geboten hat …«, fuhr Lady Denver mit ihrer Geschichte – Tratschgeschichte! – fort, aber Nell wollte dem Geschwätz nicht weiter zuhören. Nicht dass Angelicas Empfangszimmer nicht wunderschön war, denn das war es! Dicke grüne und blaue Teppiche, Tische aus dunklem Holz, Seidenvorhänge und cremefarbene Sofas und Sessel – ein Raum, der einer Prinzessin wahrhaft gerecht wurde. Aber wie man sich so lange über Möbel unterhalten konnte, war Nell ein Rätsel. Wo es in diesem Zimmer doch weit interessantere Dinge gab, wie zum Beispiel das Ölgemälde über dem Kamin.

Abermals huschte Nells Blick zu besagtem goldgerahmten Bild. Es war eine Landschaftsszene, ein russischer Winter, wie sie vermutete. Die sinkende Sonne schien bleich über der schneebedeckten Ebene, und die Äste der vereinzelten kahlen Bäume waren mit einer dicken Eiskruste überzogen. Nell glaubte die Kälte fast spüren zu können.

Und inmitten dieser Weite stand ein einzelner Mann, der dem Betrachter den Rücken zugekehrt hatte. Die Haltung dieses Mannes drückte eine so tiefe Einsamkeit und, ja, Sehnsucht aus ... Nell konnte ihn verstehen. Ja, sie hatte beinahe das Gefühl, dieser Mann zu *sein*.

Unruhig rückte Nell auf ihrem Stuhl hin und her und wäre dabei fast mit dem langen Kleid hängen geblieben, das ihr Violet geliehen hatte. Es war ein herrliches blaues Tageskleid, prächtiger als alles, was sie je getragen hatte. Ein wahrer Traum. Dennoch fühlte Nell sich sehr unbehaglich darin. Sie kam sich vor wie eine Schwindlerin, eine Hochstaplerin. Und der Blick, mit dem Lady Denver sie gemustert hatte, als sie sie in dem Kleid sah, bestätigte dieses Gefühl. Nell hegte den Verdacht, dass sie nur zu gerne eine gehässige Bemerkung gemacht hätte, sich aber nicht traute, nachdem Nell von Prinzessin Angelica ausdrücklich als *Freundin der Familie* vorgestellt worden war.

Genau in diesem Moment erklang erneut Lady Denvers gekünsteltes Lachen.

»Dumme, aufgeblasene ...«, murmelte Nell ergrimmt.

»Und wer hat sich jetzt schon wieder den Zorn meines Eheweibs zugezogen?«

Er hatte sie vermisst. Alles an ihr hatte er vermisst, wie ihm jetzt klar wurde: ihren Rosenduft, den anmutigen Schwung ihrer Wange, den überraschten Ausdruck in ihrem Gesicht. Ihr süßer Mund stand offen, und es reizte ihn, ihre vollen Lippen zu küssen. Ja, er hatte sie vermisst, mehr vermisst, als jede Frau zuvor.

»Mikhail, du bist wieder da«, flüsterte sie, die Augen beinahe hungrig auf seine Züge gerichtet, als könne sie es kaum glauben, ihn zu sehen.

»Ich sagte doch, dass ich euch folgen würde.«

Sie blinzelte, konnte ihre feuchten Augen aber nicht vor seinem scharfen Blick verbergen.

»Was ist?« Er hob ihr Kinn.

»Ach, bei Athenes Bogen, lass das, Mikhail!«, zischte sie ihn an und warf einen verlegenen Blick zu der Damengruppe, die am anderen Ende des Zimmers zusammensaß. Mikhail folgte ihrem Blick. Erst jetzt bemerkte er seine Schwester und seine Cousine inmitten der lebhaft schwatzenden Gruppe. Schön wie immer, fand er, und sichtlich glücklich, jetzt wo sie ihre Kinder wieder in den Armen hielten. Mikhail selbst wurde in diesem Moment von einem so intensiven Glücksgefühl erfasst, dass er bebte.

»Danke, Nell.«

»Ich ... Was?« Verwirrt über diesen plötzlichen Themenwechsel, sah Nell ihn misstrauisch an. Mikhail nahm sie bei der Hand und schaute ihr tief in die Augen. Sein Blick verriet mehr, als ihm vielleicht lieb war.

»Ohne dich hätte ich das alles nie geschafft, Nell. Dank dir ist uns nichts zugestoßen, und ...«

»Mikhail!«

Angelica war aufgesprungen und kam nun mit ausgebreiteten Armen auf ihn zugelaufen. Noch ehe er etwas sagen konnte, hatte sie sich ihm bereits an den Hals geworfen.

»Da bist du ja endlich!«

Mikhail musste sich erst aus Angelicas Würgegriff befreien, bevor er auch seine Cousine begrüßen konnte, die mit beiden Kindern auf dem Arm auf ihn zukam.

»Vielleicht sollten wir dieses Wiedersehen an einen, ähm, etwas privateren Ort verlegen?«

Angelica schaute lachend zu ihm auf. »Ich hab dich vermisst, du Idiot.«

»Ich dich auch, Angel.«

»Und ich dich auch, selbst wenn ich's nicht zeigen kann, weil ich meine Arme voller Kinder habe. Und außerdem eine größere Selbstbeherrschung, zumindest vor Publikum. Nicht dass ich Publikum nicht gewöhnt wäre«, lachte Violet.

»Gut, gut, Violet, ich hab schon verstanden!«, flüsterte Angelica, nahm Mitja wieder an sich und gab Mikhail einen Schubs in Richtung Tür. Dieser zögerte, wollte Nell mitziehen, doch in diesem Moment drang Lady Denvers schrille Stimme an ihre strapazierten Ohren.

»Mikhail, sind Sie das?«

Als Mikhail klar wurde, dass er jede Sekunde von einer Horde teeschlürfender Damen überrannt werden würde, ließ er alles stehen und liegen und flüchtete mit Angelica und Violet in die Bibliothek.

»Und jetzt erzähl uns alles!«, rief Violet aufgeregt aus.

Mikhail lächelte seine Cousine an, dann nahm er beiden Frauen die Kinder ab und ließ sich im nächstbesten Sessel nieder. Mitja griff mit einer molligen Hand nach seinem Gesicht und Katja giggelte.

»Fröhlich wie immer.« Er überlegte. »Glaubst du, dass sie sich an das, was passiert ist, erinnern werden?«

»Ich hoffe nicht!«, erwiderte Angelica stirnrunzelnd.

Dann setzte sie sich neben ihre Cousine aufs Sofa und schlug die Beine auf höchst unprinzessinnen-, aber typisch angelicahafte Weise unter. »Also, erzähl schon!«

»Was willst du denn hören, Angel?«, fragte Mikhail grinsend. »Ich bin einfach froh, dass es vorbei ist und dass niemandem etwas zugestoßen ist.«

»Ich weiß, aber wo warst du? In deinem Brief hast du ja kaum was verraten!«, beschwerte sich Angelica.

Violet nickte energisch. »Komm schon, lieber Cousin! Wir möchten wissen, was passiert ist und wie Nell euch geholfen hat! Wir haben uns natürlich bei ihr bedankt, aber es wäre schön zu wissen, wo sie euch versteckt hat. Uns hat sie ja nichts verraten!«

Nell hatte also nichts erzählt? Das sollte ihn eigentlich nicht wundern. Sie war die verschwiegenste, ja geheimniskrämerischste Frau, die er kannte. Die meisten Damen aus seiner Bekanntschaft stellten jede Menge Fragen und redeten über alles, was ihnen in den Sinn kam. Nell nicht. Nell redete nicht viel. Außer gelegentlich mit sich selbst, wie er zu seiner Belustigung festgestellt hatte. Er hatte sie in den vergangenen Wochen mehrmals in trautem Gespräch mit den Rosenbüschen ertappt. Aber das war nur eine ihrer liebenswerten Eigenheiten.

»Also, von dem Überfall auf der Fähre habt ihr ja bereits erfahren, nehme ich an. Kiril wird es erzählt haben?«

Seine Schwester und seine Cousine nickten grimmig.

»Nell war's, die uns vor dem Angriff gewarnt hat.«

»Moment!« Violet fuhr hoch. »Nell war die Frau auf dem Schiff? Die sich fast zu Tode gefroren hat, als du und Kiril an Land zurückgerudert seid?«

»Kiril scheint nicht zu wissen, welche Details man besser auslässt, aber – ja, das war Nell.« Mikhail hatte seit Wochen nicht mehr an diesen Vorfall gedacht. Er kam ihm jetzt vor wie aus einem anderen Leben. Ihre erste Begegnung. Seltsam, mittlerweile konnte er sich eine Zeit ohne sie gar nicht mehr vorstellen.

»Das arme Mädchen! Erzähl weiter, Mikhail«, bat Angelica.

»Ja, also, Kiril und ich, wir wussten, dass einer von uns nach London zurückmusste, um euch zu warnen. Und da er als Vampir viel schneller ist als ich, fiel die Wahl auf ihn.« Natürlich besaß er noch andere vorteilhafte Eigenschaften, die einem in einer bedrohlichen Situation nützlich waren, aber darum ging es jetzt nicht. »Als Kiril weg war, musste ich schleunigst einen Ort finden, wo ich mich mit den Kindern verstecken konnte. Nell schlug ihr Cottage vor. Sie wollte zuerst nicht mit uns kommen, aber ich wusste, dass es anders nicht geht. Es hätte zu viele Fragen und Zweifel gegeben ... Also habe ich sie überredet, ihre Meinung zu ändern.«

Als nach dieser Äußerung Stille eintrat, huschte sein Blick schuldbewusst zu den beiden Frauen. Beide schauten ihn misstrauisch an, und seine Schwester sagte: »Mikhail Belanow, was hast du angestellt? Und spiel jetzt nicht den Unschuldigen! Denk dran, ich kann deine Gedanken lesen!«

»Na gut, also, es könnte sein, dass ich andeutete, sie hätte keine andere Wahl – dass ich sie zurücklassen würde, mittellos und ohne Anstellung. Aber bevor ihr euch aufregt, denkt bitte dran, dass ich die Kinder beschützen musste!«

»Eure Kinder«, fügte er betont hinzu. Als er ihre verkniffenen Mienen sah, wusste er, dass sie nichts mehr zu dieser Angelegenheit sagen würden, und fuhr hastig fort: »Nun, wie gesagt, Nell ist mitgekommen. Und weil wir einen Grund brauchten, warum wir so plötzlich im Dorf auftauchen, hatte ich die Idee zu behaupten, wir wären verheiratet.«

»Verheiratet!«, riefen Angelica und Violet verblüfft aus.

Das schockierte sie mehr als alles andere? Manchmal konnte Mikhail die Frauen wirklich nicht verstehen! Er zuckte mit den Schultern. »Ja, und glaubt mir, es hat funktioniert. Niemand hat Verdacht geschöpft.«

»Aber Mikhail, wie, ich meine, du hast doch nicht ...« Angelica wurde rot. Da seine Schwester nur selten um Worte verlegen war, konnte Mikhail nicht umhin, ein wenig Schadenfreude zu empfinden. Aber als ihm klar wurde, was sie meinte, verging ihm das Grinsen.

»Ich habe sie nicht ausgenützt«, entgegnete er barsch. Aber stimmte das? Tief in seinem Inneren hatte Mikhail das Gefühl, dass er es doch getan hatte. Er hatte Nell nicht verführen wollen – war selbst nach allen Regeln der Kunst verführt worden, wie er fand –, aber das Ergebnis war dasselbe: Sie hatten eine Nacht miteinander verbracht. Die sie offensichtlich bereute. War das Antwort genug? Sie hatte nichts getan, als ihm und den Kindern zu helfen, und er hatte ihr im Austausch dafür etwas angetan, das sie bereute. *Verfluchte Hölle.*

29. Kapitel

Nell Witherspoon war verwirrt. Verwirrt vom Leben. Es hatte sie von New Hampton nach Bath geführt, von dort aus auf ein Fährschiff zum Kontinent (den sie nie erreichte), wieder zurück nach New Hampton, und nun stand sie hier in einem prachtvollen Schlafzimmer in einer noch prächtigeren Londoner Stadtresidenz. Als Gast einer echten Prinzessin.

Auch hatte das Leben für eine Kleideranprobe gesorgt.

In einem langen, dünnen Unterhemd stand sie da, während von einer Schneiderin und deren junger Assistentin alle möglichen Stoffe um sie drapiert wurden. Wenn sie alles bedachte, was ihr in den letzten zwei Jahren zugestoßen war, dann war das hier sicherlich die Krönung der Seltsamkeiten. Vielleicht gab es irgendwo auf dieser Welt, in irgendeinem fernen Winkel, noch ein mittelloses Aschenputtel, das auf wundersame Weise in einem Palast landete ... Aber das hier schien ihr beinahe noch seltsamer.

»Autsch!«, rief Nell, die zum dritten Mal gepiekst wurde.

»Sorry, Miss«, stammelte das junge Lehrmädchen mit hochroten Wangen. Nell bereute sogleich ihren Ausruf; sie wollte nicht, dass das Mädchen ihretwegen Schwierigkeiten bekam.

»Macht nichts«, sagte sie rasch.

»Sehen Sie? Ich hab Ihnen doch gesagt, dass eine Anprobe mit großen Gefahren verbunden ist!«, rief Lady Violet lachend von ihrem Platz auf dem großen Himmelbett.

»Ach komm, Violet«, sagte Angelica vorwurfsvoll und lächelte dem zerknirschten Lehrmädchen aufmunternd zu, »die arme Ashley hat gerade erst angefangen. Sie hat noch nicht gemerkt, wie nett ihre Chefin ist und dass sie sie wegen ein paar Stichen hie und da bestimmt nicht bestrafen wird.«

Erstaunt bemerkte Nell, wie sich die Schneiderin unter dem Vorwand, den Kleidersaum abstecken zu wollen, bückte, um ihr Schmunzeln zu verbergen. Aber Nell war froh, dass heute niemand bestraft werden würde – außer ihr natürlich. Hastig straffte sie ihren Rücken, bevor noch jemand auf den Gedanken kam, sie erneut wegen ihrer schlechten Haltung auszuschimpfen.

Nell hatte sich in den letzten paar Tagen gut in Angelicas Haushalt eingelebt. Frühmorgens ging sie gewöhnlich zum Backen in die Küche hinunter, danach saß sie mit den Kindern im Wohnzimmer oder im Spielzimmer. Zwischendurch im Musikzimmer und später wieder in der Küche. Die Aufenthalte im Musikzimmer waren immer besonders schön. Nell hatte noch nie so ausgezeichnete Musikerinnen erlebt, wie Angelica am Klavier und Violet mit ihrer Geige. Wenn die beiden zusammen spielten, hatte man das Gefühl, im Himmel zu sein.

Am glücklichsten jedoch war sie, wenn sich ihre neuen Freunde zu ihr in die Küche setzten und ihr beim Kochen oder Backen zusahen. Und was für eine Fülle von Zutaten es hier gab! Wie viele verschiedene Schüsseln und Töpfe und Pfannen – alles, was ein Köchinnenherz begehrte. Aber das Backen war ihr dennoch am liebsten. Sie freute sich, wenn Angelica und Violet ihr zusahen, wie sie Marmeladen kochte, Torten und Törtchen und Biskuitrollen buk. Das Einzige, worüber sich ihre Zuschauer beschwerten, war, dass jetzt mehr Besucher als je zuvor ins Haus kamen.

Obwohl im Grunde niemand etwas dagegen hatte. Selbst der Prinz und Lord Patrick kamen jetzt öfter nach Hause, um die Törtchen und Sahneschnittchen nicht zu verpassen, wie sie sagten.

Nell hätte nicht glücklicher sein können. Die Kinder waren in Sicherheit, sie hatte neue Freunde gefunden, schlief in einem wunderschönen Zimmer und hatte jede Menge schöner Dinge zu tun. Ja, es wäre geradezu perfekt gewesen, hätten sie nicht zwei Dinge gestört: Lady Denver, die täglich zu Besuch kam, und Mikhail, der fast nie zu Besuch kam.

Warum Mikhail sich vom Haus fernhielt, wusste sie nicht. Vielleicht hatte er ja viel zu tun; immerhin hatte er sich einen ganzen Monat lang nicht um seine Geschäfte kümmern können. Oder vielleicht hielt er sich ja gar nicht absichtlich fern, vielleicht bildete sie sich das bloß ein, weil sie ihn so schrecklich vermisste. Er kam schließlich wenigstens einmal am Tag vorbei. Aber das Problem war, wenn er kam, dann verbrachte er ein wenig Zeit mit den Kindern, unterhielt sich mit seiner Schwester und seiner Cousine und ging dann wieder. Nicht dass er Nell vollkommen ignorierte, aber ein flüchtiger Gruß war kein Vergleich zu dem, was früher zwischen ihnen gewesen war.

»Ach, bei den roten Riesenameisen des Amazonasbeckens, jetzt hör schon auf zu jammern!«

»Nell? Haben Sie was gesagt?«

Angelica schien ebenso verblüfft zu sein wie Violet.

Nell errötete und musste sich fieberhaft eine Ausrede überlegen.

»Ich dachte nur, Sie sollten besser auf Ihr Haar aufpassen, Angelica. Mitja könnte dran ziehen, und dann verlieren Sie Ihren hübschen Haarreif.«

»Ach?« Angelica strich sich überrascht das Haar zurück. Stirnrunzelnd schien sie einen Moment zu überlegen, dann sagte sie zur Schneiderin: »Ich denke, das reicht für heute. Sie können doch inzwischen mit dem Kleid anfangen, nicht wahr, Miss Baudette?«

»Gewiss, Prinzessin. Wir kommen dann morgen wieder.« Die Schneiderin knickste ehrerbietig und entfernte dann mit flinken Fingern die Nadeln und Stoffbahnen, in die sie Nell gewickelt hatten. Und schon war sie mit ihrer kleinen Assistentin verschwunden.

Sobald sich die Tür hinter ihnen geschlossen hatte, warf Violet ihrer Cousine einen verwirrten Blick zu. »Du hast doch gesagt, wir müssen möglichst früh mit der Anprobe beginnen, damit das Kleid auch wirklich bis zu Margarets Ball fertig wird!«

Margarets Ball. Unglaublich, wie beiläufig, ja familiär Lady Violet von der Herzogin redete. Andererseits war Violets Cousine eine Prinzessin, aber trotzdem! Nell hatte Mühe, sich nicht von all den Titeln, die hier herumschwirrten, einschüchtern zu lassen. Und jetzt auch noch eine Herzogin! Und diese spezielle Herzogin Margaret hatte Angelica gebeten, Nell doch zu ihrem Ball mitzubringen! Ein Ball! Sie hätte lachen können, wenn sie nicht so nervös gewesen wäre.

Aber sosehr sich Nell auch für dieses Thema interessierte, jetzt wollte sie vor allem eins: sich nach dem langen Stehen endlich hinsetzen. Da jedoch auf allen Stühlen irgendwelche Stoffbahnen lagen, setzte sie sich kurzerhand zu den beiden Frauen und den Kindern aufs Bett. Angelica und Violet stritten noch immer über die Zeitfrage, als Nell sie unterbrach.

»Ich frage nur ungern, aber sind Sie sicher, dass den Kindern auf dem Ball nichts zustoßen kann?«

»Hören Sie auf, sich zu sorgen, Nell!«, rief Angelica und fiel ihrer Cousine dabei mitten ins Wort, was diese zwar nicht überraschte, aber ein wenig verstimmte. »Alles wird gut. Außerdem hat Margaret Sie jetzt schon ins Herz geschlossen. Sie konnte gar nicht aufhören, Ihre Backkünste zu loben, nachdem ich ihr ein paar von Ihren Zitronen- und Vanille-Scones geschickt habe. Alexander sagte, sie habe James – das ist der Herzog – gebeten, ihn zu bitten, mich zu bitten, Sie zu bitten, ob Sie nicht noch ein paar davon machen könnten für morgen.«

Nell, die schon nach dem zweiten oder dritten »zu bitten« nicht mehr mitgekommen war, war im Begriff, Angelica zu bitten, diesen Satz noch einmal zu wiederholen, doch Violet kam ihr zuvor.

»Manchmal redest du solchen Unsinn, dass ich mir Sorgen um dich mache, Cousine«, schimpfte sie. »Im Übrigen gibt es wichtigere Themen, nicht wahr?«

Nell, die nicht wusste, was damit gemeint war, schaute

erwartungsvoll zwischen beiden Frauen hin und her. Natürlich war es Angelica, die die Bombe platzen ließ.

»Wie war's denn so, mit meinem Bruder verheiratet zu sein?«

»W ... wie bitte?« Bei Galileos Teleskop, wo war diese Breitseite hergekommen? Nell rang blinzelnd um Worte.

»Ach, nun werden Sie nicht gleich rot, Nell. Es tut mir leid, ich wollte Sie nicht in Verlegenheit bringen«, beeilte sich Angelica zu versichern.

»Dann solltest du vielleicht weniger unverblümt sein, Angelica«, rügte Violet sie. »Nicht jeder ist deine unkonventionelle Art gewöhnt!«

»Das sagst gerade du!«, empörte sich die Prinzessin. Dann tätschelte sie begütigend Nells Hand. »Es ist nur so – Violet und ich, wir brennen vor Neugier. Mikhail war es bisher noch nie ernst mit dem schönen Geschlecht, und als ich dann hörte, dass er ..., dass er den ... den braven ...«

»Ehemann?«, warf Violet verschmitzt ein.

» ... gespielt hat«, ergänzte Angelica dankbar – sehr zu Nells Entsetzen –, »nun, da haben wir uns gefragt, ob, nun ja, ob er gut zu Ihnen war?«

Gut zu ihr? Was immer Nell auch erwartet hatte, wie Angelicas Satz enden könnte, so bestimmt nicht. Kannte sie ihren Bruder denn gar nicht? Wusste sie denn nicht, dass er gar nicht unfreundlich oder lieblos sein konnte?

»Natürlich war er gut zu mir! Mikhail ist ein durch und durch ehrenhafter, netter Mann, ich ...«

Erst jetzt bemerkte sie das triumphierende Glitzern in Angelicas Augen und schalt sich dafür, auf die andere hereingefallen zu sein.

269

»Ja, er war gut zu mir«, fuhr sie verstimmt fort. »Und was das ›ernst meinen‹ betrifft, da haben Sie wohl Lady Denver vergessen. Mit ihr scheint es ihm ja ziemlich ernst zu sein.«

»Ach ja?«, sagte Angelica überrascht und keineswegs überzeugt.

»Ja natürlich«, fuhr Nell frustriert fort. »Lady Denver hat mir selbst erzählt, wie lange ihr Mik ...« Nell merkte, wie unpassend es war, ihn weiterhin so einfach beim Vornamen zu nennen und korrigierte sich hastig, »wie lange ihr *Lord* Mikhail schon den Hof macht. Sie sagte, sie würden wahrscheinlich noch in diesem Jahr heiraten.«

Violet und Angelica starrten sie mit ausdruckslosen Mienen an. Warum schauten sie so? Warum sagten sie nichts? Sie hatte doch nichts Lächerliches gesagt, sondern lediglich das, was sie zu wissen glaubte.

»Er ist kein Lord, er ist ein Prinz«, erklärte Violet nach einer kleinen Pause.

Nell blinzelte wie ein Mondkalb.

»Prinz Mikhail«, sagte Violet achselzuckend, »aber nach allem, was ihr zusammen erlebt habt, ist es vollkommen in Ordnung, ihn beim Vornamen zu nennen. Mikhail hält nicht viel von Etikette, ebenso wenig wie wir.«

Ein Prinz. Na herrlich. Kein kümmerlicher Lord, o nein! Er musste ausgerechnet ein Prinz sein! Warum das einen Unterschied machen sollte, wusste Nell selbst nicht so recht. Auch ein Lord stand gesellschaftlich weit über ihr, da spielte es schon kaum mehr eine Rolle, ob er ein Prinz war oder nicht. Aber ihr machte es dennoch etwas aus. Weil sie nicht gewusst hatte, dass ein Prinz in ihrer Küche stand und ihr Hefeschnecken stibitzte, dass es ein Prinz war, der sich als ihr Ehemann ausgab, der sie anlächelte, der … Sie war eine Närrin. Sie war so eine Närrin!

»Nell!«, sagte Mitja und streckte die Ärmchen nach ihr aus.

Wie benommen hob Nell den Kleinen auf ihren Schoß. Als er sich an sie kuschelte, seufzte sie. Sie mochte ja vielleicht eine Närrin sein, aber sie hatte sich in den letzten paar Wochen lebendiger gefühlt als je zuvor, seit sie ihre Eltern verloren hatte. Das konnte und durfte sie nicht bereuen. Wie könnte sie es auch bereuen, diesen wundervollen Kindern geholfen zu haben. Nell nahm Mitjas kleine Hand und begann, alle möglichen unsinnigen Geräusche auszustoßen, um ihn zum Lachen zu bringen.

Plötzlich merkte sie, wie still es im Raum geworden war. Sie blickte auf. Beide Frauen starrten sie verblüfft an.

»*Er kann sprechen!*«, quietschte Angelica dann und verströmte dabei eine Energie und Freude, die alle ansteckte. Mitja klatschte in die Händchen.

»Ja, er hat vor etwa zwei Wochen damit angefangen. Tut mir leid, ich hätte es Ihnen erzählen müssen«, stammelte Nell.

»Ach, jetzt machen Sie sich nicht lächerlich. Mein Baby kann sprechen! Ich sollte eigentlich neidisch sein, weil er Ihren Namen als Erstes sagt und nicht ›Mama‹, aber was soll's! Er kann sprechen! Ach, das muss ich gleich Alexander erzählen. Hat er sonst noch was gesagt?«

Nell nickte lächelnd. »Er sagt Mik, was wohl Mikhail heißen soll. Das redet sich Mikhail wenigstens ein.«

Mitja wedelte mit den Armen und rief: »Mik! Mik! Mik!«

Violet und Nell lachten, und Angelica schloss ihren Schatz in die Arme. »Ja, Mitja, dein Onkel Mik wird bald kommen. Aber jetzt müssen wir erst mal Papa suchen und ihm erzählen, was du schon kannst, ja?«

Mitja schaute mit großen Augen zu seiner Mutter auf und sagte dann laut und deutlich: »Papa.«

Alle drei Frauen schauten sich an und brachen in überschwängliches Gelächter aus, während ihnen gleichzeitig die Freudentränen kamen.

30. Kapitel

Ramil rollte sich von der Vampirfrau herunter und wischte sich das Blut von den Lippen.

»Das war perfekt«, flüsterte Anastasia und schmiegte sich an ihn, fuhr mit ihren langen Fingernägeln durch seine Brustbehaarung. Die schattige Vertiefung zwischen ihren Brüsten verbarg die blutigen Bissspuren. Blut lief in einem dünnen Rinnsal über ihren flachen Bauch und sammelte sich in ihrem Nabel. Ramil überlegte, ob er die köstliche Kuhle nicht auslecken sollte. »Du bist so stark, so …«

»Schweig!«

Er begehrte Anastasias Blut und das, was ihr Schoß ihm schenken konnte, aber ihre Schmeicheleien gingen ihm auf die Nerven. Anastasias Gesicht verdüsterte sich, und sie fletschte grollend die Zähne.

Ramil schlug sie mit dem Handrücken. Anastasia flog über die Matratze, erholte sich jedoch sofort und hielt sich die rasch anschwellende Wange. Ramil schenkte ihr ein grausames Grinsen. Dann hob er seine Hand an den Mund und schlitzte mit einem Fangzahn sein Handgelenk auf. Blut sickerte hervor, das er ihr anbot.

Anastasia packte gierig seinen Arm und leckte das wenige Blut auf, das hervorsickerte, bevor sich die kleine Wunde wieder schloss. Trotzig warf sie ihr langes blondes Haar zurück und zog einen Schmollmund. Ihre Wange war allerdings bereits wieder abgeschwollen.

Ramil entriss ihr seine Hand und warf seine langen Beine über die Bettkante. Er mochte Anastasia nicht sonderlich; tatsächlich ertrug er sie nur, weil sie wie er zu den Ältesten gehörte und er daher hoffte, sie schwängern zu können. Bisher hatte sie ihn nur enttäuscht. Seit Wochen teilte er das Bett mit ihr, und sie war immer noch nicht guter Hoffnung.

Einfach unerträglich, wie schwer es den Vampiren fiel, sich zu vermehren. Die schwachen Menschen dagegen setzten einen Balg nach dem anderen in die Welt. Aber so würde es nicht mehr lange bleiben! Ramil wusste genau, was er mit all den Menschen anfangen würde, wenn die Vampire endlich an der Macht waren: Es würde ein Fest geben. Auf jedem Tisch ein Menschenkind!

Ramil sprang auf und schritt nackt aus dem Schlafzimmer. Er ging den langen Gang entlang bis zu seinem Ende, wo der große Raum lag, den sie als Labor eingerichtet hatten.

»Wer ist da?«

Das Labor war nur schwach beleuchtet, aber Ramils scharfe Vampiraugen hatten keine Mühe, alles gut zu erkennen. Er ging an zahlreichen Glasflaschen und -kolben, Schläuchen und Instrumenten vorbei auf den glatzköpfigen Mann im Kapuzenmantel zu.

»Ramil! Entschuldige, ich habe nicht gleich erkannt, dass du es bist.«

Ohne die Entschuldigung des Wissenschaftlers zur Kenntnis zu nehmen, glitt Ramils Blick über die Menschenfrau. Sie war hübsch, hatte lange, dunkle Haare und eine zierliche Taille. Ihr nackter Leib war makellos, die Hüften breit genug, um Kindern das Leben zu schenken. *Gut.* Über der Frau hing eine eigenartige Holzschachtel mit einer labyrinthartigen Struktur. Ein Schlauch, der im Arm des Mädchens steckte, war mit dieser Box verbunden.

»Diesmal wird es doch wohl funktionieren, hoffe ich?«

Ein Mädchen nach dem anderen war auf dem Tisch gestorben, verbunden mit dieser *Transfusionsbox*. Die Toten machten Ramil nichts aus, das Fehlschlagen des Experiments dagegen schon. Seine Geduld war am Ende, und das spürte auch der Wissenschaftler. Hastig bemühte er sich um eine Erklärung.

»Ich habe zuvor den Fehler gemacht, die Mädchen auszutrinken, bevor sie genügend Vampirblut in den Adern hatten. Sie starben, bevor sich die Wandlung vollziehen konnte. Diesen Fehler mache ich diesmal nicht, aber es ist trotzdem ein äußerst kniffliger Prozess …«

»Genug!«

Ramil wandte sich zornig von dem Wissenschaftler und seinem »Experiment« ab. »Ich habe genug von deinen Ausflüchten. Wenn du's diesmal nicht schaffst, wirst du die Konsequenzen tragen müssen!«

Die Hände zu Fäusten geballt, schritt Ramil wieder aus dem Zimmer. Die Zeit war reif. Schon bald wären die Clanführer genau da, wo er sie haben wollte. Bald schon würde er seinem Volk den wahren, den richtigen Weg zeigen, und die Welt würde die wahre Ordnung der Lebewesen kennen lernen. Es waren die Vampire, die herrschen sollten, und die Menschen mussten ihnen dienen. Und diese Missgeburten, die sich *Auserwählte* nannten, mussten vom Erdboden getilgt werden ...

Er stieß die Tür zu Anastasias Gemach so heftig auf, dass sie gegen die Wand prallte. Die Vampirfrau hatte sich nicht von der Stelle gerührt, blickte ihm erwartungsvoll vom Bett aus entgegen. Sie kannte seine Gewohnheiten und freute sich, als sie sah, wie zornig er war. So mochte sie es am liebsten: hart und brutal.

Im nächsten Moment schon war er über ihr, warf sie auf den Bauch, zwang sie, sich auf alle viere aufzurichten. Bald wäre er der Anführer ihres Volks, und die Menschen würden vor ihnen im Staub kriechen, aber noch waren sie zu wenige. Das hatte ihn das Schicksal seines Bruders gelehrt. Sergej war Visionär gewesen, ein Vampir, der wusste, was er zu tun hatte. Aber er war verraten worden. Wutentbrannt krallte Ramil seine Finger in Anastasias zarte Haut. Blut quoll hervor.

Zuerst würde er die Clanführer beseitigen, dann begann ein neues Zeitalter. Sobald das Experiment gelang und genügend Menschen umgewandelt waren, würde er den Rest der Menschheit in die Knie zwingen, so wie die kleine Anastasia vor ihm auf den Knien lag.

31. Kapitel

Lächelnd nahm Mikhail die Begrüßung Dutzender Freunde und Bekannter entgegen, die ihm alle versicherten, wie sehr sie ihn vermisst hatten. Das hätte ihn eigentlich freuen sollen. Wer wurde nicht gerne vermisst? Aber aus irgendeinem Grunde gingen ihm die freundlichen Worte, das kumpelhafte Schulterklopfen heute nur auf die Nerven.

Vielleicht brütete er ja etwas aus. Eine Erkältung. Das würde erklären, warum es ihm heute Abend gar so schwer fiel, mit seinen Freunden zu plaudern. Missgelaunt stand er am Rand der Tanzfläche und ließ seinen Blick über die Leute schweifen.

»Was hältst du davon, Mikhail?«

Er zog versuchsweise die Nase hoch. Nichts. Kein bisschen verstopft. Vielleicht doch keine Erkältung.

»Hörst du mir überhaupt zu?« John Remington, Viscount Morsley, wedelte mit einer weißbehandschuhten Hand vor Mikhails Gesicht herum. Mikhail grinste, um seine Irritation zu verbergen.

»Entschuldige, ich fürchte, ich habe deine Frage überhört, Morsley.«

John verdrehte die Augen. »Du bist so anders, Belanow. Dein Landaufenthalt scheint einen schädlichen Einfluss auf deine Gesundheit gehabt zu haben. Komm, ich besorge dir mehr Wein.«

Mikhails Blick fiel auf sein erst halb leeres Glas. Machte John Scherze? Doch als der Viscount den Finger hob, um einen Kellner auf sich aufmerksam zu machen, wurde Mikhail eines Besseren belehrt.

Nun gut, mehr Wein also. Vielleicht war es ja *das*, was ihm fehlte, denn John hatte recht. Sein Landaufenthalt hatte tatsächlich einen schädlichen Einfluss auf ihn gehabt. Er hatte ein Leben entdeckt, wie er es nie gekannt hatte. Ein Leben, in dem ein Mann morgens zum Duft frisch gebackenen Brots erwachte, in dem ihn das Lächeln einer schönen Frau begrüßte, in dem er zu Fuß zur Arbeit ging und danach mit dem Gefühl nach Hause kam, etwas Gutes geleistet zu haben.

Ein Leben, das er vermisste, wie ihm plötzlich klar wurde.

Mikhail hatte es nie an Geld gefehlt. Er hatte sich die beste Ausbildung gekauft, die für Geld zu haben war. Und dann hatte er die Handelsfirma seines Vaters übernommen, eine Arbeit, die er zwar nicht unbedingt als beglückend empfand, aus Pflichtgefühl aber nicht ungern tat. Nein, was ihn störte war vielmehr, dass er kaum gebraucht wurde. Er hatte den Großteil der Arbeit an fähige und loyale Männer übergeben, während er seinem Studium nachging. Und nun gab es nichts weiter für ihn zu tun, als monatlich die Bilanzen einzusehen und eventuelle Expansionspläne zu besprechen und gutzuheißen.

Ihm blieb also sehr viel Zeit übrig, die er in seinem Club verbrachte, beim Sparring, er besuchte Konzerte, Theatervorstellungen, Bälle, Partys und Tanzveranstaltungen in Covent Garden. Dazu Pferderennen und Hauspartys auf dem Lande ... Zunächst war das ein großer Spaß gewesen, doch Mikhail hatte schon vor einiger Zeit erkannt, dass er die Hälfte davon eigentlich nur noch tat, um die Zeit totzuschlagen. Dies galt besonders für Frauen. Mikhail liebte Frauen, und sie liebten ihn. Aber er war bis jetzt noch nie verliebt gewesen. Hatte es auch nicht gewollt. Ein Mann, der jeden Moment mit dem Tod rechnen musste, scheute sich vor Verpflichtungen, vor einer Frau und Kindern, die er zurücklassen müsste. Aber all diese guten Vorsätze hatten sich irgendwo zwischen dem Ärmelkanal und einem Weiler namens New Hampton in Rauch aufgelöst ...

»Leerer Blick, Zerstreutheit, Wortkargheit – weißt du, John, wenn ich es nicht besser wüsste, würde ich sagen, es steckt eine Frau dahinter!«, lachte der Marquis von Summerlay und wies mit hochgezogener Braue auf Mikhail.

John, der soeben mit einem frischen Glas Wein für Mikhail auftauchte und dieses gegen das inzwischen leergetrunkene austauschte, lachte meckernd. »Komm, komm, unser Belanow ist ein Connaisseur. Der lässt sich von keinem hübschen Rock einfangen, stimmt's nicht, mein Freund?«

»Allerdings nicht«, bekräftigte Mikhail und hob sein Glas. *Bis jetzt jedenfalls.*

Andere Freunde traten hinzu, und gemeinsam musterten sie die Tanzenden. Die Bälle des Herzogs und der Herzogin von Atholl waren immer große Erfolge, so auch dieser. Hunderte wandelten durch die prächtig ausgestatteten Räume des Palais, nicht wenige davon Vampire. Mikhail fragte sich unwillkürlich, was seine Freunde wohl sagen würden, wenn sie wüssten, dass die Hälfte der Frauen auf der Tanzfläche als Hauptnahrungsmittel Blut bevorzugte.

»Apropos schönes Geschlecht, hier kommt schon eine«, bemerkte der Marquis.

Mikhail folgte seinem Blick und sah Lady Denver auf sich zuschweben. Sie trug ein dunkelblaues Seidenkleid mit einem geradezu aufreizend tiefen Ausschnitt. Zu jeder anderen Zeit hätte er sich von ihrem verheißungsvollen Augenaufschlag betören lassen, aber nicht heute. Caroline und er hatten vor zwei Jahren eine kurze Affäre gehabt, doch die Frau war ihm zu besitzergreifend, zu eifersüchtig, um überhaupt in Frage zu kommen. Aber sie hatte ihm in der Stunde der Not geholfen, und allein dafür mussten er und seine Familie ihr dankbar sein.

»Warum sieht *mich* nie eine so an?«, flüsterte John ihm zu.

»Tun sie doch, und was diese betrifft: Ich bin nicht interessiert«, entgegnete Mikhail wegwerfend. Sollte heißen, sein Freund konnte sein Glück bei der Dame versuchen, er hatte nichts dagegen. Das Grinsen, das sich auf dem Gesicht seines Freundes ausbreitete, verriet ihm, dass er die Botschaft verstanden hatte. John liebte Herausforderungen. Und eine Frau, die an einem anderen interessiert war, bot immer eine Herausforderung.

»Guten Abend, Prinz Belanow, Viscount, Marquis.« Caroline sank in einen übertrieben tiefen Hofknicks, um den anwesenden Herren einen besonders tiefen Einblick in ihren Ausschnitt zu gönnen. Mikhail hätte am liebsten die Augen verdreht, beherrschte sich aber.

»Was für ein Glück, dass ich Sie hier treffe, Prinz! Ich muss Sie nämlich etwas fragen«, hob Caroline an.

»Ach ja?«, lächelte Mikhail. Ein wohleinstudiertes Lächeln, freundlich-distanziert. Lady Denver sollte keinesfalls glauben, dass er an einer Erneuerung ihrer Affäre interessiert sei.

»Nun ja, es ist vertraulich«, behauptete Caroline und warf einen bezeichnenden Blick auf den Viscount und den Marquis.

»Warum freuen Sie sich dann, mich gerade hier getroffen zu haben, Lady Denver? Mitten im Gewühl eines Balls?«

Eine glatte Zurückweisung, die nicht einmal Caroline missverstehen konnte. Aber es war wichtig, dass sie endlich begriff. Mikhail berührte den Arm seines Freundes und sagte lächelnd zu der schmollenden Frau: »John sagte gerade, wie gerne er tanzen würde. Warum bittest du nicht die schöne Lady Denver, mein Freund? Ich hoffe, sie hat ein Herz und schenkt dir einen Tanz.«

Caroline tat es, war aber nicht gerade begeistert. Mikhail blickte den beiden nach, die zuerst um die Tanzfläche herumschritten und sich dann unter die Tanzenden mischten. Das Orchester spielte einen Walzer. Das würde John gefallen. Ein Walzer erlaubte es dem Mann, die Taille seiner Partnerin zu berühren – und wenn die Hand ein wenig hoch rutschte, nun, so etwas konnte passieren … Ein alter Trick – und einer der Gründe dafür, warum Walzer erst jetzt salonfähig geworden waren.

»Was grinst du so?«, wollte der Viscount wissen. »Sie war nicht gerade erfreut über deine Reaktion.«

»John dafür umso mehr. Und die reizende Lady Denver muss verstehen, dass ich nicht mehr interessiert bin.«

Der Viscount nickte. »Du hast recht. Aber pass auf, Belanow, die Dame scheint mir nicht zu der Sorte zu gehören, die schnell aufgibt.«

Mikhail wollte fragen, was er damit meinte, doch in diesem Moment fiel sein Blick auf ein ganz bestimmtes Tanzpaar. Er rieb sich die Augen, trat einen Schritt vor, um besser sehen zu können – kein Zweifel. Sie war es, seine Nell! In einem wunderschönen Kleid aus Creme und Gold, das lange Haar kunstvoll hochfrisiert. Sie sah atemberaubend aus, einfach umwerfend ... Aber mit wem zum Teufel tanzte sie da?

Mikhails Blick fiel auf die Hand des Mannes, die *oberhalb* von Nells zierlicher Taille lag! Plötzlich sah er rot ...

»Siehst du auch, was ich sehe?« Alexander stupste Patrick mit dem Ellbogen an. Dieser schaute ihn stirnrunzelnd an.

»Was ...?« Er folgte dem Blick seines Freundes und schüttelte den Kopf. »Dieser Narr. Wir sollten ihn besser aufhalten, bevor er noch einen Eklat verursacht.«

»Wäre vielleicht amüsanter, noch ein wenig länger zuzuschauen ...«, schlug Alexander hoffnungsvoll vor.

»Mag sein, aber dann würde sich deine Frau aufregen und infolgedessen auch die meine ...«

Patrick brauchte nicht mehr zu sagen. Mit vier raschen Schritten hatten sie ihr Ziel erreicht und zerrten ihr Opfer in eine abgeschiedene Ecke.

»Was zum Teufel soll das?«, fragte Mikhail erbost.

»Das haben wir uns auch gefragt, als du gerade wie ein

Wilder auf die Tanzfläche gestürmt bist. Wolltest du jemand Bestimmten zu Brei schlagen?«, erkundigte sich Alexander gemächlich.

Mikhail schnitt eine Grimasse und starrte seinen Schwager böse an. »Er hat sie angefasst! Ich wollte ihm bloß Manieren beibringen!«

»Von wem sprechen wir?«, erkundigte sich Patrick.

»Von Nell!«, rief Mikhail erregt und klappte sofort den Mund zu, als habe er zu viel verraten.

Alexander warf Patrick einen vielsagenden Blick zu. Beide Männer suchten und fanden die betreffende Dame unter den Tanzenden. »Angefasst, sagst du? Aber das macht man nun mal bei dieser Art von Tanz. Oder meintest du etwas Ungehörigeres? Nun, wenn das der Fall sein sollte, warum habe ich dann keinen Schrei gehört? Nell scheint mir nicht zu den Frauen zu gehören, die sich widerstandslos von jedem ›anfassen‹ lassen.«

Mikhails Nasenflügel bebten, seine Worte dagegen klangen beherrscht. »Ich weiß, was ich gesehen habe, es ist der älteste Trick der Welt. Die Dame merkt oft gar nicht, was los ist, sie denkt, es ist ein Versehen. Dass er sie nur festhalten wollte!«

Mikhail wollte schon wieder auf die Tanzfläche stürmen, doch Alexander vertrat ihm energisch den Weg.

Beide Vampire schwiegen und überlegten, wie sie es am taktvollsten ausdrücken könnten. Leider waren beide keine Diplomaten.

Patrick versuchte es zumindest. »Wenn Ismail hier wäre, würde er die richtigen Worte finden. Aber wir können nicht alle Mystiker sein, und ich will es mal einfach ausdrücken: Dieser Frau tust du besser nicht weh, Mikhail. Ich stehe tief in ihrer Schuld, und Alexander ebenso. Und du übrigens auch. Es wäre mir sehr unangenehm, wenn ich *dich* zu Brei schlagen müsste. Meine Frau hängt an dir.«

Mikhail schnappte empört nach Luft.

Alexander bedachte seinen Freund mit einem vorwurfsvollen Blick und sagte: »Die Axt im Walde. Von einem so berühmten Dichter wie dir hätte ich *etwas* mehr Eloquenz und Taktgefühl erwartet. Trotzdem hat er recht, Mikhail. Wir wissen, du magst Frauen, aber …«

Mikhail schwieg so lange, dass Alexander und Patrick schon glaubten, er würde nichts mehr sagen. Immerhin waren sie froh zu sehen, dass er sich offenbar wieder im Griff hatte.

»Ihr habt recht. Ich liebe Frauen, aber nicht solche, die andere Männer lieben. Wenn ihr mich also entschuldigen würdet.« Mit vollendeter Selbstbeherrschung machte Mikhail kehrt und steuerte schnurstracks auf eine Gruppe kichernder Frauen zu.

»Unterwegs zu neuen Abenteuern«, bemerkte Alexander.

Er und Patrick beobachteten, wie Mikhail Sekunden später mit einer hübschen Blondine am Arm aus der Gruppe auftauchte. »Wie kommt es, dass uns das entgangen ist?«

»Wie nicht? Hast du sie je zusammen gesehen? Ich nicht.«

»Nein, ich auch nicht«, seufzte Patrick. »Muss passiert sein, als sie in dem Dorf waren. So habe ich ihn noch nie erlebt.«

Auf Alexanders Gesicht machte sich ein Grinsen breit. »Du meinst, du hast ihn noch nie verliebt gesehen.«

»Und dieser Eifersuchtsanfall? So was erlebe ich nur, wenn ein Kerl deiner Frau zu nahe kommt«, lachte Patrick.

»Das kommt daher, weil du dir nie einen Spiegel vors Gesicht hältst, wenn deine geliebte Violet mal wieder Zigeunerbesuch bekommt.«

Patrick tat, als würde er protestieren, aber seinen Freund beeindruckte das nicht. Wenn es um ihre Frauen ging, gerieten beide sehr schnell durcheinander.

Den Blick auf den in Richtung Tanzfläche entschwindenden Mikhail gerichtet, sprach Alexander die Frage aus, die ihn am meisten beschäftigte. »Ob sie dasselbe für ihn empfindet?«

»Freund, wir sprechen hier von Mikhail! Welche Frau liebt ihn nicht?«, sagte Patrick achselzuckend.

»Wie wahr.« Alexander grinste erleichtert. »Sollen wir es Angelica und Violet verraten?«

»Ist dir dein Leben lieb, Clanführer?«, entgegnete Patrick sarkastisch.

»Du meinst, sie werden *kreischen*?«

»O ja, das befürchte ich stark. Ich würde dir raten, dabei den kleinen Mitja zu halten, der ist ein guter Puffer.«

Alexander hielt das für eine ausgezeichnete Idee.

32. Kapitel

Die Decke drehte sich über ihr und verstärkte ihr Gefühl, sich in einem Traum zu befinden, einem wundervollen Traum. Dieser Ballsaal, ihr Kleid, all die feinen Leute … sie konnte kaum glauben, dass sie wirklich hier war. Vor kaum zwei Monaten war sie noch als Gouvernante unterwegs zum Kontinent gewesen. Und jetzt befand sie sich in London und verkehrte in den höchsten Kreisen! Sie fühlte sich schon fast selbst wie eine Prinzessin!

Bei der Kutte des heiligen Petrus, sie musste zur Besinnung kommen! Aber wie konnte sie, wenn jedes Mal, sobald sie sich zu kneifen versuchte, etwas Wundervolles geschah?

»Sie sehen glücklich aus, Miss Witherspoon. Darf ich hoffen, dass ich ein klein wenig damit zu tun habe?«

Nell blickte überrascht zu ihrem Tanzpartner auf. Lord Pemberville hatte sie praktisch den Händen ihres vorherigen Tanzpartners entrissen und sich als ein Freund der Prinzessin Angelica vorgestellt. Ein selbstbewusster Mann mit ausdrucksvollen Augen und einem schmalen Oberlippenbärtchen, das ihm etwas leise Schurkenhaftes verlieh. Nell hätte ihn möglicherweise attraktiv gefunden, wenn er nicht so klein gewesen wäre. Nicht von Statur – er war ein mittelgroßer Mann – aber kleiner als …

Wage es ja nicht, auch nur an ihn zu denken, Nell Witherspoon. Er beachtet dich ja auch nicht, wieso solltest du also einen Gedanken an ihn verschwenden?

»Nell?« Sie hatte ihm zwar nicht die Erlaubnis erteilt, sie beim Vornamen zu nennen, aber Nell brachte nicht die Willenskraft auf, ihn zurechtzuweisen. Er machte sie unsicher, wie er sie ansah, mit einem Blick, den sie nicht so recht deuten konnte …

»Es ist ein schöner Abend, und Sie sind ein hervorragender Tänzer. Wenn das kein Grund ist, glücklich zu sein?«, sagte sie schließlich und fühlte sich danach wieder besser. Sie hatte recht: Sie hatte allen Grund, glücklich zu sein. Tatsächlich gab es sogar etwas zu feiern! Nell verspürte auf einmal den starken Wunsch, ihr Glück mit jemandem zu teilen. »Es ist sogar etwas Wundervolles passiert«, sagte sie scheu.

»Ach ja?« Lord Pemberville machte zwar nicht den Eindruck, sonderlich interessiert zu sein, aber sie konnte sich jetzt nicht mehr bremsen. Sie hätte laut singen können, wenn sie an den Vorfall mit der Herzogin zurückdachte!

»Die Herzogin von Atholl hat mich gebeten, süße Backwaren für ihre nächste Teeparty beizusteuern. Und sie möchte mich dafür bezahlen! Ich hätte es auch umsonst gemacht, aus reiner Freude, aber die Herzogin meint, ich könnte mir mit meiner Backkunst sogar meinen Lebensunterhalt verdienen. Und sie möchte eine Bäckerei für mich eröffnen! Eine Bäckerei!«

Nell lachte begeistert. Sie merkte gar nicht, dass ihr glockenhelles Lachen zahlreiche Blicke auf sich zog und dass nicht wenige Herren in diesem Moment beschlossen, unbedingt ihre Bekanntschaft machen zu müssen.

»Eine Bäckerei?«, fragte Lord Pemberville mit einem herablassenden Lächeln. »Das klingt nach harter Arbeit. Aber warum wollen Sie sich Ihren Lebensunterhalt mit Arbeit verdienen, Miss Witherspoon. Wo es doch so viele weitaus *vergnüglichere* Tätigkeiten gibt?«

Vergnüglicher? Nells Nasenflügel blähten sich empört. Sie wusste genau, was er meinte, hatte in ihrer Zeit als Gouvernante mehrere unsittliche Anträge bekommen, meist von Bekannten ihrer Arbeitgeber. Es war ein trauriges Resultat einer so rigiden Klassengesellschaft wie der englischen, dass Herren aus einer bestimmten Gesellschaftsschicht glaubten, ein Recht auf jede Frau zu haben, die gesellschaftlich unter ihnen stand. Eingebildete, abstoßende Flegel!

Nell hoffte, dass das Musikstück bald zu Ende war, damit sie sich von dem Mann befreien konnte, ohne eine Szene machen zu müssen. Ihr fielen gleich mehrere passende Bemerkungen ein, aber sie verzichtete darauf. Sie würde sich doch nicht von einem so aufgeblasenen Lüstling den schönen Abend verderben lassen!

»Weil ich gern backe«, entgegnete sie mit einem eisigen Lächeln.

Lord Pemberville hob die Braue und zog sie fester an sich. Nell versteifte sich.

»Wollen Sie damit andeuten, dass Sie *mich* nicht gernhaben, Nell?«

»Das will ich nicht andeuten, Lord Pemberville, ich sage es hiermit ausdrücklich!« Nell musste mehrmals tief Luft

holen. Der unverschämte Kerl hielt sie nur noch fester!
»Und jetzt lassen Sie mich los«, befahl sie.

Ihr Gebet wurde erhört, denn in diesem Moment hörte die Musik auf. Die Tanzpaare verneigten sich höflich voreinander, und die Herren führten die Damen an den Rand.

»Warum machen wir nicht einen kleinen Spaziergang?«, schlug Lord Pemberville leise vor. Nell versuchte sich von ihm loszumachen, aber er hielt ihre Hand fest umklammert.

Nell wusste selbst nicht, was sie als Nächstes getan hätte, wenn sie nicht zum Glück von einer wohlbekannten Stimme unterbrochen worden wäre.

»Der nächste Tanz gehört mir, Pemberville.«

Lord Pemberville zog böse die Brauen zusammen, aber als er sah, mit wem er es zu tun hatte, glättete er seine Züge und machte eine respektvolle Verbeugung.

»Selbstverständlich, Prinz Belanow. Ich habe schon gehört, dass Sie wieder da sind. Herzlich willkommen zurück in London.«

Nell fiel ein Stein vom Herzen, nein, eine Geröllawine. Sie war froh, als der widerliche Lord ihre schmerzende Hand an Mikhail weiterreichte. Die Musik setzte wieder ein, und beide tanzten dem überheblichen Lord davon.

Nach einigen Sekunden gesegneter Stille hatte Nell sich wieder ein wenig gefasst. Sie warf einen verstohlenen Blick auf Mikhail. Dessen Blick war von ihr ab und in die Ferne gerichtet. Sie hatte den Eindruck, dass er die Zähne zusammenbiss. War er zornig? Es freute sie, dass er sich Sorgen um ihr Wohlergehen machte.

»Mikhail?«

»Ich hatte dich nicht für eine Frau gehalten, die gleich mit jedem anbandelt«, sagte er abweisend.

Nell fühlte sich, als sei sie geohrfeigt worden. Hatte denn jeder Mann plötzlich den Verstand verloren? Wie konnte er so etwas zu ihr sagen?

»Ich bin müde. Könntest du mich bitte zu deiner Schwester zurückbringen?«, antwortete sie mit einem nur mühsam unterdrückten Zittern in der Stimme. Wie hatte dieser Abend so kippen können? Gerade noch hatte sie ihn für einen Märchentraum gehalten. Bei Caligulas Pferd! Sie war eine Närrin!

»Vielleicht bist du noch nicht auf besonders vielen Bällen gewesen, aber das ist keine Entschuldigung, Nell. Du solltest es besser wissen, als dich so von einem Mann betatschen zu lassen!«, sagte Mikhail, als hätte er überhaupt nicht gehört, was sie gesagt hatte. Jetzt reichte es.

»Bei den Wikingern von Walhalla! Das reicht! Wer gibt dir das Recht, so mit mir zu sprechen? Du denkst, du darfst das, weil du ein *Prinz* bist?«, zische sie, als ob das Wort etwas besonders Hässliches wäre. »Glaubst du, du hättest das Recht, mich zurechtzuweisen? Ihr Aristokraten mit euren Titeln! Schaut verächtlich auf uns einfache Frauen herab, bloß weil wir uns unseren Lebensunterhalt auf anständige Weise verdienen wollen! Nicht jede von uns ist eine Hure, auch wenn ihr das gerne hättet! Wie kannst du es wagen, wie …«

Mikhails Augen bohrten sich geradezu in die ihren. Er schien so wütend zu sein, dass Nell das Wort im Halse stecken blieb.

»Er hat dir einen unsittlichen Antrag gemacht!?«

Als Nell merkte, dass sich sein Zorn nun auf Lord Pemberville richtete, zuckte sie mit den Achseln. »Was spielt das schon für eine Rolle?«

»Nell, das ist kein Scherz!«, sagte Mikhail stirnrunzelnd. Sein Blick hing forschend an ihrem Gesicht. »Hat dieser Mann dich beleidigt?«

»Sehe ich so aus, als wäre mir nach Scherzen zumute?« Nell funkelte ihn zornig an. »Weißt du, ich hatte einen so schönen Abend, und dann tauchst du und dieser widerliche Lord Pemberville auf und verderbt mir alles. Und jetzt bring mich bitte zu deiner Schwester zurück.«

Mikhail stieß einen langen Seufzer aus. »In New Hampton haben wir nie gestritten.«

Bei der Erwähnung dieser schönen Zeit legte sich auch Nells Zorn. Auf einmal war sie nur noch müde und erschöpft.

»Wir sind aber nicht mehr in New Hampton«, sagte sie nach einer langen Pause. Sie wandte den Blick von ihm ab und betrachtete die schön gekleideten Damen und Herren im Ballsaal. Ihr Glücksgefühl war verschwunden; alles, worüber sie sich zuvor noch so gefreut hatte, erschien ihr auf einmal bedeutungslos. Wie konnte auch irgendetwas von Bedeutung sein, wenn man nicht mit dem Mann zusammen sein konnte, den man liebte?

»Nein, du hast recht«, stimmte Mikhail ihr zu. Er klang so traurig, dass Nell einen Moment lang ganz verwirrt war. »Ich habe vorhin mit Angelica gesprochen. Sie hat mir erzählt, dass die Herzogin eine Bäckerei für dich eröffnen will?«

»Ja.« Die Bäckerei. Vorhin waren ihr vor Glück beinahe Flügel gewachsen, doch nun konnte sie nur noch gezwungen lächeln. »Sie glaubt, ich könnte mir damit sehr gut meinen Lebensunterhalt verdienen.«

»Ich habe dir doch versprochen, dass ich für dich sorgen werde. Vertraust du mir nicht?«

Nell merkte, dass sie ihn verletzt hatte. Gegen ihren Willen versuchte sie sich zu erklären. »Doch, natürlich. Aber ich, nun, es wäre mir lieber, ich könnte mir mein Geld selbst verdienen, als auf einen anderen angewiesen zu sein ...«

»Angewiesen?«, rief Mikhail aus. »Aber Nell, ich bin es doch, der in *deiner* Schuld steht. Begreifst du denn nicht? Du hast mir geholfen, hast meine Familie beschützt, du hast den Kindern auf dem Schiff das Leben gerettet. Ich werde für immer in deiner Schuld stehen.«

Sie waren unwillkürlich stehen geblieben. Mikhail legte beschwörend seine Hand an Nells Wange, und sie schnappte überrascht nach Luft.

»Bitte, ich möchte dir das alles irgendwie vergelten, Nell. Schließ mich nicht aus deinem Leben aus.«

Nell wusste nicht mehr, was sie denken sollte. Hilflos ließ sie es geschehen, dass Mikhail ihr tief in die Augen blickte, dass er sich näher beugte ...

»Ach, da sind Sie ja, Prinz Belanow!«

Nell tauchte blinzelnd wie aus einem Traum auf. Erst jetzt merkte sie, dass sie stehen geblieben waren und bereits zahlreiche Blicke auf sich zogen. Rot vor Verlegenheit wich sie einen Schritt zurück. Mikhail hatte die Augen nicht von ihr abgewandt, schien sich nicht an den Zuschauern zu stören. Nell versuchte verzweifelt, ihre Sinne wieder zusammenzubekommen, irgendetwas Kluges oder Witziges zu sagen, um die Situation zu entschärfen, aber ihr fiel nichts ein. In diesem Moment tauchte eine zierliche kleine Blondine auf und enthob sie jeder Notwendigkeit, etwas zu sagen. Energisch schob sie sich zwischen Nell und Mikhail.

»Ich habe schon überall nach Ihnen gesucht!« Schamlos streichelte sie mit den Händen über Mikhails Smokingaufschläge.

»Jetzt nicht, Anne.«

Den Blick unverwandt auf Nell gerichtet, trat Mikhail beiseite. Nun blieb Anne nichts anderes übrig, als die Konkurrentin, der sie frech den Rücken zugekehrt hatte, zur Kenntnis zu nehmen. Sie drehte sich um. Nell konnte nicht umhin, die Schönheit des Mädchens zu bewundern, ein zartes, elfenhaftes Geschöpf mit langem blonden Haar und engelsgleichen Gesichtszügen. Nell kam sich im Vergleich zu ihr vor wie ein Trampel.

»Ach, Sie müssen diese Bäckerin sein, von der alle reden«, sagte Anne mit einem unschuldigen Lächeln. »Ich habe schon so viel von Ihren *Scones* gehört. Vielleicht könnten Sie ja mal zu mir kommen und etwas für mich kochen.«

Und vor Nells Augen verwandelte sich das elfengleiche Geschöpf in eine hässliche Giftschlange. Die Frau glaubte also, sie mit ihrer Backkunst beleidigen zu können?

»Anne!«, sagte Mikhail warnend, aber beide Frauen ignorierten ihn.

»Ich mache keine Hausbesuche, Miss Anne. Aber wenn

Sie rechtzeitig reservieren lassen, bin ich gerne bereit, etwas zu Ihrer nächsten Teeparty beizusteuern.«

»Für Sie immer noch *Lady*!«, fauchte Anne.

»Entschuldigung«, sagte Nell spöttisch, »aber heute Abend scheint es ja geradezu Titel zu regnen. Ich hätte es wissen sollen, *Lady*.«

»Sie, Sie …«

»Anne! Das reicht!« Mikhail trat vor, und Anne zog sofort eine reizende Schnute.

»Sie haben recht, ich werde diese unverschämte Frau nicht länger beachten.« Anne lächelte kokett. »Kommen Sie, Mikhail, Sie wollten mir doch den Wintergarten zeigen, nicht wahr, Darling?«

Nell schaute Mikhail an, wartete darauf, dass er darüber lachte oder irgendetwas sagte, das verriet, dass er keineswegs die Absicht hatte, mit ihr ein Schäferstündchen im Wintergarten zu verbringen. Vergebens.

Nell schnürte es fast das Herz ab. Zur Hölle mit ihm! Mit allen beiden! Sie würde ihnen nicht den Gefallen tun zu zeigen, wie verletzt sie war.

Nell machte einen höflichen Knicks und pflasterte ein Lächeln auf ihr Gesicht. »*Prinz* Belanow, *Lady* Anne, wenn Sie mich entschuldigen würden, dann überlasse ich Sie jetzt Ihren … Exkursionen.«

»Nell, warte!« Mikhail versuchte sie aufzuhalten, wurde jedoch mit überraschend starker Hand von Lady Anne daran gehindert.

Nell verschwand, ohne ihn eines weiteren Blickes zu würdigen.

33. Kapitel

So viel hat er nicht mehr getrunken, seit, nun ja, seit Violet in den Wehen lag.«

»Du hättest ihn mal sehen sollen, als unser Kind kam«, grinste Alexander und nippte an seinem Glas Blut.

Mikhail warf einen spöttischen Blick auf die drei Vampire. Sie hatten sich in die große Bibliothek des Atholl-Anwesens zurückgezogen; es war kurz vor Morgengrauen, die Gäste waren gegangen, und jene, die geblieben waren, schlummerten friedlich in den Gästezimmern. Eine jener Schlafenden war Nell, wie Mikhail düster einfiel. Aber daran wollte er nicht denken. Er leerte seinen Whisky – den wievielten eigentlich? – in einem Zug.

»Ich trinke wenigstens einen ausgezeichneten Single Malt von der Isle of Sky. Ihr dagegen ... Was ist es? Von einer Kuh? Oder einem Huhn?«

James Murray, der Herzog von Atholl, schenkte seiner Frau ein verschmitztes Lächeln, dann sagte er: »Wir könnten ja dich probieren, wenn du unbedingt willst. Das Trinken von Menschenblut ist zwar verboten, aber vielleicht könnten wir mal eine Ausnahme machen.«

»Nein danke«, entgegnete Mikhail unerschüttert, »die Einzige, die je mein Blut getrunken hat, war meine Schwester. Und auf dieses Erlebnis hätte ich gerne verzichtet.«

»Er ist heute Abend ganz besonders geistreich, nicht?«, sagte Margaret zu ihrem Mann und ließ ihre schönen weißen Zähne aufblitzen.

»Stets zu Diensten.« Mikhail zuckte nachlässig mit den Achseln, dann erhob er sich und trat an eins der hohen Fenster. »Und wenn ihr glaubt, dass wir meine Trinkgewohnheiten ausführlich genug diskutiert haben, könnten wir vielleicht noch einmal durchgehen, was in vier Tagen passieren soll.«

Alexander nickte. »Selbstverständlich. Nun, wir werden genau nach Plan vorgehen.«

Vor dem Fenster stehend, hörte Mikhail zu. Die Nacht schien ihn förmlich zu rufen, die frische Luft ihn zu locken. Er musste wirklich zu viel getrunken haben, aber das passte ihm ganz gut. Um eine gewisse Hellseherin vergessen zu können, brauchte es noch weit mehr. Er wollte nicht an ihr Lächeln denken, ihr Lachen und wie ihr das Haar seidig über den Rücken fiel, wie die Spitzen beinahe ihren ausgesprochen betörenden Po berührten …

»Unser Gesetz schreibt vor, dass alle hier residierenden Vampire an der Zeremonie teilnehmen müssen. Das gilt auch für Angelica und Violet. Aber es wird ein langer Abend, und zumindest einen Teil der Zeremonie möchte ich den Kindern ersparen.«

Die Exekution, dachte Mikhail grimmig. Ismail hatte ihm erzählt, dass sie drei Anhänger der Wahren Vampire lebend festgenommen hatten. Diese würde man bei der Zeremonie hinrichten lassen. Mikhail wusste nicht genau, was er von diesem Vampirgericht halten sollte, andererseits würde es vor einem menschlichen Gericht wahrscheinlich auch nicht anders ausgehen. Geköpft oder gehängt, was war der Unterschied? Mikhail durchquerte den Raum und schenkte sich einen weiteren Whisky ein.

»Nell und die Kinder werden in unserem Haus bleiben«, fuhr Alexander fort. »James wird uns ein Dutzend seiner besten menschlichen Bewacher zur Verfügung stellen, um die Kleinen zu beschützen. Ich wäre dir dankbar, wenn auch du bei den Kindern bleiben könntest. Nell wird möglicherweise Hilfe brauchen. Und ich weiß, dass Angelica und Violet es so wünschen würden.« Alexander warf einen sinnenden Blick in sein Glas. »Sie machen sich noch immer Sorgen um die Sicherheit der Kinder, aber das ist wohl normal. Es wird eine Weile dauern, bis sie das Geschehene verarbeitet haben und sich wieder sicher fühlen.«

Mikhail nickte. »Selbstverständlich bleibe ich bei den Kindern. Sollte ich sonst noch etwas wissen?«

»Ja, da fällt mir etwas ein.« Margaret erhob sich, trat an ein Regal und zog ein dickes, in schwarzes Leder gebundenes Buch hervor. Obwohl es keinen Titel hatte, wusste Mikhail sofort, worum es sich handelte: um das Gesetzbuch der Vampire. Alexander hatte ihm sein Exemplar schon mal zum Lesen gegeben, kurz nachdem er, Mikhail, von der Existenz der Vampire erfahren hatte. Seit er Auszüge davon gelesen und begriffen hatte, wie leicht es für einen Vampir war, einen Menschen zu töten, war er vor allem für ein Gesetz dankbar: das allererste, das es Vampiren verbot, Menschenblut zu trinken.

»Ich habe die Stellen eingemerkt, die du lesen solltest, damit du die kommende Zeremonie besser verstehst«, sagte Margaret.

Mikhail trank seine zwei Finger Whisky aus und nahm das Buch mit einem höflichen Dankeschön entgegen.

»Ist auch wirklich alles in Ordnung mit dir?«, erkundigte sich James besorgt, denn Mikhail schenkte sich schon wieder nach.

Mikhail klemmte sich das Buch unter den Arm und lächelte seine Freunde sorglos an. »Was sollte nicht in Ordnung sein? Es ist eine wunderschöne Nacht, die Gefahr ist vorbei, und der Gerechtigkeit wird Genüge getan.« Er prostete seinen Freunden zu und trank seinen Whisky aus. »Einen guten Abend allerseits.«

»Geh ins Bett, Mikhail«, lachte Alexander, während er beobachtete, wie Mikhail auf unsicheren Beinen zur Tür wankte. »Du wirst morgen einen ganz schönen Brummschädel haben.«

Aber das hörte Mikhail schon nicht mehr. In seinen Ohren rauschte es, als würde er am Strand stehen, und die Welt schien ihm fern, entrückt. Genau darauf hatte er gewartet.

Nell konnte nicht schlafen. Stundenlang hatte sie sich hin und her gewälzt und sich zum Einschlafen zu zwingen versucht. Als es nicht klappte, war sie schließlich aufgestanden, und nun stand sie in ihr warmes Schultertuch gehüllt im Nachthemd am Fenster und schaute in den Garten hinunter.

Garten war untertrieben – es war ein Park, ein herrlich angelegter Park, der im Mondschein geheimnisvoll und wunderschön aussah. Um das Haus herum und an den Rändern der schmalen Kieswege waren kleine Lichter angebracht worden. Die Wege sahen nun aus wie sich im Gras ringelnde Schlangen. Den Mittelpunkt jedoch bildete der herrliche venezianische Brunnen, der geschickt mit Gaslaternen ausgeleuchtet war. Er stellte die Statue einer wunderschönen Frau dar. Ein Vogel saß auf ihrem Haar, und sie hielt einen Krug im Arm. Aus Krug und Vogelschnabel plätscherte das Wasser ins Becken.

Nell war so bezaubert von der Statue, dass sie den Mann zunächst gar nicht bemerkte, der sich dem Brunnen näherte. Einen Augenblick später erkannte sie ihn: Es war Mikhail! Was hatte er um diese Zeit dort draußen zu suchen? Konnte er nicht schlafen? Oder traf er sich mit jemandem?

Bei diesem letzten Gedanken hätte sie sich beinahe abgewandt, konnte ihren Blick aber nicht von ihm lösen. Sie dachte daran, ein wenig in die Zukunft zu schauen, um zu sehen, was die nächste Stunde für ihn bereit halten würde, verzichtete dann jedoch darauf. Nein, sie wollte nicht sehen müssen, wie er sich mit einer anderen Frau traf. Wahrscheinlich seine kostbare kleine Lady Anne.

»Der Wintergarten war wohl nicht gut genug für sie«, brummelte Nell böse. Mikhail hatte den Brunnen fast erreicht. Nell wollte sich gerade abwenden, da sah sie, wie er ins Stolpern geriet und auf die Knie fiel. Sie streckte erschrocken den Arm aus. Als sie sah, dass er Mühe hatte, sich wieder hochzurappeln, rang sie erschrocken nach Luft.

»Mein Gott!«
Sein Herz! Er hatte eine Attacke!
Ohne einen weiteren Gedanken, allein von der Sorge um ihn getrieben, rannte Nell aus dem Zimmer. Barfüßig

lief sie die Treppe hinunter und in den Garten hinaus, wo sie sah, wie Mikhail sich soeben am Brunnenrand hochzog.

Er bemerkte sie erst, als sie ihn schon beinahe erreicht hatte.

»Ach, da bist du ja!«

Die leicht gelallten Worte ließen Nell abrupt innehalten. Er war doch nicht ... Er konnte doch unmöglich ... Nach Atem ringend schaute sie ihn genauer an.

»Hast mir gefehlt, Nell. Bist keine gute Ehefrau in letzter Zeit.« Er grinste dümmlich.

Er war *betrunken*! Wie idiotisch. Mit Mühe hielt sie ihren Ärger zurück. Sie hatte sich völlig umsonst um ihn gesorgt. »Du hast getrunken«, stellte sie fest.

»Schon, aber das ist bloß deine Schuld. Wenn eine Frau einen Mann in den Wahnsinn treibt, greift er zur Flasche. Ist doch klar!«

Er versuchte aufzustehen, fiel aber wieder auf seinen Hintern zurück. Mit einem ausgesprochen jungenhaften Grinsen blickte er zu ihr auf. Nell hob seufzend das schwarze Buch auf, das ihm heruntergefallen war, und setzte sich zu ihm auf den Brunnenrand.

»Hattest du Probleme mit deiner Herzensdame?«, fragte sie, obwohl sie die Antwort gar nicht wirklich hören wollte. Aber ebenso wenig konnte sie ihn in dem Zustand allein zurücklassen. Abwesend zeichnete sie mit dem Zeigefinger kleine Kreise auf das Buch, legte es neben sich auf den Brunnenrand. Dann schaute sie Mikhail erwartungsvoll an.

Dieser musterte sie mit einem derart verständnislosen Ausdruck, dass sie sich fester in ihr Schultertuch wickelte.

»Was ist? Warum schaust du mich so an?«

Er blinzelte. Im Schein der Brunnenbeleuchtung wirkten seine Augen türkisgrün, aber sie wusste, dass sie normalerweise eine rauchblaue Farbe hatten, wie der Himmel kurz vor einem Gewitter: halb friedlich, halb gefährlich. Und wenn er sie so anschaute wie jetzt, definitiv gefährlich.

»Du begreifst es nicht, oder?«

»Was meinst du?«, erwiderte sie, gefangengenommen von dem ernsten Ausdruck in seinen Augen.

Mikhail bewegte die Lippen, brachte aber kein Wort heraus. Dann schüttelte er den Kopf, wie um wieder klar denken zu können.

»Was machst du hier, Nell?«

Nell wandte verlegen den Blick ab. »Ich stand am Fenster und sah, wie du gestolpert bist. Ich dachte ... Ich dachte, vielleicht brauchst du meine Hilfe.«

Mikhail breitete lachend die Arme aus und blickte an sich herab. »Wie kommst du darauf, dass *ich* Hilfe brauche?«

Sein sarkastisches Lachen ließ Nell endgültig die Fassung verlieren. Mikhail Belanow war der wahrscheinlich unmöglichste und undankbarste Mann auf dem gesamten Erdball! Erbost sprang sie auf.

»Du hast recht, es war dumm von mir zu kommen.«

»Nell, geh nicht!« Mikhail war irgendwie auf die Füße gekommen und hielt sie nun am Arm fest.

»Lass los!« Nell entriss ihm ihren Arm. Sie wollte nur noch zurück ins Haus und in ihr warmes Schlafzimmer. Doch sie hatte Mikhails Griff falsch eingeschätzt, und so riss sie sich mit mehr Schwung los, als nötig gewesen wäre.

Man brauchte kein Hellseher zu sein, um zu erkennen, was gleich passieren würde.

»Mikhail!«

Nell sprang vor, versuchte ihn noch am Kragen zu packen, aber es war bereits zu spät: Er landete mit einem lauten Platschen rücklings im Brunnen. Das Wasser spritzte in alle Richtungen, und Nell hielt sich entsetzt den Mund zu.

Prustend tauchte er wieder auf, rappelte sich auf die Füße und wischte sich das Wasser aus dem Gesicht.

»Bei Nelsons Schiff!« Nell wusste nicht, ob sie entsetzt sein oder lachen sollte. Mikhail funkelte sie zornig an.

»Das war nicht meine Schuld!«, sagte sie schließlich, konnte ihr Lachen aber nicht ganz unterdrücken.

»Du findest das komisch, wie?«, sagte Mikhail mit täuschend ruhiger Stimme.

Nell stemmte die Fäuste in die Hüften. »Es ist auch komisch! Und du hast es nicht anders verdient. Hättest mich eben nicht festhalten sollen. Oder so viel trinken!«

»Würdest du mir wenigstens raushelfen?«, brummte er, während er zum Brunnenrand watete.

Nell musste sich in die Lippe beißen, um nicht weiter zu lachen. Dann trat sie gehorsam näher und streckte ihre Hand aus.

»Wa ...!«

Mit einer schnellen Bewegung packte Mikhail Nell um die Taille, hob sie hoch und warf sie kurzerhand ins kalte Wasser. Hustend und planschend kam sie wieder hoch und stand schließlich pudelnass mitten im Becken.

»Du Scheusal«, zischte sie. Doch er schien sich nicht im Geringsten an ihrer Wut zu stören. Stattdessen lehnte er mit verschränkten Armen am Brunnenrand und betrachtete sie mit hochgezogener Braue. Das kalte Wasser schien seinen Kopf wieder klar gemacht zu haben, denn plötzlich wirkte er überhaupt nicht mehr betrunken.

»Warte nur! Wenn ich dich in die Finger kriege, Mikhail Belanow, dann …« Da Nell nichts einfiel, das schrecklich genug gewesen wäre, um ihren Rachedurst zu stillen, geriet sie ins Stocken.

»Was dann? Hm, Nell?« Mikhail stieß sich vom Brunnenrand ab und kam auf sie zu. »Was willst du tun, wenn du mich in die Finger kriegst?«

Nell wich mit blitzenden Augen zurück. »Du weißt, dass ich das nicht so …«

Er stand jetzt dicht vor ihr, so dicht, dass sie seine Körperwärme fühlte, so dicht, dass sie seinen Atem auf ihrem Gesicht spürte.

»Und wenn *ich* es nun so meine, Nell? Soll ich dir verraten, was ich mit dir machen werde, wenn ich dich in die Finger kriege?«

Sie schluckte. Auf einmal war sie wie gelähmt, unfähig zu sprechen. Wie machte er das nur? Wie schaffte er es, sie in ein willenloses Häufchen zu verwandeln, als würden sich regelmäßig all ihre Knochen auflösen, sobald er ihr nahe kam?

»Nell«, flüsterte er.

Sie waren ganz allein im stillen, großen Garten, kein Mensch weit und breit. Und weil Nell fürchtete, all ihre

Gefühle, ihre tiefe Liebe zu ihm, könnten ihr vom Gesicht abzulesen sein, versuchte sie abzulenken.

»Mikhail, du hast zu viel getrunken.« Das klang selbst in ihren Ohren schwach.

Er erstickte jedes weitere Wort in einem leidenschaftlichen Kuss. Nell wollte sich wehren, stemmte sich gegen ihn, doch ihr Widerstand erlahmte schnell. Stattdessen lagen ihre Hände nun an seiner Brust, und sie erwiderte seinen Kuss. Um sie herum begann sich alles zu drehen, die Sterne am Himmel, die ihnen zusahen, die sahen, wie sie sich an einen Mann klammerte, den sie nicht halten konnte. Aber für diesen einen kurzen Moment gehörte er ihr. Ihr ganz allein.

»Du sollst ihn vergessen«, stöhnte Mikhail, schlang die Arme um sie und zog sie an sich. »Dafür werde ich schon sorgen.« Nell hörte kaum, was er sagte, ertrank in seiner Umarmung, seinen Küssen. »Ich will, dass du ihn vergisst, Nell.«

Sie konnte ihm nicht folgen.

»Wen vergessen?«, murmelte sie irgendwann, aber er lachte nur.

Sie wusste nicht, wie viel Zeit verstrichen war, als er sie plötzlich auf seine Arme hob und mit ihr aus dem Brunnen stieg. Sie bettete ihren Kopf an seine Schulter und schmiegte sich an ihn. Erst jetzt wurde ihr bewusst, wie kalt das Wasser gewesen war. Widerstandslos ließ sie sich ins Haus tragen, die Hintertreppe hinauf und zu ihrem Zimmer.

Wortlos stellte er sie auf die Füße, zündete die zwei Kerzen an, die auf ihrem Nachttisch standen und nahm dann das flauschige Handtuch, das man ihr neben die Waschschüssel gelegt hatte.

Mikhail trat vor sie hin. Nells Blick hing wie gebannt an seinem muskulösen Oberkörper. Als er dies bemerkte, schlüpfte er lächelnd aus seiner Jacke, zog auch sein Hemd aus, und ihr Blick wanderte über seine nackte, behaarte Brust, die breiten Schultern, die kräftigen Muskeln. Es juckte sie in den Fingern, ihn zu berühren, zu streicheln, aber er ließ sie nicht. Stattdessen wickelte er sie aus dem tropfnassen Schultertuch und warf es beiseite.

Dann ergriff er den Saum ihres Nachthemds und zog es ihr über den Kopf. Nell legte verlegen ihre Hände über ihre Brüste. Er hatte zwar schon alles an ihr gesehen, aber das war so lange her, dass sie wieder unsicher geworden war. Beschämt blickte sie zu Boden, auf seine Schuhspitzen, was ihr sicherer erschien. Die zuvor noch so entspannte Stille war nun merklich angespannt.

Er hob ihr Kinn, zwang sie ihn anzusehen. »Du bist wunderschön«, sagte er leise.

Nell erzitterte, ob vor Kälte oder aufgrund seiner Worte, sie wusste es nicht. Aber er bemerkte es und begann sie energisch abzurubbeln. Er fing bei ihren Händen an, die noch immer ihre Brüste bedeckten, arbeitete sich ihre Arme hinauf, rieb ihre Schultern trocken. Dann trat er hinter sie, trocknete ihren Rücken, griff nach vorne und trocknete auch ihren Bauch ab. Danach ihre Beine. Am Schluss rieb er behutsam ihr langes Haar trocken. Als er zufrieden war, nahm er sie bei der Hand und führte sie zum Bett. Gehorsam legte sie sich hin. Er zog ihr die Decke ans Kinn, gab ihr einen Kuss auf die Stirn und machte Anstalten zu gehen.

Verstört richtete sie sich auf die Ellbogen auf.

»Du willst gehen?«

»Das sollte ich, Nell«, antwortete er mit dem Lächeln, mit dem er gewöhnlich Leute höflich abwimmelte. Sie hasste dieses Lächeln.

»Warum?« Sie hasste es auch, dass sie so verzweifelt klang, so erbärmlich, aber sie konnte doch nicht die Einzige sein, die Gefühle hegte. Er musste doch etwas für sie empfinden, hätte er sie sonst so fürsorglich abgetrocknet?

Mikhail trat einen Schritt auf sie zu, hielt aber sofort wieder inne, als würde er sich gewaltsam zurückhalten.

»Du hast recht, ich habe zu viel getrunken«, sagte er. »Ich hätte es nicht tun dürfen.«

»Was nicht?« Nell spürte, wie sich ihr der Hals zuschnürte, spürte den bekannten Stich in der Brust. »Hat es dir nicht gefallen? Habe ich was falsch gemacht?«

»Nein, Nell. Gott, nein! Du hast nichts falsch gemacht, ganz im Gegenteil. Du bist unerfahren in diesen Dingen. Und ich habe das ausgenützt. Ich hätte meine Finger von dir lassen sollen, begreifst du denn nicht?«

Er hatte *Schuldgefühle*?

»Nein!«, sagte Nell energisch. »Du hast nichts getan, was ich nicht wollte!«

»Das glaubst du vielleicht, Nell, aber ich war mit vielen Frauen zusammen, ich weiß, was ich tun muss. Ich habe dich dazu gedrängt. Ich habe dich *glauben lassen*, dass du es willst, verstehst du? Ich bin der größte Schurke, den es gibt!«

Nells Herzschmerz wurde von wachsender Wut verdrängt. Bei Bismarcks verrückten Plänen, für wen hielt er sich eigentlich? Anzunehmen, er habe sie *glauben lassen*, dass sie ihn wollte? Was für ein eingebildeter, überheblicher, aufgeblasener ...

»Du machst dir was vor, wenn du glaubst, du hättest auch nur das Geringste tun können, wenn ich es nicht gewollt hätte, *Prinz* Belanow!«

»Verdammt, Nell! Es ist so schon schwer genug.« Mikhail sammelte zornig seine nassen Sachen ein. »Ich werde das Richtige tun! Ich will dich nicht verletzen.«

»Mich nicht *verletzen*?«

Nell griff sich das nächstbeste Kissen. Dass dabei die Bettdecke herunterrutschte und sie mit nacktem Oberkörper vor ihm saß, war ihr gar nicht bewusst. »Ich werde dir zeigen, was wehtut!«

Sie warf mit dem blauen Spitzenkissen nach ihm und traf ihn auf die Brust. Mikhail starrte sie schockiert an, besaß aber zumindest genug Geistesgegenwart, um sich beim zweiten Kissen zu ducken.

»Was zum Teufel soll das?!«

Da Nell die Kissen ausgegangen waren, schaute sie sich ergrimmt nach anderen Wurfgeschossen um. »Ich versuche, dir Vernunft einzubläuen«, erklärte sie, doch da sie nichts mehr zum Werfen fand, gab sie auf und lehnte sich mit einem verächtlichen Schnauben zurück.

Mikhails Blick wanderte über ihren nackten Oberkörper. Er trat einen Schritt näher, blieb aber auch diesmal wieder stehen. Sein Wangenmuskel zuckte, als müsste er seine ganze Willenskraft aufbieten, um nicht zu ihr zu gehen.

»Wenn ich jetzt bleibe, wirst du es morgen ohnehin nur bereuen. Und ich will verdammt sein, wenn ich zulasse, dass du an *ihn* denkst, während wir zusammen sind!«

Mit diesen Worten stürmte Mikhail aus dem Zimmer, und Nell starrte ihm erschrocken hinterher.

34. Kapitel

Hier riecht's ja himmlisch!«, erklärte Mikhail ehrfürchtig, als er das Wohnzimmer betrat. Angelica und Violet saßen an einem großen, rechteckigen Tisch mit Feingebäck und Törtchen und grinsten ihn mit vollen Backen an.

»Was ist denn das hier?« Mikhails Blick schweifte verblüfft über die zahlreichen Teller und Platten, die auf der Tischdecke standen. »Und wo sind die Kinder?«

»Die Kinder schlafen«, sagte Angelica, nachdem sie endlich ihren enormen Bissen heruntergeschluckt hatte. »Und das da, Bruderherz, passiert, wenn man eine Frau wie Nell im Haus hat!«

»Sie hat das alles gemacht?« Mikhail war beeindruckt, obwohl er wusste, was sie konnte.

»O ja!« Violet kicherte wie ein Schulmädchen und nahm sich eine kandierte Pflaume. »Hast du schon mal so viele Köstlichkeiten auf einmal gesehen? Obstkuchen, kandierte Pflaumen, Toffees, Kuchen, Biskuits, Hörnchen, Lebkuchen ... und schau, da, sie hat sogar extra Himbeer-*Cranachan* für Patrick gemacht. Er wird sich riesig freuen! Es ist, als hätte man ein Stück Schottland hier direkt auf dem Tisch.«

Mikhail nahm Angelica den Silberlöffel weg und probierte das Cranachan. Er schloss ekstatisch die Augen.

Perfekt, einfach perfekt! Geröstetes Hafermehl, verrührt mit dicker süßer Sahne, dazu Honig und der seidige Geschmack von frischen Himbeeren und einem Schuss Whisky. Das schottische Dessert war zum Sterben gut!

»Unglaublich, was?« Angelica nahm Mikhail ihren Löffel wieder weg.

»Allerdings. Und wo ist die, der wir all das zu verdanken haben?«, erkundigte sich Mikhail.

Violet nahm sich noch eine kandierte Pflaume und deutete damit zur Tür. »Sie ist in der Küche. Macht gerade eine ›Atholl Brose‹ oder so ähnlich.«

»Atholl Brose? Was ist denn das?« Davon hatte Mikhail noch nie etwas gehört.

»Für Margarets Teeparty«, erklärte Angelica gut gelaunt. »Und warum nicht etwas servieren, das nach dem Herzog von Atholl benannt wurde? Sie fand es passend. Ich übrigens auch.«

»Verstehe«, sagte Mikhail. Dann kam ihm der Gedanke, dass er hier ja einen idealen Vorwand hatte, die Köchin aufzusuchen. Er erhob sich. »Will mal sehen, wie die Neuerfindung schmeckt. Klingt interessant.«

Angelica hob skeptisch die Braue; sie schien ihm seine Ausrede nicht abzukaufen. Er war schon fast an der Tür, als Violet ihn aufhielt.

»Würdest du Nell bitte sagen, dass Lord Pemberville schon wieder eine Karte geschickt hat?«

»Eine Karte?« Mikhail runzelte die Stirn.

»Ja. Seit dem Ball schickt er ihr andauernd Karten und Blumen.« Violet lächelte. »Ich finde es nett, dass sie einen Verehrer hat.«

Mikhail, der den forschenden Blick seiner Schwester bemerkte, versuchte sich seinen aufsteigenden Ärger nicht anmerken zu lassen.

»Warum auch nicht«, erklärte er und verschwand ohne ein weiteres Wort.

Er brauchte eine Weile, bis er die Küche in Alexanders Haus gefunden hatte. Nicht dass sie so versteckt gelegen hätte, er hatte nur noch nie Grund gehabt, sie aufzusuchen. Aber schließlich fand er den überraschend hellen und freundlichen Raum. Nell stand mit dem Rücken zu ihm vor einer breiten Anrichte und rührte summend in einer großen Schüssel.

Sosehr er sich auch über Pembervilles Unverfrorenheit ärgerte, bei diesem Anblick musste er doch lächeln.

Außer natürlich, ihre Fröhlichkeit hatte etwas mit diesem verfluchten Kerl zu tun!

»Wie kannst du ein solches Verhalten erlauben?«

Sie erstarrte, den großen Holzlöffel reglos in der Hand, während Honig von dem Löffel in die Schüssel tropfte. Mikhail lehnte sich an die nächstbeste Wand, und wartete darauf, dass sie sich zu ihm umdrehte.

Nell ließ den Löffel in die Schüssel sinken und wandte sich langsam zu ihm um. Sie trug ein hübsches grünes Tageskleid, darüber eine blütenweiße Schürze, an der allerdings bereits Honig- und Mehlflecken waren. Auch ihre Schulter und ihre Wange war mit Mehl bestäubt.

»Wünsche ebenfalls einen guten Tag, Prinz Belanow«, sagte sie beherrscht. »Würden Sie mir erklären, was Sie mit dieser Frage meinen? Ich verstehe nicht, um welche *Art* von Verhalten es sich handelt.«

»Spiel nicht die Unschuldige, Nell. Lügen passt nicht zu dir.«

Mikhail hätte gute Lust gehabt, die Entfernung zwischen ihnen zu überbrücken und ... Ja, was? Er wollte sie schütteln, fürchtete aber, sie am Ende doch bloß wieder zu küssen. Verdammt, das war unmöglich!

Zu seiner Überraschung wurde Nell zornig. »Gerade du willst mir von Unschuld predigen? Weißt du was, Mikhail Belanow? Du und Lady Denver, ihr habt einander verdient! Da kann ich nur von ganzem Herzen gratulieren!«

Wovon redete sie?

»Wovon redest du?«

»Oder ist es Lady Anne? Ich verliere allmählich den Überblick!«

»Worüber?«

Nell warf wütend das Geschirrtuch zu Boden, mit dem sie ihre Hände saubergewischt hatte, und tat einen Schritt auf ihn zu. »Ach, egal! Was willst du hier? Warum bist du überhaupt gekommen? Um mich zu quälen? Mich als Lügnerin zu beschimpfen? Warum lässt du mich nicht einfach in Ruhe, Mikhail? Lass mich in Ruhe!«

Auch er trat nun zornig einen Schritt auf sie zu. »Du willst, dass ich gehe? Keine Angst, ich verschwinde! Aber eins lass dir gesagt sein: Du solltest besser darauf verzichten, dich mit anderen Männern einzulassen, solange du nicht sicher weißt, ob du nicht mein Kind unter dem Herzen trägst!«

Nell sah aus, als ob sie geohrfeigt worden wäre, und ihm erging es ähnlich. Wo war dieser Gedanke auf einmal hergekommen? Bis zu diesem Moment hatte er überhaupt nicht an so eine Möglichkeit gedacht. Es war keine Zeit dazu gewesen, sie hatten ja schon am Morgen nach ihrer gemeinsamen Nacht fliehen müssen ... Und später war es ihm einfach entfallen, aber jetzt, wo er daran dachte, dass es möglich wäre ... Ein Kind mit Nell ... Eine eigene Familie gründen?

Mikhail wurde von einer so starken Sehnsucht gepackt, dass er einen Moment die Augen schließen musste. Als er sie wieder aufmachte, fiel ihm als Erstes Nells aschfahles Gesicht auf.

»Nell ...?«

»Nein!«, stieß sie wild hervor und schaute ihn mit riesigen Augen an. Augen, in denen so etwas wie Panik stand.

Sein Herz zog sich schmerzhaft zusammen. Sie fand den Gedanken also abstoßend?

»Wenn dich der Gedanke an ein Kind von mir so anwidert, dann hättest du dich nicht von mir anfassen lassen dürfen!«, stieß er zwischen zusammengebissenen Zähnen hervor. »Schick mir eine Notiz, wenn du dir sicher bist. Ich wüsste nicht, was wir uns noch zu sagen hätten.«

Mit wild schlagendem Herzen stürmte Mikhail aus der Küche. Dass Nell zu Boden sank und in Tränen ausbrach, bemerkte er nicht mehr.

35. Kapitel

Nachdem Nell tagelang zwischen Hoffen und Bangen hin- und hergerissen gewesen war, fühlte sie sich nun total ausgelaugt. Ihre Erschöpfung war teilweise für das Zittern ihrer Lippen und für ihre Blässe verantwortlich. Der andere Schuldige hatte sie heute Morgen im Bett heimgesucht: in Form eines Blutflecks auf den weißen Laken.

Sie war nicht schwanger.

Erst jetzt wurde ihr klar, wie sehr sie sich gewünscht hatte, tatsächlich schwanger zu sein. Sie wollte ein Kind. Sie wollte Mutter werden. Und Ehefrau. Sie wollte es so sehr, dass schon ein Windstoß genügt hätte, um sie in Tränen ausbrechen zu lassen.

Es war daher vielleicht ein Glück, dass alle Fenster im Wohnzimmer geschlossen waren, wo sie allein saß und auf Violet und Angelica wartete, die sich ihr mit den Kindern zur Teestunde anschließen wollten.

Bei allen Teeblättern Indiens! Das Letzte, was sie im Moment wollte, war Tee. Einen Drink vielleicht, das ja; nicht, dass sie normalerweise zum Schnapstrinken neigte. Aber Tee! Sie wollte keinen verdammten Tee!

»Ich hoffe, ich störe nicht?«

Nells Kopf fuhr erschrocken hoch. Ein großer Mann mit goldenem Teint hatte den Raum betreten. Sie versuchte zu lächeln, brachte jedoch nur eine Grimasse zustande. Er musste ein Freund des Hauses sein, wenn er so einfach hier hereinkam.

Der Fremde schien sich jedoch weder an ihrer Anwesenheit, noch an ihrer wenig überschwänglichen Reaktion zu stören. Er hatte wunderschöne grüne Augen und eine fabelhafte Haltung. Er nahm in einem etwas weiter entfernten Sessel Platz und lächelte Nell an.

»Sie müssen Miss Witherspoon sein. Ich habe schon sehr viel von Ihnen gehört.«

Als er nichts weiter sagte, rückte Nell verlegen auf ihrem Sessel hin und her.

»Entschuldigen Sie, Sie scheinen mir gegenüber im Vorteil zu sein. Wer sind Sie?«

»Ich muss mich entschuldigen. Mein Name ist Ismail, ich bin Violets Vater.«

»Ihr Vater?« Nell konnte es kaum fassen. »Aber Sie sehen so jung aus ... Ich meine ...« Nell schwieg betreten. Dieser Mann konnte doch nichts für ihre schlechte Laune, er verdiente ihre Unfreundlichkeit nicht.

»Ich bin älter, als ich aussehe«, antwortete er freundlich. Nell war nicht sicher, wie ein Mann, der höchstens wie vierzig aussah, eine erwachsene Tochter von – wie alt war Violet eigentlich? Ismail rettete Nell aus ihrem Gedankenwirrwarr, indem er fortfuhr: »Auch Sie scheinen mir älter zu sein, als Sie aussehen, Miss Nell. Ihre Augen verraten mir, dass Sie viel verloren haben und deshalb zornig auf die Welt sind.«

»Ich bin nicht zornig!«, entgegnete Nell automatisch. Als er sie daraufhin auf seine gütige Weise ansah, wurden ihr zwei Dinge klar: Seit dem Tod ihrer Mutter hatte niemand mehr so zu ihr gesprochen – und das war einer von vielen Gründen, warum sie so zornig war! Nell spürte, wie ihr nun doch die Tränen kamen. Wütend und verlegen wischte sie sich die Wangen ab.

»Tut mir leid, ich weiß gar nicht, was ...« Die Halbwahrheit erstarb auf ihren Lippen. Sie konnte nicht lügen, nicht vor diesem Mann, der in ihr Herz zu schauen schien.

»Sie müssen sich nicht entschuldigen, Miss Nell. Tränen sind die Sprache des Herzens. Sie sollten sich vielleicht weniger Gedanken darüber machen, wie Sie sie verbergen können, als vielmehr, was sie Ihnen sagen wollen.«

Die Hand an der Wange, erstarrte Nell. Unsicher schaute sie ihn an. »Ich verstehe nicht.«

Er nickte, als hätte sie eine Frage beantwortet und nicht gestellt.

»Sehr scharfsinnig. Ihr Herz benützt diese Tränen, um Ihnen etwas mitzuteilen. Und diese Botschaft könnte sehr wohl lauten, dass Sie nicht verstehen.« Er hielt inne und deutete mit einem langen schlanken Finger auf ihr Herz. »*Verstehen* Sie denn Ihr Herz?«

Natürlich, wollte Nell schon sagen, doch dann schwieg sie und ließ es sich durch den Kopf gehen. Verstand sie ihr Herz? Ihr Herz liebte Mikhail. Ihr Verstand kannte tausend Gründe, warum diese Liebe töricht war und nur zu Kummer führen konnte. Waren die Tränen ein Zeichen? War es der Einspruch ihres Herzens gegen die Entscheidung ihres Verstandes? War es eine Rebellion gegen die Überzeugung, dass eine Verbindung zwischen ihr und Mikhail unmöglich war?

»Mein Herz liebt, aber mein Verstand weiß, dass es unmöglich ist«, sagte sie leise.

»Unmöglich?«, entgegnete Ismail lächelnd. »Ebenso unmöglich, wie in die Zukunft sehen zu können?«

Er wusste also von ihrem Fluch? Sie hätte beschämt, ja wütend sein sollen, weil man ihr Vertrauen missbraucht hatte, doch das war nicht der Fall. Seltsam, aber es machte ihr nichts aus, dass dieser Mann über sie Bescheid wusste.

»Es gibt Dinge, die unmöglich sind«, beharrte Nell.

Ismails Lächeln verschwand. »Wenn Sie ebenso stark an Ihre Liebe glauben würden wie an die Vorstellung, dass gewisse Dinge unmöglich sind, dann wäre sie in der Tat *möglich*.«

Nell schüttelte störrisch den Kopf. »Ich hab's versucht. Ich kann es nicht noch einmal versuchen.«

»Ich verstehe.«

In die Defensive gedrängt, beugte Nell sich vor. »Was verstehen Sie?«

Er zuckte mit den Schultern. »Wie ich sehe, haben Sie aufgehört zu weinen, Miss Nell. Sie scheinen nun also die Botschaft Ihres Herzens zu kennen.«

Frustriert versuchte Nell zu verstehen, was er meinte. Sprach der Mann immer in Rätseln?

»Alles, was ich sagte, ist, das ich's versucht habe!«

»Ja, und dass Sie es nicht noch einmal versuchen können. Die Botschaft ist ganz einfach: Sie haben Angst.«

Nell sprang auf, wollte sich verteidigen, konnte aber nicht.

»Miss Nell, ich weiß, dass Sie das nicht hören wollen, aber ich betrachte Sie als eine verwandte Seele und möchte nur das Beste für Sie. Deshalb sehe ich mich gezwungen, Ihnen zu sagen, dass sich meiner Erfahrung nach hinter der Behauptung, etwas sei unmöglich, oft Angst verbirgt. Überwinden Sie Ihre Angst, und das Unmögliche wird möglich.«

Nell krallte sich in ihre Röcke. »Ich glaube nicht, dass ich das kann.«

Ismail schaute sie lange an.

»Ich habe meine Entscheidung getroffen«, fuhr Nell fort. »Jetzt, wo die Kinder in Sicherheit sind, muss ich gehen. Ich muss nach Hause.«

Er betrachtete sie mit einem traurigen Lächeln. »Sie wollen ausreißen, Miss Witherspoon?«

»Ja. Ja, ich will ausreißen.«

Und mit diesen Worten floh Nell vor seinen wissenden Augen und seiner freundlichen, mitfühlenden Stimme. Sie rannte durch den Gang und die Treppe hinauf und hielt erst an, als sie in ihrem Zimmer Zuflucht gefunden hatte.

Und da stand sie und wusste nicht, wie es weitergehen sollte.

36. Kapitel

Der Wind strich heulend durch die hohen Tannen, fegte Blätter und Zweige über die Füße der versammelten Vampire. Es war tiefe Nacht; lediglich ein paar kleinere Lagerfeuer waren am Rande des Platzes entzündet worden – nicht dass die Dunkelheit ein Hindernis für die scharfen Augen der Vampire gewesen wäre. Schweigend standen sie da, in schwarze Umhänge gehüllt, darunter, wie es ihrem Brauch entsprach, unbekleidet. Bewegung kam in die Menge, als in diesem Augenblick ihr Clanführer in ihre Mitte trat. Die Versammelten wichen respektvoll zurück und bildeten einen weiten Kreis um ihr Oberhaupt. Lord Patrick Bruces Ausstrahlung war fast greifbar, er wirkte stark, streng, entschlossen und unerbittlich.

»Ihr fragt euch, warum ich euch hierhergerufen habe«, hob er an, und sein Blick schweifte dabei über viele Gesichter. »Ihr sollt es sogleich erfahren.«

Ein Blick nach links war das Signal für Violet und Angelica vorzutreten.

»*Die Auserwählten, die Auserwählten, die Auserwählten*«, rauschte es murmelnd durch die Menge. Hunderte von Augenpaaren richteten sich voll freudiger Erregung auf die beiden Frauen, Hunderte von Köpfen neigten sich ehrerbietig. Diese Frauen, die nun Patrick flankierten, repräsentierten die Zukunft ihres Volks. Sie waren die Verheißung auf ein Leben ohne die Gier nach Blut.

»Vor einigen Wochen«, begann Patrick mit lauter Stimme, »wurde ein Anschlag auf die Auserwählten verübt. Verräter aus unseren eigenen Reihen – Vampire wie wir – hatten es sich zur Aufgabe gemacht, uns unserer Retter zu berauben und so den Untergang unserer Rasse herbeizuführen.«

Partrick hielt inne, da die Unruhe unter den Versammelten zu groß geworden war, um fortzufahren. Er duldete die Entsetzens- und Unmutsäußerungen, ja begrüßte sie sogar. Sollten alle wissen, dass sie als Clan, als Volk einig waren – trotz der Ziele einiger vereinzelter Abtrünniger. Er wollte und konnte nicht zulassen, dass die Wahren Vampire die Einigkeit unter seinen Leuten zerstörten.

Schließlich hob er den Arm, und die Leute verstummten. Erst als nurmehr das Knacken vereinzelter Äste unter bloßen Füßen zu hören war, fuhr er fort.

»Die Verräter wurden mithilfe der Anführer der Süd- und Ostclans gefasst. Viele versuchten feige zu fliehen, und der Gerechtigkeit wurde an Ort und Stelle Genüge getan. Nur drei sind noch übrig, an denen hier und jetzt das Urteil vollzogen wird.«

Wie auf ein Stichwort teilte sich die Menge und ließ Alexander und Ismail mit drei gefangenen Vampiren in ihre Mitte treten. Patrick spürte, wie seine Frau sich unwillkürlich anspannte, verbot es sich jedoch, ihr Trost zu spenden. Violet war eine starke Frau, und er musste ein starker Führer für seine Leute sein. Sein Clan sollte wissen, dass er sich auf ihn verlassen konnte. Dass er die Einhaltung ihrer uralten Gesetze durchsetzen würde – und dadurch ihrer aller Überleben schützte.

»Diese drei Vampire waren an der Verschwörung zur Ermordung der Auserwählten beteiligt. Jeder von ihnen wurde des Trinkens von Menschenblut überführt und für schuldig befunden.«

Die Verräter wurden geknebelt vor Patrick hingeführt.

»Seit Jahrhunderten gehorchen wir unseren Gesetzen – und nur dadurch ist es uns gelungen, uns vor den Augen der weitaus zahlreicheren Menschheit zu verbergen. Diese Vampire, die hier vor euch stehen, sind nicht nur Gesetzesbrecher, sie haben durch ihr Verhalten unser aller Überleben gefährdet.«

Nun kam es in der Menge zu vereinzelten Wutausbrüchen. Patrick sah, wie ein paar spontan vortraten, die Fäuste schüttelten und zornige Blicke auf die Angeklagten warfen.

Patrick holte tief Luft. Die Zeit war gekommen, die Urteile zu vollstrecken. Seine Finger kribbelten. Er wusste, was jetzt kommen musste.

Da trat James vor, als habe er Patricks Entscheidung gefühlt. Auf den Armen trug er ein unförmiges, in einen dunklen Stoff gehülltes Paket. Ein erregtes Murmeln lief durch die Menge, deren Blicke sich zuerst auf den Herzog, der lange Jahre ihr Oberhaupt gewesen war, und dann auf das Bündel in seinen Armen richtete.

Patrick schlug einen Zipfel des Stoffs auf und hielt drei schwarze Bücher hoch.

»Aufgrund des schändlichen Verrats der drei Verbrecher werden diese Bücher nicht an den Geschichtsschreiber übergeben werden. Und auch die Lebensgeschichten dieser drei werden nicht wie sonst üblich verlesen werden. Man soll die Tagebücher verbrennen, auf dass keine Erinnerung mehr an diese drei zurückbleibe.«

Die Menge schnappte erschrocken nach Luft, der Zornpegel sank spürbar. Für viele war dies ein Schicksal, schlimmer als der Tod. Das schwarze Tagebuch eines Vampirs war fast so etwas wie ein Heiligtum. In ihm verzeichnete er sein Leben und seine Taten – all das, was für ihn von Bedeutung gewesen war. Die Tradition schrieb vor, dass bei der Beerdigung eines Vampirs aus diesem Tagebuch vorgelesen wurde, damit jene, die den Betreffenden unter einem anderen Namen und in einer anderen Zeit gekannt hatten, sein Dahinscheiden betrauern konnten. Danach wurde das Tagebuch dem Geschichtsschreiber übergeben, der es an einem nur ihm und den Führern bekannten Ort aufbewahrte. Auf diese Weise ging die Erinnerung an einen Vampir niemals verloren.

Aber diese Verräter verdienten eine solche Ehre nicht. Sie hatten sich gegen ihre Gesetze, gegen ihre Gebräuche gewandt und waren somit vogelfrei.

Patrick gab die Tagebücher an James zurück. Abermals griff er in das Bündel, und diesmal zog er ein langes Schwert hervor, dessen Klinge unheilvoll im Mondlicht glitzerte.

Nun, da Mikhail mit jedem der zehn Wachtposten, die der Herzog ihnen zur Verfügung gestellt hatte, ein kurzes Wort gewechselt hatte, betrat er das Foyer von Alexanders Anwesen. Er wusste selbst, dass er versucht hatte, Zeit zu schinden, einer gewissen Begegnung aus dem Weg zu gehen ... Aber jetzt konnte er es nicht länger vermeiden: Er musste Nell gegenübertreten, auch wenn es das Letzte war, was er im Moment wollte. Er fürchtete sich vor der Antwort auf seine letzte Frage, fürchtete, sie sofort in ihren Augen lesen zu können, wenn er sie traf.

Die Antwort, vor der er sich fürchtete, war »Nein«.

Nach mehreren schlaflosen Nächten hatte Mikhail beschlossen, es noch einmal zu versuchen, nicht aufzugeben, George hin oder her. Er musste einfach versuchen, sie davon zu überzeugen, dass er der richtige Mann für sie war – was um so vieles leichter wäre, wenn sie schwanger war.

Zum Teufel noch mal, er hatte keine Ahnung, wie man um eine Frau warb! Er hatte es einfach noch nie nötig gehabt. Und jetzt, wo es lebenswichtig für ihn gewesen wäre, wusste er nicht, wie er vorgehen sollte.

Unbeholfene Klavierakkorde drangen an sein Ohr. Mikhail gab sich einen Ruck und holte tief Luft. Die Tür zum Musikzimmer war nur angelehnt. Mikhail schaute hinein. Nell saß mit Mitja auf dem Schoß am Flügel. Einen Arm hatte sie um den kleinen Kerl geschlungen, mit der anderen Hand führte sie seine Finger über die Tasten. Mikhail schnürte es bei diesem Anblick die Kehle zu, und sein Herz zog sich zusammen.

Dort, direkt vor ihm, war das Leben, das er sich ersehnte. Aber er hatte Angst, dass es ihm irgendwie entschlüpfen könnte.

»Hallo, Nell.«

Nell erstarrte, drehte sich aber nicht um, als er nun auf

sie zuschritt. Mikhail nahm Mitja und setzte ihn zu Katja auf den Boden. Dann setzte er sich neben Nell auf die schwarzlackierte Klavierbank. Einen Moment lang wusste er nicht, was er sagen sollte, suchte nach den richtigen Worten.

»Ich dachte, du wolltest nicht mehr mit mir reden«, sagte Nell leise, den Blick auf ihren Schoß gerichtet. Mikhail seufzte.

»Ich war ein Narr. Ich hätte das alles nicht sagen sollen, es tut mir leid, Nell.«

Er hätte sie gerne in die Arme genommen, an sich gezogen, aber sie wirkte so steif, dass er fürchtete, sie könnte ihn zurückweisen.

»Du musst nicht nett sein, Mikhail«, sagte sie nach einer kleinen Pause und ließ die Finger nervös über die Tasten gleiten. »Ich wollte dir schon vor ein paar Tagen eine Notiz schicken, aber ...« Ihre Hand ballte sich zur Faust. »Ich bin nicht schwanger.«

Mikhail stockte der Atem. Das hatte er befürchtet. Auf einmal saß ihm ein Kloß im Hals, und er konnte nichts sagen.

Nell ließ ihre Hand sinken und hob den Kopf, schaute über den Flügel hinweg in die dunkle Nacht hinaus.

»Ich habe mit deiner Schwester und mit Violet geredet. Morgen werde ich abreisen.«

Sein Kopf fuhr herum, suchte ihren Blick, doch sie wich ihm aus. »Wohin?«

Ihr Schulterzucken war kaum wahrnehmbar. »Zurück nach New Hampton. In mein Haus.«

Zurück zu George, dachte Mikhail mit schwerem Herzen. Er war ein Idiot. Es wurde Zeit, die Gegebenheiten hinzunehmen. Er sollte ihr alles Gute wünschen. Das war das Mindeste, was er für sie tun konnte.

»Ich hoffe, du und George, ihr werdet glücklich, Nell.«

Nun richteten sich ihre Augen doch auf ihn. »Was meinst du?«

Er zuckte mit den Schultern. »Ich weiß, dass ihr euch liebt. Ich hätte mich nie zwischen euch drängen dürfen.«

»Du weißt, dass ich – *George* liebe?«

Warum gab sie es nicht zu? Es gab keinen Grund mehr für Versteckspiele.

»Du kannst es ruhig zugeben, Nell.«

Ihre Augen wurden schmal. Voller Misstrauen sagte sie: »Das redest du dir also ein? Dass ich George liebe? Um kein schlechtes Gewissen haben zu müssen, weil du mir deine Beziehung zu Lady Denver verschwiegen hast?« Nell kam jetzt richtig in Fahrt. Sie zeigte wütend mit dem Finger auf ihn. »Weil du mich einen Monat lang hast glauben lassen, dass dir was an mir liegt, während du in Wahrheit mit einer anderen verlobt bist!«

»Was redest du da, Frau?«, stieß Mikhail mit zusammengebissenen Zähnen hervor. »Ich war nie verlobt und werde mich auch nie mit Caroline verloben! Wo hast du bloß diesen Unsinn her?«

»Ehrlich nicht?«, stotterte sie, nun vollkommen verwirrt. Ihr Zorn war verraucht, aber der von Mikhail war nun entfacht. Warum erzählte sie solche Lügen?

»Nein, natürlich nicht! Aber *du* liebst George, du brauchst es gar nicht zu bestreiten! Ich habe euch gehört, als er am Morgen nach …, nachdem wir …«

Jetzt erst sah er, dass in Nells Augen Tränen glitzerten. O nein, bloß das nicht! Er konnte es nicht ertragen, sie weinen zu sehen. Sofort nahm er sie fürsorglich in die Arme, streichelte ihr übers Haar.

»Was ist denn, Nell? Was habe ich denn gesagt?«

»Ich hab gedacht ... Ich dachte, du liebst sie«, sagte sie schniefend an seiner Brust.

»Nein, Nell«, flüsterte Mikhail. Er empfand auf einmal eine tiefe Traurigkeit und schloss unwillkürlich die Augen. Könnte es sein, dass sie sich etwas daraus machte, wen er liebte und wen nicht? Aber vielleicht spielte ihm sein Verstand ja einen Streich?

Nell löste sich von ihm und schaute zu ihm auf.

»Ich weiß nicht, was du glaubst, gehört zu haben, Mikhail. Aber ich liebe George nicht mehr. Schon seit längerem.«

Die Klinge sauste zischend durch die Luft, Vögel flatterten erschreckt aus Bäumen auf. Patrick zuckte nicht mit der Wimper, als der erste Vampir kopflos vor ihm in den Staub sank. Er tat zwei Schritte nach rechts und holte erneut aus. Ein sauberer Hieb, ohne Zögern, ohne auf das scharfe Atemholen der hinter ihm stehenden Frauen zu achten. Er war *Clanführer*. Und dies war *Gerechtigkeit*. Der zweite Kopf rollte übers Laub.

Blieb nur noch Delphine. Ihre Augen waren im Gegensatz zu denen der anderen direkt auf ihn gerichtet. Der Hass, der darin loderte, grenzte an Wahnsinn. Patrick richtete die Klinge an ihrem Hals aus. Er hob beide Arme. Sie holte tief Luft. Und dann hörte sie auf zu atmen.

»Der Gerechtigkeit ist Genüge getan!« Patricks Stimme schallte über die Waldlichtung.

Seine Leute antworteten mit einer Stimme: »Lang leben die Auserwählten!«

Er liebte Lady Denver gar nicht! Nell konnte es kaum fassen. Sie hätte lachen können, aber da sie gerade geweint hatte, wollte sie Mikhail lieber nicht noch mehr durcheinander bringen. Er glaubte sonst noch, dass sie verrückt war.

Bei diesem finsteren Gedanken löste sich ihr Glücksgefühl in Rauch auf.

Was spielte es für eine Rolle, dass er nicht in eine andere verliebt war? Sie war trotzdem nicht die Richtige für ihn. Kein Mann wollte eine Verrückte.

»Ich muss nach den Kindern sehen«, entschuldigte sie sich, stand auf und setzte sich zu den Kindern auf den Boden, die beide vollauf zufrieden mit ihren Spielsachen waren und momentan gar keine Beachtung brauchten.

»Nell, du willst doch nicht kneifen?«, erkundigte sich Mikhail, der auf der Klavierbank sitzen geblieben war.

»Was meinst du damit? Nein, natürlich nicht.« Sie war so eine Lügnerin! Die nun eintretende Stille wurde bald so angespannt, dass Nell sich kaum mehr ruhig halten konnte.

»Du hast Angst!«, sagte Mikhail plötzlich überrascht.

»Ich hab keine Angst!«

»Doch! Du hast Angst vor mir!«

»Ich hab keine Angst vor dir!«

»Wovor dann? Denn dass du vor etwas Angst hast, ist offensichtlich.«

Nell sprang auf und begann nervös hin und her zu gehen. »Du weißt doch, *was* ich bin. Ich hab's dir doch erklärt!«

Mikhail sprang ebenfalls auf und hielt sie am Arm fest, zwang sie, ihn anzusehen. »Wenn du damit sagen willst, dass du ›verdammt‹ bist, dann hör auf, das ist doch Unsinn!«

»Ist es nicht!« Nell versuchte sich von ihm loszureißen. »Verstehst du denn nicht? Meine Mutter war wie ich, und sie wurde wahnsinnig!«

»Nell, deine Mutter ist an einem Fieber gestorben«, sagte Mikhail beschwichtigend.

Er glaubte ihr nicht, sie hörte es an seinem Tonfall. Aber es stimmte!

»Du verstehst das nicht! Die Dinge, die sie zu mir gesagt hat! Sie war wahnsinnig, Mikhail. Sie sagte, sie sieht Dinge, unmögliche, furchtbare, *unglaubliche* Dinge!«

Nell wusste selbst, dass sie faselte. Sie musste sich zusammenreißen. Sie holte ein paarmal tief Luft, versuchte sich zu fassen. Doch noch während sich ihr Atemrhythmus verlangsamte, schien auch die Welt sich zu verlangsamen, bis sie stillstand. Und dann begann sie zu rasen, schneller und schneller – bis sie dem *Unmöglichen*, dem *Unglaublichen* ins Antlitz blickte!

37. Kapitel

Sie kommen!«

Mikhail erschrak über die jähe Veränderung, die in Nell vorging. Sein Blick huschte zu den Kindern, dann zum Fenster. Es war zu dunkel! Er konnte keinen von James' Wachposten sehen.

»Das Haus wird gut bewacht, Nell.«

Nell hielt sich wimmernd den Kopf.

»Die werden sie nicht aufhalten können! O *mein Gott!*«

Mikhail packte sie bei den Armen und schüttelte sie. »Wer denn, Nell? Wer? Wen hast du gesehen?«

»Keine Zeit! Sie sind fast da! Sie sind unglaublich schnell. Sie werden uns kriegen!«

Nell riss sich los und nahm die Kinder auf die Arme. Panisch blickte sie sich um. Mitja und Katja, die ihre Angst spürten, begannen zu weinen.

Mikhail trat rasch ans Klavier, nahm ein Notenblatt und einen Stift, den er zwischen Angelicas Büchern fand.

»Konzentriere dich, Nell, sag mir alles, was du gesehen hast. Ich brauche Details.«

»Mikhail, sie sind ganz nahe«, wimmerte sie und schaukelte die Kinder in ihren Armen.

»Nell, rede! Was siehst du?«

Nell blinzelte, sein barscher Ton schien sie zur Besinnung zu bringen. Sie drückte die Kinder an sich.

»Sechs Männer in schwarzen Mänteln. Sie sind beritten. Sie sind auf dem Weg hierher. Ihre Augen sind schwarz, kohlschwarz. Und ihre Zähne ...«

»Konzentrier dich, Nell!«, befahl Mikhail. Sie nickte, gehorsam wie ein Kind, zitterte dabei jedoch wie Espenlaub.

»Sie halten ganz in der Nähe an. Einer erwähnt den Namen Ramil. Sie reden. Ich kann nicht verstehen, was sie sagen. Aber es ist von York die Rede und von Rumley. Und dann lachen sie.«

Mikhail kritzelte alles auf die Rückseite des Notenblatts. »Und dann?«

»Dann reiten sie hierher. Einer der Wachtposten gibt einen Schuss ab ...«

Ein Gewehrschuss zerriss die Stille. Mikhail erschauderte, doch dann handelte er. Es gab keine Zeit zu verlieren. Er stellte das Notenblatt auf den Ständer und ging dann zu Nell und den Kindern.

»Sie werden uns fangen, alle«, flüsterte sie, den Blick flehentlich auf ihn gerichtet. Mikhail schaute sich nach einer Waffe um, doch als Nell dies bemerkte, sagte sie: »Gegenwehr ist zwecklos. Sie würden dir bloß wehtun.«

Von draußen drang Kampflärm herein. Nicht mehr lange, erkannte Mikhail. Er tat das Einzige, was er noch tun konnte, und nahm Nell und die Kinder in seine Arme.

»Hör zu, Nell. Hör mir gut zu. Diese Männer da draußen, das sind Vampire.«

»Nein! Das ist unmöglich! Unmöglich!« Nell wehrte sich, versuchte sich loszureißen, aber er hielt sie fest.

»Du hast sie gesehen, Nell. Ihre schwarzen Augen, die Fangzähne. Das sind Vampire, und sie werden uns fangen. Aber wenn sie uns töten wollten, würden sie das gleich hier tun.«

Nell wehrte sich, wollte weglaufen. Wohin, wusste sie selbst nicht.

»Nell, bitte, du musst ruhig bleiben. Um der Kinder willen. Glaub mir, Patrick, Alexander und Ismail werden uns suchen. Was immer sie tun müssen, sie werden uns finden.«

Nell wimmerte, hatte aber aufgehört, sich zu wehren.

»Ganz ruhig. Es wird alles gut.«

Mikhail spürte sie unter seinem Kinn nicken. Er streichelte ihr Haar und küsste die Köpfe der Kinder. Sie weinten noch immer, aber mit weniger Vehemenz.

»Falls du einen töten musst: ein Stich ins Herz oder den Kopf abschlagen, alles andere wäre wirkungslos. Hast du verstanden?«

Ein lautes Krachen ertönte: Die Angreifer hatten die Haustür eingetreten. Mikhail hielt Nell und die Kinder fest an sich gedrückt; schon bald würde man sie trennen.

»Hab keine Angst, Nell. Hab keine Angst.«

»Aber hallo!«

Ein großer blonder Mann betrat grinsend das Musikzimmer. Er hatte kohlschwarze Augen – genau, wie Nell es beschrieben hatte. »Na so was, der Bruder der Auserwählten! Was für ein unerwarteter Bonus.«

Drei weitere Vampire tauchten hinter dem Blonden auf. »Ihr nehmt die Kinder und du die Frau. Der Wissenschaftler wird sie gebrauchen können.«

»Und der feine Pinkel?«, fragte einer höhnisch. Der Blonde grinste Mikhail an und zeigte dabei seine scharfen Fangzähne.

»Den nehme ich selber.«

Mikhail musste hilflos mit ansehen, wie Nell und die Kinder fortgebracht wurden. Alles in ihm schrie danach zu kämpfen, sich zu wehren, sie zurückzuholen. Sein Herz klopfte wie wild, das Blut hämmerte ihm in den Ohren, seine Fingerspitzen kribbelten. Wie gern hätte er den Vampir vor sich angegriffen.

Aber er bewegte sich nicht. Nell hatte gesagt, er würde sich dabei bloß verletzen. Besser, er sparte sich seine Kräfte für später auf. Und wenn diese Mistkerle glaubten, er würde sich nicht wehren, würden sie ihn vielleicht nicht ganz so scharf bewachen. Und genau das wollte Mikhail.

Nachdem er diese Entscheidung getroffen hatte, warf er dennoch einen Blick auf einen Hocker.

»Willst du gegen mich kämpfen, *Menschlein?*« Der blonde Vampir grinste. Es war offensichtlich, dass ihm nichts lieber wäre.

38. Kapitel

Am Himmel zeichnete sich bereits in rosa Streifen die Morgendämmerung ab, als sich die Kutsche dem Stadthaus näherte. Die beiden Männer darin schwiegen, die Arme um ihre Ehefrauen gelegt. Sie genossen die momentane Ruhe. Es war eine schwierige, anstrengende Nacht gewesen, vor allem für Angelica und Violet, die mit ihren Bräuchen noch nicht so vertraut waren und vor einer Exekution natürlich zurückschreckten.

Als die Kutsche durch das Tor des Anwesens fuhr, regte sich Patrick ein wenig. Er wollte Violet nicht wecken. Sie hatte so erschrocken, so entsetzt ausgesehen, als die Urteile vollstreckt wurden und als man später die Scheiterhaufen entzündete, um die Leichen derer zu verbrennen, die er getötet hatte.

Er wusste, dass sie ihm deswegen keine Vorwürfe machte, aber es war nicht leicht für sie und ihre Cousine gewesen, das mit ansehen zu müssen.

»Patrick?«, murmelte Violet verschlafen. Alexander schien dies als Stichwort aufzufassen und weckte lächelnd seine eigene Frau.

»Sind wir schon daheim?«, fragte Angelica, ohne die Augen aufzuschlagen.

»Ja«, antwortete Alexander sanft. »Willst du aufwachen,

oder willst du in der Kutsche bleiben und weiterschlafen?«

Sie schaute ihn mit einem zusammengekniffenen Auge an. »Das würde dir so passen, nicht wahr? Damit du dir eine andere suchen kannst, die das Bett mit dir teilt!«

»Es kann keine andere geben, Angelica. Es gibt nur dich.«

»Hast du das gehört, Patrick Bruce? Warum sagst du nie solche Sachen zu mir?«, beschwerte sich Violet.

In diesem Moment kam die Kutsche zum Stehen.

Patrick schüttelte leidgeprüft den Kopf. »Siehst du, was du angerichtet hast, Alexander? Jetzt werde ich nie wieder Ruhe haben.«

Sein Freund lachte. Der Page sprang ab und öffnete den Kutschenschlag. Patrick stieg aus und wandte sich um, um seiner Frau aus der Kutsche zu helfen. Violet legte ihre Hand in die seine, doch dann erstarrte sie. Ihre Nasenflügel zitterten, ihr Blick richtete sich erschrocken aufs Haus.

»Die Kinder! Ich kann sie nicht riechen!«

Violet war aus der Kutsche gesprungen, ehe Patrick reagieren konnte. Sogleich rannte er ihr hinterher, und auch Alexander und Angelica folgten ihnen. Mit wild klopfendem Herzen sah er, dass die Haustüre aufgebrochen worden war. Wo waren James' Wachen?

Violet blieb in der Eingangshalle stehen. Panisch schaute sie sich um.

»Mikhail?«, rief Angelica erschrocken. »Nell!«

Totenstille.

Alexander verschwand nach draußen. Patrick versuchte ruhig zu bleiben. Er holte tief Luft, versuchte zu überlegen. Seine Kleine war fort. Er spürte jetzt selbst die unheimliche Leere des Hauses. Seine kleine Catherine! Wenn man ihr etwas angetan hatte ...

»Violet, bitte konzentrier dich. Ich muss wissen, wer da war. Kannst du was riechen?«

Violet klammerte sich kreidebleich an Angelica, aber Patrick war froh, dass beide Frauen sich im Griff hatten und nicht hysterisch geworden waren. Dafür war jetzt keine Zeit.

»Verschiedene Gerüche«, erklärte sie knapp. »Ich weiß nicht genau, wie viele, aber sie haben sich aufgeteilt.« Violet straffte ihre Schultern. Sie schritt in der Halle umher, schloss dabei die Augen, um sich besser auf ihren Geruchssinn konzentrieren zu können. »Es waren fünf. Und sie sind da lang gegangen!«

Violet rannte los, in den Gang hinein, der zum Musiksalon führte.

Als sie den Raum erreicht hatten, blieben sie abrupt stehen. Mehrere Stühle waren umgeworfen worden, eine Vase war zerbrochen, und an einem Fenster hing der Vorhang herunter. Hier hatte ganz offensichtlich ein Kampf stattgefunden. Patrick trat in die Mitte des Raums, versuchte sich vorzustellen, was hier passiert sein mochte. Er ballte zornig die Fäuste.

»Mikhail und Nell waren mit den Kindern hier. Er muss mit ihnen gekämpft haben, aber ich kann weder ihn noch sie im Haus riechen. Sie müssen sie mitgenommen haben.«

In diesem Moment tauchte Alexander mit grimmiger Miene auf. »Die Wachen sind tot. Dies hier fand ich auf einer der Leichen.«

Patrick warf nur einen kurzen Blick auf den blutverschmierten Zettel und wusste sofort, worum es sich handelte. »Was verlangen sie?«

»Dich, mich, Ismail und James, im Austausch für die Kinder und Mikhail.«

Nell wurde nicht erwähnt. Sie war doch nicht etwa getötet worden? Patrick zuckte nicht mit der Wimper. Er erlaubte sich keinerlei Emotionen, nicht jetzt. »Wann?«

»In vier Tagen. Hundert Meilen entfernt von hier, im Norden. Wir müssen allein kommen. Wenn wir Verstärkung mitbringen, töten sie die Geiseln.«

»Schick einen Boten zu James. Ich werde Ismail Bescheid geben.«

»Nein!«, protestierte Angelica. »Das ist eine Falle! Sie werden euch alle fangen und euch und die Kinder töten. Alexander, du darfst nicht allein gehen!«

»Beruhige dich, Angel«, sagte Alexander sanft. »Wir können niemanden mitnehmen. Sie sind Vampire. Sie würden es riechen, wenn wir Verstärkung dabeihätten. Sie würden wissen, dass wir gegen ihre Auflagen verstoßen. Wir dürfen nicht riskieren, dass sie deinem Bruder oder den Kindern etwas antun.«

Patrick wusste, dass Alexander recht hatte. Aber er wusste auch, dass Angelica recht hatte. Es war eine Falle, in die sie direkt hineintappen würden. Aber was hatten sie für eine Wahl?

»Wir kommen mit«, erklärte Violet fest. Sie war jetzt vollkommen ruhig, ihre Panik war verschwunden. Sie sah aus wie damals, als sie mit einem Dolch auf den Mann losgegangen war, den sie für den Mörder ihres Vaters hielt.

Er wusste, dass Reden hier nichts helfen würde. Aber er würde sie einsperren, wenn er musste, um ihrer eigenen Sicherheit willen. Zunächst jedoch musste er sich mit Alexander besprechen. Sie mussten Vorsorge treffen, für den Fall, dass sie nicht lebend zurückkehrten. Angelica und Violet mussten in Sicherheit gebracht werden.

»Moment!«, rief Angelica plötzlich aus. Ihr Blick war auf ein Notenblatt gefallen, das auf dem Notenständer lag. Rasch ging sie hin und nahm es zur Hand. Der Titel lautete »Für Elise«, aber Elise war durchgestrichen und stattdessen »Angel« hingeschrieben worden. Angelica überflog das Blatt, konnte aber nichts entdecken. Doch als sie es umdrehte, schnappte sie überrascht nach Luft.

»Eine Nachricht! Mikhail hat uns eine Nachricht hinterlassen!« Stirnrunzelnd versuchte Angelica die hastig hingekritzelten Worte zu entziffern. »*Ramil. York. Rumley*. Ramil, York, Rumley! Was hat das zu bedeuten?«

Aber Patrick begriff und eilte zu ihr. »Rumley. Das ist ein Landsitz des Nordclans, unweit von York. Eine alte, verfallene Burg, dort lebt schon lange niemand mehr.«

»*Nell*. Sie muss es vorausgesehen haben!«, keuchte Violet. »Bringt man sie dort hin? Nach Rumley?«

»Ja.«

Alexander sagte dies mit einer Sicherheit, die Patrick überraschte. »Sie werden nach Rumley gebracht. Und Ramil ist derjenige, der sie entführt hat.«

»Du kennst ihn?«

»Ich kenne ihn.«

Alexander warf einen raschen Blick auf seine Frau und schaute dann wieder Patrick an. »Er ist Sergejs Bruder.«

Angelica rang erschrocken nach Luft. Der Mann, der ihren Bruder und ihr Kind entführt hatte, war der Bruder des Mannes, dem sie vor zwei Jahren beinahe zum Opfer gefallen wäre.

Ramil wollte Rache, daran bestand kein Zweifel. Rache für den Tod seines Bruders. Und das bedeutete, dass es noch weniger Zeit zu verlieren galt.

»Wir müssen sofort aufbrechen. Die Zeit drängt.«

Alexander nickte zustimmend. »Wenn wir sofort aufbrechen, können wir sie vielleicht noch überraschen. Ich werde James eine Botschaft senden. Er soll Männer zusammensuchen und unterwegs zu uns stoßen.«

»Wir kommen mit.«

Violet und Angelica hatten sich untergehakt und blickten ihre Männer entschlossen an.

Patrick wusste, dass Reden jetzt nichts genützt hätte. Er würde später einen Weg finden, sie aus den Gefahren herauszuhalten. Aber jetzt mussten sie schleunigst aufbrechen.

39. Kapitel

Die Ketten rasselten, als Nell ihre Beine anzog, und mehrere Vampire blickten sich neugierig zu ihr um. Sie zuckte zusammen und blieb ganz still auf dem Boden sitzen.

Die im Fieberwahn gesprochenen Worte ihrer Mutter waren wahr geworden. Sky Witherspoon hatte von Männern und Frauen erzählt, die Blut tranken, Gedanken lesen konnten und schneller als der Wind waren. Sie hatte von einer Blutburg gefaselt und von Verteidigern der Menschheit. Sie hatte zu ihrer Tochter gesagt, dass diese Monster kommen und sie holen würden, aber das hatte Nell ihr natürlich nicht geglaubt. Sie hatte, wie alle anderen, geglaubt, dass ihre Mutter wahnsinnig geworden war. Aber Sky Witherspoon war nicht wahnsinnig gewesen. Sie hatte eine dunkle Zukunft vorausgesehen und ihre Tochter davor warnen wollen.

Nell hätte erleichtert sein sollen: Ihre allergrößte Angst hatte sich mit dem Erscheinen der Vampire in Luft aufgelöst. Sie würde nicht verrückt werden! Ihre Gabe würde sie nicht in den Wahnsinn treiben, wie sie befürchtet hatte, denn ihre Mutter war auch nicht wahnsinnig geworden. Ja, sie war erleichtert, hätte gar jauchzen können vor Freude – wenn sie nicht entführt und an eine Wand gekettet worden wäre.

Nell holte tief Luft und versuchte ihre Panik zu bezwingen. Wenn sie Angst hatte, konnte sie sich nicht konzentrieren, konnte nicht sehen, was die Zukunft bringen würde. Sie musste ruhig bleiben. Zusammengekauert musterte sie verstohlen ihre Umgebung. Sie befand sich in der großen Halle der alten Burg, deren weitläufige Fläche mit kalten Steinfliesen gepflastert war. Lange Holztische standen an den Saalrändern, und ganz vorne befand sich der prächtigste aller Tische, mit einem thronähnlichen Sessel. In der Mitte des Raums war Platz gemacht worden für vierzig Stühle, die einen großen Kreis bildeten.

Nell hatte die Stühle bereits mehrmals gezählt, weil sie das von ihrer Angst ablenkte. Doch inzwischen waren vereinzelte Vampire aufgetaucht und hatten an den Tischen Platz genommen. Mehr und mehr tauchten auf, und Nell begann wieder zu zittern. Ihr Blick huschte immer wieder zu den leuchtend roten Tischdecken. Seit einer halben Stunde betete sie, dass bald Kellner erscheinen würden, um die Tische zu decken. Doch da dies nicht geschah, konnte sie nicht umhin zu fürchten, dass die Versammelten kein Besteck und keine Teller brauchten, um das zu verspeisen, was auf den Tisch kommen würde ...

Ein schriller Schrei ertönte, und Nell bekam eine Gänsehaut.

Der Schrei war aus dem ersten Stock gekommen. Nell schaute nach oben. Der Saal besaß an beiden Enden eine Galerie, von der aus man – durch hohe Spitzbogenfenster abgetrennt – in die große Halle hinabschauen konnte. Entsetzt verfolgte Nell, wie die Schreie lauter wurden und ein bulliger Mann auftauchte, der an einer Kette drei junge Frauen hinter sich herzog. Die Mädchen hatten weiße, nachthemdartige Gewänder an, und ihr Haar floss ihnen offen über den Rücken. Alle drei wehrten sich mit Leibeskräften, doch der riesige Vampir fletschte grinsend seine Fangzähne.

Nell schluckte. Das Herz klopfte ihr bis zum Hals. Die jungen Frauen verschwanden für einen Moment hinter einer dicken Säule, dann tauchten sie oben an der ausladenden Steintreppe auf, die zur Halle hinabführte.

»Bitte nicht! Bitte!«, flehte die Älteste, während der Vampir sie die Treppe hinabzerrte. »Meine Schwestern und ich, wir dachten, die Burg sei unbewohnt! Wir wussten doch nicht, dass hier jemand ist, sonst wären wir nie hergekommen!«

Ihre jüngeren Schwestern, die, wie Nell nun sah, nicht älter als zehn sein konnten, heulten und schrien.

Der brutale Wärter nahm sie überhaupt nicht zur Kenntnis. Nells Augen füllten sich mit Tränen. Sie wollte schreien, toben, den Mann anflehen, die Mädchen freizulassen, aber ihre Stimme versagte. Weitere Vampire betraten den Raum, alle in schwarze Umhänge gehüllt, unter denen ihre nackten Füße hervorschauten. Einige warfen neugierige Blicke in Nells Ecke, und diese senkte hastig den Kopf, verbarg ihr Gesicht hinter ihren langen Haaren.

Der Wärter zerrte die schreienden Mädchen nun in die Halle. Als sämtliche Stühle – bis auf jenen am Haupttisch – besetzt waren, trat der bullige Mann mit den Mädchen in die Mitte des Raums. Entsetzt sah Nell, wie er einen Dolch zückte. Einer der Versammelten tauchte mit einer schwarzen Schale auf und stellte sie auf den großen Tisch, neben den grinsenden Mann mit dem Dolch. Die Mädchen schrien entsetzt auf.

Der Vampir zerrte an der Kette und zwang das jüngste Mädchen nach vorne. Die Älteste schrie auf und versuchte ihre jüngste Schwester verzweifelt festzuhalten. »Nein! Nein, bitte nicht!«

Er versetzte ihr mit dem Handrücken eine Ohrfeige, und das Mädchen wurde zu Boden geschleudert. Nell konnte es nicht mehr ertragen. Sie wusste nicht, was sie mit der Kleinen vorhatten, wusste nicht, ob sie diese Nacht überleben würde. Tapfer rappelte sie sich auf die Beine.

»Nehmt mich!«, rief sie.

Eine tiefe Stille trat ein. Keiner rührte sich. Sämtliche Blicke waren auf sie gerichtet, einige voller Zorn, andere hungrig.

»Aber bitte, gern«, verkündete eine glatte Stimme. Nell starrte zur Treppe, wo in diesem Moment ein blonder Mann auftauchte. Er hatte jemanden bei sich. Nell schaute genauer hin und erschrak. Es war Mikhail! Er stand an der Seite des Blonden, als wären sie alte Bekannte. Nell hätte es beinahe geglaubt, doch dann bemerkte sie den gequälten, sorgenvollen Ausdruck in Mikhails Augen.

»Nikolai, kette die Dame los, sie möchte an unserer Zeremonie teilnehmen!«

Ein Mann kam hinter einem der Tische hervorgesprungen und eilte zu ihr. Das musste Nikolai sein, dachte Nell. Grinsend beugte er sich über sie, packte die Kette und riss sie kurzerhand aus ihrer Verankerung in der Wand. Als er ihren geschockten Gesichtsausdruck sah, lachte er hämisch. Dann gab er ihr einen Schubs zur Hallenmitte hin.

Mikhail nahm neben dem Blonden Platz, der sich in dem thronähnlichen Sessel niedergelassen hatte. Offenbar war er der Anführer dieser Bande. Nell erinnerte sich an ihre Vision: Das musste Ramil sein. Die drei Mädchen wurden beiseitegezerrt, und Nell wurde gezwungen, sich vor Ramil aufzustellen. Ihr Blick huschte automatisch zu Mikhail. Seine Miene war angespannt, undurchdringlich.

»Freunde«, hob Ramil an, »in zwei Tagen werden die Verräter, die sich Clanführer nennen, in unserer Hand sein, und wir werden das Urteil über sie fällen. Aber heute Nacht wollen wir den Tod von drei großartigen Vampiren betrauern und dem Leben huldigen!«

Nell sah Mikhails Augen zornig aufblitzen, und ihr Magen krampfte sich vor Sorge um ihn zusammen.

»Aber jetzt«, fuhr Ramil fort, »wollen wir unsere charmante Blutspenderin nicht länger warten lassen. Tritt vor.«

Die Vampire begannen zu lachen, und Nells Blick hing entsetzt an ihren Fangzähnen. Nikolai gab ihr einen Stoß in Richtung Ramil, der die Hand nach ihr ausgestreckt hatte. Seine Augen funkelten, braune Augen, die sich von den schwarzen seiner Genossen unterschieden.

»Den Arm, wenn ich bitten darf«, befahl er grinsend.

Nell sah, wie der Vampir, der die Mädchen hergebracht hatte, mit seinem Dolch vortrat, aber Ramil schüttelte den Kopf. »Nicht nötig, diese reizende junge Dame hat sich freiwillig gemeldet. Sie will uns nur helfen. Kein Grund, ihr unnötige Schmerzen zuzufügen.«

Unnötige Schmerzen. Nell blickte sich schaudernd um. Die wunderschöne Frau, die zu Ramils Linker saß, funkelte sie wütend an, mehrere andere Vampire lächelten, und Mikhail – sein unmerkliches Nicken gab ihr Kraft. Sie trat einen Schritt vor, bis ihre Oberschenkel den Tischrand berührten, und hielt Ramil ihren Arm hin.

Erwartungsvolles Schweigen senkte sich über den Raum. Ramil führte ihr Handgelenk an seinen Mund, die Augen durchdringend auf sie gerichtet. Nell stockte der Atem. Sie sah, wie sich diese Augen schwarz verfärbten, wie er seine Fangzähne entblößte. Behaglich schnuppernd schloss er die Augen. Nells Herz pochte vor Angst, und sie zuckte unwillkürlich zurück, aber er hielt sie fest gepackt. Ihr Blick suchte automatisch Mikhail.

»Mikhail«, flüsterte sie, in genau dem Moment, in dem der Vampir zubiss. Auch Nell schloss unwillkürlich die Augen. Eigenartige Gefühle durchströmten sie, widerstreitende Gefühle. Das Blut rauschte ihr durch die Adern, ihre Haut begann zu kribbeln, und ihr wurde schwindelig. Auf einmal hörte das starke Saugen auf. Nell schlug die Augen auf und sah, dass Ramil ihr Handgelenk über die schwarze Schale hielt. Die Stille wurde nur unterbrochen durch das schwere Atmen der anwesenden Vampire und das leise Wimmern der drei Mädchen. Ihr Blut tropfte stetig in die Schale. Als der Fluss abnahm, drückte Ramil ihr Handgelenk und presste noch mehr hervor. Kurz darauf ließ er sie los.

»Danke«, sagte er höflich und wischte sich mit dem Handrücken den Mund ab. Dann bedeutete er Nikolai, die Schüssel fortzunehmen.

»Und jetzt geh zurück in deine Ecke«, befahl er gelassen.

Nell blinzelte. Ihr war ganz schwach vom Blutverlust, und sie wusste nicht, was sie jetzt tun sollte.

Ramil hob eine Braue. »Ich hatte eigentlich andere Pläne für dich, aber die ließen sich ändern, falls du wirklich an unserer Zeremonie teilnehmen willst?«

Erneut wurden die Mädchen nach vorne gezerrt. Nell machte den Mund auf, um zu protestieren.

»Geh, Nell. Sofort«, befahl Mikhail mit rauer Stimme. Sein Ton duldete keinen Widerspruch. Nell gehorchte und kehrte den Tischen den Rücken zu.

»Reizend«, hörte sie Ramil sagen. »Und nachdem ich sie gekostet habe, kann ich dir zu deinem Geschmack nur gratulieren, Mikhail. Sie ist in der Tat etwas ganz Besonderes.«

Nell zuckte zusammen, wünschte sie wäre irgendwo anders. Die Bisswunden schmerzten, und sie umklammerte ihr Handgelenk, um den Blutfluss zu stoppen.

»Also, wo waren wir? Ach ja ...«

Als die Mädchen zu schreien begannen, fuhr Nell erschrocken herum. Und dort stand sie und musste hilflos mit ansehen, wie man die Mädchen auf verschiedene Tische hob, wie gierige Hände nach ihnen griffen, ihnen die Gewänder vom Leib rissen. Nell wurde speiübel. Abermals suchte ihr Blick unwillkürlich nach Mikhail, der wie erstarrt unter den Vampiren saß. Zähne wurden in weißes Fleisch geschlagen. Starr vor Entsetzen stand Nell da, bis irgendwann, es kam ihr wie eine Ewigkeit vor, die Schreie erstarben.

40. Kapitel

Es stank nach Blut, der Gestank breitete sich aus wie ein unsichtbarer Nebel, hing über Tischen und Stühlen, dem kalten Steinboden. Mikhail widerstand der Versuchung, seine Augen zuzumachen. Die drei Mädchen waren tot, bleich, ausgeblutet. Ihr Lebenssaft hatte die Tischdecken durchtränkt; auch die Gesichter der Vampire waren damit verschmiert. Mikhail war bewusst, dass diese sich jederzeit gegen ihn wenden, dass als Nächstes er auf dem Speisezettel landen könnte. Aber das fürchtete er nicht.

Er hatte nur Angst um die Kinder, die man in einem Zimmer im ersten Stock festhielt, und um die Frau, die in einer Ecke der großen Halle kauerte. Mikhails Blick suchte Nells zierliche Gestalt, die untröstlich vor und zurück schaukelte. Sie hatte die Arme um ihre Beine geschlungen und den Kopf auf ihre Knie gebettet. Er wäre so gerne zu ihr gegangen, um sie in die Arme zu nehmen und ihr zu versichern, dass alles gut werden würde. Aber um die Wahrheit zu sagen, war er sich nicht sicher, ob das alles hier wirklich gut ausgehen würde.

Ramil neben ihm richtete sich auf. Seine schwarz verfärbten Augen funkelten, sein Mund war blutverschmiert. Mit glasigem Blick schaute er sich um und hob dann gebieterisch die Arme.

»Und nun lasst uns mit dem Fest des Lebens beginnen!«

Die Vampire erhoben sich trunken und gingen wankend zu dem Stuhlkreis in der Mitte des Saals. Mikhail rührte sich nicht in der Hoffnung, dass man ihn übersah.

»Du kommst mit uns«, befahl Ramil und gab ihm einen gebieterischen Wink. *So viel zur Hoffnung*, dachte Mikhail und erhob sich mit gesenktem Blick. Fieberhaft versuchte er sich zu erinnern, was jetzt kam; er hatte erst kürzlich über diese Zeremonie in dem Buch gelesen, das Margaret für ihn eingemerkt hatte. Die Vampire würden in dem Kreis Platz nehmen, die Blutschale würde an die Vampirmänner weitergereicht werden ... Er schaute hastig zu Anastasia hin. Er war ihr bei seiner Ankunft vorgestellt worden, offenbar war sie Ramils Geliebte – oder eine davon. Anastasia hatte die Blutschale in den Händen, die Schale mit Nells Blut!

Als Anastasia merkte, dass er sie ansah, trat sie auf ihn zu. »Warum setzt du dich nicht neben mich? Ich könnte vielleicht Durst bekommen.« Ohne eine Antwort abzuwarten, zog sie ihn zu dem Stuhl, der neben dem ihren stand. Die meisten Kerzen waren gelöscht worden, sodass die Halle nun im Halbdunkel lag. Mikhail konnte die Gesichter der Vampire kaum noch erkennen. Da setzte plötzlich Musik ein: zwei Geigen.

Bevor Mikhail sich noch fragen konnte, woher die Musik plötzlich kam, schnalzte Ramil missbilligend mit der Zunge.

»Eine ungerade Zahl. Nein, das geht wirklich nicht!« Er wandte sich theatralisch um. »Würde unsere charmante

Blutspenderin die Freundlichkeit haben, sich uns anzuschließen? Nachdem sie uns netterweise mit ihrem Lebenssaft ausgeholfen hat, ist das doch das Mindeste, was wir für sie tun können!«

Dieser Bastard! Mikhail war sofort klar, dass Ramil dies von Anfang an so geplant hatte. Was nur bedeuten konnte, dass er Nell zur Partnerin wollte. Aber er war offenbar nicht der Einzige, dem dies gerade klar geworden war: Anastasias Augen blitzten vor Wut. In der Hoffnung, sich ihre Eifersucht zunutze machen zu können, beugte er sich zu ihr.

»Wenn du sie mir gibst, gehört Ramil dir.«

Sie zischte, sagte aber nichts. Mikhail konnte nur hoffen, dass Anastasia helfen würde, denn wenn nicht ... Was dann geschehen würde, konnte und wollte er nicht zulassen. Lieber starb er, als mit ansehen zu müssen, wie Ramil Nell missbrauchte.

»Blutspenderin?«, drängte Ramil. Erst jetzt merkte Mikhail, dass Nell sich nicht geregt hatte. Sie musste aufpassen! Sie musste wachsam bleiben und tun, was man von ihr verlangte – bis zu einem gewissen Punkt, jedenfalls. Und dann würden sie kämpfen, mit allem was sie hatten.

»Nikolai, bring sie her. Offenbar hat sie Probleme beim Aufstehen.«

Mit einem wütenden Zischen beobachtete Anastasia, wie Nell nun in den Kreis gezogen und auf einen Stuhl gedrückt wurde. Sie wehrte sich nicht, verharrte reglos wie eine Puppe. Das Stimmengewirr erstarb, die Geigenmusik gewann an Tempo. Eine feierliche Stimmung machte sich breit. Aller Augen waren auf eine kleine rothaarige Vampirfrau gerichtet, die mit der schwarzen Schale in die Mitte des Kreises trat.

Nachdem sie kurz dort verharrt war, näherte sie sich einem Mann, der vier Stühle zur Linken von Mikhail saß. Sie bot ihm die Schale zum Trinken an, und der Vampir nippte an Nells Blut. Dasselbe geschah bei den zwei Vampiren neben ihm. Dann übersprang sie Anastasia und trat vor ihn hin.

Entsetzt sah Mikhail, wie sie auch ihm die Schale anbot. Er wusste nicht, was er jetzt tun sollte. Aller Augen, bis auf Nells, waren auf ihn gerichtet. Sein Herz hämmerte laut in seinen Ohren. Die Frau mit der Schale entblößte zischend ihre Fangzähne. Da Mikhail die Vampire nicht provozieren wollte, nahm er die Schale mit kalten Fingern in Empfang.

Das ist nicht ihr Blut. Es ist überhaupt kein Blut, versuchte er sich einzureden. Seine Lippen berührten den Rand der Holzschale, die sich warm anfühlte. Er nahm einen winzigen Schluck. Das Blut war lauwarm, schmeckte salzig und metallisch. Er musste sich zwingen zu schlucken. Sein Blick huschte unwillkürlich zu Nell hinüber. Der Ausdruck in ihrem Gesicht war nicht Angst. Es war schierer Terror.

Nachdem die Rothaarige ihre Runde beendet hatte, begann sie erneut, diesmal bei den Frauen. Sie tauchte einen Finger in die Schale und zeichnete eine vertikale Linie auf die Stirnen der Frauen, wobei sie sich Nell für zuletzt aufhob. Mikhail sah, wie Nell zusammenzuckte, als die Vampirfrau ihre Stirn mit einem blutgetränkten Finger berührte. Danach wurde die Schale beiseitegestellt.

Mikhail graute vor dem, was jetzt kam. Die Frauen würden sich einen Partner suchen und mit ihm das Fest des Lebens begehen. Sie würden sich in eine der zahlreichen Kammern der Burg zurückziehen und sich dort paaren. Nur Clanführer durften ihre Partner selbst wählen, ob Mann oder Frau. Mikhail war ziemlich sicher, dass Ramil sich für einen Clanführer hielt. Wenn er also Nell wählte ...

Mikhail wartete voller Bangen auf den Beginn der Auswahlzeremonie, den Blick auf die im Halbdunkel liegenden Gesichter der Vampire gerichtet. Die Geiger spielten nun eine wehmütige, melancholische Melodie. Er konnte sie noch immer nicht erkennen, sie standen im Dunkeln am Rande der Halle. Eine Bewegung erregte seine Aufmerksamkeit, und er wandte den Blick einer zierlichen Brünetten zu. Sie öffnete die Silberspange ihres Umhangs und ließ ihn über die Lehne des Stuhls fallen, auf dem sie saß. Die anderen Vampire folgten ihrem Beispiel.

Jetzt waren nur noch Mikhail und Nell bekleidet.

Verdammt, von diesem Teil der Zeremonie hatte nichts in dem Buch gestanden! Die Vampire schauten ihn erwartungsvoll an. Als er zögerte, gab Ramil zweien seiner Leute einen Wink, und Nells Augen weiteten sich vor Entsetzen.

»Warte! Wir können uns selbst entkleiden«, knurrte Mikhail zornig. Er starrte Ramil ergrimmt an. Dieser winkte lachend seine Männer zurück.

»Na, dann los.«

Nells Augen hingen an den seinen, und Mikhail war froh darüber. Er nickte ihr aufmunternd zu und begann sein Hemd aufzuknöpfen. Nell folgte seinem Beispiel und öffnete die runden Knöpfe ihres Kleids, den Blick unverwandt auf ihn gerichtet. Plötzlich musste Mikhail an die Nacht zurückdenken, als *er* sie entkleidet hatte. An ihr scheues Einverständnis, an ihre zarte Haut, die sich so herrlich unter seinen Fingern angefühlt hatte. Als sie beide nackt waren, vermochte Mikhail ihr nicht mehr in die Augen zu sehen. Es war unrecht, sie in einem Augenblick zu begehren, in dem die Hand des Todes über ihnen schwebte.

In diesem Moment erhob sich die zierliche Brünette und lenkte ihn von seinen lasziven Gedanken ab. Langsam den Kreis durchquerend, näherte sie sich dem Vampir, der die drei Mädchen in den Saal gebracht hatte. Sie blieb vor ihm stehen und ging in die Knie. Er beugte sich vor und drückte seine Stirn an die ihre. Zusammen erhoben sie sich und verschwanden. Eine weitere Vampirfrau erhob sich, diese blieb vor Nikolai stehen.

Als Nächstes war Anastasia an der Reihe, und zu Mikhails größtem Entsetzen blieb sie vor ihm stehen! Er wollte protestieren, doch da hatte sie ihn bereits bei der Hand gepackt und quer durch den Kreis vor Nells Füße geschleudert!

»Menschen sind es nicht wert, dass wir ihnen auf diese Weise unsere Aufmerksamkeit schenken!«, rief sie so laut, dass es durch den Saal hallte. »Wir feiern das Fest des Lebens! *Unseres* Lebens und nicht das der Menschen! Aus einer solchen Vereinigung könnte heute Nacht ein Kind entstehen, ein neues Mitglied unserer Gemeinschaft!«

Die Menge jubelte. Mikhail hatte sich lediglich auf die Ellbogen aufgerichtet, um Anastasias Rede ja nicht zu stören. Ein Glück für ihn, dass sie so eifersüchtig war!

»Los, *Menschlein*, nimm dir deine menschliche Partnerin. Oder muss ich dir erst zeigen, wie man das macht?«

Das ließ Mikhail sich nicht zweimal sagen. Ramils Gesicht war furchterregend, aber Mikhail beachtete ihn nicht. Er ging vor Nell auf die Knie und schaute zu ihr auf. Sie fragte ihn mit den Augen, was sie jetzt tun sollte. »Beug dich vor«, flüsterte er. Ihre nackten Brüste mit den Händen bedeckend, beugte sie sich vor und drückte ihre Stirn an die seine. »Und jetzt nimm meine Hand, Nell«, sagte Mikhail so sanft er konnte. Sie richtete sich auf und gab ihm scheu ihre Hand. Erleichtert hielt er ihre kalten Finger in den seinen. Zusammen erhoben sie sich, nackt wie am Tag ihrer Geburt, eingekreist von Vampiren, denen bei dem Gedanken, ihnen das Blut auszusaugen, das Wasser im Munde zusammenlief. Langsam setzte sich Mikhail in Bewegung, begann Nell aus dem Kreis hinauszuführen.

Doch dann merkte er, dass die anderen Paare den Saal überhaupt nicht verlassen hatten. Einige wälzten sich auf den Tischen, und ein Paar kopulierte mitten auf dem Boden. Als könne er Mikhails Gedanken lesen, sagte Ramil lachend: »Schön hier geblieben, *Menschlein*.«

Mikhail verzog das Gesicht. Sein Blick fiel auf den großen Kamin am Ende des Saals. Davor stand, vom Betrachter abgewandt, ein hoher Ohrenbackensessel. Mit Nell an der Hand steuerte Mikhail sofort darauf zu. Geschützt vor beobachtenden Blicken, setzte er sich in den Sessel und zog Nell auf seinen Schoß, wobei er darauf achtete, dass sie möglichst weit vorne auf seinen Knien saß.

»Alles in Ordnung?«, fragte er besorgt. Er streichelte ihre Wange, ihr Haar. Sie nickte, das Gesicht schamhaft gesenkt, die Hände auf ihren Brüsten, die Haare wie einen Umhang um sich gebreitet.

»Die Kinder?«, fragte sie leise.

»Denen fehlt nichts. Ramil will sie als Druckmittel benutzen, er wird ihnen nichts antun«, versicherte er ihr.

»Gut«, stieß sie erleichtert hervor. »Mikhail.« Nell schloss zitternd die Augen, ließ die Hände kraftlos in den Schoß fallen. »Ich kann meine Zukunft nicht mehr sehen«, flüsterte sie verzweifelt.

»Was soll das heißen?« Mikhail hob ihr Kinn, suchte ihren Blick. »Nell?«

Als sie ihn schließlich ansah, fiel ihm auf, dass der vorher so ängstliche Ausdruck in ihren Augen tiefer Traurigkeit gewichen war. Er konnte sehen, wie sie jetzt, in diesem Augenblick, aufgab. Sie hörte auf zu zittern, ihr Gesicht war bleich, ihre Augen leer.

»Nein, Nell, das will überhaupt nichts heißen!«, flüsterte er. Voller Verzweiflung begann er sie zu schütteln. »Das kannst du doch nicht wissen!«

Sie wehrte sich nicht, sagte kein Wort. Doch dann lächelte sie plötzlich, legte die Hände auf seine Brust und begann ihn zu küssen.

Mikhail erwiderte die Liebkosungen, ließ Küsse auf ihren Hals, ihre Brüste regnen. Der Gedanke, sie verlieren zu können, machte ihn fast wahnsinnig. Angestachelt durch das Stöhnen der Vampire und Nells süße Seufzer zog er sie an sich, vergrub seine Hände in ihrem Haar, strich über ihren Rücken ...

»Mikhail«, seufzte sie an seinem Mund, als er sie leidenschaftlich zu küssen begann.

Nein, er konnte sie nicht verlieren. Er konnte nicht. Ohne sie war sein Leben bedeutungslos. Er packte sie bei den Pobacken und hob sie hoch, dann fühlte er, wie ihn ihre feuchte Hitze umschloss. Sie warf den Kopf in den Nacken, und ihre Haarspitzen streiften seine Oberschenkel. »Mikhail«, stöhnte sie, während er sie an sich zog und sich in ihr zu bewegen begann, schneller, heftiger.

»Ich liebe dich«, flüsterte sie ihm ins Ohr, und da explodierte die Welt rings um ihn. »Ich liebe dich, Nell«, flüsterte auch er, den Kopf in ihrer Halsbeuge vergraben.

41. Kapitel

Als Nell die Augen aufschlug, tanzten farbige Flecken durch ihr Gesichtsfeld. Ihr Kopf fühlte sich schwer an, ihr Körper wie zerschlagen. Mühsam die Augen offenhaltend, versuchte sie sich umzuschauen. Die Zimmerdecke über ihr war dunkel, nur leise gesprenkelt vom Mondlicht, das durch ein hohes, offenes Fenster hereinfiel. Sie holte tief Luft und drehte den Kopf nach rechts. Ein scharfer Schmerz durchzuckte sie, und sie stöhnte laut auf. Woher kamen diese Schmerzen? Sie waren in ihrem Kopf, in ihrer Brust, in ihren Armen ... überall!

»Ah, du bist wach!«

Ein glatzköpfiger Mann trat zu ihr und beugte sich über sie. Er hatte tiefliegende Augen und eine Hakennase, und seine Miene drückte, was sie höchst ungewöhnlich fand, Besorgnis aus. War er um sie besorgt? Und wo war sie?

»Wo bin ich?«, stieß sie hervor. Ihr Mund war ganz trocken, und sie hatte Mühe zu sprechen. Er ignorierte ihre Frage. Undeutlich vor sich hin murmelnd trat er um sie herum und verschwand aus ihrem Gesichtsfeld.

Lag sie auf einem Bett? Sie versuchte herauszufinden, worauf sie lag, fühlte aber nur eine kalte, harte Oberfläche. Versuchsweise hob sie die Finger, streifte ihr Bein. Ihr nacktes Bein ... War sie etwa noch immer nackt?

Undeutliche Erinnerungen stiegen in ihr auf. Mikhail und sie in dem Sessel; dann waren Vampire gekommen und hatten sie gepackt. Etwas hatte ihren Kopf getroffen, vielleicht hatte sie sich aber auch irgendwo angeschlagen. Dann nichts mehr. *O Gott, wo war Mikhail?* Das Bild einer Wiese tauchte jäh vor ihrem inneren Auge auf, grünes Gras, Füße ... Was?

Diesmal versuchte sie nach links zu schauen.

»Mikhail!«

Mikhail lag auf einem Tisch. Zwei Schläuche steckten in seinen Unterarmvenen. Einer davon führte zu einem Apparat, der andere hing in eine Schüssel. Eine rote Flüssigkeit tropfte aus dem Schlauch in die Schüssel.

»Mikhail!«, rief Nell erneut, aber er rührte sich nicht. Er war bleich, und auf seiner Stirn standen Schweißperlen. Sie brachten ihn um! Sie wollten ihn umbringen! Plötzlich verschwand Mikhail, und sie sah an seiner Stelle den Mond und ein paar vereinzelte Sterne am Nachthimmel blinken. Nell schüttelte sich, panisch versuchte sie die unwillkommenen Visionen abzuschütteln, sich auf das Hier und Jetzt zu konzentrieren. Und da war er wieder: Mikhail.

Sein Gesicht war vollkommen zerschunden, und auch auf seiner Brust waren üble Blutergüsse. *Und die sind verschwunden!*

Der Glatzkopf betrat erneut das Zimmer, diesmal in Begleitung von Ramil. Hilflos musste Nell zuschauen, wie sie an ihr vorbeigingen und vor Mikhails reglosem Körper stehen blieben.

»Es muss das Blut seiner Mutter sein! Er ist ein Mensch, und sein Vater war ein Mensch, aber in den Adern seiner

Mutter floss das Blut der Auserwählten. Sein Blut verträgt sich mit dem unseren! Und so kommt es, dass das Blut, das ich ihm gegeben habe, das tut, was es bei uns tut: Es heilt ihn von innen heraus!«

Außer sich vor Aufregung ging der Kahlköpfige auf die andere Seite des Tischs. »Zu schade, dass er keine Frau ist, aber seine weiblichen Nachkommen können sich mit Vampiren paaren und Kinder mit ihnen zeugen!«

Ramil beugte sich vor und riss zornig den Schlauch, der mit dem Apparat verbunden war, aus Mikhails Arm. Dieser stöhnte vor Schmerzen, was die Vampire überhaupt nicht beachteten.

»Und was dann, *Wissenschaftler*?«, zischte Ramil. »Noch mehr von diesen Missgeburten, diesen sogenannten *Auserwählten*? Nein! Vergiss ihn. Er soll sterben.«

Ramil wandte sich abrupt ab und richtete seine schwarzen Augen auf Nell. »Diese hier sollte dich interessieren! Erzwinge die Wandlung oder töte sie, mir ist's egal!« Mit diesen Worten stürmte er aus dem Zimmer.

»Nun, du hast den Anführer gehört«, grinste der kahlköpfige Vampir. Er zog am Tisch, sodass sie nun dicht neben Mikhail lag. Dann nahm er den Schlauch an sich, den Ramil aus Mikhails Arm gerissen hatte. Er beugte sich über ihren rechten Arm. »Die Nadel ist etwas stumpf. Könnte ein bisschen wehtun.«

Nell tastete nach Mikhails Hand und umklammerte sie. Ein stechender Schmerz durchfuhr ihren Arm. Der grausame Vampir stieß die stumpfe Nadel so tief in ihr Fleisch, dass sie glaubte, sie müsse am anderen Ende wieder herauskommen. Sie biss die Zähne zusammen, unterdrückte jeden Laut, um ihm nicht zu zeigen, wie sehr sie litt. Aber das schien ihn nur zu amüsieren, und er lachte. Dann zog er versuchsweise an dem Schlauch, der nun an ihrem Arm hing. Er nahm das andere Ende in den Mund und begann zu saugen. Ihr Blut schoss in den durchsichtigen Schlauch, die stumpfe Nadel zerrte an ihrem Fleisch, während der Vampir heftig saugte. Als sie es nicht mehr länger aushielt, begann sie zu schreien.

In diesem Moment brach im Erdgeschoss unter ihnen die Hölle los.

42. Kapitel

Alexander schwang sein Schwert, zielte auf den Unterleib des Vampirs. Dann justierte er seinen Griff, holte aus und traf seinen Gegner mitten ins Herz. Kiril, der an seiner Seite kämpfte, bekam es mit einer Vampirfrau zu tun, die mit lautem Geschrei auf ihn losstürmte. Patrick, Ismail, James und Margaret fochten Rücken an Rücken.

Sie waren stark in der Unterzahl, zehn zu vierzig, und obwohl die Verräter unter ihren Schwertstreichen zu Boden gingen, kamen immer mehr herbeigeströmt, aus Nebenzimmern, von der Treppe ... *Was?*

»Patrick!«, rief Alexander und rannte auch schon auf die Treppe zu, die in den ersten Stock führte. Patrick sah ihn rennen und folgte ihm ohne Zögern.

Verflucht noch mal! Er würde Angelica schlagen, wenn er sie in die Finger bekam! Er hatte ihr befohlen, draußen zu warten, aber natürlich hatten sie und Violet nicht auf ihn gehört. Wie konnten sie so dumm sein, so ... so ... Alexander schäumte vor Zorn, konnte nicht mehr rational denken. Mit dem Schwert um sich schlagend, durchquerte er den Saal. Überall schrien Vampire, er sah, wie einer von James' Männern fiel, wie ein anderer schlimm bedrängt wurde, konnte aber nicht eingreifen, nicht, wenn Angelica und Violet dort oben waren, in Gefahr.

Drei Stufen auf einmal nehmend rannte Alexander die Treppe hinauf. Er sah gerade noch den hellgrünen Rocksaum seiner Frau in einem Zimmer verschwinden. Sekunden später tauchte auch er im Türrahmen auf, Patrick dicht hinter sich.

»Was hat das zu bedeuten?«, fragte Patrick und sprach damit genau das aus, was Alexander dachte. Violet und Angelica standen mit gezückten Dolchen vor einem kahlköpfigen Vampir, der aussah, als wolle er sich jeden Moment auf beide Menschenfrauen stürzen. Und hinter diesen dreien lagen zwei nackte Gestalten im Mondschein auf zwei langen Tischen.

Als Alexander erkannte, um wen es sich dabei handelte, sah er rot. Mit drei langen Schritten war er vor dem Glatzkopf, holte aus und trennte ihm sauber den Kopf ab. Blut spritzte in einer Fontäne über die kalten Steinfliesen; der Kopf rollte in eine Ecke.

»Mikhail! Nell!«

Angelica und Violet waren zu den beiden leblosen Gestalten geeilt und beugten sich voller Sorge über sie. Alexander holte tief Luft. Es stank nach Blut, der Geruch hing dick und verlockend in der Luft. Ihm wurde schwindelig, er fühlte, wie er die Beherrschung zu verlieren drohte ...

Ein rascher Blick zu Patrick bestätigte, dass es dem Freund ähnlich erging. Auch seine Augen funkelten in einem unheimlichen Schwarz.

»Alexander!« Angelicas Stimme riss ihn aus seiner Trance. Mit tränenüberströmtem Gesicht blickte sie ihn, über ihren Bruder gebeugt, an. »Bitte, du musst ihnen helfen.«

Stimmen drangen wie aus weiter Ferne in sein Bewusstsein. *Mikhail!* Jemand rief seinen Namen. War das Alexander? Angelica? Sie klang so besorgt. Wenn er vielleicht versuchen würde, seine Augen aufzuschlagen …

Mikhail öffnete mühsam die Augen und blickte in die besorgten Gesichter seiner Schwester und seines Schwagers. Er wusste zuerst nicht, wo er war, doch dann fiel ihm alles wieder ein.

»Nell!«

Ohne darauf zu achten, dass er splitternackt war, sprang Mikhail mit einem Satz vom Operationstisch und schaute sich hektisch um. Als er Nell in Violets Armen sah, trat er über die kopflose Leiche des Wissenschaftlers hinweg und musterte sie besorgt.

»Nell, was ist los? Was fehlt dir?«

Aber ihr Blick war ins Leere gerichtet, sie schien ihn überhaupt nicht wahrzunehmen, schaute durch ihn hindurch.

Mikhail blickte fragend Violet an. »Was ist los mit ihr? Was ist passiert?«

»Man hat ihr Blut abgenommen, wie viel, weiß ich nicht, aber sie wird schon wieder«, sagte Violet beruhigend. Dann fiel ihr Blick auf die kleine rote Einstichwunde in seiner Armbeuge. »Und du?«

»Mir geht's gut«, entgegnete er. Und es stimmte! Erst jetzt wurde ihm bewusst, dass er sich seit langem nicht mehr so gut, so stark gefühlt hatte. »Wie habt ihr uns gefunden? Wo sind die Kinder?«

»Patrick hat sich auf die Suche nach ihnen gemacht. Komm, Mikhail, wir müssen weiter. Kannst du gehen?«

Alexander war es, der diese Frage gestellt hatte. Er kniete bei der Leiche des Wissenschaftlers und zog ihm gerade die Hose aus. Dann erhob er sich und hielt Mikhail die Beinkleider hin. Erst jetzt wurde Mikhail bewusst, dass er nichts anhatte.

»Ja, ich hab doch gesagt, mir geht's gut.« Angewidert schlüpfte er in die Hose und sah zu, wie sein Schwager sein blutbesudeltes Hemd auszog und Nell zum Anziehen gab.

»Der Kampf ist noch nicht vorbei«, bemerkte Alexander grimmig. »Ich muss dich bitten, die Frauen in Sicherheit zu bringen.«

Angelica sah aus, als wolle sie protestieren, aber Alexander schnitt ihr das Wort ab. »Nein, Angel, diesmal wirst du mir gehorchen. Ich kann nicht kämpfen, wenn ich mir Sorgen um dich machen muss.«

Wie aufs Stichwort kamen in diesem Moment zwei Vampire schreiend in den Raum gestürzt. Mikhail schaute sich hastig nach einer Waffe um, konnte aber nichts außer ein paar chirurgischen Instrumenten und Spritzen finden. Er nahm sich eins der Messerchen und wirbelte herum. Alexanders Schwert bohrte sich soeben in den Bauch eines Angreifers. Der andere sprang ihn mit gezücktem Dolch an. Mikhail wich geschickt zur Seite aus, ließ den Gegner ins Leere laufen und als dieser ihm den Rücken zukehrte, sprang er vor, packte ihn von hinten und zog ihm das Operationsmesser über die Kehle. Alexander zog soeben sein Schwert aus der ersten Leiche, da fiel Mikhails Vampir nach hinten und begrub den Prinzen unter sich.

»Mikhail!«, schrien Angelica und Violet gleichzeitig und

rannten zu ihm, um den schweren Körper von ihm herunterzuzerren. Doch dabei öffnete sich die Halswunde nur noch weiter, und das Blut spritzte hervor. Der Geruch war betäubend.

Alexander stieß sie beiseite und hob die Leiche mühelos von Mikhail herunter. Ohne zu zögern beendete er, was Mikhail begonnen hatte und schlug auch diesem Vampir den Kopf ab, der über den Boden rollte und sich zu den anderen beiden gesellte.

»Bring die Frauen von hier weg!«, knurrte das Oberhaupt des Ostclans. Mikhail erhob sich sogleich. Doch sein Blick hing besorgt an Nell, die sich immer noch nicht gerührt hatte. Mit glasigen Augen stand sie da und starrte zitternd ins Leere.

Alexander sagte nichts weiter. Mit kohlschwarzen Augen und zuckendem Wangenmuskel ging er zur Tür. Mikhail packte Nell bei der Hand und folgte ihm, zusammen mit Violet und Angelica. Zu ihrer Erleichterung befand sich niemand mehr im Gang, doch aus dem großen Saal drang Kampflärm zu ihnen herauf.

»Wo sind Patrick und die Kinder? Hat er sie gefunden und in Sicherheit gebracht?«, fragte Angelica ihre Cousine flüsternd. Sie wusste, dass Violet die drei mit ihrer unglaublichen Nase aufspüren konnte. Sie hatten inzwischen die Treppe erreicht und verharrten vor dem großen Fenster, von dem aus man in den Saal hinabsehen konnte. Mikhail hielt Nell fest an sich gedrückt. Was hatte Alexander vor? Er wusste doch sicher, dass er und Nell sich den Wahren Vampiren keinesfalls zeigen durften, sonst wären sie erledigt.

Aber bevor Mikhail seiner Sorge Ausdruck geben konnte, bekam Violet ganz große Augen und rannte zum Kopf der Treppe. Sie mussten nicht fragen, was los war, sie erfuhren es sogleich.

»Es ist vorbei!«, schallte Ramils laute Stimme durch den Saal.

Übers Geländer gebeugt sahen sie ihn in den Saal schreiten. Die Kämpfer hatten beim Klang seiner gebieterischen Stimme innegehalten.

»Waffen fallen lassen oder die Kinder sterben! SOFORT!«

Mikhail sah, wie Ismail, James, Margaret, Kiril und Patrick, der sich offenbar wieder unter die Kämpfenden gemischt hatte, mit betroffenen Gesichtern die Schwerter niederlegten. Angelica, die neben ihm stand, klammerte sich mit weiß hervortretenden Knöcheln ans Geländer. Auch Alexander und Violet waren wie erstarrt. Keiner rührte sich.

»NEIN!«

Es war Nells Schrei, der die Stille zerriss.

43. Kapitel

In der nach wie vor herrschenden Stille ging Nell die Treppe hinab und betrat den Saal. Die Blicke der gegnerischen Vampire folgten ihr ungläubig, aber sie beachtete sie nicht. Alles, was sie sah, waren die Kinder, die Ramil in den Armen hielt. Die beiden Kleinen machten keinen Mucks. Mit stillen, ernsten Gesichtern blickten sie ihr entgegen.

Nell hielt nur einmal kurz an, um sich zu bücken und ein Schwert aufzuheben, das jemand fallenlassen hatte. Es war lang und spitz, der Griff mit verschlungenen Gravuren versehen.

Ganz so, wie sie es erwartet hatte.

Farben tanzten vor ihrem Gesichtsfeld, die Burg, das wuchtige Eingangstor … Sie waren fast da.

»Gib mir die Kinder«, befahl sie in einem eigenartig leblosen, entrückten Ton, als befände sich zwischen ihr und der Welt eine Glaswand. Vor ihrem geistigen Auge sah sie Ramil fallen. Im Hier und Jetzt jedoch stand er stolz vor ihr und lachte höhnisch.

»Ich hatte mir schon gedacht, dass du unterhaltsam sein würdest, kleine Blutspenderin.«

Sie achtete nicht auf seinen Spott, denn sie hörte seine Worte nicht zum ersten Mal. Tatsächlich war sie seit langer Zeit auf genau diesen Moment vorbereitet gewesen.

Die Zukunft hüllte sie ein wie eine schützende, durchsichtige Blase. Sie brauchte nur ihre Gedanken auszustrecken und sich das herauszupicken, was sie sehen wollte, was sie brauchte ...

Sie war jetzt mit ihren Brüdern und Schwestern verschmolzen, die telepathische Verbindung war wie ein dickes Seil, das sie sirrend miteinander verband.

Sie lächelte. Endlich. Da waren sie.

Nell hob ihr Schwert. Gleichzeitig betraten vier Frauen und sechs Männer den Saal, angeführt von einer alten Frau. Morag schenkte Nell keinen Blick. Blicke waren überflüssig, jetzt wo sie geistig miteinander verbunden waren.

»Menschen? Und die sollen euch helfen?« Ramil lachte Alexander aus, der Nell in den Saal hinab gefolgt war.

Alexander sagte nichts. Nell wusste, dass er nicht mehr begriff als Ramil, aber das spielte keine Rolle. Ihren Freunden würde nichts mehr geschehen, dafür würde ihre Familie sorgen.

Ramils Blick fiel ergrimmt auf ihr Schwert, dann befahl er mit lauter Stimme: »Tötet die Menschen!«

Die Zeit hielt an. Vor den Augen der *Verbundenen* spulte sich die Zukunft ab. Sie sahen alles, jede einzelne Bewegung der Angreifer. Was nun folgte, spielte sich blitzschnell ab. Die Wahren Vampire versuchten sich auf die Menschen zu stürzen, und die anderen Vampire wiederum vertraten ihnen den Weg, versuchten die Menschen zu beschützen. Die Seher taten zunächst gar nichts. Wie ein Mann warteten sie den geeigneten Moment ab. Ihre Bewegungen waren minimal und präzise. Mühelos wichen sie den Waffen ihrer Angreifer aus, hoben ihre Schwerter und stießen sie den Gegnern direkt ins Herz.

Stille senkte sich über den Saal. Einige schnappten entsetzt nach Luft, als sie des Ergebnisses ansichtig wurden. Sechzehn Vampire waren gefallen, zwei davon durch Nells Schwert. Nun hingen die Blicke der Wahren Vampire auf einmal wachsam, beinahe ängstlich an den Menschen.

Nell hob erneut ihr Schwert.

»Gib mir die Kinder«, wiederholte sie, obwohl sie wusste, dass er nichts dergleichen tun würde. Aber es waren Worte, die gesprochen werden mussten. Ihre neue Familie war in Gedanken bei ihr, und sie konnte sehen, dass niemand von ihnen Freude am Töten hatte. Die meisten hatten noch nie getötet. Aber jetzt war nicht die Zeit, Schwäche zu zeigen. Morags Stärke durchdrang sie alle. Sie war die Älteste, die Uralte, Anführerin, Urgroßmutter, Weise Frau. Ihre Macht, ihre Kraft war es, die ihrer aller Sicht stärkte. Sie war *das Auge*, und ihr Wissen durchströmte Nell wie ein kalter Fluss.

»Was zum Teufel!?«

Ramil schäumte vor Wut. Zornig hob er das Schwert und hielt es den Kindern an die Kehle.

»Nein!«, schrie Angelica, außer sich vor Angst. Aber es gab keinen Grund zur Sorge, wie Nell wusste. Sie wusste allerdings auch, dass es keinen Zweck gehabt hätte, Angelica dies zu sagen.

Sie musste es ihr zeigen.

»Angelica, schau!«

Morag hatte ihr gezeigt, wozu Angelica fähig war. Dennoch war es eine Überraschung für Nell, die Gedanken der anderen am Rande ihrer Verbindung zu spüren. *Eine Gedankenleserin.* Wer hätte das gedacht?

Morag erlaubte mit einem Wink, Angelica Zugang zu gewähren. Nun sah die Prinzessin alles, was auch sie sahen, fühlte, was auch sie fühlten. Nell konnte nun Angelicas Gedanken ebenso lesen, wie sie die ihren. Und sie sah, dass der anderen das alles zu viel wurde. *Konzentration*, befahl Morag, *das Auge*, und Nell musste nicht fragen, was gemeint war. An diesem sicheren Ort gab es keine Fragen, keine Angst, keine Zweifel.

Nell und ihre Brüder und Schwestern verbargen ihre Gefühle vor Angelica und ließen sie nur das sehen, was sie sehen musste, damit sie es weitergeben konnte. Vampire konnten Gedanken lesen, und Angelica würde als Verbindungsfrau fungieren.

Wortlos gab sie die erhaltenen Informationen an ihren Mann Alexander weiter. Nun wusste auch das Oberhaupt des Ostclans Bescheid. Er wusste, was war und was kommen würde. Er wusste, wie Ramils Männer zu besiegen waren. Nur wenige Sekunden waren vergangen, seitdem Nell Angelicas Namen gerufen hatte, doch nun wussten auch Patrick, Ismail, Margaret, Kiril und James Bescheid.

»Das reicht! Tötet sie! Alle!«

Ramils Befehl schallte durch den Saal. Angelica hielt Mikhail und Violet fest, um sie davon abzuhalten, die Treppe hinunterzueilen. Die Seher handelten ohne Zögern, und ein Vampir nach dem anderen fiel. Alexander trat um Nell herum und näherte sich einem Gegner zu ihrer Rechten. Inmitten des Schlachtenlärms holte Nell tief

Luft. Sie wartete fünf Herzschläge, dann richtete sie ihr Schwert über ihre Schulter nach hinten aus. Zwei Herzschläge und sie stieß zu, mitten ins Herz ihres Gegners.

Sie riss das Schwert wieder heraus, den Blick unverwandt auf Ramil gerichtet. Dessen Aufmerksamkeit galt nun Alexander. Ramil nahm das Schwert von der Kehle der Kinder.

Alexander kehrte ihm den Rücken zu; die Versuchung war zu groß.

Wie in Zeitlupe sah Nell, wie Ramil mit dem Schwert ausholte. Ihre Augen wurden schmal. Sie durfte ihr Ziel nicht verfehlen, und sie würde es auch nicht. Ramil machte einen Ausfallschritt. Die Kinder fest an sich gepresst, beugte er sich vor. Den Arm über die Köpfe der Kinder ausgestreckt, zielte er auf Alexanders ungeschützten Rücken. Nell tat zwei lange Schritte und stieß zu. Ihre Klinge fuhr über die Köpfe der Kinder hinweg direkt in Ramils Hals.

Ein Schrei zerriss die Stille, genau wie es die Seher vorausgesehen hatten. Als die wenigen Wahren Vampire, die noch am Leben waren, Anastasias Schrei hörten, hielten sie inne. Sämtliche Blicke richteten sich auf Ramils leblosen Körper. Nell beugte sich über ihn und nahm die schreienden Kinder an sich.

»Ergebt euch oder sterbt«, sagte sie schlicht.

Die Wahren Vampire zögerten, aber ihr Zögern war Antwort genug. Patrick ging zu Nell. Sanft nahm er ihr sein Kind ab und drückte einen zärtlichen Kuss auf Catherines Köpfchen. Dann stieß er sein Schwert ins Herz des Anführers der Wahren Vampire.

44. Kapitel

Die Sonne kletterte soeben über den Horizont, als Mikhail zusammen mit Angelica, Violet und den Kindern die Burg verließ. Patrick und die anderen Ältesten waren vor ein paar Stunden mit ihren Gefangenen fortgefahren, wollten aber bald mit einer Kutsche wiederkommen, um sie abzuholen. Doch in der Burg, wo überall Leichen herumlagen und der Gestank von Tod und Blut in der Luft hing, wollten sie nicht warten.

Violet und Angelica ließen sich auf den Stufen nieder, die vom Eingang der Burg zum Kiespfad hinabführten, der sich schlängelnd zwischen grünen Hügeln verlor. Aber Mikhail konnte sich ihnen nicht anschließen. Er war voller Unruhe. Und obwohl der Kampf gewonnen und die Kinder außer Gefahr waren, lastete ein tiefer Kummer auf seinem Herzen.

Sie war fort.

Nell war gleich nach Ramils Tod mit Morag und ihren anderen Lebensrettern verschwunden. Angelica hatte ihm zwar beschrieben, was passiert war, doch er hatte es nicht so recht verstanden. Vielleicht weil er einfach nicht den Willen aufbrachte, sich für irgendetwas zu interessieren, seit sie fort war. Sie hatte sich ihrer neuen Familie angeschlossen, der Gemeinschaft der Seher, wie Angelica ihm berichtete, allesamt Nachfahren von Druiden.

Ob sie je zu ihm zurückkehren würde? Doch warum sollte sie? Was konnte er ihr schon bedeuten, einer Seherin, die soeben ihre Familie entdeckt hatte? Ziellos wanderte er den grasigen Hügel hinab, ganz in seine düsteren Gedanken versunken. Er folgte nur seinen Füßen – auch wenn er dabei nicht vergaß, dass er sich nicht allzu weit von der Burg und von Angelica und Violet entfernen durfte. Aber der Spaziergang tat ihm gut. Die frische Morgenluft, die kühl über seinen bloßen Oberkörper strich, klärte seine Gedanken.

Und dann sah er sie.

Dort unten, in der Hügelsenke, standen sie in einem weiten Kreis beisammen, die Gesichter ihm zugewandt, als ob sie ihn erwartet hätten.

Natürlich hatten sie das. Doch da erkannte Mikhail, dass Nell nicht unter ihnen war.

Besorgt begann er den Hügel hinabzulaufen.

»Mikhail?«

Mikhail geriet fast ins Stolpern, als er *ihre* Stimme hinter sich hörte. Er drehte sich um. Da saß sie im Gras, die Knie angezogen, die Arme um Alexanders Hemd geschlungen. Wie hatte er sie nur übersehen können? Doch spielte es eine Rolle? Er rannte wieder hinauf und blieb ein Stück unterhalb von ihr stehen.

»Warum bist du nicht bei ihnen?«

Sie zuckte gleichgültig mit den Schultern, warf jedoch einen sehnsüchtigen Blick auf die Gruppe, die sich nun wieder abgewandt hatte und einander ansah.

»*Verbunden* zu sein ist nicht einfach, und ich muss noch viel lernen, bevor ich mich ihrer Gemeinschaft anschließen kann.« Sie schaute ihn an, nun schon etwas munterer. »Morag wird meine Lehrerin werden. Aber die anderen, sie müssen wieder gehen. Es ist uns nicht bestimmt zusammenzuleben. Die *Verbindung* ist zu stark, es wäre schwierig, ein eigenständiges Leben zu führen.«

Mikhail verstand zwar nicht ganz, war aber auf einmal voller Hoffnung. Wenn sie nicht bei ihrer Gemeinschaft leben konnte, dann würde sie vielleicht mit ihm …?

»Was willst du also tun?«

Nell blinzelte, als habe sie überhaupt noch nicht darüber nachgedacht. »Ich weiß nicht …«

»Dann bleib bei mir«, sagte Mikhail rasch, bevor ihn der Mut verlassen konnte.

»Bei dir?«, fragte sie, und ihre Miene wurde leer. Ihr Blick wechselte dabei zwischen ihm und dem Kreis der Seher hin und her.

Mikhail trat näher, ging vor ihr in die Knie, nahm sie bei den Händen.

»Bleib bei mir, Nell. Ich werde vielleicht nicht sehr lange leben, aber in der Zeit, die mir noch bleibt, will ich dich lieben und für dich sorgen. Ich weiß, es ist kompliziert … wahrscheinlich hast du Angst vor dem, was meine Familie ist …«

»Nein, ich habe keine Angst«, unterbrach ihn Nell lächelnd. »Deine Schwester ist eine Gedankenleserin, deine Cousine kann Menschen aus meilenweiter Entfernung riechen, dein Schwager und deine Freunde sind Vampire …« Sie lachte.

Mikhail, der fürchtete, dass die Aufregung der letzten Stunden ihr vielleicht zu viel geworden war, sagte besorgt: »Nell …«

»Nein, nicht Nell. Meine Mutter hat mich auf den Namen Storm getauft.« Storm schaute ihm fest in die Augen. »Sie war eine weise Frau. Eine liebevolle Mutter. Und sie hat all das hier vorausgesehen.« Sie entzog ihm ihre Hände und deutete um sich. »Sie wusste das mit den Vampiren, wusste von der Gefahr, die mich erwartete. Und sie hat dich gesehen.« Ihre Stimme war zuletzt ganz leise geworden. Ein Windstoß wehte ihr das Haar ins Gesicht und dann wieder fort. »Sie hat gesagt, ich würde mich eines Tages in einen Prinzen verlieben. Wer hätte gedacht, dass sie das wörtlich gemeint hat?«

Mikhail lachte erleichtert auf. Er beugte sich vor, hob sanft ihr Kinn und drückte ihr einen zärtlichen Kuss auf die Lippen.

»Mikhail?«, fragte sie an seinem Mund.

»Hmm?«

»Darf ich dich was Dummes fragen?«

Mikhail richtete sich auf. »Was denn?«

»Nun, meine Mutter ließ mich als Kind einen russischen Satz auswendig lernen. Aber sie hat mir nie gesagt, was er bedeutet …«

Neugierig setzte sich Mikhail neben sie. »Und der wäre?«

»*Благодаря волшебству Ученого теперь твое сердце сильное и чистое. Я благославляю тебя, Принц, на долгую и счастливую жизнь с моей Бурей. А теперь можешь пойти и предложить ей руку и сердце, ты ждал этого слишком долго.«*

Der Wissenschaftler hat seine Wunder gewirkt, und dein Herz ist gesund und stark. Ihr habt meinen Segen, Prinz. Ich wünsche dir ein langes, glückliches Leben mit meiner Storm. Und jetzt mach ihr endlich einen Heiratsantrag, du hast schon viel zu lange gewartet.

Mikhail übersetzte sich den Satz im Geiste und begann zu lachen.

»Was ist?«, fragte Nell.

»Nichts, Liebes.« Mikhail küsste sie lächelnd. »Es ist nur, deine Mutter möchte, dass ich dir endlich einen Heiratsantrag mache.«

Storm wurde knallrot und wandte verlegen den Blick ab, aber Mikhail zog sie fest an sich.

»Ich liebe dich. Und jetzt heirate mich«, flüsterte er ihr ins Ohr.

»So machst du einer Frau einen Heiratsantrag? Du befiehlst einfach ...«

»Schon gut, schon gut!« Mikhail grinste von einem Ohr zum anderen und hielt die zappelnde Storm fest. »Lass mich's noch mal versuchen, in Ordnung?«

Sie hielt still und schaute ihn mit erwartungsvoll hochgezogenen Brauen an.

»Meine Geliebte. Meine Storm. Willst du meine Frau werden?«

Storm machte den Mund auf, um zu antworten, schloss

ihn aber sogleich wieder. Offenbar gab es noch einiges zu bedenken. Mikhail lachte.

»Also gut, wie lauten deine Forderungen?«

»Na ja …« Sie grinste schamlos. »Ich will trotzdem backen. Ich meine, in der Bäckerei, die Margaret für mich eröffnen will … und ich würde gerne ab und zu nach New Hampton fahren und Georgina, Adam und Sarah besuchen.«

»Einverstanden. Sonst noch was?«

Sie neigte nachdenklich den Kopf. »Ich glaube, das wäre im Moment alles.«

»Im Moment?«, lachte er.

»Ja, im Moment«, antwortete sie fest. Und dann driftete ihr Gelächter den Hügel hinab zu der Gruppe der Seher und darüber hinweg.

Wenn Vampire zu sehr lieben – Romantische Mystery mit Biss

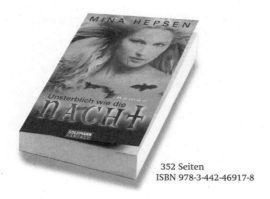

352 Seiten
ISBN 978-3-442-46917-8

448 Seiten
ISBN 978-3-442-47103-4

Überall, wo es Bücher gibt und unter www.goldmann-verlag.de

Der Himmel muss warten!

Roman, 384 Seiten,
Deutsch von Sigrun Zühlke,
ISBN 978-3-442-20373-4

»Vampire und Werwölfe macht Platz – die Engel sind da!«
Houston Chronicle

»Ein atemberaubender und aufregender Roman.«
Publishers Weekly

Überall, wo es Bücher gibt und unter www.pageundturner-verlag.de

Wahre Liebe ist unsterblich

Der SPIEGEL-Bestseller

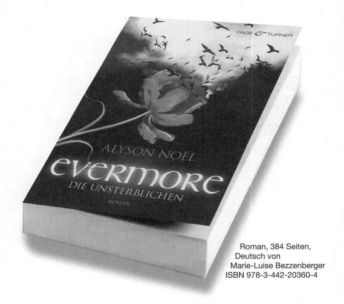

Roman, 384 Seiten,
Deutsch von
Marie-Luise Bezzenberger
ISBN 978-3-442-20360-4

»Evermore macht süchtig. Ich konnte es einfach nicht mehr aus der Hand legen. Dieses Buch ist einfach atemberaubend.«
Teens Read Too

»Evermore wird Fans romantischer Geschichten begeistern.«
Kirkus Reviews

Überall, wo es Bücher gibt und unter www.pageundturner-verlag.de

Sieben Schwerter, sieben Auserwählte, sieben Freunde – All-Age-Fantasy voller Abenteuer und Magie

608 Seiten
ISBN 978-3-442-47057-0

ca. 450 Seiten
ISBN 978-3-442-47143-0

»Fantasy, die einen hinwegfegt, so kolossal gut ist sie geschrieben –
episch, heroisch, bildgewaltig«.
Alex Dengler, www.denglers-buchkritik.de

Überall, wo es Bücher gibt und   unter www.goldmann-verlag.de

Die ganze Welt des Taschenbuchs unter
www.goldmann-verlag.de

Literatur deutschsprachiger und internationaler Autoren, Unterhaltung, Kriminalromane, Thriller, Historische Romane und Fantasy-Literatur

Aktuelle **Sachbücher** und **Ratgeber**

Bücher zu **Politik, Gesellschaft, Naturwissenschaft** und **Umwelt**

Alles aus den Bereichen **Body, Mind + Spirit** und **Psychologie**

Überall, wo es Bücher gibt und unter www.goldmann-verlag.de

Goldmann Verlag • Neumarkter Straße 28 • 81673 München